O mestre de marionetes

resumindo várias

entidade Rozema .. Cabral.
Jatobá

trecho imp Curitiba Tamandaré Cabral – carga branca.

Cabral Pontão – laranjas

p241 Dizem que os reis de cabelos longos eram feiticeiros! cuidado! o mestre Tem M gato (ma) mas sempre falam comigo

V. pg 239 narração de Inter IV para Curitiba de lá p/cá canais, labirintos ← e braço. completado na pg 240 o pela entidade Wagner, falando mas falando de outra ponte talvez mais fundamental de Curitiba [illegible] um trecho, vital

Liz Greene

O mestre de marionetes

Tradução

Adail Ubirajara Sobral

EDITORA PENSAMENTO
São Paulo

Título do original:
The puppet master

Edição	Ano
1-2-3-4-5-6-7-8-9-10	90-91-92-93-94-95

EDITORA PENSAMENTO LTDA.
Rua Dr. Mário Vicente, 374 - 04270 - São Paulo, SP - Fone: 272-1399

Impresso em nossas oficinas gráficas.

Para Gerhard e Hella

"Pois pelo Jano com que brincou,
O inocente psicopompo falou."

W. H. AUDEN

"Nihil potest homo intelligere sine phantasmate."

TOMÁS DE AQUINO

"... mas no meio de vós esteve quem vós não conheceis."

JOÃO 1, 26

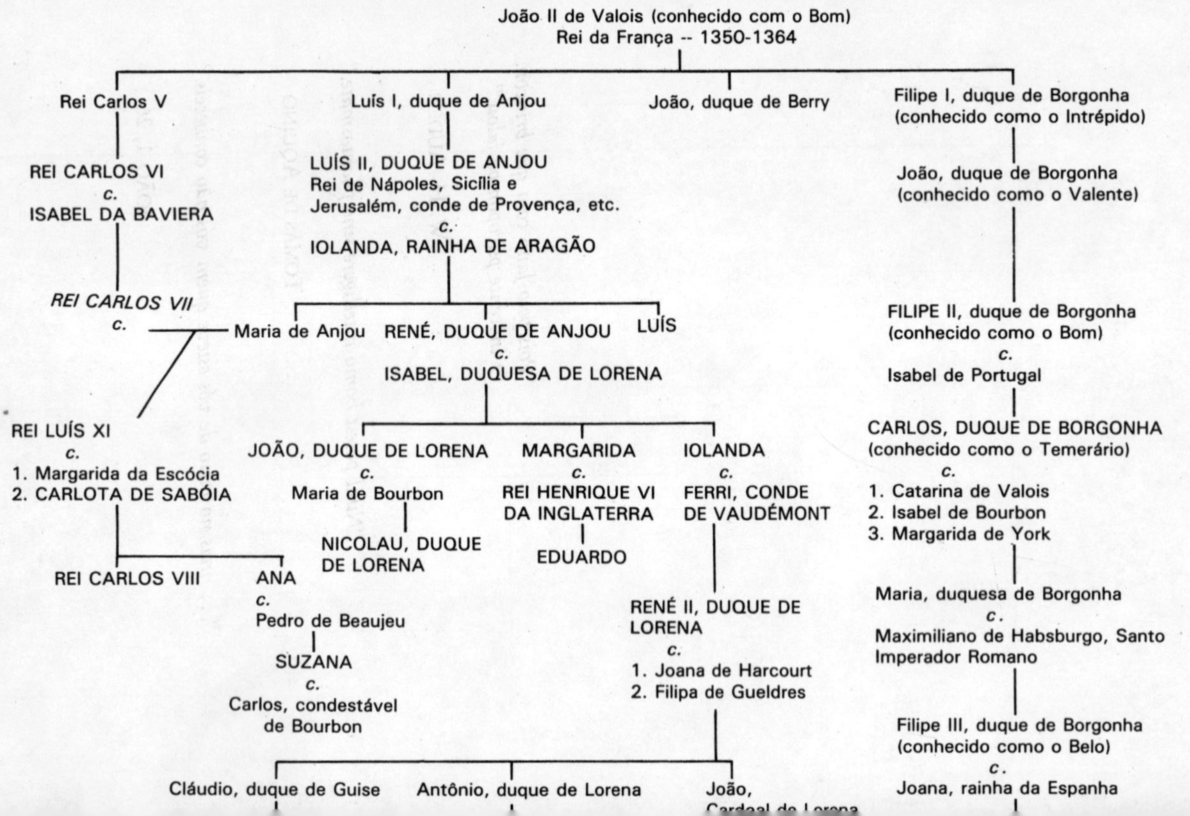
João II de Valois (conhecido com o Bom)
Rei da França -- 1350-1364
Rei Carlos V
Luís I, duque de Anjou
João, duque de Berry
Filipe I, duque de Borgonha
(conhecido como o Intrépido)
REI CARLOS VI
c.
ISABEL DA BAVIERA
LUÍS II, DUQUE DE ANJOU
Rei de Nápoles, Sicília e
Jerusalém, conde de Provença, etc.
c.
IOLANDA, RAINHA DE ARAGÃO
João, duque de Borgonha
(conhecido como o Valente)
REI CARLOS VII
c.
Maria de Anjou
RENÉ, DUQUE DE ANJOU
c.
ISABEL, DUQUESA DE LORENA
LUÍS
FILIPE II, duque de Borgonha
(conhecido como o Bom)
c.
Isabel de Portugal
REI LUÍS XI
c.
1. Margarida da Escócia
2. CARLOTA DE SABÓIA
JOÃO, DUQUE DE LORENA
c.
Maria de Bourbon
MARGARIDA
c.
REI HENRIQUE VI
DA INGLATERRA
IOLANDA
c.
FERRI, CONDE
DE VAUDÉMONT
CARLOS, DUQUE DE BORGONHA
(conhecido como o Temerário)
c.
1. Catarina de Valois
2. Isabel de Bourbon
3. Margarida de York
NICOLAU, DUQUE
DE LORENA
EDUARDO
REI CARLOS VIII
ANA
c.
Pedro de Beaujeu
SUZANA
c.
Carlos, condestável
de Bourbon
RENÉ II, DUQUE DE
LORENA
c.
1. Joana de Harcourt
2. Filipa de Gueldres
Maria, duquesa de Borgonha
c.
Maximiliano de Habsburgo, Santo
Imperador Romano
Filipe III, duque de Borgonha
(conhecido como o Belo)
c.
Joana, rainha da Espanha
Cláudio, duque de Guise
Antônio, duque de Lorena
João,

A Casa de Guise
e
Os reis Stuart da Inglaterra

Várias gerações

A Casa de Hannover, até
Elisabeth Stuart, filha
do rei Jaime I

Várias gerações

Rainha Elisabeth da Inglaterra

A Casa de Lorena

Várias gerações

Francisco, duque de Lorena —— *c.* —— Maria de Tereza de Habsburgo,
Imperatriz da Austria

A Casa de Habsburgo-Lorena

Várias gerações

Otto de Habsburgo, titular,
Duque de Lorena, rei de Jerusalém,
ex-arquiduque do império austro-húngaro

Borgonha
Rei da Espanha, Santo Imperador
Romano

A Casa de Habsburgo

Várias gerações

Maria de Tereza de Habsburgo,
Imperatriz da Austria

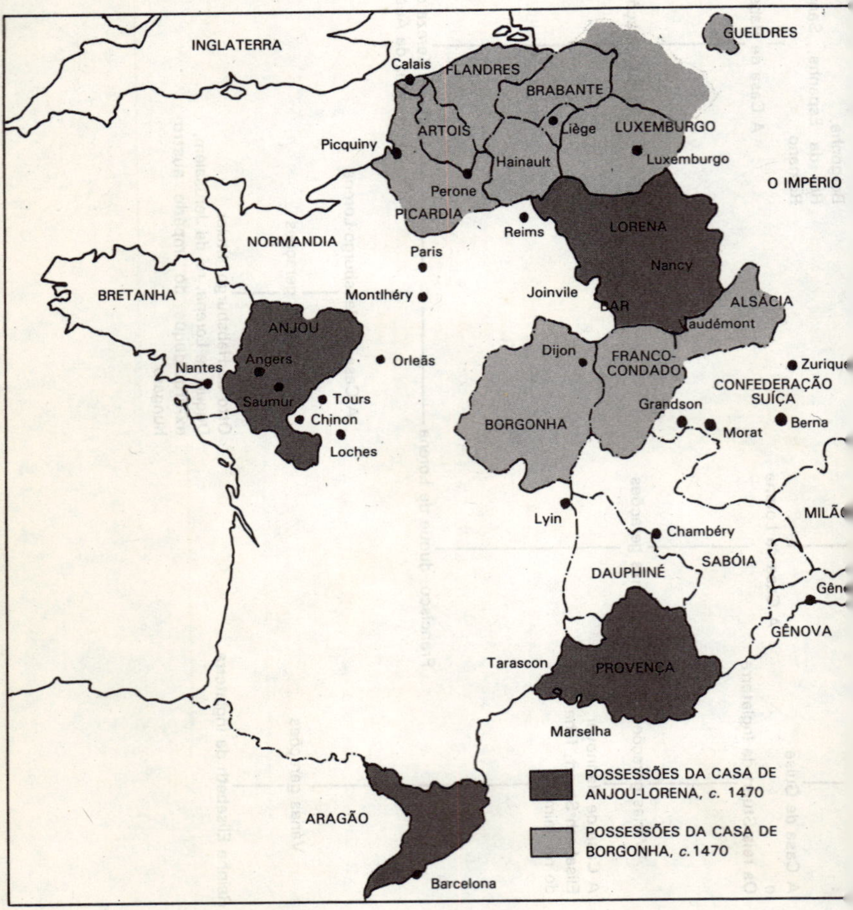
INGLATERRA
GUELDRES
Calais
FLANDRES
BRABANTE
ARTOIS
Liège
LUXEMBURGO
Picquiny
Hainault
Luxemburgo
Perone
O IMPÉRIO
PICARDIA
Reims
LORENA
NORMANDIA
Paris
Nancy
BRETANHA
Montlhéry
Joinvile
BAR
ALSÁCIA
ANJOU
Vaudémont
Angers
Dijon
FRANCO-CONDADO
Nantes
Orleãs
Zurique
Saumur
Tours
CONFEDERAÇÃO SUÍÇA
Chinon
Grandson
Berna
Loches
BORGONHA
Morat
Lyin
MILÃO
Chambéry
SABÓIA
DAUPHINÉ
GÊNOVA
Tarascon
PROVENÇA
Marselha
ARAGÃO
Barcelona
POSSESSÕES DA CASA DE ANJOU-LORENA, c. 1470
POSSESSÕES DA CASA DE BORGONHA, c.1470

Parte um

Iolanda

A virgem negra
1429-1445

"Já que passamos ao tópico da comunhão entre deuses e homens, conhece, ó Asclépio, aquilo em que o homem pode ser forte. Pois da mesma maneira como o Pai, Senhor do universo, cria deuses, assim também o homem, essa mortal e terrena criatura viva, cria, por sua vez, deuses. Assim como Deus desejou que o homem interior fosse criado à Sua imagem, assim também o homem cria, na terra, deuses à sua semelhança.

Estás surpreso, ó Asclépio? Acaso és outro descrente, como a maioria?"

Corpus Hermeticum

I

Numa mistura indistinta de salpicos de lama e esterco de cavalo, a camponesa louca chegou, acompanhada da pequena cavalhada de soldados armados, ao átrio pantanoso do castelo. Percebendo-o, o mais jovem cavalariço do estábulo soprou a novidade nos ouvidos do pasteleiro das cozinhas. O pasteleiro contou ao pajem do velho duque de Lorena, que passou a informação a Didier, o anão do duque de Bar. Do anão, ela foi transmitida à ama das crianças. Da ama, que se chamava Théophanie, chegou, mais insubstancial que o murmúrio quase inaudível de uma ave-maria proferida em tom penitente, a João, que tinha cinco anos de idade e era nada menos que o filho do duque de Bar. A novidade terminou seu labiríntico percurso nos ouvidos de Iolanda, sua irmã de três anos.

Debruçadas na enregelada borda da janela, na parte superior do seu quarto, as crianças observavam os homens apearem e limparem a lama de suas cotas de malha e caneleiras. Viram o pai, com a armadura e a sobreveste azul de seda, bordada com lírios brancos, cobertas de lama. Sua capa, costurada com fios de pele animal, estava salpicada e manchada. Viram, de relance, a mulher, mas esta, a instâncias de dois soldados, logo entrou. Um sol frio iluminava caprichosamente o pântano lamacento e cheio de detritos, pisoteado pelas patas ferradas dos cavalos, e cobria de geada as pedras das torres gêmeas da Porte de la Craffe. Perdidos na distância, rolos de fumaça negra manchavam um céu claro, esticado como pele. Outra cidade estava em chamas.

João esperou Théophanie adormecer em sua poltrona. Ela sempre cochilava após subir e descer escadas; e ela as havia subido e descido, para receber o presente do anão. Os unicórnios, pavões e centauros, que seu pai pintara amorosamente na parede do quarto, observavam benignamente, aprisionados na têmpera e no reboco delicados. Ele beliscou a irmã, sacudindo-a com vigor.

— Vou para o arrás — sussurrou.

Ela fitou-o longamente, com olhar sombrio, vindo de olhos que ele por vezes não reconhecia. Em geral, nada havia de surpreendente numa irmã. Era agradável atormentar as irmãs por algum tempo; depois, elas desposavam príncipes de terras distantes e nunca mais eram vistas. Assim funcionava o mundo. João tinha outra irmã, de nome Margarida. Mas ela era apenas um bebê, e não se podia sacudi-la. Ele tinha ainda duas outras meia irmãs mais velhas, que às vezes lhe faziam visitas no quarto — as filhas bastardas de seu pai. Essas eram irmãs estranhas, já meio mulheres, que mexiam com ele de uma maneira que não compreendia.

Mas Iolanda, Iolanda era diferente. Talvez fosse o colorido. Os pálidos cabelos dourados e os pálidos olhos de safira e a pálida pele cremosa que a matriz da família lhe negara, como se a linhagem tivesse sido confiante o bastante para pintar cada um deles de ouro, azul-celeste e marfim, e então tivesse se afastado, frustrada, dessa criança incomum. Ela recebera o nome da avó, com quem se parecia. A avó Iolanda era filha do falecido rei de Aragão. Ela também possuía ásperos cabelos negros e pele delicada; tinha também olhos opacos que, por vezes, João não reconhecia.

— Se és tão covarde — anunciou ele, em tom bombástico —, vou sozinho.

Sem dizer nada, ela saiu de baixo das cobertas delicadamente bordadas e jogou uma grosseira camisola de linho, usada pelas criadas, sobre a cabeça. Desceram do quarto, descalços e em silêncio, passando por paredes frias, sombrias e sem uso, em que cavernosos retratos de antigos duques lotaríngios de cenho franzido se encaravam uns aos outros; por escadarias secretas, tomadas pelas aranhas e pela poeira; por sombrios depósitos onde jaziam velhas tapeçarias e estandartes, acumulando bolor, tristemente empilhados. Por trás do grande vestíbulo, onde Carlos, décimo segundo duque de Lorena, dava audiência, o arrás acenava.

O arrás fora dado ao velho duque por Filipe, o Bom, duque de Borgonha. Um tesouro, era uma das recompensas recebidas de Filipe pela garantia de lealdade do seu astuto vizinho ratificada por um tratado, na aliança anglo-borgonhesa contra os franceses. Fora acompanhado de cofres, decorados por entalhes, de coroas de ouro recém-cunhadas com a gravação do perfil do nariz alongado de Filipe, assim como por uns quantos cavalos de batalha dos estábulos ducais de Dijon. Pouco tempo depois, o velho Carlos de Lorena, inexplicavelmente, casou a filha mais velha e herdeira com um príncipe francês: o jovem duque de Bar.

Cruzando a pele sedosa do arrás, um anjo alado, drapeado em branco, brandia uma foice e oferecia um cacho de uvas a um pequeno demônio. Assim a vitoriosa Borgonha, de acordo com o pomposo Filipe, poderia oferecer a magnanimidade aos seus domínios conquistados. Em honra ao pai, João havia feito um diminuto corte, com sua faca de punho de prata, pouco acima das uvas. Ele fizera outra abertura nas dobras dos dedos do anjo, para a irmã. Tinha certeza de que o anjo não se incomodaria.

A gota do velho duque estava dolorida. Uma frustrada luz de sol filtrava-se pelas tênues janelas da parte superior da parede. Os juncos espalhados pelo chão de pedras brancas recendiam a urina de cachorro, assim como a ossos de veado, semidevorados, de origem duvidosa. O velho homem cutucava os poucos dentes que lhe restavam com um palito de prata gravado: outro presente de Filipe de Borgonha. A concubina de dezesseis anos do duque, filha de um vendedor de legumes, recostava-se numa almofada bordada, aos seus pés, com os cabelos negros soltos como os de uma virgem, sussurrando piadas e apanhando pequeninas pérolas imperfeitas das vestes ducais. Ao longo das paredes, os cortesãos e soldados, sacerdotes, tesoureiros e embaixadores de Borgonha e de Aragão, da França e de Nápoles, de Florença e de Roma, mantinham-se como o demônio do arrás, sem vida e em silêncio. O anão, Didier, cantava nas sombras, de si para si, rindo dissimuladamente.

O arauto curvou-se duas vezes e anunciou o sr. René de Anjou, duque de Bar, conde de Guise, marquês de Pont-à-Mousson.

Iolanda, espreitando por entre as figuras tecidas, estava envolvida pela visão, semelhante a um sonho, do pai, esguio e ereto em sua capa manchada e na sobreveste de seda azul. Belos, descoloridos e desarrumados pelo elmo, seus cabelos afiguravam-se, aos olhos dela, como uma auréola. Sem sombra de dúvida, ele era o mais belo homem da face da terra. Seus olhos eram de um azul muito forte. João estufou o peito, numa demonstração de orgulho filial. Todos sabiam que o duque de Bar, de exatamente vinte e um anos, era o mais valente guerreiro do mundo. Vinha travando batalhas desde os doze anos. João tinha certeza de que o anjo alado era, na realidade, seu pai; e não Filipe, o Bom como sugerira o embaixador borgonhês.

O duque de Bar dirigiu-se ao trono ducal, com o passo lento e estudado de um ator numa peça teatral, e sussurrou algo nos ouvidos do velho homem. Exalava, como de costume, seu aroma favorito, essência de rosas, matizando o acre ar como uma visitação incorpórea. Carlos de Lorena retirou o palito de prata dos dentes. A filha do vendedor de legumes observou o duque de Bar, num movimento rápido e abrangente.

Dois guardas fizeram entrar uma mulher andrajosa.

— Théophanie diz que ela é totalmente louca — murmurou João para a irmã. — Ela é apenas uma camponesa de uma propriedadezinha. Tem visões, ouve vozes e faz encantamentos. Acho que eles deveriam lançá-la à fogueira.

A mulher vestia uma saia vermelha suja e uma gasta túnica de lã. Viajara a cavalo, durante todo o dia, enfrentando a chuva e o frio entorpecedor. Seus pés estavam sujos, repletos de lama amarela. Os cabelos eram negros, como os de Iolanda, e pendiam em tranças desordenadas. Podia ter qualquer idade.

Iolanda olhou para ela, extasiada. Ela também tinha visões e, por vezes, maus sonhos, em noites silenciosas de lua nova, quando as nuvens vagavam negras pelas estrelas e o vento serpenteava nas sombrias ameias, além do arco familiar que protegia a janela do quarto. Embora não tivesse formulado o pensamento de modo coerente, estava certa de que aquela não era uma camponesa qualquer. Nada disse a João.

À luz difusa, a pele da mulher parecia muito escura, como a pele da cria de um agricultor. Iolanda notou que a mulher exibia pronunciados e desagradáveis pômulos, uma mandíbula firme, que traía um temperamento irascível, e um nariz longo e aristocrático. Seus olhos eram grandes, e a humildade estava ausente deles.

— Ela nem sequer é bonita — murmurou João.

Aqueles olhos, cobertos por desconhecidas formas prateadas e por raios semi-refletidos de luz bruxuleante, vagueavam sem temor pelo vestíbulo. Detiveram-se de forma intensa no duque de Bar, que lhe fez um sinal quase imperceptível com a cabeça. Voltaram-se para o velho duque, demonstrando desdém. Sem expressão, pousaram sobre a filha do vendedor de legumes, e se afastaram. A concubina do duque estremeceu nervosamente. Os cortesãos, embaixadores e tesoureiros começaram a murmurar e fizeram, sub-repticiamente, o sinal-da-cruz.

O duque de Bar explicou com cuidado, ao velho homem, que a moça havia insistido em dirigir-se à corte. Sua cidadezinha, embora estivesse localizada nas fronteiras de Lorena, ficava, na realidade, no ducado de Bar; desse modo, ele era o seu senhor e o responsável por ela. A jovem obtivera um salvo-conduto do capitão da guarnição francesa de Vaucouleurs. René de Anjou falou de sua grande coragem em viajar por território sitiado, e entregou a carta do capitão ao velho duque.

Carlos de Lorena resfolegou e balançou a cabeça.

— Eu também vos informaria, meu nobre *beau-père* — disse o duque de Bar, de forma límpida e simples, de maneira que todos os que se encontravam no vestíbulo pudessem entender o que dizia —, que minha mãe, a rainha de Aragão, ouviu falar muitas coisas desta mulher. E recomenda enfaticamente que vós lhe concedais o vosso favor.

— A rainha de Aragão, que Nosso Senhor a abençoe e proteja, intromete-se nos assuntos de todos — disparou o velho.

— Apesar disso. . . — disse o duque de Bar, com um sorriso vitorioso e abrindo a palma das mãos.

João esperou que a mulher mostrasse indícios de loucura: cair em convulsão, falar de modo incoerente, revolver os olhos, gritar, espumar. Nada disso aconteceu. A mulher esfregou as pequenas mãos, vermelhas e cheias de frieiras, no tecido gasto da saia. O velho homem pigarreou e colocou os pés inchados numa posição mais confortável. Com mal disfarçada impaciência, perguntou-lhe o que desejava dele.

Ela respirou fundo. Para surpresa de João, era perfeitamente inteligível e não espumou nem disse frases sem sentido. Sua voz era baixa e viril, ligeiramente ciciosa: a voz de uma jovem mulher. Iolanda balançou a cabeça com satisfação.

— Um cavalo — disse a mulher da saia vermelha suja — e vosso genro; e alguns valorosos homens para me escoltarem até a França. — O anão Didier cantou aos borbotões e num tom desafinado, rompendo o silêncio que subitamente tomara conta do lugar:

> *"Tres haults et puissants Seigneurs,*
> *Descendez tost, et si venez avant,*
> *La Bergiere le vous mande dire."*[1]

---

[1] *Altíssimos e poderosos senhores, /Descei de pronto, e aproximai-vos, /A Pastora vos manda dizer. (N. do T.)*

João reconheceu na canção um trecho da poesia do pai. O anão sempre cantava os versos do duque de Bar. Iolanda, ao contrário da maioria dos membros da corte, sabia instintivamente que Didier não era um tolo quando criava seus ditos espirituosos.

— Sem dúvida — disse Carlos de Lorena, num tom condescendente, mas não descortês —, teus negócios na França tocam a ti. Mas que queres com o senhor duque de Bar? És sua amante? Que ofereces em troca? Dizem que tens poderes. Curarás a minha gota?

A filha do vendedor de legumes soltou um riso agudo. Num tom surdo, bom número de cortesãos fez eco ao seu riso. As faces morenas ficaram rubras, mas os olhos da mulher não vacilaram.

— Orarei por vós, senhor.

— Posso orar sozinho — disse Carlos de Lorena. — Que desejas?

— Eu, eu nada quero. Sirvo a Deus e ao rei.

Que rei?, pensou Iolanda. O inglês? Théophanie dissera que não havia rei francês. Apenas a patética criatura de Chinon, tio de Iolanda, mas bastardo e não coroado.

— Mulher tola — rugiu o velho duque. — Volta à tua morada. Se meu genro te deflorou, a questão fica entre ti e ele. Não te posso dar um cavalo e, com certeza, não te posso dar um homem. Caso não tenhas percebido, a Inglaterra, a França e a Borgonha estão em guerra. Que buscas?

Ela o encarou com desdém, a meio caminho entre o ódio, a humilhação e a obrigatoriedade de obediência. Seu corpo, devido à frustração, estava desarticulado. O duque de Bar alimentou, no canto de sua boca móvel, um desalentado e exasperado riso sem jeito. Os cortesãos movimentaram-se tropegamente e deram risadinhas silenciosas. João, espreitando por entre as uvas, sentiu a raiva irromper, pois a honra de sua mãe fora conspurcada. A mulher não poderia ser a amante de seu pai. Ela nem sequer era bonita. Iolanda ficou irada por outras razões mais obscuras.

O rosto da mulher assumiu um tom doentio, cor de lama. Sua voz cortou os murmúrios como a faca de punho de prata de João.

— Dai-me vosso genro e um cavalo — repetiu, com voz possante. — Acabarei com os inimigos da França e colocarei o delfim Carlos em seu trono.

Naquela época, Vossa Graça, vós o amáveis. Naquela época, no princípio, quando parecia que a esperança finalmente surgira. Vós e todos os vossos favoritos, servos e espiões; todos vós amáveis meu pai naquela época. Ele era o vosso homem predileto, o vosso brilhante realizador de sonhos, cujo cérebro jovem-velho, fertilizado pelo cuidado de todo intelecto atilado e esclarecido que foi possível encontrar para ensiná-lo, concebeu o grande e brilhante plano que vos provou ser ele a única escolha, o escolhido, o criador de exércitos.

Um plano tão simples, e tão irônico: esquadrinhar entre as lendas sepultadas e descobrir o mito que todos haviam esquecido. Disseminá-lo reservadamente, das florestas do norte infestadas de lobos às cidades e campos pilhados de Bordeaux e Maine, atingindo as colinas pardas da Provença, através da boca de vossos emissários, os frades, os favoritos de hábito marrom, como formigas fervilhando. Preparar para Aquela que vem, a porta-voz dos santos de Deus, a Virgem, a Donzela, a Salvadora da França. Raptar aquela pobre criança bastarda, filha de uma rainha pervertida e de um irmão de um rei louco, escondida numa herdade de camponeses, em meio às florestas da Lorena e de Bar, por minha avó, para que um dia pudesse ser usada. E, afinal de contas, não havia mais ninguém que a quisesse.

E assim ele a seqüestrou. A partir da visão do seu grande plano ele desceu e a arrebatou, alimentou-a. Ele e minha avó aragonesa, minha avó semelhante a uma bruxa, de quem recebi o nome. Ele alimentou-lhe as visões e a loucura e a fez aparecer no advento das lendas propagadas por vossos emissários marrom-formiga. A Virgem coberta de luz que acenderia a chama do patriotismo e daria esperança e libertaria a França. Mas vós o amáveis então.

Até o amastes mais tarde, Vossa Graça, quando ela ardeu em sua pira; e, mais tarde ainda, quando ele lutou em Bulgnéville pelo seu ducado, foi derrotado e derrubado do cavalo, com o sangue toldando-lhe os olhos, sendo atirado nas trevas de uma prisão borgonhesa. Mesmo então vós o amáveis, embora ele tivesse lutado, em plena batalha, como o fazia nos torneios que admirava, como num baile de máscaras, com honra e sem malícia. Mas quando ele se recusou a lutar por vós, deixastes de amá-lo. Lembro-me do dia em que deixastes de amá-lo; pois eu estava fora da sala, nas sombras, e ouvi. Não vos conhecia então, Vossa Graça. Mas lembro-me do dia em que um estranho homem fez meu pai chorar. Não podíeis entender que ele lutava de outra maneira.

Estou proibida de pronunciar vosso nome. Estou proibida de revelar quaisquer dessas coisas, graças ao sagrado voto que fiz quando me nomeastes vossa testamenteira. O mundo jamais ouvirá o vosso nome ser proferido pelos meus lábios. Nós, que conservamos o sigilo do círculo, não traímos a confiança. Mantemos o silêncio. Mas eu e vós, Vossa Graça, temos um assunto inacabado para discutir. Nenhum voto do céu ou do inferno selará meus lábios quanto a isso. Temos uma questão a resolver acerca de meu pai. Vós, que sabeis tantas coisas, cujo sangue é tão terrivelmente antigo, cuja mão abençoa a todos nós, vós que sois da linhagem sagrada, mesmo vós jamais o entendestes. Mesmo vós jamais entendestes a sua visão, a corrente subterrânea que flui por baixo de raízes cortadas e de seixos esmagados pela guerra, jorrando de sua fonte secreta, de Anjou à Lorena, da Provença à Itália, do Reno à Suíça, alcançando a Inglaterra, pelo infinito mundo invisível e imaculado e de suave fluir. O rio não pode ser represado por um perspicaz rei Aranha, nem esgotado ou dispersado por uma assustada e vingativa Igreja. Todos os homens morrem. Os rios não morrem. Falar-vos-ei, Vossa Graça, sobre esse rio. Falar-vos-ei, e vós, que o culpastes por seu fracasso, me escutareis. Vós sempre quisestes uma espada, um lutador. Que vos importa um afresco pintado na parede de uma masmorra, mesmo que seja um talismã para invocar o poder Daquela que traça o pentagrama no céu noturno?

Não importava o que ele fizesse, disseram-me; nada bastava. Esperastes, e esperastes por alguma ação, por alguma palavra que vos provasse, e aos vossos servos e favoritos, que ele vos servia de acordo com os vossos ditames. E como só víeis a mão que não levantaria a espada, mas éreis cego para as correntes do curso subterrâneo, vós o traístes.

Quem restou para defendê-lo? São todos cinzas, corações embalsamados em pequenas urnas de ouro, espíritos cinzentos que não estão mortos para mim, que ainda os ouço sibilar e chorar dolorosamente na chuva e no vento, bem como quando gritam os corvos que fazem ninhos nos torreões deste castelo de Vaudémont, monte de Wotan. Não há ninguém dessa linha, além de mim; e eu não tenho coragem ou frenesi de batalha, ao contrário de minha mãe, de minha avó ou de minha irmã louca. Nem mesmo sou como aquela pobre criatura que acendeu os olhos dos deuses como tocha viva, aquela pobre criação do meu pai. Não sou lutadora, Vossa Graça. Detenho apenas os obscuros segredos do Escorpião: o silêncio e a resistência e o artifício, em meio à guerra, à degradação e à morte. Enquanto os exércitos franceses e borgonheses cruzavam esses campos da Lorena interminavelmente cruzados, eu me sentava em silêncio. O rei Luís devorou a França inteira e esmagou, como a ossos de galinha, os esqueletos de todas as casas nobres. Essa foi a sua necessidade: o seu futuro, o seu sonho de uma França *arrondie*, que se levantaria inteira das cinzas de um século de guerra. Uma França unificada, com o rei Aranha no centro. Mas hoje, ela é terra arrasada, desprovida de nobreza e de beleza. Não haverá vida nenhuma para ela, salvo pela corrente subterrânea que produzirá, a seu tempo, flores renovadas e frutos renascidos. E por aquele que um dia foi vosso homem de ouro, vosso grão-mestre, meu pai: Prometo-vos que esse tempo virá. Suave e docemente como o fluir da água, mesmo que demore séculos. O rei Luís comeu e emagrece e morre. Os ossos de galinha atravessaram-se em sua garganta, engasgando-o. Mas a corrente permanece.

Por conseguinte, Vossa Graça, que não seja proferida por vós nenhuma palavra mais a respeito do fracasso de meu pai diante de mim. Nem deveis temer a minha traição. Vós, entre todos os homens, sabeis a solidez da minha lealdade para convosco. A criatura em vias de desmoronar que ocupa o trono da França, meu primo, o usurpador a quem o mundo chama de rei, finalmente morre, pois era a sua morte contra a minha e a de meu filho. Todos os outros se foram, um a um apagados como velas, pelo desgosto ou pelos venenos do rei Aranha. Lembrai-vos de que aquilo que fiz, eu fiz não apenas por meu filho e por vós, mas por meu pai. Não sabeis, vós que tantas coisas sabeis, o que ele era.

Mas eu vos direi, e me escutareis, em favor do serviço que vos presto, e de outras coisas de que vós e eu nos lembramos. Ontem chegaram notícias de Angers. Passaram-se três anos até que minha madrasta, Joana de Laval, pudesse recuperar sua urna funerária dos provençais e trazê-la com segurança para Anjou. Eles o amavam tanto que não queriam ceder-lhe o cadáver. Assim, ela o roubou, à noite. Fez para ele um delicado túmulo de pórfiro negro, um túmulo que é também um talismã, no interior da capela de minha avó, construída à sombra das torres negras de ardósia. Angers negra que jamais foi tomada por sítio ou assalto, empoleirada como uma grande esfinge, às margens do rio moroso onde ele realizava seus bailes de máscaras em abafadas noites de verão. Angers negra, onde ele nasceu.

Ela abriu a urna.

O corpo está intacto.

— Mamãe — murmurou Iolanda —, quando papai vem para casa?

— Ah, teu pai — suspirou Isabel, começando a chorar. Em geral, ela não era uma mulher que chorasse. Era perfeitamente capaz de colocar uma armadura e ir para o campo de batalha. Na verdade, ela o fizera quando o maldito Antônio de Vaudémont, sobrinho de seu pai, descera do seu castelo na montanha, na época em que o velho duque falecera, e reivindicara o ducado, declarando inválida sua herança, por ser ela uma mulher. Antônio de Vaudémont vociferara e ameaçara, e então persuadira Filipe de Borgonha a dar-lhe um exército para livrar Lorena do príncipe francês usurpador, o jovem duque de Bar — este, em virtude do casamento com a herdeira, ora chamava a si mesmo duque de Lorena e, de acordo com os rumores, tinha alguma ligação secreta e blasfema com a bruxa que haviam queimado em Rouen no ano anterior.

Antônio de Vaudémont invadira o ducado e, naquele momento, René de Anjou deteriorava-se nas prisões de Filipe, em Dijon. Isabel foi para o campo de batalha, uma górgona estridente com amarelos cachos de cabelos ao vento, e expulsou o conde de Vaudémont. Mas Filipe não se iria desfazer de sua presa sem um substancial resgate; ou sem a criança.

— Iolanda — disse Isabel —, não há jeito. Eu tentei. Até supliquei diante de teu tio, o rei Carlos. Pus uma concubina perfeita em sua cama para que sua disposição se inclinasse a meu favor. Mas ele é estúpido. Um covarde. Agora que tem o trono, teme uma folha que cai. Ele não ofenderá Filipe. És o sacrifício.

Sacrifício, pensou Iolanda, é semelhante a Nosso Senhor crucificado com as mãos sangrando, ou àquilo que a velha Théophanie faz quando acredita que ninguém a está observando: leva um galo negro para os porões, em noites de lua nova, a fim de amaldiçoar os ingleses e o conde de Vaudémont.

— Não quero morrer — exclamou a criança, escondendo-se nas saias da mãe.

Essa exagerada demonstração de terror interrompeu abruptamente as lágrimas da mãe. A face pálida de Isabel, semelhante a uma máscara, delicada como as asas de uma borboleta branca, adquiriu uma cor baça, como se o choro tivesse desgastado alguma superfície translúcida.

— Morrer? Não vais morrer, criança. Não é tão ruim assim. Mas não podemos libertar teu pai das prisões de Filipe, salvo se lhe dermos todo o ouro que tivermos, toda a prata, toda a baixela. Deves desposar o filho do conde de Vaudémont. É tudo o que podemos fazer.

Iolanda acreditara, por algum tempo, que o pai estivesse morto. As conversas corriam todo o castelo. Contava-se que ele havia sido tirado do campo de batalha em Bulgnéville, com a testa ferida e o sangue toldando-lhe os olhos, que fora derrotado, que estava morrendo, que morrera. Agora, pensava que ele morreria na prisão.

— Se eu não me casar com o filho do conde de Vaudémont — disse Iolanda —, Filipe matará meu pai?

O rosto de Isabel franziu-se. Sua boca abriu-se e fechou-se com um som ofegante.

— Teu pai — disse, com rancor. — Oh, não, Filipe não matará teu pai. Por cinco vezes tentei enviar homens para dar-lhe fuga. As prisões de Filipe não são diferentes das outras. Têm janelas, portas, guardas que podem ser subornados. Mas não. Sua honra, diz ele, não o permitiria. Ele ficaria desgraçado. Sabes o que ele faz, Iolanda? Ele não ora, nem chora de tristeza ou conspira para obter a liberdade. Ele pinta. Pinta seus malditos afrescos em todas as paredes da cela. Pintou vinte e três miniaturas do duque de Borgonha. Filipe a cavalo. Filipe em oração. Filipe envergando o hábito da Ordem do Velocino de Ouro. Logo será Filipe fornicando com sua concubina. Ele pinta, Iolanda, pinta. Ele não está morrendo na prisão. Eles se tornaram grandes amigos, teu pai e Borgonha. E os sonetos? Ele escreve sonetos, digo-lhe. — Sua voz falhou. Iolanda afastou-se. — Sonetos! Para aquele outro tolo, o pobre idiota de um duque de Orleãs, que apodrece numa masmorra inglesa. Eles escrevem poemas um para o outro, teu pai e o romântico Carlos de Orleãs, e Filipe faz o papel de garoto de recados. E eu, eu luto, e vendo tudo o que temos, e viajo, para cima e para baixo, por toda a França, para encontrar amigos que tenham dinheiro, e teu pai escreve sonetos!

— Talvez sejam mensagens secretas, mamãe — disse Iolanda, desoladamente.

— São sonetos, estou lhe dizendo. Ninfas de rios e fontes sagradas, pastores na Arcádia, correntes subterrâneas. Que vergonha! — Ele não vai morrer na prisão, criança. Mas eu sim, morrerei de exaustão, a não ser que o possamos libertar. E eu o amo — disse Isabel, com um certo embaraço. — Não posso dirigir esse ducado sozinha. Preciso dele. Pobre tola que sou. Sou mais homem do que ele.

— Não! — gritou Iolanda, atirando-se contra a mãe e esmurrando-a. — Ele é o mais bravo, o mais belo homem do mundo.

— Ah, Iolanda — disse a duquesa, com voz cansada. — Deves ir para Vaudémont.

— Vaudémont? Agora? Mas só tenho seis anos. Não posso me casar com seis anos; oh, disseste-me que eu não morreria!

— Criança, criança. Serás tratada como a princesa que és. Mas és uma refém. Viverás na casa de Antônio de Vaudémont. Serás educada pelos preceptores de Antônio de Vaudémont. Quando completares dezesseis anos, desposarás seu filho e herdeiro. E teus filhos herdarão a Lorena. Não é tão ruim — acrescentou, como explicação posterior. — Ele já é um homem: treze anos de idade. Teu pai tinha doze quando o desposei. Ouço dizer que Ferri de Vaudémont é agradável, muito agradável.

— Não entendo — lamentou-se, chorosa, Iolanda, embora entendesse tudo aquilo perfeitamente bem. Ela seria negociada, como um animal de um ano, para que o pai desse homem tão agradável não matasse seu pai e deixasse de roubar seu ducado.

— É uma honra — disse Isabel, transformando-se repentinamente em duquesa. — Teus filhos, Iolanda. Não os de João, mas os teus, herdarão a Lorena quando teu pai morrer. Pensa. Teu filho. Não é tão ruim.

— Não é tão ruim para ti, mamãe — disse Iolanda. — Mas sou eu quem deve ir embora, para os braços do inimigo, e jamais ver meu pai outra vez, a não ser que eles me dêem permissão, e ser forçada a mostrar polidez diante daqueles que tentaram nos arruinar, e. . .

— Iolanda. — A criança a estava deixando nervosa outra vez. Desconcertado, o rosto de Isabel voltou a franzir-se. Era a maldição do colorido: todo sentimento maculava sua pele frágil.

— És uma princesa de Anjou-Lorena. Sê valorosa. Nasceste para um casamento nobre. Todas nascemos para isso, nós, mulheres. Somos peões. Há coisas piores nessa terra do que ser a condessa de Vaudémont. Nada se pode fazer.

Uma raiva fria cresceu na criança. Ela fungou. Seus olhos, negros e impenetráveis mesmo quando sorria, estavam velhos, duros e ameaçadores.

— Não vou desposar esse agradável Ferri de Vaudémont. Não vou embora. Irei amaldiçoá-lo. Sacrificarei um galo negro quando a lua estiver escura, dedicando sua morte a ele. Farei bonecos de cera e cuspe e. . .

— Iolanda — Isabel fez o sinal-da-cruz ostensivamente e esbofeteou a boca da menina. — Onde, em nome de Deus, ouviste essas coisas? Que eu jamais te ouça falar assim outra vez ou te farei chicotear; jamais, jamais, jamais!

Iolanda emudeceu. Seus olhos não se modificaram. Do pequeno corpo, tomado pelo choque, a fúria se irradiava.

Isabel afastou-se de modo tão abrupto que quase caiu.

— Iolanda, não te estou reconhecendo — disse, com voz fraca; e, voltando sobre os calcanhares, com os chinelos de couro fino, correu do quarto.

Mas, bem mais tarde, mesmo depois de a menina ter segurado o corpo ainda movente da ave em suas mãos e vomitado em meio à poeira e às aranhas, Ferri de Vaudémont não morreu.

II

Didier, o anão, cantou no banquete funeral da falecida rainha de Aragão, e serviu vinho de Anjou ao seu desolado mestre. Ele esperou Iolanda levantar-se da mesa para recolher-se ao quarto. Então, seguiu-a pelos corredores iluminados por tochas, que ligavam os cômodos do castelo-fortaleza da negra Angers. No dia seguinte, sepultariam a velha rainha, que jazia em câmara ardente na Capela de São Maurício, que ela fizera construir. Nesta noite, havia um visitante.

O anão acocorou-se à porta do quarto. Apenas o silêncio vinha ao seu encontro a partir da barreira esculpida. Sabia que ela estava chorando. Durante os anos em que ela vivera em Vaudémont, fora-lhe dada a permissão de visitá-la com freqüência; afinal de contas, ele não passava de um anão, e sua presença parecia modificar o costumeiro humor melancólico que ela exibia. Por vezes, o homenzinho cantava, ou fazia prestidigitações, ou lhe levava presentes inocentes: um punhado de flores da primavera ou uma rosa negra dos jardins do pai. Ele a observara e aprendera a conhecê-la, e percebeu que ela costumava chorar, mas apenas quando sozinha.

O anão esperou com paciência, por uma, duas horas, cantando suavemente em voz baixa. A música e o ruído de conversas vindos do vestíbulo diminuíram e se extinguiram. Pessoas passaram à pálida luz das tochas, mas não lhe deram atenção. Ele era apenas Didier, o anão de René de Anjou.

Iolanda mal conhecera a estranha e inflexível avó. Rainha titular de quatro reinos, fora a rainha de lugar nenhum, a dominadora bruxa espanhola que dirigira a França, invisivelmente, por tantos anos. Que governara como um homem, enquanto o velho rei Carlos VI havia sido dominado pela ira e guinchado, na couraça impenetrável de sua loucura, e enquanto a gorda rainha bávara fornicava com os gentis-homens da corte e os exércitos ingleses ao mesmo tempo em que os *écorcheurs* deixavam uma trilha de ossos e de fome e violavam túmulos pelos campos e cidades. A mulher de mandíbulas pesadas, meio bruxa, que fizera o deplorável delfim tornar-se o rei Carlos VII por meio de sua esposa, irmã dela. Ela os salvara a todos, a velha senhora. Didier sabia que ela não se fora realmente, mas se escondera e esperava nos olhos jovens-velhos de Iolanda. Acontecia com freqüência, em se tratando de uma avó.

Didier esperou até o momento parecer propício. Podia ouvir o arrastar de pés e os rosnados dos cães no vestíbulo, devorando os ossos atirados fora. Abriu a porta e penetrou no quarto.Deu com ela de joelhos no *prie-dieu,* de olhos petrificados. Manchas úmidas ponteavam-lhe o damasco escuro do pequeno corpo. Ela havia tirado dos cabelos, com violência, a tiara, tendo-a jogado ao chão, diante da lareira: uma faixa negra semelhante a um pássaro morto. Ela não se moveu, mas desviou os olhos para encontrar os do anão. Seus cabelos negros pendiam, selvagens e desgrenhados, até a cintura. Ela havia completado dezesseis anos.

O anão esfregou as mãos e fez uma pirueta, apoiado sobre os dedos. Ela sempre o entendia, essa sombria garota orgulhosa. Falar era uma afetação sem sentido. Se não fosse um anão, e anão do seu mestre, tê-la-ia desejado. Ela não era bonita, suave e dourada como a irmã Margarida, que casaria com o jovem rei da Inglaterra para pôr termo à guerra. Algo mais freqüentava essa face velada, sombria e determinada e amarga como vinho velho. Tal como ele, a jovem era aleijada, embora de modo invisível. Didier imaginou se ela um dia se curaria. Ela deveria ter desposado Ferri de Vaudémont há um ano. Mas seu pai, por pena e numa muda compreensão, adiara as cerimônias.

O anão começou a cantar. Tinha a mesma idade do pai de Iolanda, mas sua voz era aguda como a de uma criancinha.

> *"Tres haults et puissants Seigneurs,*
> *Descendez tost, et si venez avant,*
> *La Bergiere le vous mande dire."*

O clarão da lareira dançou em sua face branca e triste. Iolanda levantou-se, sem dizer uma palavra. Didier colocou uma das mãos na própria boca e a outra na dela e dirigiu-se para a porta.

Ele a conduziu à capela imersa em sombras, onde o corpo da rainha jazia em seu ataúde. Os soldados de sentinela à porta apenas balançaram a cabeça. Eles tinham vindo para rezar pela alma da velha rainha. Quatro círios solitários ardiam ao redor do ataúde drapeado em damasco negro, com os lírios de Anjou, de Nápoles e da Sicília, a cruz duplamente cortada por armas de Jerusalém e as listras carmesim de Aragão. A tênue luz espiralava e desaparecia na nave escura. Os embalsamadores haviam feito um milagre: a rainha de Aragão parecia estar apenas adormecida. Suas fortes mandíbulas, fechadas por uma delicada fita de linho, zombavam da morte em sua teimosia. As pupilas brilhavam palidamente. Didier levou Iolanda até o estrado e ajoelhou-se diante do corpo. Iolanda deu uma rápida olhada desinteressada no cadáver. A alma se fora. Não havia ninguém ali.

Forte e determinada senhora, pensou Iolanda, para suportar um reino nos ombros. Todos os seus homens lhe faltaram, por fraqueza ou morte. Perdera o marido em plena juventude, envolvido em sua guerra fútil na Itália. Durante seis anos, Filipe de Borgonha mantivera René de Anjou prisioneiro, enquanto sua juventude se esvaía. O irmão mais velho, Luís, morrera na Itália, tal como o pai, lutando para retomar o reino de Nápoles, que era patrimônio angevino por direito. Luís de Anjou fora rei titular de Jerusalém, da Sicília e de Nápoles, duque de Anjou e conde de Provença. Numa cela de paredes adornadas por afrescos pintados, René, duque de Bar e Lorena, o filho mais jovem, tornara-se tudo isso. Filipe de Borgonha celebrara sua posse com um cálice de vinho, antes de a porta ser fechada e aferrolhada atrás dele mais uma vez.

Mas a velha rainha de Aragão, que fizera maquinações por toda a vida, entrou em ação. Sua intriga final, póstuma, prometia: casar Margarida, a filha preferida do novo rei da Sicília, com o jovem rei Henrique VI da Inglaterra, e terminar assim com cem anos de guerra.

Iolanda tivera permissão, pela graça de Antônio de Vaudémont e Filipe de Borgonha, para viajar a Angers, a fim de participar do funeral da avó. Antes disso, ficara sem ver o pai durante seis anos. Quando Filipe finalmente lhe concedera liberdade, com a metade do resgate por ser paga, ele navegara para a Itália a fim de tomar seu novo reino de Nápoles do rei Afonso de Aragão. Perdera a batalha e retornara, atormentado e sem dinheiro, para Angers.

Iolanda, às vezes, temia que houvesse uma maldição contra seu pai no campo de batalha.

Didier levantou-se desajeitadamente e pegou-lhe a mão. Nada o interessava ali. Levou-a para a parte posterior do altar, onde havia uma saleta, tendo um arrás por cortina. Um fio de luz amarela aparecia entre o arrás e o portal. O anão fez uma mesura e desapareceu na escuridão.

Ela se aproximou suavemente do arrás e ouviu as vozes murmurantes, inclinando-se cuidadosamente na direção da parede para perscrutar além da abertura. Três homens sentavam-se a uma mesinha: seu pai e dois outros senhores. Ela não os reconheceu. Um deles envergava um hábito marrom de franciscano. Isso não era incomum: a velha rainha de Aragão fizera-se cercar pelos frades marrons. Eles faziam parte de sua rede de espiões. O rosto do monge estava nas sombras, coberto pelo capelo. O outro era um italiano, que usava os cabelos claros no estilo longo e impecavelmente ondulado dos florentinos. Era muito jovem, mal saído da adolescência: talvez fosse um mensageiro da corte dos Médici. Estava vestido com elegância, talvez de modo afetado, como um cortesão. As longas mãos finas de estudioso gesticulavam nervosamente enquanto falava.

— . . . E meu senhor deseja que aceiteis este presente, para minorar vosso pesar. Ele sabe o que é perder uma mãe bem amada. Foi trazido da Trácia apenas no ano passado. Mal terminei de traduzi-lo. Meu senhor diz que se lembrou da promessa que vos fizera. Ele construiu um canal a partir do curso subterrâneo para irrigar a Itália.

Havia entre eles, na mesa, um manuscrito. O pai de Iolanda acariciava amorosamente o pergaminho, como se fosse a pele de uma mulher. Sua fina boca móvel curvou-se num sorriso. À luz dos círios, os cabelos, outrora claros, estavam acinzentados. Ele tinha trinta e três anos.

— Dize ao meu amigo Cosme de Médici — disse o rei René de Anjou —, que lhe agradeço de todo o coração. Dize-lhe também que ouvi falar do seu plano das Academias. Estou muito contente. É o que eu esperava.

O florentino inclinou a cabeça — Se não vos parecer arrogância, meu senhor, devo reivindicar algum pequeno crédito. A academia mais ampla, de Florença, eu mesmo irei dirigir. Embora seja jovem. Meu senhor assim o deseja. Chamá-la-emos de Academia Platônica. É simples assim. E ela estará cheia a ponto de explodir.

— Ah, signor Ficino — disse o rei da Sicília —, tu e teu mestre já fizestes muito para aliviar a carga de meu pesar. Eis excelentes notícias. Este manuscrito. De quem é? Como se chama?

— É o *Corpus Hermeticum,* meu senhor — disse o florentino.

— Não posso acreditar — disse René de Anjou, numa exclamação admirada. — Eu pensava que fosse uma lenda. Ele encontrou-o então. Signor Ficino, eu te agradeço.

O jovem levantou-se e fez uma graciosa reverência. O frade permanecia sentado, silente e imóvel, com a face escondida na escuridão. Iolanda, ela mesma imersa nas sombras, estava profundamente perturbada, pois não conseguia ver-lhe os olhos.

Depois da partida do florentino, seu pai ficou parado. O monge permanecia sentado com as mãos cruzadas sobre o tampo da mesa. O rei da Sicília manuseava o pergaminho. Estava ávido por lê-lo, por devorá-lo. Parou de mexer os dedos. Não olhou para o frade.

— Que fizeste na Itália? — perguntou o franciscano, finalmente. Sua voz era monótona e revelava desaprovação, ou mofa.

Iolanda respirou fundo. A arrogância do homem era estarrecedora.

O rei da Sicília hesitou. Vestia veludo negro, o que lhe acentuava a palidez. Retornara das prisões de Dijon ainda atraente, mas marcado.

— Fiz o que julguei melhor de acordo com as circunstâncias. Não pude manter Nápoles. Minhas tropas eram menos numerosas. Meu dinheiro acabou. Sabes disso.

— Sei que armaste uma grande confusão fora de Nápoles. Afonso de Aragão não é guerreiro. Um soldado angevino vale por dez tolos espanhóis. Que fizeste?

O rei René inclinou a cabeça.

— Fracassei. Lamento muito.

— Lamentas?, — disparou o frade. — Nem sequer estavas em Nápoles quando o exército dele atacou pelo mar. Estavas em Florença, cortejando Cosme de Médici, discutindo as questões mais refinadas dos manuscritos gregos. Tuas tropas estavam sem líder. Que tipo de homem és?

O rei René nada disse.

— Tua frágil esposa fez mais em Nápoles, enquanto estavas na prisão. Devias ter permitido que ela lá permanecesse para combater o rei de Aragão, enquanto ficarias em casa e pintarias afrescos. És um tolo?

O rei sem reino da Sicília, de Nápoles e de Jerusalém levantou a cabeça e endireitou os ombros. Sua face estava muito pálida. Abaixo dos profundos olhos azuis, as sombras da prisão e do fracasso acumulavam-se em covas negras.

— Não sou um tolo — disse, com voz calma. — Não sou guerreiro, eis tudo. Sou um artista. Amo a paz, a beleza, o conhecimento. Não posso lutar. Tentei. Sempre fracassei. Supliquei-te que pusesses outro homem em meu lugar. Deste-me um poder que não posso exercer. Não da maneira que desejas.

— E de que modo o exerces? — A voz do franciscano estava carregada de ironia. Ele era inflexível. Iolanda pensou, cegamente: "Ele está tentando esmagar meu pai".

— Aquilo que iniciei na Itália — disse o rei René — espalharei por toda a França. Disseste-me que sou um fracasso e um tolo. Pois bem, digo-te que não sou homem de batalha. Não te posso servir dessa maneira. A França vem sendo transformada numa massa sangrenta por essas incessantes guerras. O país encontra-se devastado. Não tenho dinheiro para alimentar um exército. Posso ser um de teus sumo sacerdotes, mas não um *condottiere.* A sabedoria secreta, deverei continuar a disseminá-la. Mas é uma sabedoria subterrânea. Um calmo acúmulo, um crescimento furtivo. Deves dar-me tempo. Trabalharei por intermédio dos pintores, dos poetas, dos filósofos. Por meio da mágica. Da visão. Não por meio do sangue.

— René, René. Teremos nós feito de ti um grão-mestre por nada?

— Não sou grão-mestre de coisa alguma, se acreditas que só podemos realizar nossa tarefa por meio da carnificina. Não seríamos melhores do que os ingleses, os borgonheses, os *écorcheurs.*

— Sabes o que o delfim Luís é? — disse o frade.

— Sim — disse o rei da Sicília, aborrecido. — Sei. Sei.

— Sabes que já agora, com apenas vinte e dois anos de idade, ele está conspirando, esse vicioso jovem Valois, para derrubar o poder das casas nobres? Sabes que ele já é um assassino? Sabes que ele te colocou, a ti seu próprio tio, como alvo de vigilância, pelo fato de ele odiar os grandes magnatas e especialmente os grandes magnatas que possuem vastas extensões de terra e dirigem secretamente o rei? Ele é brilhante, o jovem assassino, e ladino. Onde és honrado, ele é sagaz. Ele liderou uma rebelião abortada contra seu pai. A próxima poderá vingar. Ele quer as tuas terras, René. Pensas em lutar contra ele, sendo ele rei, com a pintura e a poesia?

— Não combaterei o delfim Luís. Combaterei as trevas das quais ele não passa de voz. Combaterei o miasma que alquebrou o espírito desta terra por uma centena de anos. A pestilência da brutalidade e da ignorância. A angústia da falta de sentido. — A voz musical elevou-se, débil. — Devo fazê-lo à minha própria maneira. Eu te imploro. Substituí-me se desejares.

Remove-me. Mas não me peças para lutar outra vez. Criei Joana, a Donzela, para ti. Posso dirigir o reino. Mas não voltarei a levantar a espada. A terra recende a sangue. Agora, a baía de Nápoles também recende a sangue e a cadáveres de meu exército, comidos por peixes e caranguejos. Sacrifiquei minhas irmãs, a quem amo, forçando-as a matrimônios sem amor, para terminar com essas guerras amaldiçoadas. Digo-te que não voltarei a lutar.

O pergaminho que não deveria ser nada mais do que uma lenda jazia, amarelado e convidativo, à luz dos círios. O rei da Sicília colocou as mãos na face e inclinou-se sobre a mesa. Não foi possível perceber imediatamente que ele chorava.

O franciscano levantou-se, com ira, afastou o arrás. Iolanda, furiosa e sem compreender, apenas se afastou, na escuridão, para dar-lhe passagem. Ele voltou-se e a viu. Ele estava envolvido pelas trevas; ela só foi capaz de discernir o fraco brilho de suas pupilas. Ele encarou a contorcida face clara, os enormes olhos flamejantes, os cabelos selvagens. Ela parecia uma Erínia. Uma sombria e raivosa nuvem de ódio emanava dela. O frade não disse palavra, mas suspirou fortemente e, penetrando nas sombras, desapareceu.

Meu filho tem olhos azuis, Vossa Graça. Não são de um azul profundo como o do mar que bate suavemente na costa da Provença, nem como o dossel azul-celeste que se estende, sem nuvens, sobre o Castelo de Tarascon, o refúgio final de meu pai; nem mesmo como as safiras que ele me deu, fixadas em ouro trabalhado, que um dia adornaram o colo de uma rainha merovíngia. São pálidos, tendo íris com bordas cor de fuligem, semelhantes aos olhos de algum animal noturno. Como os céus do norte. Como vossos olhos, Vossa Graça. Mas, com efeito, o mundo comum dos homens jamais viu vossos olhos. O mundo olha para o meu filho e diz: "Que bela criança, e com pais tão sombrios; mas o avô, por certo. . ."

O rei Luís acreditava que meu filho fosse um tolo. Foi por causa do urso. Meu filho encontrou-o um dia quando caçava nas Ardenas. Um filhotinho, órfão quase morto de fome e de frio. Conheceis as Ardenas, Vossa Graça. Conheceis as estranhas coisas que vivem e morrem nas vastidões da floresta. Os velhos reis de vossa linhagem caçaram ali, antes de todos, exceto um, terem sido sacrificados numa pedra branca; antes de a linhagem ter mergulhado no subterrâneo, como um animal que se oculta da luz. Sabeis como os pinheiros e faias suspiram e murmuram ali. Como se estivessem a nos alertar que podemos dar com Ártemis banhando-se em sua fonte sagrada, enquanto as ninfas, suas companheiras, reúnem-se, tagarelam, acariciam o corpo de alabastro e entoam canções loucas para a lua. Como se os pinheiros e faias vos estivessem explicando, caso fôsseis tão descuidado ou tão sábio quanto Actéon, que foi feito em pedaços por seus próprios cães.

Mas, voltando ao urso, meu filho teve piedade da criatura e levou-a consigo para Nancy. Ele o alimentou com pão amolecido em leite quente. E ele sobreviveu, e seu pêlo tornou-se espesso; seguia meu filho por toda parte, através dos longos corredores do castelo. Por algum tempo até dormia sob os esmaecidos afrescos de unicórnios, pavões e centauros que meu pai pintou na parede do quarto das crianças.

Foi porque ele falava com o animal, Vossa Graça, que o rei Luís o tomou por louco. Ele se estendia, já homem, na poeira do átrio, enquanto o sol de verão dourava as torres da Porte de la Craffe; e ensinava truques ao urso, e lhe dava guloseimas e cantava para ele. O rei Luís foi a Nancy porque Carlos de Borgonha, filho do velho Filipe, o Bom, planejava formar um exército para tomar a Lorena de assalto. O rei Luís achava que poderia tomar a Lorena de assalto antes de Carlos, e por isso foi a Nancy, a fim de envenenar meu filho. O rei deu com ele no átrio, o jovem rapaz que acabara de tornar-se duque de Lorena, e meu filho voltou-se para ele e sorriu. Conheceis esse sorriso, Vossa Graça: é como o sorriso de uma criança. Seus dentes são alvos, fortes e uniformes, como os vossos. E seu hálito é doce, o corpo, jovem, esguio e forte e sua mente, cheia de sutilezas. Ele se voltou para o rei Luís e sorriu, e entoou uma cançoneta para o urso. O urso rolou na poeira e ajoelhou-se sobre uma das patas dianteiras, fazendo uma mesura com a cabeça peluda. O rei Luís, que desprezava as pessoas mas tolerava os animais, tentou fazer o urso aproximar-se. O urso rosnou, e suas mandíbulas começaram a espumar. Seus pequenos olhos amarelos eram velhos, duros, ameaçadores. Meu filho passou os fortes braços em torno do urso e falou suavemente em seus ouvidos; em seguida, voltou-se para o rei e sorriu uma vez mais, com seu inocente e matreiro sorriso de criança.

Mais tarde, o rei Luís disse-me que isso depunha contra meu filho. Baixei a cabeça, de modo que o sol, filtrado pelos vidros, não me iluminasse os olhos, para que meu rosto ficasse imerso nas sombras. Disse-lhe, com amargura: "Sim, é verdade, é a vontade de Deus". E fingi que meu coração estava a ponto de partir-se, como se estivesse um tanto louca, uma louca mulher em processo de envelhecimento, viúva há tempo demais, com um filho meio bobo que falava com animais. Gabei-me diante do rei Luís a respeito da noiva que encontrara para meu filho, a noiva que possuía riqueza e terras: sua prima, a aleijada Joana de Harcourt, que era semelhante àquela outra Joana, Joana, a Donzela, pois não podia suportar nem um corpo de homem nem um filho. Aos olhos dele somos uma linhagem em extinção, uma linhagem degenerada: um excesso de sangues entremesclados. O castelo chiou e estalou acima dele, despedaçando-se, morrendo. O rei parecia muito satisfeito. Tão satisfeito que, nessa ocasião nada fez. E era o momento certo, pois Carlos de Borgonha invadiu Lorena e meu filho destruiu seus exércitos e o matou fora dos domínios de Nancy; e o ducado da orgulhosa Borgonha finalmente caiu, e o urso dançou em meio à carnificina, bramiu e urrou. E quando o rei Luís pensou finalmente em movimentar-se, de modo que aquele tolo — que mostrara, afinal de contas, não ser tolo — pudesse ser enviado ao encontro dos outros no Aqueronte, pois sim, como vêdes, Vossa Graça, meu braço era maior, embora não passasse do braço de uma mulher velha.

Mas os olhos dele, Vossa Graça, são os vossos olhos. Nada há de Ferri neles, e desde o início Ferri sabia disso, embora tivesse lidado com o menino com nobreza e gentileza. Quanto a vós: que vos importa a vergonha de um marido morto e traído pela mulher? Que vos importa minha própria vergonha, minha própria culpa? Não pude ver os vossos olhos em Angers naquela noite. Eu mais vos odiei porque não mostráveis os olhos, e até mais por isso do que por aquilo que dissestes a meu pai. Agora, os olhos de meu filho seguem-me por toda parte, pois ele sabe o que fiz. Mas ele ainda não sabe quem é o seu pai, Vossa Graça. Falarei a ele, então, a respeito de seu pai?

III

O ruído das sandálias interrompeu o sonho de Iolanda antes de a sombra do homem cair, como um despertar, no chão preto e branco de pedra do santuário. A raiva enrijeceu-lhe os ombros e desfigurou-lhe a testa por um breve momento. Não havia para onde ir além daquela capela deserta na colina de Sião. O fato de eles a perseguirem mesmo ali era um ultraje. A Virgem negra de Sião-Vaudémont, flanqueada por cadáveres secos de flores abandonadas, a observava, impassível, como se se acautelassem contra a ira. Uma chuva fria chocava-se contra as janelas. Um vidro estava quebrado na altura do rosto de Marta lavando os pés de Nosso Senhor.

Ela observou a sombra. Era apenas um dos frades da casa, um dos ubíquos religiosos franciscanos com seus hábitos marrons. Vaudémont, assim como Angers, abrigava muitos deles. A velha condessa de Vaudémont, guardiã e futura sogra de Iolanda, era da Ordem Terceira. A sombra não se moveu. O frade observava sua oração. A raiva voltou a percorrer-lhe o corpo, como um aguilhão de paixão. Teimosa, ela não se virou nem disse nada.

— Minha filha, está anoitecendo. O caminho é escorregadio. Deves retornar ao castelo. Estão à tua procura.

Sua voz, de tom estranho, não era abrasiva nem descortês. Não obstante, ela não podia perdoar a intrusão. Que procurem, pensou. Do seu relutante retorno ao mundo, a cada manhã, à sua apressada despedida amarga, eles a observavam, espionavam, aconselhavam, tagarelavam a seu respeito, eram confundidos por ela. A capela, ao que parecia, era desagradável para todos eles, já que até então jamais a haviam seguido até ali. Nela, Iolanda podia acalentar sua raiva, como se fosse uma fresca fonte numa floresta densa. Talvez fosse a Virgem negra, uma amiga que parecia compreender, ou até conspirar. Iolanda oferecia à antiga

Mãe, como se desse de presente, cada uma de suas mágoas e queixas. Seu pai, pela sua faca sacrifical, que a transformara na cláusula de um contrato. Sua mãe, pela alegria secreta na despedida. Seu irmão João, pelos despreocupados gracejos grosseiros, por sua masculinidade. Sua irmã Margarida, pelo escorregadio trono distante, pela promessa de poder e de amor. Filipe de Borgonha, por seu caráter vingativo e até pelas vinte e três miniaturas, seis anos da vida de seu pai. Antônio de Vaudémont, por sua prisão. Ferri. Ah, Ferri! Ela mal o vira em seus doze anos de delicado encarceramento. O Senhor, ela reconhecia, tinha sido, até então, misericordioso. Ela orava para que ele morresse em combate ou vitimado pela peste.

— Minha filha.

Ela esquecera o frade. Involuntariamente, reuniu as fugidias visões daquele mar escuro e amargo, onde eles flutuavam como tantos barcos frágeis.

— Sei o caminho — disse, friamente. — Tenho passado por ele, em todas as estações, há doze anos. Sem dúvida, cumpres tua obrigação. Mas, por favor, deixa-me com minhas orações.

A sombra que se projetava na pedra resistiu ao movimento. Ela podia ouvir o fraco som de sua respiração quando os respingos da chuva paravam. A rebelião era fútil e sem sentido; eles simplesmente a ignoravam. Ela recebera instruções adicionais a respeito de virtude, obrigações e piedade. Sentia-se como um alpinista esforçando-se por encontrar um ponto de apoio em algum penhasco de vidro polido.

— Estás consumida pela raiva — disse o frade. — Ela te destruirá.

Surpresa, com o coração disparado, Iolanda terminou por encará-lo. Seu capelo estava ao redor do rosto, que se achava nas sombras. Ela não se recordava de tê-lo visto a serviço de Vaudémont. Mas, na época, ela jamais tentara conhecer aquelas formigas marrons, tão semelhantes entre si. Eles não a deixavam à vontade. A capela de Angers não seria esquecida rapidamente. A última luz vazava da janela, e o furo no rosto de Marta tornara-se negro. Formara-se uma poça no chão onde a chuva conseguira penetrar astuciosamente.

Iolanda, ajoelhada, começou a brincar com as contas do rosário.

— O que me consome pertence ao meu próprio íntimo — disparou. — Faça-me a gentileza de deixá-lo permanecer onde está.

— Alimentas teu sofrimento como a uma criança no seio — insistiu o frade. A voz de tom estranho inesperadamente lhe soou elaborada, como a de um ator numa peça. — Não falaste disso em confissão. Seria um alívio livrar-se desse peso.

A súbita irrupção do pranto pegou-a tão desprevenida quanto a tempestade sobre os primeiros botões das macieiras. Furiosa, ela partiu o rosário em dois. As contas rolaram pelo chão com um fraco estrépito.

— Confissão — disse, maliciosamente. — Eis a panacéia mágica de vocês, que cura todos os males. Parece-me que minhas confissões passam de mão em mão, como o *Roman de la rose*. Elas te excitam? Pensas que a confissão pode me trazer a cura? Ou a oração? Achas que me incomodo com teu débil e triste Deus? Minha vida foi-me roubada. Sou uma prisioneira. Sabes que também sou uma mulher? Menstruo há quatro anos. Posso ter filhos. Acaso escolho o filho que vou ter? Ou a pessoa com quem vou me deitar? Tolo, que sabes do meu corpo, dos meus sonhos, da minha dor, dos meus anseios? És apenas um frade.

Ela estava certa de que ele ria, embora pudesse ser apenas o resultado das velas traçando sombras em seu rosto semioculto. Ela podia perceber a delicada linha descarnada dos ossos de sua face, assim como um fino nariz aquilino, as narinas dilatadas. Não lhe podia ver os olhos. Tinha a estranha impressão de que ele, de alguma forma, estava satisfeito com sua violenta explosão. Ele se afastou para além do olhar oblíquo. Ela ouviu o ruído das sandálias atrás de si e apertou os nós dos dedos, com força, contra os olhos.

— Pelo menos, minha irmã — disse, entredentes e com amargura —, será uma rainha. Talvez consiga um belo amado, se crescer sozinha entre os ingleses. — Sua voz tornou-se um uivo, semelhante ao de um lobo perdido na floresta. — Quem me aliviará o ultraje e a solidão em Vaudémont?

Levantou-se para enfrentá-lo. Mas ele não estava mais ali. Ela fora deixada, com o rosário quebrado nas mãos.

Iolanda voltou-se para a Virgem negra. A face impassível só oferecia, como consolo, paciência. As velas davam-lhe uma expressão curiosa, quase oriental, bárbara. A boca de pedra pendia frouxa e sensual, em razão de alguma saciedade esquecida. Ela jamais perguntara a origem da imagem. Ninguém em Vaudémont falava disso. O som de cavalos que passavam ruidosos pelas pedras a tirou dos devaneios.

Estava satisfeita por ter-lhes criado um problema. Isso compensava as repreensões, a vigilância e a observação permanentes, para fazê-los saber que não a convenceriam. Mas seu corpo sabia, em razão de alguma mudança na luz ou na escuridão, que chegara o momento de uma volta na Roda. Ela enrijeceu o corpo. Ferri de Vaudémont penetrou na capela. Ela o encarou, admirada. Em doze anos, só fora admitida à sua presença por uns poucos minutos, três vezes, e nunca sozinha.

Este é o meu noivo, pensou Iolanda. O pai dos meus filhos ainda não nascidos. A Virgem negra poderia ter dado um risinho recatado, mas apenas observou, compassiva. Seus delicados cabelos negros, que desciam pelos ombros, caíam como cascatas sobre as pedras pretas e brancas. Usava uma capa forrada de pele de esquilo, bem ensopada. Ele era sete anos mais velho do que ela. Batalhas incessantes haviam traçado, numa das bochechas e na testa, duas cicatrizes gêmeas, enquanto a fornicação, praticada junto com os companheiros de luta, era responsável pelo leve abatimento de suas pálpebras. A náusea apossou-se do estômago de Iolanda.

— Vem comigo — disse, calmo, Ferri de Vaudémont. Iolanda estava por demais tomada pelo ódio e por esse novo temor nauseante para perceber que sua voz era gentil.

— Não vou — ela replicou, com arrogância, virando a cabeça para o outro lado. Abruptamente, sentiu-se como uma criança. — Voltarei ao castelo quando terminar minhas orações. Quero que me deixem sozinha. Perdeste o teu tempo.

Ele produziu um som. Horrorizada, Iolanda percebeu que ele estava achando graça. Mas sua violência desapareceu quando viu que a face do rapaz era amigável, e que seus olhos negros se revelavam compreensivos por baixo das pesadas pálpebras. Jesu, ela pensou, por fim, ele não tem culpa. A culpa é do pai dele, de meu pai. É um peão tão fraco quanto eu. Quem sabe que mulher ele poderia ter amado, que mulher poderia vir a desposar?

Finalmente compassiva, ela baixou os olhos e o precedeu à porta. A chuva recebeu-a com uma agressiva rajada e um odor enjoativo de folhas caídas. Na escuridão, dois cavalos de batalha estavam atados a um carvalho. A tênue luz de velas, que vinha da porta aberta, fazia brilhar ao acaso filamentos de ouro e de prata dos apetrechos da sela. Ferri de Vaudémont levantou-a com cortesia até a sela e montou com facilidade por trás dela. No outro cavalo, estava o frade.

— És mais persuasivo do que eu — disse, secamente o monge.

Algo estava errado. Sua mente trabalhou devagar, devido ao frio, à chuva, ao odor de coisas morrendo. Sob as patas do cavalo, ela podia ver os pálidos cadáveres dos narcisos esmagados. Tentou voltar-se na sela, reconhecendo, por fim, tarde demais — tendo o tom estranho desaparecido da voz —, a identidade da figura de hábito e capelo que montava o cavalo negro. Mãos, mãos fortes, seguraram-lhe os ombros.

— Não tenhas medo — disse-lhe Ferri de Vaudémont ao ouvido —, pára de lutar contra mim. Não vou machucá-la. Vamos para meu castelo em Joinville.

O cavalo pisoteava incessantemente a lama e resfolegava. A chuva caía, forte, sobre ela, sobre seus olhos, cegando-a cheia de malícia.

— Iolanda — disse ele, com uma voz suave que sugeria arrependimento —, estou te raptando.

Durante horas, o cavalo negro flutuou, imobilizado, num casulo de chuva e de escuridão, enquanto a paisagem mal-assombrada passava. Por vezes, mergulhando num semi-sono, ela sonhava que haviam passado pela boca do vulcão junto do Estige, penetrando no Aqueronte; e que os vestíbulos do mundo inferior estavam adornados de resplandecentes safiras e de narcisos. No final, Ferri de Vaudémont teve de carregá-la do cavalo, pois ela havia mergulhado na noite fluente, repleta de estrelas cegas.

Iolanda despertou numa pele de lobo e descobriu que seu vestido e seus chinelos de couro estavam secando diante da lareira que rugia dentro da vasta chaminé de pedra. Uma vela aquecia-lhe os cabelos soltos e encharcados. A exaustão acabara com todos os vestígios de medo, em algum lugar entre o Aqueronte e o Lete. No momento do despertar, a vida sumia lentamente e fantasmas se levantavam na névoa do rio cheio que corria por baixo do castelo. O grande salão de Joinville estava vazio, exceto pela presença de um punhado de criados silenciosos. Ela olhou, como num sonho, para a lareira.

— Não pude evitá-lo — disse calmamente Ferri de Vaudémont. Ele trouxera-lhe vinho e uma tigela de frutas. — Fui forçado. Teu pai ter-me-ia enganado para sempre. Deu-me desculpa após desculpa, ano após ano. Deveríamos ter-nos casado há quatro anos, quando teu ciclo menstrual começou. Ordenaram-me que a tomasse apesar dele. Tive de obedecer.

Iolanda estava interessada em seu pedido de desculpas, que a fazia sentir uma certa força. Ela usou essa força com satisfação.

— Estás por demais apaixonado pelos oitenta mil florins de ouro do dote, M. de Vaudémont — disse, com malícia. — Eu não sabia que tua avareza era tão grande quanto a de teu pai. Mas tua preferência por prostitutas é bem conhecida, e sem dúvida te esvaziou os cofres.

Dado o silêncio, ela percebeu a profundidade do insulto.

— Não — disse ele, por fim. — Não compreendes.

— Compreendo muito bem — disse Iolanda de modo agressivo. — És mais forte que eu. Não há ninguém aqui que me possa ajudar. Podes tirar-me a roupa e inspecionar-me o corpo. Asseguro-te de que ele não foi desonrado. Ainda sou virgem. Não tenho deformações. O prêmio pode carecer de finura e de beleza, mas sem dúvida vale um pequeno esforço, por um dote e um ducado. — O maçante tom monocórdico se interrompeu, e ela rangeu os dentes como um animal. — Mas eu juro, pelos ossos de minha avó, que não terás prazer esta noite, nem em nenhuma outra. Seqüestraste-me pelo dote. Muito bem. Podes violar-me o corpo. Mas não podes tocar-me. Nem agora, nem nunca. Quando arfares e gemeres, em tua paixão, olha-me nos olhos, pois eles estarão abertos, observando, cheios de ódio. Esse será o teu dote, *monsieur.* Oitenta mil florins de ouro e uma existência plena de ódio.

Iolanda começou a soltar soluços estrangulados entre as mãos. O vento gemeu com ela, num motete malfeito, pela caverna da chaminé.

— Iolanda. Há muitas coisas que não compreendes. Suplico-te que não coloques a carga de teu ódio sobre meus ombros. Teu pai deve casar-nos para evitar o escândalo. O casamento de tua irmã está arranjado. O rei estará presente, assim como o delfim e todas as casas nobres. Tomei providências para que seja um duplo matrimônio. Eis tudo. Não te tocarei se não o desejares. Teu pai deveria ter-te contado tudo. Ele não devia ter ocultado isso de ti por tanto tempo.

— Contado tudo a mim?

Ferri de Vaudémont começou a andar. Tinha uma estrutura flexível, fortemente coesa, como se queimasse a carne dos ossos por meio de algum processo de perpétua revelação interior. Seus passos ecoaram ruidosamente.

— Contado quem ele é, o que somos. Por que temos de nos casar.

— Não sou nenhuma tola, M. de Vaudémont. Sei muito bem por quê. Há a questiúncula da sucessão da Lorena, e oitenta mil florins de ouro.

— Não, Iolanda. Não sou esse tipo de homem. Essas coisas pouco significam para mim. É por causa do teu pai. Depois da Itália, ele desobedeceu. Ele não tinha esse direito.

Iolanda desviou os olhos da lareira. A pavorosa noite na Capela de São Maurício a inquietou, mas não lhe trouxe compreensão. Ela tentou preparar-se para aquele corpo delgado. Suas mãos estavam molhadas de suor. Sim, ele era bem bonito, como sua mãe dissera uma vez. Agradável, muito agradável. Testa delicada, nariz forte, olhos delicados, quadris estreitos e graciosos. Ele não a comoveu.

— Desobedeceu a quem? — disse ela. A Filipe de Borgonha? Apenas porque a metade do resgate não foi paga? Ora, vamos. — Ela cuspiu no interior da lareira. Suas mandíbulas estavam carregadas de desdém.

— Tu o sabes. Ouviste. Ele desobedeceu ao rei.

Sua boca abriu-se e fechou-se.

— Ao rei? Ao rei Carlos, meu tio? Aquele frade serve ao rei? Mas nosso casamento não é assunto do rei. Ele nunca quis que nos casássemos, ele protestou, apenas tinha medo de Filipe. Não compreendo — disse, por fim, voltando-se outra vez, tomada pelo desespero, para a lareira. O frade, o frade! O rei da França, pensou, utiliza os serviços de vozes implacáveis!

— Não. Teu tio Carlos — disse Ferri de Vaudémont, num murmúrio, como se alguma coisa além dos fantasmas pudesse ouvi-lo — não é o rei. Ele se chama rei pela graça e pela permissão do rei, do verdadeiro rei.

Iolanda soltou um riso agudo. Sua mãe lhe dissera, certa vez, que sua risada era grosseira.

— M. de Vaudémont, sabemos todos que o rei é um bastardo; o seu pai foi Luís de Orleãs, mas ele foi coroado em Reims. Foi ungido com o óleo sagrado. Meu pai ajoelhou-se aos seus pés. Ele é o rei da França. Estás bêbedo ou atrapalhado com teus próprios gracejos?

Sua boca moveu-se, silenciosamente, aproximando-se da histeria. — Iolanda, eu poderia aprender a te amar, — disse ele, acariciando-lhe os ombros.

Ela riu um pouco, estava fora de si. Parecia não haver outra coisa a fazer além de gargalhar.

— O rei, — disse Ferri de Vaudémont, perdendo abruptamente o autocontrole. — Sua Graça, o verdadeiro rei da França.

— Queres dizer, Henrique da Inglaterra? — ela deixou escapar, com horror. — És partidário do maldito inglês!

— Não — ele gritou, e o som ecoou, chocando-se contra as altas traves do vestíbulo e as frias paredes de pedra, ressoando e rimbombando em seus ouvidos: não, não, não, não não! O suave som das sandálias do frade misturou-se aos ecos. Sua figura ereta envolta no hábito produziu uma sombra em forma de serpentina sobre a escuridão, às costas dela. Ele entrou lentamente na sala, quase de maneira cerimoniosa, como um ator num drama, parando diante de Ferri de Vaudémont. Dourado pela luz que vinha da lareira, jogou o cabelo para trás. Iolanda finalmente lhe viu os olhos: descorados, circulados de negro em torno da íris, como os olhos de algum animal noturno. Ferri de Vaudémont ajoelhou-se, segurou a pálida mão esculpida, e beijou-a.

— Sua Graça, o rei — disse.

Iolanda e o homem de hábito franciscano encararam-se. A face branca talhada flutuava, marmórea, à luz da lareira. Na fria madrugada, Ferri de Vaudémont, amolecido e trêmulo de exaustão e de alegria, galopava no cavalo negro, partindo de Joinville para a corte, em Nancy, a fim de dizer ao pai, René de Anjou, rei da Sicília, de Nápoles e de Jerusalém, que sua filha já não era virgem. Ela sentia-se mortalmente ofendida porque não havia verdade nisso; e, no entanto, furiosa consigo própria por sentir-se ofendida.

— Quem és? — disse Iolanda, observando a superfície dos olhos descoloridos circundados por sombras. Penetrar muito profundamente neles era uma jornada para a qual ela ainda não estava preparada.

— O rei — disse ele, sorrindo. — Como teu marido declarou.

O timbre de sua voz havia mudado, tendo-se tornado baixo e profundo. Todos os vestígios do sotaque haviam desaparecido. Ela o reconheceu então.

— Ele ainda não é meu marido — disse, maliciosamente. — Meu pai pode te surpreender.

— Teu pai nada fará. Ele fracassou e dará uma compensação.

— Não és um frade.

— Evidentemente que não, *madame.*

Ele sorriu. Os descoloridos olhos pestanejaram, como fogo refletido em águas claras. Iolanda observou os longos lábios curvados. Oh, Jesu, pensou, que será de mim? Desposarei Ferri de Vaudémont. Eu quero esse homem.

Em algum ponto previamente determinado entre a lareira e as sombras seus olhos se encontraram e desviaram-se. Iolanda pensou, inexplicavelmente, na camponesa louca que um dia pedira seu pai e um cavalo. Fogo e cinzas ao final da jornada iluminada pelas chamas. Tirar os ingleses da França. Coroar o rei em Reims. Sirvo a Deus e ao rei. Que rei?, a criança pensara. O rei, o rei.

— Iolanda — disse o rei —, eu deveria falar-lhe do teu pai. Deveria falar-lhe de mim. Quem somos, o que buscamos. Acredito, em vez disso, que reivindicarei o *droit du seigneur.*

Iolanda ficou surpresa. Ela sabia que a Roda havia dado uma volta. O tempo e o destino se haviam interligado com a pesada boca de pedra da Virgem negra, a qual, com efeito, há muito sabia. Iolanda começou a rir, embora o riso, mudo, pudesse ser apenas um modo de recuperar o fôlego.

— Iolanda — disse suavemente o homem magro. — Teus olhos. Teus olhos me queimam.

Teus olhos me queimam, vós me dissestes, teus olhos, e o espaço entre nós, entre a chama e as sombras, não era um espaço, mas um vácuo no qual o fogo caía, onde minha memória e minha amargura caíam, de maneira que o fogo deu forma às vossas mãos que me tocavam antes de elas me tocarem, e toda a amargura desapareceu. Ah, não é estranho que coisas estranhas nos venham à lembrança quando as chamas consomem toda a memória? Quantas pequenas coisas. O cheiro da pele de lobo que se torcia debaixo de nós como se desejasse lembrar-se de algum acasalamento num úmido chão de floresta, e o filete de delicados cabelos dourados que vos desce como cobra pelo ventre, e a suavidade de vossa pele em meus lábios, em lugares secretos (eu não sabia que a pele de um homem pudesse ser tão macia quanto a de uma mulher), e os fantasmas que se acotovelavam e se amontoavam para observar, pois não há fogo como o do Aqueronte. A memória mergulhada profundamente no sangue de um corpo que, embora virgem e intocado, não obstante podia lembrar milênios de amor e até a época em que Ela deitou com a Serpente e criou todas as coisas vivas, e o fogo, o fogo.

Bruxa, vós me chamastes, e dissestes, sorrindo, que eu era uma salamandra fora do fogo; que eu devia cuidar para não ser queimada no fogo como a pobre Joana, a Donzela. Eu vos perguntei, com a boca pesada e aberta em razão de uma saciedade não esquecida, o que ela vira verdadeiramente. Dissestes: viu? Há ver e ver. Ela viu a forma dos deuses. Todo aquele que vislumbrar as formas dos deuses sem véu não pode ir senão para as chamas. Lembra-se de Actéon?, vós dissestes.

Protestei: mas ela viu santa Catarina, santa Margarida e São Miguel. E me dissestes que deuses e santos são coisas que o homem cria; que, da mesma maneira como os deuses criaram homens, assim também o homem cria deuses, à sua imagem, e o que são santa Catarina, santa Margarida e São Miguel senão formas criadas pelo homem, como lentes para ver coisas tão brilhantes cuja visão lhe é insuportável?

Eu vos perguntei: ela foi amante de meu pai? Sorristes, vossa longa boca formou um sorriso em torno de claros dentes brancos. Como nós? Não, dissestes. René não foi seu amante. Ela tinha os deuses como únicos amantes, a pobre Joana: Joana aleijada. Ela não podia suportar o corpo de nenhum homem, o filho de nenhum homem. Mas amantes, de certo modo, sim, dissestes. Apesar disso, foram uma espécie de amantes. Pois se crias algo, tornas-te seu amante.

Eu vos perguntei: de onde veio ela? Como a encontrastes?

Dissestes: a rainha Isabel não a queria, e ninguém sabia; assim, ela foi dada, em segredo, à rainha de Aragão. Para ser destruída ou escondida; Isabel pouco se importava. Proclamou-se que era uma criança natimorta, enquanto o velho rei enganado uivava em sua loucura e pensava ser feito de vidro e sujava a roupa da cama em sua cela fedorenta. Mas, dissestes-me, ela não foi verdadeiramente encontrada; foi, antes, criada, pois o homem cria homens da mesma maneira como cria deuses. E o homem perceptivo, aquele que dá forma às coisas, pode até ver, numa garota feia e louca, que ora sob uma velha árvore, um vaso por intermédio do qual os mitos podem jorrar.

Eu vos perguntei: quem a criou? Quem lhe deu forma? E vós dissestes: Teu pai, Iolanda. Quem mais senão ele?

Eu disse: Vós o fizestes chorar. Eu vos vi esmagá-lo, vos vi parti-lo em dois, e vos odiei. Por que o esmagastes?

Sorristes novamente, vossa boca ostentava um sorriso claro, mas vossos olhos descoloridos mostravam-se raivosos. Dissestes: Sim, eu te vi então, do outro lado da porta, nas sombras, e julguei que fosses uma das Erínias, e tive medo.

Eu vos perguntei: tivestes de fato medo de mim? Já tivestes medo? Quem sois vós?

Dissestes: Sou um homem. Às vezes temo por minha vida, pois sou jovem. Por vezes, por meus sonhos, porque toda a minha linha se compõe de fugitivos. Outras vezes, por minha morte, pois sou um rei e ainda não tenho filhos. Jamais tive medo de uma mulher antes. Mas não me olhes assim, não me atinjas desse jeito, pois me fazes temer que comerás minha carne, em meus ossos, como um lobo; — não olhes, ou encontrarás o lugar secreto onde minha vontade, meu espírito e minha carne se acham atados por um simples barbante, e cortarás o barbante com teus lábios e olhos; sim, dessa maneira, estás cortando o barbante.

Foi naquela noite de Angers, Vossa Graça, que ele me deu o colar de safiras engastadas em ouro lavrado. Vós, vós o abandonastes em sua mortificação. Dissestes: — que fizestes na Itália? e o repreendestes e o deixastes com seu pé ainda preso à roda. Fui ao seu encontro e lhe dei apoio enquanto ele chorava. Nem sequer olhei para o manuscrito que jazia, aberto e convidativo, na mesa, levado pelo jovem florentino. Não era hora de ler manuscritos que poderiam ter sido lendas, pois pedaços quebrados de dignidade e de honra masculina jaziam espalhados pelo chão da sala. Agora, devereis reconsiderar, Vossa Graça, em nome da pele de lobo e da lareira. Ele nada me disse naquela noite. Eu não pude entender. Ele me deu um colar e chamou-me de sua princesa negra, dizendo que um dia eu entenderia mais. Eu nada sabia. Mas vós, vós sabíeis e, no entanto, preferistes derrubá-lo. Eu só sabia que ele era uma pequena luz, como um círio isolado num grande vestíbulo tomado pelas sombras, uma única chama que poderia inflamar. Vós quase o extinguistes. Depois daquilo, foi-lhe necessário um longo tempo para recuperar-se. Ele passou meses plantando rosas raras e admirando pássaros de plumagem exótica em gaiolas douradas, nos jardins de Angers. Então, por fim, ele leu o manuscrito. Ainda esperais meu perdão?

Quarenta anos são passados, Vossa Graça, e minha madrasta construiu para ele um túmulo sofisticado, e os vermes não o tocarão. Há muitas outras coisas que não posso perdoar. Nasci sob o signo de Escorpião e o perdão chega até nós com dificuldade, pois parece uma espécie de morte. O rei Luís, que está à morte, tinha Escorpião em ascensão no quadrante leste quando do seu nascimento; e ele é incapaz de perdoar. Mas meu pai também tinha Escorpião em ascensão e vos perdoou. Mortes de muitas espécies jamais o amedrontaram. Apenas as mortes dos outros lhe perturbavam o sono. Em nome de vossas delicadas mãos, que um dia me abrasaram, dos vossos claros dentes brancos, dos vossos olhos que me observam a partir do rosto másculo de meu filho, e do poder envolvente dos tendões de vossas costas e nádegas à luz da lareira, uma memória de quarenta anos, gravada pelo fogo, vós, cujo nome jamais devo proferir diante de qualquer outra pessoa, já que sois o rei do sangue antigo e já que sou vossa serva indicada — por tudo isso, posso perdoar?

IV

Em Florença, Cosme de Médici dera ao rei da Sicília, como presente, duas crianças turcas, enviadas de Veneza. Agora, crescidas, num estado de fulgurante idade adulta, elas marchavam, portando turbantes e cheias de jóias, à frente do cortejo, que coleava entre a Place de Carrière, passando pelas ruas de Nancy, e o castelo do duque. Os turcos usavam túnicas curtas de cravo e damasco branco, e tinham as pernas envolvidas por meias de seda multicores. Cada um deles trazia uma leoa presa a uma corrente de prata.

As leoas devem ter simpatizado com os turcos, por causa da terrificante multidão e do tumulto de vozes que cantavam, exclamavam, aplaudiam e gritavam. Da cerimônia solene, na Capela de São Jorge, ao inclinado átrio da Place de Carrière e, outra vez, até o castelo, o mar de pessoas surgia e se movimentava entre um monte de flores que alcançava os tornozelos. O som era tão constante e generalizado como a maré. Todo casamento nobre era motivo de celebração. Este era causa de delírio, pois as duas noivas eram as filhas do duque bem amado, o rei da Sicília; e não havia nenhuma lembrança de um esplendor em Nancy. Ademais, esse casamento encerraria duas guerras: a guerra civil da Lorena e a guerra entre a França e a Inglaterra.

Todavia, as leoas, por perversidade ou alguma sabedoria bestial inata acerca do caráter vão dos sonhos humanos, mantinhamse em silêncio.

Didier, o anão, trajava, incongruentemente, uma roupa de fios de prata, e brandia o escudo cerimonial que trazia os brasões das casas reais de Lancaster e Anjou. Marchava à frente do grupo real num enorme cavalo vermelho. Teria parecido cômico, não fosse por uma certa máscara de enganosa dignidade que pairava sobre ele. Estava preocupado com Iolanda.

O torneio, como todas as criações artísticas do rei René, tinha sido uma obra-prima de estilo, cor e harmonia. Embora alguns membros conhecidos da casa do delfim Luís tivessem ouvido seus comentários, feitos *sotto voce,* deplorando a exagerada paixão do rei da Sicília pelas superfícies brilhantes da vida e pelo fato de ele ter apreciado demais gastar o dinheiro do rei da França, quase todos acharam a experiência magnífica. Fora muito mais do que uma exibição de cavaleiros e palafreneiros habilidosos, provando seus dons marciais. Cada componente do espetáculo havia sido cuidadosamente planejado, da música à cor dos cavalos. O próprio rei da Sicília protagonizara um excelente espetáculo, tendo lutado na liça contra o rei Carlos, numa armadura negra, com uma lança azeviche, um escudo cor de saibro e ornatos de veludo negro, tremulantes como lágrimas de carpideiras, que iam da cela ao chão da arena; lembrando, assim, com delicadeza, que a vida é transitória e a noite de núpcias é também a condução forçada de Perséfone ao mundo inferior, a noite da morte.

De fato, todo o torneio fora um talismã. Didier entendia de talismãs. Ele sentia, em algum lugar dos tendões e artérias do seu pequeno corpo retorcido, a invocação das formas sem forma dos deuses, que desciam até os símbolos criados na terra, como espelhos, para receber as dádivas. O que se encontrava embaixo fora feito de acordo com o que havia em cima: eis a arte do mágico hermético. Para os outros, fora apenas uma tarde incomumente alegre e encantadora, em que pensamentos de um tipo não familiar e estranhamente exaltado iluminaram as aléias costumeiramente penumbrosas de suas mentes.

Duas coisas ocorriam ao anão, enquanto ele percorria as ruas. Eram antes sentidas que sabidas. Didier não poderia ter explicado sua apreensão em linguagem humana. Seu mestre costumava compreendê-lo, assim como Iolanda. E mais ninguém. Mas, dessa vez, seu mestre parecia desconsiderar deliberadamente essas maneiras delicadas e ocultas por meio das quais o anão costumava comunicar-se. Didier imaginava se mesmo o rei René, com a mente fulgurante e semelhante ao sol, havia compreendido a verdadeira extensão e a real natureza da sombra que se achava à sua frente.

O anão sabia muito bem o que havia de errado com Iolanda. No começo da manhã, quando a camareira-mor cuidara de ajeitar o fino véu da grinalda ao redor da cabeça da moça, e beliscara suas faces de cera para trazer-lhes cor, Iolanda desmaiara. A suposição geral era de que a ansiedade e a excitação a haviam vencido — uma ocorrência bastante comum entre noivas nobres, cercadas de cuidados. Sua jornada pelo Aqueronte só era conhecida por quatro pessoas, e somente duas delas a conheciam verdadeiramente. A camareira-mor disse ao cabeleireiro-mor que a moça certamente era difícil de entender. Quem sabia o que ela sentia com relação ao casamento? Ela não queria partilhar suas emoções com ninguém. A irmã, por outro lado, era tão fácil de entender quanto um extravagante estandarte tremulando ao vento.

Eles haviam carregado Iolanda, gentilmente, para um sofá, passando-lhe penas ardentes sob o nariz e colocando-lhe panos de linho embebidos em água de rosas na fronte fria. Iolanda levantara-se com bastante calma e mantivera uma dignidade aparentemente serena por todo o longo burburinho da cerimônia. Apenas Didier observara que, sob o brilhante dossel de seda que se estendia à liça, ela bebera uma quantidade incomum de vinho; que suas mãos tremiam de modo imperceptível; e que ela não olhava para o pai. Nem para Ferri de Vaudémont, agora seu marido, embora ele tivesse ganho o prêmio na liça. Nem mesmo quando, do lombo de seu cavalo negro, ele lhe dera de presente, com orgulho, de acordo com o costume, o prêmio que havia ganho. Iolanda estendera uma pálida mão e aceitara o presente, fixando o olhar enevoado nos próprios pés.

Sim, Didier sabia o que lhe acontecera. A Roda havia dado uma volta. Ele podia farejá-lo na atmosfera peculiarmente carregada que a cercava. Era como se ela tivesse sido marcada.

A segunda coisa era mais fugidia e mais terrível e dizia respeito ao delfim Luís.

O delfim estivera fazendo uma campanha na Alsácia, liderando um furioso exército de *écorcheurs* contra os suíços. Assim sendo, o rei Carlos julgara conveniente manter seu enigmático e ameaçador filho a uma distância segura, na expectativa nutrida em algum corredor subterrâneo do seu cérebro matreiro de que as lanças suíças ou as doenças resolvessem o problema por ele. Mas Luís mostrara-se um habilidoso comandante, mesmo contra os proverbialmente invencíveis suíços. O rei Carlos, na tentativa de digerir um prato particularmente indigesto de ciúmes, repulsa, culpa de dever, havia pedido, de maneira inexplicável, que ele voltasse. Agora ele se encontrava em Nancy: uma forma lenta, esguia e obstinada que arruinava as brilhantes flores daquele flamejante e florido dia.

Não que seu comportamento fosse ruim. Na maior parte do tempo, ele só se dirigia aos membros maltrapilhos de sua própria casa. Sabia-se que ele tinha um certo desprezo pelo pai, e pela velha *noblesse*, que exibia uma tal extravagância precipitada enquanto a nação ainda passava fome e cambaleava, depois de tantos anos de guerra. O delfim não entendia de talismãs. Não obstante, mostrava bastante civilidade, mesmo diante do opulento tio, o rei da Sicília. Mas o anão, por razões que apenas a lenta lógica inexorável de seus instintos conhecia, sentia o peito tremer, a fronte velar-se e o estômago revirar sempre que a esbelta figura vestida de cinza passava por perto. Didier não conseguia obrigar-se a olhá-lo nos olhos.

Havia, é verdade, as costumeiras manobras políticas. Estas envolviam todas as pessoas e nada tinham de novo. Todo cortesão buscava um lugar perto do rei. Os únicos lugares que valia a pena ocupar já estavam, contudo, ocupados: pela extraordinária concubina do rei, Inês Sorel, e por seu apresentável e bem-dotado *beau-frère*, o amigável rei da Sicília. O fato de a concubina real e o *beau-frère* real discutirem estranhos assuntos, durante a madrugada, em pequenas salas tomadas pela penumbra e por trás de tapetes imperceptíveis, não era do conhecimento do rei. Para o delfim Luís era muito ruim que a corte em peso estivesse em Anjou. Era de esperar a manifestação de inveja e de ciúmes.

Didier teria ficado à vontade, e até feliz, com meras demonstrações de inveja e de ciúmes.

Ele olhava para trás como uma mãe ansiosa, para o vívido aglomerado de realeza que marchava às suas costas. O rei e sua esposa, Maria de Anjou, o rei e a rainha da Sicília e o filho de René de Anjou, João, com sua esposa Maria de Bourbon. Um dos noivos, Ferri de Vaudémont, marchava sozinho, com o rosto como que encerrado em si mesmo, tendo a superfície suave como leite. Sua esposa mostrara-se um enigma. O outro noivo, o rei Henrique VI da Inglaterra, ficara ajoelhado num frio chão de pedra em algum lugar do mar Estreito, tendo-se perdido nos perigosos êxtases do espírito inesperadamente carnívoro. Seu representante, o idoso e esperto conde de Suffolk, marchava ao lado de Margarida. Esta espumava e fervia como um regato entre juncos. Iolanda marchava ao lado do pai, uma estátua negra burilada num vistoso vestido de noiva.

Imóvel, fora colocada ao lado do marido à mesa do banquete. Músicos despejavam sobre os convivas uma cascata de doces canções provençais. O grande vestíbulo estava cheio de sofisticados adornos cor de ouro, rosa e branco, e de um exército de bandeiras, bem como de um milhar de círios, e de vasta quantidade de tochas em castiçais dourados. Cinco brasões pintados formavam uma estrutura pentagonal na parte superior das paredes: os dois peixes de Bar, a cruz duplamente cruzada de Jerusalém, as aguiazinhas de prata da Lorena, os lírios brancos de Anjou e os lírios debruados de Nápoles e da Sicília.

A mesa real estava assentada num estrado, diante de um arrás: o mesmo arrás que um dia fora dado ao velho duque Carlos de Lorena por Filipe de Borgonha. Se Iolanda tivesse condições de notar objetos ordinários naquele momento, poderia ter observado que os dois talhos, um acima das uvas e outro entre as dobras dos dedos do anjo, não haviam sido remendados. Através deles, meadas mal recebidas de memória se estendiam no tempo, para a frente e para trás. Elevava-se do solo um pesado odor de grama fresca, alecrim e tomilho silvestre. A nuvem de fragrâncias colava-se insistentemente em torno dos olhos e da garganta da noiva. A sala flutuava numa bruma de luz dourada. As vozes e a música chocavam-se viciosamente contra sua fronte. Iolanda segurou-se com força na mesa, na esperança de que esta pudesse mostrar-se útil caso viesse a cair. Uma mão forte a pegou pela cintura. Ela se voltou, com uma insuportável lentidão, e viu, como se através de um túnel drapeado de safiras e narcisos, os olhos de pálpebras pesadas do marido.

Bem, cedo ou tarde, ele teria de saber, pensou ela, pois não é nenhum tolo. À sua direita, o conde de Suffolk, que se esforçara por afogar o cheiro da idade e da cega esperança com um disfarce de água de jasmim, contava à sua irmã alguma espécie de história divertida acerca do jovem rei da Inglaterra. Seus dentes eram ruins. A bela face de Margarida desabrochava com suas palavras e sorrisos, bebendo sonhos e a luz do sol.

Ferri de Vaudémont inclinou-se para a noiva e falou, com a confiança garantida de um marido e a humildade de um peão que reconhece a própria sorte.

— Se desmaiares — disse — haverá falatórios.

Um odor de narcisos mortos chegou até ela, provocandolhe um choque.

— Haverá falatórios de qualquer maneira *monsieur* — ela replicou, com brutalidade —, dentro de sete meses.

O rosto dele despedaçou-se, como se ela o tivesse golpeado. Pela primeira vez, um branco ardor de remorso, incomum, a atingiu; não pela própria cumplicidade dela, mas pela dor que ele sentia. Mas, quando saiu de Joinville na fria madrugada, ele deveria ter sabido o que deixara para trás.

Ferri apenas olhou para ela, e fitou-a longamente. De uma infinita distância, ela seguiu as duas cicatrizes, a que lhe ferira a fronte, acima do olho esquerdo, e a que se estendia pelo pômulo. Eram cicatrizes iguais, bem curadas, e não o desfiguravam. Mas sua impressão era a de que todo o seu rosto fora tomado repentinamente por cicatrizes.

Uma voz, que ela terminou por identificar como a sua própria, soou.

— Ferri — disse ela, suavemente. — Ferri, lamento. Aconteceu, não pude, ah, por que me deixaste lá com ele?

— Oh, não — disse ele.

— Deves perdoá-lo — sussurrou —, pois ele não é o único culpado.

— Eu te esperei, eu te desejei — disse ele — por tanto tempo!

Iolanda nada disse.

— Não tenho o direito — sua voz anunciou, embora saísse de uma massa irreconhecível de fragmentos —, não tenho o direito de questionar o que ele fez. — O rosto desfigurado voltou à sua antiga forma, lentamente. — Eu quero ficar com a criança — disse ele, com vigor. — Suponho que devo considerá-la uma honra.

Adiante, na mesa real, o pai de Iolanda, aparente amante dos aspectos brilhantes da vida, dava ameixas açucaradas a Joana de Laval, a dama de companhia de catorze anos de sua mulher.

Todos sorriam. Os músicos o faziam por meio de seus alaúdes, flautas e violas. Paz; haveria paz. O vinho e os brindes jorravam. Iolanda não ousava olhar para o canto escuro onde o delfim se apertava. Como Didier, ela tinha visto.

O rei da Sicília, recendendo a rosas e resplandescente numa túnica de seda decorada com brocados e debruada com peles de arminho, levantou-se e disse que haveria diversão seguida por dança. Uma horda de criados materializou-se para encher os copos vazios. Os músicos passaram para um ritmo lento e travesso. Didier, o anão, subiu velozmente na mesa, seguido pelos dois jovens turcos. Começaram a fazer truques com frutas e se equilibravam nas mãos. O anão exibiu um brilhantismo cômico: caiu, esparramou-se, contorceu-se, cambaleou, tropeçou, recebeu golpes de peras e de laranjas cobertas de açúcar no rosto e no estômago. Seu suporte escrotal era enorme, bordado com os leopardos da Inglaterra e os lírios de Anjou. Os turcos estavam quase nus, com faixas de seda carmesim enroladas em torno dos quadris. Engoliram fogo e fizeram truques com suas facas finas, enquanto o anão, como se fosse feito de borracha, saltava e fazia macaquices e poses ao redor deles. Os risos elevavam-se e cessavam, elevavam-se e cessavam às rajadas, como chuva.

Iolanda permanecia sentada, em silêncio, observando a triste face pálida do anão. A mão do marido ainda lhe envolvia a cintura.

— Dar-te-ei outros filhos — disse ela, com calma. Ele não disse nada, mas seu abraço se intensificou, como se uma barganha tivesse sido acertada.

Didier e os turcos pantomimavam um assalto. Os corpos negros, cada qual armado com uma longa faca, pairavam e gesticulavam sobre o anão agachado, que arremessava caroços de pera e protegia seu suporte escrotal com uma travessa de pão. A música foi acelerada, como um assustado batimento cardíaco. Um dos turcos golpeou a túnica almofadada do anão, furando uma bolsa escondida que continha sangue de porco. A bolsa explodiu, num pequeno estouro audível para Iolanda, enquanto a encantada platéia fazia ruídos adequados para demonstrar horror, espanto e deleite. Um incontrolável jorro carmesim saiu do gibão perfurado, enquanto o anão fazia piruetas e dançava e produzia pequeninos sons lamentosos. Enquanto sangrava, virou-se e deu um salto ornamental para trás, numa meia cambalhota. Por alguma conspiração do ar e da luz de tochas, o jorro dirigiu-se para o canto escuro onde estava o delfim.

Iolanda terminou por olhar. Luís fora pego de surpresa. Seu rosto desagradável, desfigurado pelo nariz pendular e os lábios abatidos do pai, revelava um ar de estupefação, como se tivesse sido surpreendido ao defecar. O sangue de porco traçara em sua fronte um sinal sagrado. Filetes vermelhos escorriam-lhe pela frente da túnica cinza. Sua mão esquerda, surpreendida ao pegar um naco de pão, gotejava.

Um pequeno suspiro elevou-se dos convivas. Os músicos apressaram-se a ocultar os vestígios. Saudáveis risinhos começaram a transpor o súbito abismo. O conde de Suffolk emitiu uma risada animadora, e João de Anjou gargalhou como um cavalo. O rei Carlos fez um gracejo acerca do óleo sagrado. Todos sorriram. A normalidade parecia ter sido restaurada. O delfim, tendo recuperado a compostura, olhava ameaçadoramente para o anão, que, ao que parecia, esquecido de sua falta de jeito ou de seus poderes oraculares, continuou a dar cambalhotas e a saltar com os turcos.

Iolanda observou o pai. Sua face bondosa e refinada estava curiosamente pálida. Os profundos olhos azuis achavam-se velados. Uma tola pândega; eles pareciam dizer a todos os observadores: um acidente, um anão tolo que com certeza será chicoteado. Didier desceu da mesa, atirou um pedaço de maçapão no idoso representante do noivo, e desapareceu. Os turcos deram cambalhotas e pularam atrás dele. O delfim manteve-se sentado e imóvel como uma cobra. Limpara a mão e a túnica, que agora exibia uma mancha marrom. Mas a marca ainda brilhava em sua fronte, enquanto secava.

Os criados tiravam as mesas ruidosamente no vestíbulo inferior, a fim de deixar o chão livre para a dança. Os músicos passaram para uma *estampie,* uma evocação, de qualquer maneira, mais segura. Um pequeno grupo de clérigos entrou atrasado, como se julgassem Deus satisfeito com uma noite de oração e estivessem preparados agora para dar liberdade aos sentidos. A face do bispo de Toul, que celebrara os ritos do casamento, suava e brilhava como um ovo à luz das tochas.

Ferri de Vaudémont colocou a mão sob o cotovelo de Iolanda, cujos olhos ainda se achavam preenchidos pela forma cinza que pingava sangue. Ela conhecia a verdade daquela visão, mas ainda não havia experimentado sua marca. Tremeu, como se um vento frio a tivesse atingido. Sentiu vontade de gritar. Sabia o que aquilo significara para Joana. Teria recebido bem o fogo.

— Iolanda — disse o noivo, num tom de urgência. — Temos de dançar. Temos de dançar uma vez, com sua irmã e Suffolk. Depois partiremos. Eles apenas murmurarão e sorrirão, e farão gracejos sobre nossa pressa. Não somos o casal importante aqui. Devo falar contigo agora, antes que me ache incapaz de falar.

A mão dele estava tirando seu cotovelo do seguro suporte da mesa. Ela se levantou vacilante, apoiando-se nele. Margarida havia corrido graciosamente para o vestíbulo inferior, levando o transpirante Suffolk pela mão. O vestido branco, como se fosse uma flor, formava em torno dela uma corola. A música choveu sobre ela, como uma catadupa de pétalas. Iniciara-se uma grande aglomeração à medida que os pares se levantavam das mesas. Um pouco de movimento poderia acabar com as sombras e pressentimentos. Iolanda estava a meio caminho do vestíbulo quando viu o pai enrijecer-se subitamente enquanto se mantinha de pé.

Ela parou, como se tivesse sido golpeada.

O grupo compacto de clérigos diminuíra e espalhara-se. Ela conseguia discernir a brilhante face clara do bispo de Toul, bem como a vermelha face cavernosa do bispo da Bréscia, o legado papal. Viu o fervilhar de formigas marrons. Olhos descoloridos, que não poderiam ordinariamente ser visíveis em meio a tal extensão de formidável espaço, a procuraram. Faces e vozes se dissolveram para dar passagem. Vagamente, ela vislumbrou a forma impassível de Ferri de Vaudémont, petrificada como se tivesse visto a cabeça de uma górgona.

Luís, o delfim, começou a mover-se lentamente do seu canto, como uma aranha, sentindo alguma corrente subterrânea. Mas também ele se encontrava reduzido à imobilidade, bloqueado por uma barreira invisível que não lhe permitia sair dali. As cinco pessoas permaneceram imóveis em meio à multidão em movimento.

Para Iolanda, toda a outra visão se desintegrara. Permaneciam apenas os olhos descoloridos circundados pelas trevas, que se projetavam do descarnado rosto branco.

Ela pensou, em princípio, que fosse desmaiar. Mas manteve-se ereta, pois era a princesa de Anjou-Lorena e filha do seu pai. Percorreu com os olhos a fúlgida superfície da sala apinhada, colocou as mãos graciosamente sobre o ventre, e sorriu.

Parte dois

Luís

O Aranha

1445 — 1453

"A maldição permanece entre a maioria, já que o aprendizado das coisas determinadas não existe em seu meio. Pois o conhecimento das coisas determinadas é, verdadeiramente, a cura das paixões da matéria.

Mas, se há ignorância, e não existe conhecimento na alma do homem, então as paixões incuráveis nela persistem. E o mal adicional vem com as paixões, sob a forma de uma incurável aflição. E a aflição consome constantemente a alma e, por meio dela, a alma produz vermes do mal, e tresanda. Mas Deus não é a causa dessas coisas, pois enviou ao homem o conhecimento e o aprendizado."

Corpus Hermeticum

V

Ao longo da superfície do vão da janela, uma aranha ejaculou uma meada experimental. Arrastou-se por uma poça de ocra que o sol havia derramado e recuou abruptamente, temendo a claridade. Ao retornar, aumentou seu fio único com outro fio e ficou pendurada, imóvel, explorando o ambiente.

Luís, vestido com o habitual cinza manchado, espiou pela janela. O dia prometia ser quente, embora a neblina, apegando-se como um sentimento indesejado, ainda estivesse presa às sebes esculpidas dos jardins. Pelo terreno úmido, a Guarda Escocesa do Rei marchava à pálida luz do amanhecer.

Suas mãos, estalando com o movimento, formavam um invisível desenho irrequieto, um tecer e desfazer de dedos atados. Suas mandíbulas pronunciadas, mantidas em rigidez sob os lábios flácidos, encontravam-se ferozmente crispadas. O rosto tinha uma coloração amarelada. Talvez tivesse golpeado as paredes de pedra com os dedos, se suas mãos não estivessem tão fortemente entrelaçadas.

Seu pai, o rei, recusando, desdenhando, rindo. Mesmo agora, essa noiva que Luís desejava: recusando, rejeitando, negando.

A luminosidade inocente da manhã tocava os capacetes cônicos, que se moviam num movimento dignificado: a floresta de alabardas, as couraças polidas, os cadarços e fivelas dourados. Luís olhou as sebes. Trinta arqueiros, era tudo o que precisava. A partir das sombras daquelas absurdas efígies talhadas nas folhas, via os arqueiros movendo-se lentamente. Disfarçados de plantas como os arbustos, invisível verde em meio ao verde. Flechas em posição. O movimento imperceptível da mão que comanda. Seus dedos flutuando, traçando formas. O fino silvo saindo simultaneamente de trinta flechas, e o suave corte, as pontas buscando, mastigando veias e músculos de pescoços sem armadura por baixo da armadura. Sangue na grama verde, a grama belamente tratada dos jardins de Chinon, e os corpos brilhantes caindo, faltos de ar e de sangue.

Luís piscou e mordeu os dedos. O sonho se esvaiu. A Guarda Escocesa, protetora do rei, continuava a marchar para cima e para baixo, enquanto a luz do sol produzia reflexos nos capacetes, alabardas, couraças, cadarços e fivelas.

Apenas trinta arqueiros. Se ele pudesse! Podia encontrar trinta. Olhou com tanto desejo para a Guarda Escocesa do Rei que foi um espanto que os guardas não caíssem diante da arremetida de seu ódio.

Dois homens compartilhavam a solidão do seu quarto. Observavam o delfim, mas não falavam, pois a palavra não lhes fora dirigida. Ocasionalmente, olhavam um para o outro, de modo sub-reptício, como se esperassem que o outro desvendasse o enigma da forma encostada à janela.

O mais velho se chamava Antônio de Chabannes, conde de Dammartin. Era um antigo *écorcheur* elevado à condição de membro da empobrecida casa do delfim. Lutara com Luís contra os suíços. Como acreditava no Destino da França e esperava com ardor o Grande Príncipe da lenda, aquele que faria o Destino cumprir-se, o conde de Dammartin seguia Luís como um *spaniel*. Nunca se sabia, afinal de contas, de que semente insuspeitada o Grande Príncipe poderia surgir.

O homem mais jovem se sentava à sombra. A luz da manhã não iluminara ainda aquele rosto fino e inteligente. Usava seda cor de esmeralda, que oferecia dignidade à sua pequena e astuta figura. Inúmeros anéis enfeitavam-lhe os dedos. Era um comerciante: o homem mais rico da França. Dizia-se que seu pai fora um judeu, por causa do nariz pontiagudo. Chamava-se Jaime Coeur. Seus cofres pagaram pelo exército do rei, que ultimamente havia desalojado os ingleses da maior parte da Normandia e da Guiènne. Sua frota mediterrânea comerciava entre Marselha, Gênova, Constantinopla e o Oriente. Era também tesoureiro real. Sabia-se que, dentre os santos, Jaime Coeur favorecia Madalena, nome com o qual batizara o mais rápido e belo navio de sua propriedade.

Os pés muito bem tratados do comerciante se chocaram contra os ossos que os cães haviam abandonado no chão. Um odor abafado vinha das tapeçarias mangradas e das roupas de cama mofadas. As pernas das cadeiras trabalhadas haviam sido impiedosamente maceradas pelos cães. A poeira formara uma melancólica película sobre o enfado de marfim da Virgem no *prie-dieu*. No final do longo corredor, cinco quartos adiante, numa limpa e eminente sala que recendia a odores de verão e a luz solar, o rei Carlos dedicava-se a jogos de alcova com a bela Inês Sorel, sob roupas de cama de seda primorosamente frisadas.

A aranha, recompensada pela paciência, subitamente atravessou o vão, ao ver sua presa: uma pequena borboleta branca que pousara com indolência no filete de luz. A forma negra lançou-se quase familiarmente sobre a branca, os fortes dedos das mãos balouçantes de Luís.

Ele voltou-se vagarosamente da janela. Seus olhos cegos passaram pelo conde de Dammartin, que tinha o olhar preocupado de uma mãe solícita no rosto marcado e brutal. Aqueles olhos, negros e vazios, ignoraram o comerciante envolto em seda cor de esmeralda. Suas mandíbulas ainda encontravam-se cerradas. Luís saiu silenciosamente do quarto e desceu pelo corredor, e então passou a bater os punhos contra a superfície desdenhosa da porta do pai.

O velho *écorcheur* correu apressadamente atrás dele. Acercou-se do delfim, que agitava as mãos e arranhava, arrastando os dedos ensangüentados no carvalho inflexível. A porta se abriu. O conde de Dammartin tentou segurar o braço do seu mestre. Mas o jovem foi mais rápido e libertou-se das mãos que o procuravam. Inês Sorel apareceu na soleira, com dois soldados. Sua face de porcelana estava pálida e exangue, embora o desalinho de seus cabelos cor de cobre e o desarranjo de seu roupão alertassem com eloqüência contra a intrusão.

Essa mulher, disse a Luís a coisa negra que dele se apossara; essa mulher dirige teu pai, tripudia sobre ti, conspira com os angevinos. Essa mulher se opõe ao casamento que desejas. Essa mulher te conhece, sabe da frágil forma semelhante a uma boneca, estendida numa poça de vômito, que um dia fora uma encantadora mocinha escocesa. Essa mulher sabe a diferença entre peste e vingança; essa mulher sabe que cometeste assassinato. Essa mulher te destrói os sonhos, desonra tua mãe, te menospreza. Essa mulher não te deseja.

— Não me frustrarás, mundana, digo-te que me casarei com a filha do duque de Sabóia — gritou estupidamente, como se os dois tivessem estado a discutir o assunto uma hora atrás. O rosto de Inês Sorel manteve uma leitosa brancura. Ela recuou para o interior do quarto do rei e tentou fechar a porta. Dedos nodosos, brancos e rápidos, fecharam-se em torno de sua garganta. Ela gritou. E os soldados lançaram-se sobre ele, prendendo-lhe os pulsos, e a mulher continuou a gritar, e a forma curvada cambaleante do rei, apressadamente vestida, gritava e maldizia;

o velho homem berrava e lançou-se sobre ele como um cão aterrorizado. Frustrada, a escuridão afastou-se. Luís olhava freneticamente em torno de si, e começou a tentar formar palavras. A porta foi fechada, e o conde de Dammartin levou-o para longe dali.

— Meu senhor, oh, meu senhor — balbuciava o homem. Os delgados ombros que se achavam debaixo de suas mãos tremiam espasmodicamente. Luís caiu perto do *prie-dieu*, em meio a uma pilha de ossos mastigados. Seus lábios sugavam e arfavam.

— Eu os matarei, eu os matarei — exclamava a voz que saía por entre dentes rilhados. Não estava claro a quem pertencia a voz.

A empoeirada estátua branca da Virgem permanecia indiferente e sem simpatia. O velho soldado torcia as mãos lamentosamente. Há quarenta anos combatia os ingleses. Fora derrubado do cavalo em Agincourt. Destruíra, em sua época, pelo menos cinqüenta cidades e violara não menos que trezentas mulheres, tendo matado inúmeros homens, quer na guerra, quer em saques e pilhagens de vilarejos. Ele amava seu jovem mestre no campo de batalha, pela frieza, pelo modo resoluto de agir e pelo brilho semelhante a uma brutal lâmina bem temperada. Pela primeira vez, observando o esforço do corpo cinza para obter ar, Antônio de Chabannes sentiu-se aterrorizado.

— Meu senhor — disse o coriácio *écorcheur* — ele é vosso pai.

— Meu pai — a voz disse, arrastada. — Meu pai!

— Onde começa o ódio? perguntou o comerciante, de modo suave. A seda cor de esmeralda ondulou sensualmente quando ele virou o corpo. — Ou a humilhação? Não fostes vós que o odiastes primeiro, meu senhor, e mofastes de sua fraqueza e extravagância, quando viestes de Lochez? Nenhum homem gosta de ser revelado nessa nudez patética por um filho. Ele morrerá um dia, meu senhor. Esperai com paciência.

Um dia, pensou Luís, mas isso pode durar dez, trinta, mil anos. Os fracos, os tolos, os papalvos jamais morriam. Viviam incessantemente, eternamente. Teria Joana, a Donzela, colocado algum encantamento sobre esse fraco, esse papalvo, para que ele não adoecesse e expirasse?

— Deus — disse a voz rangente e arrastada — obviamente deve amá-lo, ou ele teria apodrecido com vinho e sífilis há muito tempo. Com o fedor de sua própria covardia.

— Meu senhor — disse, alarmado, o conde de Dammartin. A estátua branca parecia terrivelmente pequena e impotente. — Meu senhor, deveis silenciar. Deveis repousar. Estais demente. Vosso pai é o rei. Meu senhor, estais colocando vossa alma em perigo.

Minha alma, pensou Luís, ah, minha alma!

Seus olhos contemplaram, em vez da Rainha do Céu coberta de pó, o castelo de Châlons, onde sua jovem esposa falecera. Essa fora a noiva escolhida por seu pai: a filha do rei da Escócia. Um casamento que mal se consumara. Seus olhos conjuraram a delicada e indolente donzela, a branca e esvoaçante coisa vestida de seda cor de flores, uma criatura frívola e fútil que amava a poesia e os poetas, e que logo o traíra. A esposa morta. Como ele poderia ter conhecido o poder das trevas acumuladas no ferrão do Escorpião, que se elevou como um miasma, até que ele não conseguia ver ou ouvir, mas apenas golpear, imerso em seus venenosos vapores, a coisa que o ferira? Ele abriu as mandíbulas para gritar, mas apenas resfolegou.

— Meu senhor delfim — disse o homem vestido de seda cor de esmeralda, de modo decidido. Luís olhou, como se um morto tivesse falado. — Meu senhor, fornecerei fundos suficientes para viajardes a Viena, ao encontro do duque de Sabóia. O contrato de casamento pode ser assinado em segredo. Vosso pai não precisa saber. Uma vez firmado, não pode ser desfeito. Vosso futuro é um objeto de contemplação mais fértil do que o vosso ódio. Estais imobilizado aqui como um prisioneiro. Chinon não é grande o suficiente para comportar vós e o rei ao mesmo tempo. Não há na França um lugar que o seja, meu senhor.

— Um prisioneiro. — A voz frágil ecoou. Os olhos do delfim ainda fitavam a distância, brancos e vazios. De joelhos no *prie-dieu,* seus dedos passavam pelas dobras de marfim lavrado, deixando trilhas nuas na poeira. Ele há muito era prisioneiro. Toda a sua infância fora uma prisão. Loches.

Recordou-se de Loches: a cinzenta, pantanosa e escura fortaleza, assentada num penhasco rochoso, onde se esperava que os homens vivessem escondidos atrás das pedras, como toupeiras de dentes de ferro, para se defender do inimigo. Loches não fora construída para crianças. Era uma prisão angevina, escarvada por um certo descendente espetacularmente selvagem de Anjou, chamado Foulques Nerra, há três séculos, quando as seteiras serviam de janelas e as crianças morriam tão logo eram expelidas do útero. Para o Luís criança, Loches era um abismo, um inferno de silêncio e paredes úmidas e escorregadias por causa do musgo. Havia a criança e alguns criados, bem como um velho preceptor amarelado, de mãos finas como papel, que lhe ensinara o latim e o grego, e um grisalho cavaleiro coxo que lhe explicara sobre o manuseio das armas. Nada havia em Loches, salvo a negra solidão. Eles o enviaram para Loches quando ele completara dois anos, porque seu pai era bastardo e não coroado; porque não havia dinheiro e porque os ingleses tinham dividido a Normandia e Guiènne Poitou e Maine; porque os *écorcheurs* errantes queimaram as cidades e porque ele era o herdeiro. Por isso o enviaram para a proteção, para a prisão, para Loches.

Mas ocorrera alguma coisa em Loches. Num dia gélido, quando ele tinha dez anos e o inverno havia penetrado profundamente nos velhos ossos da fortaleza, e as paredes manchadas de musgo haviam formado uma coisa só com sua alma manchada de musgo e plena de fendas para flechas. Houvera uma visitante. Cheia de vida e resplandecente à luz do sol, com o gosto dos santos na língua, viera da sede de Orleãs para dar graças no altar da Virgem negra, na capela. Loches, tal como Vaudémont, possuía uma Virgem negra: uma antiga figura de madeira que algum camponês desenterrara no campo. Ela fora vê-la, pois dizia-se que a estátua era santa. Santa Loches.

Ela não fora sozinha. Atrás dela, aglomerava-se sua fiel tropa de capitães: La Hire, Dunois, D'Alençon, Gilles de Rais, João de Metz. Ao seu lado, marchava o duque de Bar, com seus vinte e dois anos, vestido de seda azul bordada com lírios brancos. O sol frio acariciava os elmos cheios de gelo, os exuberantes estandartes e o fino cabelo dourado de seu tio. Havia outra pessoa: sua avó, a rainha Iolanda, a bruxa aragonesa de cabelos negros, que montava um cavalo de batalha como se fosse um homem.

Luís, passando os dedos por empoeirados ombros de marfim, lembrou-se de Joana, a Donzela, da mesma maneira como costuma recordar-se de um sonho brilhante numa manhã cinzenta. Uma forma, um límpido brilho de armadura, um raio de luz solar. Ou talvez fosse seu tio, brilhando. Ou apenas o inverno branco comum, filtrando sua luz por entre os vidros das janelas da capela. Disseram-lhe que aquela estranha andrógina, aquela entidade, o salvara. Salvara seu pai, salvara a França.

E seu pai tornara-se rei, e eles lhe aspergiram o óleo santo. Luís fora nomeado delfim, e libertara-se do musgo e da escuridão, e fora levado, vendado, para a polida alegria da corte aglomerada em Anjou. Ele odiava esse pai que não conhecia e esse belo e amigável tio que reinava com sorrisos gentis e poesia lírica, com gargalhadas e vinho.

Ele odiava a concubina que seu pai exaltava muito mais do que exaltara a rainha. Os lábios vermelhos, as embaraçadas tranças cor de fogo, as delicadas pálpebras claras da voluptuosa concubina.

Sonhos começaram a povoar o refúgio de seu sono. Soturno, acordou numa barafunda de roupas de cama úmidas, numa espuma de manchas, num corpo vazio e cheio de palpitações, vindo de calorosos abraços, nos quais a criatura com quem ele dormira tinha os seios e os ombros brancos de Inês Sorel e a feia face amarronzada da camponesa Joana. Enquanto seu simpático tio, vestido de seda azul, folgava e ria, e a velha rainha de Aragão, de sobrancelhas negras, dançava com um estranho anão rechonchudo, que dava cabriolas e cantava poemas desafinados. As seteiras da alma de Luís não permitiam a entrada de conforto. O musgo não falava. Ele abraçou sua culpa, jejuou e orou.

As duas mãos seguraram a estátua. Quando ele as retirou, estavam sujas de pó. Luís sentou-se no chão, entre os velhos ossos, e contemplou os próprios dedos.

— Sai — disse, sem se dirigir a ninguém em particular. O conde de Dammartin, revelando apenas uma quase imperceptível hesitação, afastou-se.

O comerciante esperou, observando com interesse e alguma piedade. Se o jovem pelo menos pudesse chorar! Lágrimas eram cura, como a corrente límpida de um doce regato.

— Meu senhor — disse, fazendo uma tentativa.

Luís não chorou. O tremor cessara. Seus dedos moviam-se com irritação, como se tentassem livrar-se de alguma coisa. Pelos lábios flácidos, a voz escoou.

— Sou o seu filho único!

O impacto de sua mão, ao varrer a Virgem do *prie-dieu,* atirou a imagem pelo quarto afora. Chocando-se contra a pedra, a cabeça branca quebrou no ponto em que o pescoço se encontrava com as dobras esculpidas do vestido.

— Sai — disparou a voz, ciciando viciosamente.

Jaime Coeur saiu. Pouco depois, deixou o castelo de Chinon, e marchou com suas tropas domésticas para o sul. Dirigia-se a Provença, a Tarascon, onde a corte angevina ora se achava instalada. Tinha notícias de interesse para o rei René, seu mestre.

Podes preferir acreditar, *monsieur,* que ignoro tua existência. Deixa-me assegurar-te que não é assim. Pode ser que eu ainda não saiba o teu nome. Mas sem dúvida tens consciência de que não sou preguiçoso quando se trata de obter informações que outros desejam manter em segredo. Tenho a reputação de levar à revelação dos tesouros arcanos mesmo as línguas mais teimosas. Não desconheces que transformei a fortaleza de Loches em prisão. Já no primeiro ano do meu governo como rei da França, encontrei um uso novo e adequado para Loches. No interior de suas frias entranhas de pedra, meus servos, que são treinados naquela eficiência que prezo acima de todas as coisas, extraem segredos como se extraem dentes: histórias de traidores e de traições, de pessoas as mais improváveis. Não demorará muito, *monsieur,* para que eu te conheça.

E tenho tanto desejo de conhecê-lo! O próprio fato de teres vivido incógnito e incognoscível, sob meus olhos normalmente atilados, por todos esses anos; o fato de teres conseguido, de alguma maneira, furtar-se até mesmo à minha paciente e industriosa rede: isso me intriga, *monsieur.* Evidentemente, tenho muito a aprender contigo. A extrair, por assim dizer. Se eu não fosse tão inatamente prático, e não reconhecesse que tens algo que eu talvez possa adquirir, eu até poderia ficar irado contigo. Mas, não. Sou um homem sobremodo razoável, deveras pragmático.

Certamente podes lembrar-me de ocasiões particulares nas quais meu estado de espírito dificilmente era — que nos seja permitido dizer — razoável. Mas esses desagradáveis incidentes ocorreram há muitos anos. Passaram-se muitos anos desde que fui violentamente tomado e habitado a contragosto pela coisa negra que um dia me assombrou. Como vês, *monsieur,* há várias maneiras de lidar com uma criatura dessas.

Podemos purificar-nos, e buscar a ajuda de Deus. Eu o fiz por algum tempo. Jejuei e orei à Virgem por sua intercessão, por sua misericórdia, por sua graça. Orei em Cléry, onde há uma Virgem negra, e em Loches; em Chartres e em Rocamadour; e até mesmo, uma vez, em Vaudémont. Com certeza conheces, *monsieur,* a Virgem negra de Vaudémont. Naqueles dias, eu A considerava santíssima, quando Ela era negra. Porque Joana, a Donzela, a *Pucelle,* assim A fizera. Eu também acreditei, um dia, que a mulher fosse sagrada. Isso ocorreu antes de tu e teus sequazes terem feito uma zombaria sem sentido de minhas orações. Antes de eles me tirarem meu último conforto desesperado, minha fé faminta, sobrepondo-lhe as revelações e os restos de seu vicioso culto. Pode-se alegar que não entendi direito esse culto. Mas qualquer defensor da ortodoxia o identificaria como a coisa tola e herética que é, contrário aos ensinamentos da Santa Igreja. Tu e teus sequazes destruíram a pequena fé que eu tinha. Agora, não posso acreditar nem desacreditar. Não tenho podido orar num altar da Virgem negra desde aqueles dias. Só por isso, *monsieur,* estou seguro de que concordarás que temos contas a ajustar.

Também tentei o caminho do aprisionamento da criatura. Trata-se da trilha da vontade de ferro implacável, da força monolítica. Descobri a tempo que possuo de fato uma vontade de ferro, de que não se vê a semelhança, no trono da França, desde Filipe, o Belo. Admiro esse rei, *monsieur*. Ele é o que considero um verdadeiro rei, um rei que tanto governou quanto dirigiu. Um rei de granito. Sim, sei o que dirás. Que ele foi um covarde; que foi enganado pela própria avareza. Que ele, inadvertidamente, fez recair sobre a França uma terrível vingança, ao aniquilar os Cavaleiros do Templo. Que ele e sua linha foram amaldiçoados.

Sei dessa maldição. Compartilharei de uma confidência contigo: muitas vezes me preocupei com ela. Já que também sou da linha de Filipe, naturalmente considerei preocupantes as implicações. Admito que, por um certo período, ela amedrontou mesmo a mim, tão bem situado e tão firme em meu autocontrole. Mas não posso perceber realmente o que a maldição do velho Jaime de Molay tenha a ver comigo, *monsieur*. O tempo provou-me isso. Tenho tudo o que desejo: a Normandia, a Picardia, a Borgonha, Anjou, e mesmo Provença. Tudo. Sim, sei que estou doente. Que minha doença é de um tipo especialmente embaraçoso e repugnante. Mas todos os homens idosos ficam doentes, *monsieur*. Dificilmente poderias dizer que todos eles foram amaldiçoados. Suponho que poderias mencionar, se o desejasses, meus pesadelos e meu isolamento. Mas muitos homens têm pesadelos. Uma má dieta os promove, assim como a doença, e o dormir de costas. E todo rei vive isolado.

Admito que poderias mencionar meus casamentos. Estou cônscio de que estes foram particularmente infelizes. Mas que rei pode casar por amor? Sim, eu sei: dir-me-ás que meu tio, o rei René, amou sua pálida Isabel e que, quando ela morreu, desposou sua segunda mulher, Joana de Laval, por amor. Mas o amor é uma grande decepção, *monsieur*. Ademais, que tipo de rei foi ele? Ora, tivesse meu tio sido rei da França, Filipe, o Belo, ter-se-ia revolvido e saído do túmulo.

Concedo que é doloroso ser traído por duas esposas. Pelo menos foi doloroso com a primeira, mais doloroso do que eu poderia ter imaginado. E a segunda, bem, a segunda foi uma afronta maior à minha honra do que uma ferida em meu coração. Na época, já não havia coração. Por certo podes imaginar quão irritado fiquei quando minha esposa finalmente confessou. Foram necessários alguns métodos um tanto severos, mas ela terminou por me dizer. Que fora um angevino que me traíra. Aquele indiscreto incendiário, João de Anjou, meu primo. Filho do meu tio, o rei René. Ele se introduziu suavemente no leito de minha pequena esposa. Minha pequena rainha Carlota, que meu pai me havia proibido de desposar. Minha tímida princesa de Sabóia.

Mas deves admitir, *monsieur*, que em Barcelona eu tive minha desforra.

E, mais tarde: bem, aquilo foi mais perturbador, porque, da segunda vez, jamais descobri a identidade do homem. Eu não podia acreditar que ela fosse capaz de repetir seu pecado, a minha pequena Carlota. Ela jamais me disse o seu nome. E a criança que nasceu. Minha filha, minha Ana. Por vezes, contemplei-lhe a límpida face perspicaz e vi, como num espelho, meus próprios ossos pouco atraentes. Mas achei-lhe os olhos penosos. Eles são tão pálidos. Tão descoloridos, com um curioso halo negro em torno das íris. Olhos que voltei a encontrar. Estou certo de que podes esclarecer-me a respeito daqueles olhos, *monsieur*. Talvez possamos falar disso algum dia. Talvez um dia, em Loches.

É verdade que uma vontade de ferro não tem real supremacia sobre as trevas de que estou falando. Essas trevas são de outra ordem. Descobri isso à minha própria custa, já que, quando investi minha vontade contra ela, ela explodiu com uma violência ainda mais catastrófica. E assim descobri, finalmente, outra maneira. Muito mais agradável, deves admitir, do que a salvação ou a repressão. Mais gentil, já que não mais somos inimigos, essa criatura e eu. Fiz um pacto com ela. Ela é da sombra, mas encontra êxtase na luz. Permito-lhe entrar em minha casa quando deseja, sem censuras nem restrições. Em troca, deu-me ela um dom verdadeiramente maravilhoso. Estou certo de que não poderás adivinhar a natureza desse dom. Trata-se da morte definitiva de todo o remorso.

Certa feita, padeci de um angustiado incurável remorso. Olhei para o corpo jovem de minha delicada princesa escocesa, estendido no leito cortinado, o leito no qual a possuí tão desastradamente em nossa noite de núpcias. Vi-me assoberbado pelo remorso. Senti remorso uma ou duas vezes depois, embora em menor intensidade: todos aqueles angevinos mortos. Mas é verdade o que dizem. Fica mais fácil a cada vez, *monsieur*.

E assim, como vês, cheguei a uma solução mais engenhosa. Tornei-me seu servo. Já vivi o bastante para ter conhecimento de que a maioria dos homens luta com essa escuridão, embora alguns, admitidamente, não a reivindiquem como sua. Talvez sejam mais abençoados do que sou; ou, talvez, menos honestos. Mas quem é maior, *monsieur*: esses homens, às voltas com seus dilemas morais, ou eu, que não tenho nenhum? Meu tio, o rei da Sicília, sempre esteve às voltas com dilemas morais. A maioria dos homens padece de remorso, porque estes descobrem que são feitos de espírito e não simplesmente de carne. Meu tio, o rei René, tinha remorsos porque descobriu que era feito de carne e não simplesmente de espírito. No final, morreu, como morrem todos. Quando tomei Anjou de suas mãos, foi ele quem sentiu remorsos. Um homem impossível. Máscaras, músicas, miniaturas. Mas talvez eu tenha deixado escapar algum aspecto pertinente.

Todos os teus servos angevinos estão mortos. Oh, sim, terminei por descobrir que eles eram teus servos. Já não existem hoje; há apenas uma silenciosa anciã e seu filho imbecil.

Esses dois são impotentes e sem importância: meras vozes balbuciantes que habitam um castelo decadente. Aquela anciã foi esbelta em tua época, *monsieur*. Imagina-a dando à luz uma criança sete meses depois do casamento, e a descoberta da corte de que seu marido a raptara e dormira com ela dois meses antes do casamento. E houve o lamentável problema posterior. Uma história vergonhosa e sórdida. Uma mulher de quarenta e cinco anos e um louco. Aquela velha mulher obviamente não padece de dilemas morais. Nada de remorsos. E o livro, esse manuscrito que ela me enviou. Um velho pergaminho, um manuscrito grego traduzido em Florença. Observei-lhe rapidamente o conteúdo. Não passa de um lamaçal de incoerências heréticas. Como se eu pudesse ter interesse nessa espécie de livro. Talvez, quando estiver entediado e entrevado em minha doença, eu o leia com mais cuidado. E depois ele arderá, como todos os escritos heréticos.

Disseste-me: não se pode temer aquilo que não existe. Tentavas ser esperto, *monsieur*. Esperto e insolente. Sentavas-te em meu quarto, enquanto o fogo iluminava tua feia face branca. Sentavas-te a não mais de um palmo de mim, complacentemente consciente de que eu ainda não sabia o teu nome. Levaste-me o manuscrito enviado pela velha mulher. Sabias que eu pensava que fosses apenas um frade, um servo da velha condessa de Vaudémont. E quando zombei do presente e sugeri que a condessa de Vaudémont por certo me temia demais para aplacar-me com tais trivialidades, ficaste grosseiro. Teus pálidos olhos mostraram-se tomados pela ira e disseste coisas cruéis a respeito da ingratidão e da má vontade. Fiquei atônito com a tua impertinência, *monsieur:* como se estivesse apaixonado pela velha mulher, tu, um frade envelhecido. E quando te ameacei, para lembrar-te gentilmente de que eu era o rei e tu um mero servo, disseste: não se pode temer aquilo que não existe. Fiquei de tal modo estupefato que me limitei a ficar sentado e a ouvir; e quando ordenei que meus guardas te seguissem e prendessem, tinhas desaparecido.

Não se insulta um rei impunemente, *monsieur*. Eu não sou o meu pai, que inclinava a cabeça diante dos insultos, como se soubesse que nenhum insulto poderia ser maior do que sua própria existência. Em meu assombro, permiti que te fosses são e salvo. Não te incomodes por eu estar doente agora. Recuperar-me-ei. Os médicos prometem-me isso. Asseguro-te de que existo. Oh, *monsieur*, eu existo: devo existir por mil anos.

Observa, se quiseres o que fiz. Criei uma nação francesa. Filipe, o Belo, não poderia ter erigido um edifício maior. Ele também destruiu um cancro para criar o seu reino. Ele derrubou o Templo, que teria dado origem a um Estado guerreiro de poder irresistível em seu meio. Um rei prático, Filipe. Um rei realista. Ele sabia que fins elevados justificam meios questionáveis. E eu destruí esses angevinos, que comiam como vermes no coração do meu fruto dourado, da minha França dourada. Com efeito, reflito por vezes a respeito da misteriosa morte de Filipe, o Belo. Uma estranha, inexplicável doença. Não diferente da minha. Mas sou indestrutível, *monsieur*. Restam apenas a velha mulher e seu filho imbecil. Eu criei a França. Tomei dos fragmentos despedaçados, dos pedaços pontiagudos, espalhados por invasores ingleses em retirada e por casas nobres gulosas, dos nacos famintos e desesperados da carne desmembrada da terra, e forjei uma nação. Minha filha amada. E tu, *monsieur*, dizes que não existo.

Lembro-te mais uma vez de que sou o rei. E sou um rei que governa. Não sou um mero símbolo. Ganhei o meu reinado. Meu pai e o pai de meu pai, se é que foi verdadeiramente meu avô, acreditavam que um rei rege, mas não governa. Que um rei reina em virtude do sangue sagrado. O problema é que não estou certo quanto ao meu sangue. Pode ser o sangue de qualquer um, afinal de contas. Tenho certeza apenas do sangue de minhas duas avós: a negra, a bruxa aragonesa, e a gorda, a mundana bávara. Assim, que me restava além de ganhar meu reinado? O sangue não faz um rei, nem o óleo sagrado o faz. Enquanto jazia em minha doença, ordenei aos meus criados que trouxessem de Reims toda a ânfora que contivesse o antigo óleo com que os primeiros reis carolíngios da França um dia foram batizados. Mandei que untassem meu corpo doente, *monsieur*, todo o meu flácido e velho corpo, com esse selvagem odor de ancião. Isso não me trouxe a cura, devo admitir. Mas vês que até o óleo sagrado é subserviente à minha vontade.

Neste triste quarto na penumbra, *monsieur*, acompanhado pelo fedor de roupas de cama manchadas e pelos perscrutantes murmúrios de padres, por vezes ainda te vejo sentado diante de mim. Lembro-me de cada osso de tua face. Tenho uma boa memória para fisionomias. Lembro-me de tudo. É um dom do signo de Câncer, sob o qual nasci, a boa memória. A incapacidade de perdoar é o dom de Escorpião, que estava em ascensão no quadrante leste quando nasci. Uma memória boa e implacável. Sou o que sou. E teus olhos, quando me passaste o manuscrito com polidos protestos de lealdade da condessa de Vaudémont? Um tom descolorido, marcado por anéis escuros em torno da íris. A cor da tristeza e da resignação ou de esperanças recém-destruídas. Jamais confiei em homem de olhos pálidos. E de pele pálida, pálida como mármore. Um homem velho como eu e que, não obstante, curiosamente não é velho. De início, não reconheci aqueles olhos, *monsieur*. Tão chocado estava com a tua impudência, que não me lembrei de onde os tinha visto antes. Teu hábito marrom de frade, brandindo, sem dizer uma palavra, não humildade, mas uma arrogância intolerável. Um simples criado, tu, um frade, um lacaio. Ora, sentaste ali como se tu fosses o rei e eu o súdito.

Lembrar-me-ei disso, *monsieur*.

Estejas certo de que te encontrarei. Saberei o teu nome. Os homens que encarcerei nas entranhas de Loches falam relutantemente de ti. Mas, quando finalmente falam, fazem-no da maneira mais estranha, nos termos mais incompreensíveis. Poéticas metáforas. Confusas alusões. Qualquer um pensaria que és uma espécie de rei. Sua Graça, dizem, Aquele que tem o sangue sagrado; Nós não podemos falar do rebento do círculo e do lírio. O apaixonante rebento da antiga linhagem, eles dizem. De que falam eles, *monsieur*? Talvez sejam todos poetas, como meu tio, o rei René.

VI

O rei René deixou que a ponta de seus dedos acariciassem as pétalas da rosa. Tratava-se de uma rosa particularmente rara, de um carmesim quase negro: sangue visto através da sombra ou o labirinto interior de um rubi. A planta florescera tardiamente, com certa relutância. Ao seu redor, as rosas maiores e mais comuns, já haviam florescido exuberantemente há pelo menos dois meses.

— Vem de Constantinopla — disse o rei da Sicília, num tom de admiração. Seus dedos passaram pelo centro da flor, enrolado como uma serpente, que ainda não abrira. — Por vezes penso: se uma flor, esta rosa, pudesse falar, que mistérios não nos revelaria!

Luís observou o tio com desprezo. Em meio à urgente crise que levara o delfim a Tarascon a fim de buscar a assistência do aliado menos provável, o tolo queria falar de rosas.

— As brancas — disse o rei da Sicília — são como pessoas inocentes. Mostram-se de maneira transparente. Mas não há tesouros arcanos. As vermelhas escondem segredos.

— *Mon oncle* — começou Luís.

— Meu amigo Cosme de Médici — prosseguiu o rei René — tentou desenvolver uma roseira sem espinhos. Disse-lhe acreditar ser isso impossível. É contra as leis da vida. Tal como uma concepção imaculada.

— *Mon oncle* — disse Luís, num tom mais urgente.

— Discutiremos o problema de Sabóia dentro em breve — disse o rei da Sicília, sorrindo. O sol de verão praticamente conseguira restaurar um ilusório dourado em seus cabelos grisalhos. Ele começava a ficar corpulento, mas ainda se movia com graça. Tinha trinta e nove anos.

Luís imaginava se não estaria louco ao fazer essa jornada. Sabia que não podia impor-se demasiado ao tio. Era preciso tolerar-lhe as excentricidades. Além disso, quem mais o poderia ajudar? Tentou mostrar interesse pelas rosas. Seus dedos fechavam-se e abriam-se com irritação.

— Há um novo espécime no parque de animais — dizia o rei René enquanto caminhava à frente do delfim pelas trilhas pavimentadas, pelos intricados jardins de Tarascon. — Deixa-me mostrar-te um presente do duque de Milão. Um bugio.

Luís ponderou sobre quem seria o bugio: o animal ou o duque. Ele jamais tinha certeza a respeito daquilo que o tio lhe dizia. Ramos balouçantes de rosas atingiam e se chocavam com a bainha de seu manto enquanto ele seguia a corpulenta figura por entre as flores.

Seu tio voltou-se. Os profundos olhos azuis o paralisaram. O rei da Sicília tinha a capacidade de deixá-lo profundamente encabulado. Depois de Nancy, o ódio tornara-se uma pesada massa de surdo escárnio. Um tolo, incapaz de fazer mal a alguém, apaixonado por espetáculos teatrais e pássaros emplumados. Por vezes, seus olhos pareciam pateticamente brilhantes e inocentes, como flores.

— Um bugio — disse Luís, apenas porque sentia que devia dizer alguma coisa.

— Uma criatura encantadora — disse o rei René. — Com inteligência quase humana. Os egípcios, como sabes, adoravam o bugio como o deus da sabedoria. Tot-Hermes.

Luís não podia pensar em nada para dizer. Descobriu que desejava ver o bugio. Em algum lugar, no interior dos bastiões cortados de seteiras, criaturas estúpidas ainda tinham o poder de tocá-lo. Isso o surpreendeu.

Olhos profundos, preocupados e cheios de sombras, mas infantis, o fitaram. Observaram a ligeira mudança que ocorreu em Luís, o relaxamento instantâneo da mola rigidamente comprimidas. O rei da Sicília sorriu.

— Sim — disse ele. — Vamos ver o bugio. E então falaremos de Sabóia.

O bugio brincava com os genitais quando os dois homens se aproximaram. Ignorou Luís, mas aproximou-se desajeitadamente das barras douradas para tagarelar com o rei da Sicília. Luís achou-o inexplicavelmente repugnante. Ele fedia. Os sons e odores começaram a atingi-lo. Ao lado da jaula do bugio um grupo de papagaios de plumagem ultrajante guinchou para ele por trás de uma rede estendida entre varas. As flores gritavam. As vinhas ameaçavam. Os olhos sem nuvens do céu provençal o olharam. Luís começou a retroceder.

O bugio observou cuidadosamente, com olhos amarelos, e começou a masturbar-se.

— Ele percebeu o teu medo — disse o rei .

— Não estou com medo dele — disparou Luís. — É o cheiro. Vamos, *mon oncle.* Tenho muito a discutir contigo.

— Sim — disse o rei da Sicília, tristemente. Luís imaginou se não teria ferido os sentimentos do tio por ter sido repelido pelo bugio. Um pensamento fugidio veio-lhe à mente, como se dissesse que ele havia deixado passar alguma coisa importante. Ele não conseguia afastar essa idéia, que se apegava como os ramos de roseiras.

Os jardins formavam um labirinto, circundado por uma orla diagonal de laranjeiras. A pedra cremosa do castelo protegeu-os dos ventos ribeirinhos. Luís imaginou se, caso se perdesse, o tio o abandonaria às espertas rosas, às esguias vinhas e aos pássaros cantantes. Um pavão saiu de trás de um zimbro, fazendo um ziguezague quase nos pés de Luís. O ar estava cheio de insetos: borboletas, abelhas, mosquitos-pólvora, cigarras, libélulas. Ele sentia um calor insuportável. O pungente odor de rosas fê-lo sufocar. Começou a sentir a inimizade vinda do matagal. Viu-se correndo à frente do tio.

O rei René observou-o pensativamente. Se o jovem pelo menos se entregasse deixando que a harmonia trabalhasse sobre ele! Mas Luís a combatia viciosamente, com toda a vontade que tinha. Ao passar, o rei da Sicília não pôde resistir a fazer mais uma carícia na rosa vermelha — antes de as torres de Tarascon engolirem os dois.

Luís descobriu, para sua contrariedade, que compartilhava o tio com outro visitante, um jovem de Florença. Caminhou nervosamente pelo gabinete do tio, mordendo os dedos. Olhou com raiva para prateleiras apinhadas de pergaminhos e manuscritos. A mistura o confundia. Ficou ainda mais irritado por ver que eram servidos de vinho por Didier, o anão do rei René. Luís detestava deformações. Além disso, sua lembrança do anão era desagradável.

O anão também se recordava dele. Manteve-se perto de seu mestre, murmurando algo para si mesmo. Luís achou a comparação entre o anão e o bugio irresistível.

Percebeu que o tio o observava.

— *Mon oncle* — anunciou com a voz pedante que aprendera do preceptor, em Loches. — Encontro-me aqui para pedir tua assistência.

— Sim — disse o rei René. — Eu sei.

O anão tossiu, rompendo o silêncio. O jovem florentino, que se chamava Marsilio Ficino, estudou cuidadosamente as mãos delicadas.

Toda a Europa sabia que o conflito entre Luís e o pai atingira proporções insustentáveis. Marsilio Ficino, como todos na corte de Florença, sabia do ataque desferido pelo delfim, contra Inês Sorel. Da trama arquitetada mais tarde, nas trevas e na poeira de um quarto desprezível, para exterminar a Guarda Escocesa do Rei e tomá-lo sob custódia. Da traição do velho conde de Dammartin, confidente de Luís, que correra sub-repticiamente para o quarto do rei com a notícia. Luís fora exilado em Dauphiné, tradicional *apanage* dos filhos mais velhos dos reis da França. Não havia outro lugar para ir.

O filho rebelde seguira para o sul com seu maltrapilho e empobrecido séquito, a fim de tomar as rédeas de uma propriedade mergulhada na falta da lei e no caos. Dauphiné fora regida por uma camarilha de eclesiásticos ricos e auto-suficientes, que taxaram o que puderam e roubaram o que restou. Luís, com vinte e quatro anos, carrancudo, fraco, amargo e falido, instalou sua chancelaria em Valença, esforçando-se para levar a lei a seus diminutos domínios. Ocorrera um milagre em Dauphiné. Em um ano, ele havia criado a província francesa de organização mais impecável e mais eficientemente dirigida.

Determinado, porque contrariado, ele ainda ansiava pela aliança com Sabóia. Todo mensageiro enviado à corte do pai retornava com uma recusa. O rei Carlos começou a pedir ao filho que voltasse de Dauphiné. O exílio, concebido como uma humilhação, tornara-se inexplicavelmente um triunfo. Luís permaneceu em Dauphiné. Ameaças veladas percorreram todos os cantos das estradas poeirentas, nas bolsas dos mensageiros.

E agora, o último disparate: o tratado malogrado que fizera as tropas do rei se concentrarem no sul.

Jaime Coeur, em correspondência particular, sugerira que o delfim poderia buscar assistência junto ao tio, o rei da Sicília, cujo *comté* de Provença fazia fronteira com Dauphiné e cuja corte estava instalada atualmente em Tarascon.

E o tolo falava de rosas e bugios.

Apesar do dia quente, o rei da Sicília queimava ramas de zimbro na lareira. Os frutos explodiam nas chamas com agudos disparos e um forte odor aromático. Luís movimenta-se de um lado para outro e ouvia o sorriso em *staccato* do fruto que explodia.

— Que desejas de mim, Luís? — disse o rei da Sicília.

— *Mon oncle* — explodiu Luís —, não podemos conversar a sós?

— Não — disse com brandura o rei René. O signor Ficino está envolvido com teu problema. Não lhe subestimes a juventude. Ele pode ter condições de dar-te alguma assistência. Ele tem um problema pessoal. Veneza planeja invadir Florença e Milão. Vós podeis prestar favores um ao outro. Teu pai apreciaria uma demonstração de firme amizade do senhor de Florença. Tanto melhor se tiveres ajudado a arquitetá-la. Por outro lado, um tratado entre Florença, Milão e Sabóia, contra Veneza, seria muito agradável ao signor Ficino e ao seu mestre. Tens acesso ao duque de Sabóia. Como podes ver, sua presença aqui pode servir a vocês dois. E Didier — terminou o rei da Sicília, com um sorriso amarelo e leve. — Didier não lhe fará mal.

Os dedos de Luís moveram-se, frenéticos dobrando-se e desdobrando-se. O anão assumiu uma postura curiosa. Tornarase quase uma bola debaixo da mesa, com as mãos finas sobre os ouvidos, rindo silenciosamente.

— Eu, eu. . . — começou Luís. Limpou a garganta. Estava ficando cada vez mais difícil articular palavras. — Gostaria que falasses ao meu pai — terminou por dizer. — Tens acesso a ele, fará o que pedires. Não voltarei à sua corte. Não interferirei com seu governo. Mas quero o casamento de Sabóia. Só pode ser benéfico para a França o fato de ter um forte aliado na fronteira italiana. Se ele precisar de amigos na Itália, já temos um tratado. O duque de Sabóia e eu. Um bom arranjo. Meu pai. . . meu pai enviou tropas para suas fronteiras e queimou três lugarejos. O duque não teve escolha e rompeu a aliança. Meu pai teria invadido Sabóia. E seria algo vantajoso para ti, *mon oncle.* — Ele engolia ar, como se estivesse se afogando. — Se desejas reivindicar Nápoles, a amizade com Sabóia ajudará. Poderás lançar uma invasão contra Nápoles. Poderíamos. . . — começou, e parou.

O anão, ainda sob a mesa, contemplava-o.

— Mas já não desejo reivindicar Nápoles — disse o rei René.

Luís quase gritou. Por alguma razão, que não conseguia perceber, sentiu-se exposto e humilhado. Vagou pela sala, buscando algum objeto sobre o qual pudesse lançar sua raiva. Pinturas e tapetes olhavam-no inocentemente. Um monte de frascos alquímicos e instrumentos astronômicos repousava na escrivaninha lavrada. Lixo e confusão: um alaúde com uma corda partida, potes de tinta, desenhos semi-acabados, um maço de rosas.

Sentia-se como se tivesse sido amarrado. Por um momento, a coisa negra o incitou e dominou, cutucando-o a ponto de causar-lhe náuseas. Algo na atmosfera, talvez trazido pelo odor de bagos de zimbro ou de rosas, o pressionou, acalmando-o. Ela caminhou até seus olhos e olhou para fora, mas manteve-se quieta. Luís passou a mão nervosa na fronte. Não valia a pena ter uma explosão de violência agora. Descobriu os profundos olhos azuis do tio fixados sobre ele, com uma expressão que reconheceu, passados alguns momentos, como piedade.

— Pensas que sou mágico? — disse o tio, sorrindo.

Luís não pôde pensar em nada para dizer. O anão voltou a rir baixinho.

— Pensas — continuou o rei René — que qualquer gentil argumentação minha poderia curar um abscesso tão antigo? Há muito veneno nele para que palavras ditas ao ouvido do rei possam curá-lo. Ninguém, além de ti, pode curá-lo. E, para consegui-lo, tu mesmo deves ser curado, Luís. Não compreendes realmente?

O delfim enrijeceu-se. Os olhos do anão recaíram sobre ele e se afastaram. O ar vazio achava-se carregado de palavras. Ele considerou intolerável a conversa sem palavras, pois não podia ouvi-la.

— Vais me ajudar — disseram, juntos, num tom malicioso, Luís e a coisa negra, por entre dentes rilhados — ou não?

Algo colidiu no espaço vago que existia entre eles. O impacto foi violento, embora inaudível. A batalha que se seguiu poderia ter derrubado o mobiliário, despedaçado os tapetes e quebrado os recipientes de vidro, caso tivesse sido corporal. O anão começou a choramingar, apertando os dedos contra os olhos.

— Como te posso ajudar — disparou o rei da Sicília, irado —, quando devemos falar com essa coisa com a qual compartilhas tua alma? Não a admitirei aqui. Chama-a de volta. Chama-a de volta, ou porás em perigo a todos nós.

Tomado pelo estupor, Luís se acalmou. Sentiu o frio e a luz, como se fosse uma bexiga vazia. O suor começou a percorrer-lhe as costas. Sem se dar conta, sentou-se numa das cadeiras de marfim marchetado do tio, por causa do forte tremor que se apossara de suas pernas.

Ouviu um som. Era ele mesmo, chorando e fazendo força para vomitar.

O florentino mantivera-se bastante calmo, embora seus

olhos estivessem de tal modo dilatados que se assemelhavam a furos em seu rosto.

— *Dio!* — disse. — Há um mal cheiro que vem da própria alma.

— Sim — disse o rei da Sicília, calmamente. — Se não a tivesse encontrado antes, há muito tempo, eu não o teria compreendido. Jesu — murmurou. Suas mãos tremeram. — É como um espelho negro.

Luís desmoronara, tal qual um manequim caído. Curvou-se, com as mãos no rosto, tiritando. As mãos pararam de mover-se.

— Fostes alertado disso — disse Marsilio Ficino.

— Alertado, sim. Mas quem me alertou não sabe o que é — replicou o rei René. Disse-me que a combatesse com um exército. Ele compreende muitas coisas. Mas eis algo que não entende. Disse-lhe que não voltaria a empunhar uma espada. Depois da Itália. Disse-lhe que não era guerreiro, que não estaria a seu serviço no campo de batalha. Ele acredita que sou covarde. Mas essa coisa, como eu a poderia matar com qualquer arma material?

— Meu senhor — começou o florentino.

— Eu sei, eu sei. Ele me perdoou. Esperará para ver o que posso fazer. Mas olha, olha. Todo o necessário está aqui. Se ele pelo menos pudesse ser curado! Eis o guerreiro dele. Mas temo que seja tarde demais.

Falavam por sobre a cabeça inclinada. Luís olhou para cima. Seu rosto estava manchado e abatido. As mandíbulas haviam caído.

— Quem, *mon oncle*? É de meu pai que falas?

O rei René não respondeu.

— Estais certo de que é tarde demais? — disse o florentino. — O delfim também é angevino, meu senhor. Tanto quanto João. Sua mãe, afinal de contas, é vossa irmã. Ele odeia os angevinos, mas ele próprio é um angevino. — Arriscou uma exploração da superfície dos olhos negros e esgotados. Eram claros, joviais. A criança de Loches o encarou, perplexa.

— E eu — disse o rei da Sicília —, por mais que deseje evitá-lo, sou um Valois.

O anão, resmungando, passara os braços em volta das pernas do mestre. Choramingava e balançava.

— Didier sem dúvida tem razão — disse o rei René. — Mas não nos resta senão tentar. Pode destruir-me, mas devo tentá-lo. Eu conheço essa criatura. Já a encontrei anteriormente. Talvez *eu* não esteja compreendendo. Um rei — concluiu o rei da Sicília, de Nápoles e de Jerusalém — é um vaso.

— Meu senhor — disse Marsilio Ficino —, lembrai-vos da responsabilidade que tendes, antes de falardes demais.

O rei da Sicília riu. — Responsabilidade? Ah, signor Ficino, pensas que é uma questão de receber instruções? De seguir ordens? De obedecer a um plano? Pensas que me incomodo com o fato de ele estar ou não irado? — A boca retorceu-se numa espécie de esgar de autodepreciação. — Eu também, afinal de contas, tenho o seu sangue.

— Meu pai — disse Luís, sombrio. — Meu pai.

O rei René levantou-se e começou a brincar com sua taça de vinho. Era uma taça incomum, lavrada em cristal de rocha. A borra do vinho brilhava como a rosa negra de Constantinopla dentro das vacilantes profundezas.

— Luís — disse —, amanhã seguirei numa pequena peregrinação. Vou a Sainte-Baume. Gostaria que me acompanhasses. É um recanto calmo, muito belo. Podemos falar ali das maneiras como posso ajudá-lo.

— Sainte-Baume — balbuciou Luís. — É o santuário de santa Madalena.

— Sim, o seu túmulo. Um lugar santo. Viajaremos amanhã para ver a Virgem negra de Sainte-Baume.

— Virgem negra — repetiu Luís, estupidamente. — Virgem negra. — Alguma lembrança de fé e luz o tocou, por entre as seteiras de Loches. — Não sabia que há uma Virgem negra em Sainte-Baume. Pensei que fosse apenas o santuário de santa Madalena.

— Apenas o santuário de santa Madalena? Mas Luís — disse o rei da Sicília, sorrindo, esperando, desesperadamente, que essa volta da Roda não lhe esmagasse os ossos —, quando orastes em Loches, em Cléry, não sabias para quem oravas? Pensavas ser para a Virgem Mãe de Nosso Senhor?

Imagine, *monsieur,* a delicadeza e a determinação necessárias para projetar uma rede eficaz de espionagem. Não basta, com efeito, empregar umas poucas almas simples, ansiosas por um punhado de florins de ouro, que espreitarão por buracos de fechaduras e abrirão cartas, para determinar a cama na qual o duque de Borgonha caiu. Naturalmente não se pode negar a utilidade dessa espécie de informação. Ela fornece adequadas alavancas para espalhar rumores e fazer chantagem: humildes artes nas quais desenvolvi rara habilidade. Mas não. Falo de uma rede verdadeiramente eficiente. Uma construção invisível que pode manter um reino numa só mão.

Filipe, o Belo, como é natural, possuía uma bela rede dessa espécie. Ela alcançava até mesmo a Terra Santa, apesar dos intricados fios das intrigas dos comerciantes genoveses e venezianos, bem como da teia política intestina do próprio Templo. Não havia sussurro proferido àquelas mesas silenciosas, onde cavaleiros vestidos de branco sentavam-se às refeições, que não chegasse aos ouvidos de Filipe. Ele ouvia até coisas que apenas eram imaginadas, prestes a serem ditas ou sonhadas no decorrer de solitárias noites ressequidas em Acre e Sidon. Não se pode derrubar o Templo, *monsieur*, sem uma dádiva incomparável.

Filipe, um rei que conhecia a própria mente. Ele usava três princípios simples que mantinham unidos os blocos do edifício. O primeiro é: nunca entregue a um homem uma tarefa que lhe exceda a inteligência ou contradiga os valores intrínsecos. O segundo é: sempre determine o ressentimento secreto que seu homem alimenta e então o explore. O terceiro é: seu homem, seja um mero investigador de esportes de alcova ducais, ou um habilidoso envenenador encarregado de despejar uma poção para um rei, deve ser-lhe grato. Não pelo dinheiro que lhe deres, mas grato num sentido muito mais sutil. Podes ficar perguntando a si mesmo por que tenho a reputação de pôr a meu serviço homens que há muito deveriam ter-se encontrado com o machado do carrasco ou com a corda da forca. Eles me devem a vida. São-me gratos.

Sim, *monsieur*, eu sei. Também contas com a tua rede. Só ultimamente comecei a vislumbrar seu tamanho e alcance. Por vezes, imagino que sagrados recantos ela não terá invadido. Como aquelas trepadeiras onipresentes, que forçam a entrada no polido pórfiro das basílicas e das catedrais. Ora, há momentos em que temo que sua influência se estenda até mesmo a Roma. Mas isso, sem dúvida, é provocado pelo meu temperamento naturalmente suspeitoso; que, como me dizem os meus padres, está pronto a ver inimigos até em minha própria sombra.

Meus padres me dizem, com vozes derretidas como a cera de velas votivas prestes a se apagar, que devo aprender a amar mais a Deus e a odiar menos os homens. Que minha filha, minha nação, deve ser nutrida com o leite da fé do Pai Celestial e não com o sangue e o veneno do assassinato e da espionagem. Mas depois me perdoam, *monsieur*, pois se recordam da maneira como seu próprio edifício sagrado foi erigido.

Estou disposto a reconhecer que, num aspecto, tua rede foi eficiente: fugiste aos olhos dos meus servos. Mas, noutro aspecto, *monsieur*, é desesperadoramente ingênua. Afinal de contas, que podes ter imaginado que meu tio, o rei René, te poderia oferecer? Pensaste encontrar um guerreiro, um chefe de Estado, um líder de homens? Ora, toda a sua carreira foi uma soma interminável de estonteantes asneiras. Violaste, *monsieur*, a primeira regra de Filipe, o Belo.

Consideremos a questão do comerciante Jaime Coeur e da *Dame de Beauté*, a concubina do meu pai. Estou certo de que preferes não falar disso. Mas temo dever fazê-lo. Se eu fosse meu tio, o rei da Sicília, creio que teria sido menos óbvio. Ora, eu sabia que Inês Sorel era uma marionete angevina antes de saber qualquer coisa a respeito de qualquer coisa. Naquela época, eu era rude e tomado pela dor, e meu íncubo agia em minhas entranhas sem piedade. Eu mesmo cometi asneiras, e não foi apenas na escolha de confidentes. Mas, mesmo eu, que os cortesãos de todas as capitais européias ridicularizavam e desprezavam, fui capaz de perceber, em sua admirável devoção às políticas de governo do meu pai, a delicada mão de poeta do meu tio. Ele deveria ter sabido, o tolo, que eu a derrubaria.

Quanto ao comerciante, meu pai lhe devia tanto dinheiro que ele poderia, se algum dia valesse a pena, comprar a Terra Santa dos turcos e reconstruir o Templo. E meu pai, aquele imbecil imprevidente, nem sequer vislumbrou o fato de o débito implicar uma obrigação menos evidente, ou de que um homem a quem se deve muito é dono da alma do devedor. Ele também me deu dinheiro, o astuto comerciante. Gestos delicados, sempre calculados para não ofender. Presentes, podes dizer. Jaime Coeur sempre foi muito sagaz para oferecer às claras um empréstimo a alguém tão evidentemente descumpridor de obrigações quanto eu. Um pouco aqui, um pouco ali. O suficiente para me levar a Viena. O suficiente para me ajudar em Dauphiné. Uma jóia, um corte de seda. . .

Mas o meu tolo tio dourado esqueceu-se de que eu, um fugitivo em Dauphiné, ainda assim poderia preocupar-me com as intrigas da corte, de meu pai. E quando o meu homem seguiu para o sul, meu grato espião, e me falou daqueles dois, da concubina de meu pai e de seu banqueiro em sua fastidiosa fornicação, seda cor de esmeralda e cabelos cor de cobre, o filho de um judeu e a Dama da Beleza, uma obscena cópula — que só poderia significar uma cópula de um tipo inteiramente distinto, político —, que mais eu poderia fazer? Aqueles presentes de rubis e diamantes! Ora, ninguém da corte de meu pai usava diamantes até que o comerciante a empoou em fogo branco como se ela fosse a Rainha dos Céus em Pessoa. Diamantes nas orelhas e nos braços brancos, piscando nas intricadas voltas esculpidas daqueles anéis vermelhos. . .

Mas estou fugindo do assunto. Eram apenas um esperto judeu e uma mundana envelhecida, afinal de contas, e meu tio puxava os cordões das marionetes. Quando finalmente encontrou a bela Inês com as unhas apodrecidas, os olhos cegos e o último suspiro frágil escapando da esguia garganta branca que ela não me teria permitido beijar, meu pai naturalmente logo pensou em mim. Afinal de contas, eu perdera uma jovem noiva, vítima da mesma doença. Para dizer a verdade, todos logo pensaram em mim. Devo admitir que fiquei muito ofendido com o número de pessoas que pensaram em mim. Mas que ironia! Que vingança deliciosa! Uma carta abandonada numa escrivaninha, um presente deixado atrás de uma almofada: pistas, insinuações. É tão fácil, *monsieur*, criar um bode expiatório para um crime. Conversas que apenas foram imaginadas, prestes a ocorrer ou sonhadas em monótonas noites em Chinon, Châlons, Burgos ou Mehu-sur-Yèvre. Pistas, espalhadas como diamantes, na esteira dos velozes navios do comerciante. Eu ri durante horas, *monsieur*. Meu pai, na época, teria acreditado em qualquer coisa, pois que homem pode executar o próprio filho? E eu ri, visualizando aquele corpo um dia vestido de esmeraldas, aquela esbelta estrutura a virar cadáver por trás das paredes da prisão. Seda rasgada pelos dentes dos ratos. Anéis de ouro que já não podiam comprar clemência. Tive dificuldades em conter o riso, *monsieur*. Fui dominado pelo riso. Meus médicos tiveram de me dar tintura de beladona, porque eu não conseguia dormir, em meu leito estreito em Valença, devido ao riso. Um estúpido, meu tio.

Luís observou o gordo bispo de Chambéry conduzir a noiva de doze anos à catedral, e ficou a imaginar se isso valia as conseqüências.

Uma diáfana dança de rendas e seda branca passou por ele, queimada por uma galáxia de diamantes. Uma grinalda de flocos de neve e narcisos florescia em seus bonitos e bem trançados cabelos de criança. Ela tremia, talvez por causa das correntes de ar que percorriam a nave. Seu *dot* consistia em duzentos e cinqüenta mil florins de ouro. Ela era núbil e começara a ter o ciclo menstrual. Sua jovem face era lisa e branca, mas delicadamente modelada, com ossos promissores. Luís, cujas paixões ainda estavam atadas, no inconsciente, a um cadáver de cabelos cor de cobre, que não morrera com a morte, pensava ser ela bonita e dócil. Pelo menos seria fiel.

Luís de Sabóia, seu novo sogro, acompanhou a enregelada noiva e o pesado bispo ao altar. O duque de Sabóia parecia muito feliz consigo mesmo. Era, por temperamento, um jogador. Na juventude, preferia a besta mais fugidia na caça, a concubina mais relutante, o feito de armas mais perigoso. Jogara por uma mulher que deveria estar muito acima, até mesmo, de suas mais vaidosas aspirações: Ana de Lusignan, rainha titular do Chipre, descendente dos antigos reis lusignanos de Jerusalém. Ganhara-a como noiva por meio de uma robusta combinação de bazófia e delicadas intimidações. Agora voltava a jogar.

Luís de Sabóia não desconhecia que entre sua púbere filha e o delfim da França, com seus vinte e oito anos, jaziam duas vítimas: o corpo morto de uma bela mulher e a reputação arruinada de um homem outrora rico e poderoso. Silenciosamente, avaliou suas possibilidades.

A despropositada reação raivosa do rei Carlos ao tratado que ele havia firmado com o delfim há seis anos não o perturbou muito. Afinal de contas, três cidadezinhas eram sacrificáveis. O duque mudou de parceiros com a graça e a agilidade de um dançarino nato. A pequena questão de sua filha, então com seis anos, fora sanada. Haveria outros noivos para Carlota.

O duque ficara impressionado com a carreira de Luís em Dauphiné. Admirava a coragem, assim como admirava a nobreza dos animais que gostava de caçar. Sem dar importância à carnificina, que nada tinha a ver com ele, aceitou as solitações renovadas do delfim com relação à mão de sua filha. Luís de Sabóia tinha uma intuição de jogador de que a Roda da Fortuna favorecia o jovem. Seus espiões na corte da Borgonha lhe deram a informação de que Filipe, o Bom, duque de Borgonha, também preferia esse príncipe enigmático ao presunçoso rei da França, seu pai. Um aliado como o duque de Borgonha não podia ser desdenhado.

Além disso, corria o rumor de que o rei da Sicília, que se sabia estar nos bastidores da maioria das políticas da corte francesa, aprovava o casamento saboiano.

E chegara o momento das bodas.

O noivo, infelizmente, não tinha graça nem gosto. Ao lado da noiva, que brilhava como a explosão de uma estrela, sua postura ligeiramente inclinada, os cabelos desgrenhados e a ordinária sobreveste sob o manto cerimonial, sugeriam um pobre notário ou um aborrecido coletor de impostos. Luís de Sabóia decidiu comprar, como presente de núpcias, algumas roupas para o novo genro.

Uma certa atmosfera pesada e sub-reptícia infectava a cerimônia, contaminando, até mesmo, a festa do casamento. Os nobres saboianos tinham consciência de que essas núpcias haviam sido expressamente proibidas pelo rei da França. Eles amavam seu impetuoso duque, mas questionavam-lhe a sabedoria. Os homens do séquito de Luís tinham plena certeza de que os saboianos já haviam traído o delfim uma vez, diante de uma leve pressão do rei. Aprovavam, na teoria, o determinado escárnio manifesto diante da autoridade paterna, mas consideravam necessário lembrarem a si mesmos o dote de duzentos e cinqüenta mil florins de ouro. A noiva de nada sabia, exceto que estava frio e que a extraordinária renda que esvoaçava em seu pescoço provocava-lhe coceiras; sabia também que seu novo marido, sem nenhuma razão visível, a assustava.

Luís sorveu o hipocraz da taça cerimonial e pensou em Inês Sorel. Imaginou para quem seu castelo, suas terras e jóias teriam ficado. Todos aqueles diamantes. . . As pedras engastadas no manto de noivo mofavam friamente dele. Sem dúvida suas meias-irmãs bastardas, que a vagabunda dera vergonhosamente ao rei a cada ano, herdariam tudo aquilo. Seu estômago contraía-se, nauseado, com carne assada de veado e de leitão. Bastardos! Um tormento mais resistente lhe fora infligido há pouco: a idosa rainha, sua mãe, gerara outro filho. Deram-lhe o nome de Carlos. Um novo e letal peão introduzido num jogo no qual ele acreditava que o tempo asseguraria sua vitória. Naturalmente, muitas coisas poderiam acontecer a uma criança tão pequena e vulnerável, exposta ao intricado tapete de acidentes e moléstias de que a vida está ornamentada. Mas eles o observavam agora. Seu pai, e até sua mãe. E, em particular, seu tio, que sabia demais.

Com tais pesadelos observando-o a partir do fundo da taça chanfrada, era necessário embriagar-se. Todos os participantes da cerimônia de casamento estavam bêbedos de alívio, já que nenhum trovão, vindo de Deus ou de Chinon, havia destruído a catedral e jogado longe o gordo bispo, Carlota de Sabóia, sozinha, comia fastidiosamente e bebia, vez por outra, um gole de hipocraz; continuava a tiritar, apesar das tochas e da lareira.

O duque de Sabóia anunciou que haveria espetáculo depois da refeição. Falou a Luís com orgulho, do maravilhoso anão que comprara do senhor de Ferrara; que não apenas era capaz de fazer os truques comuns do *jongleur*, mas também representava uma perversa e hilariante personificação obscena de todo nobre governante da cristandade. Para seu espanto, o genro virou-se para ele, com um sombrio e feroz olhar, e disse, numa voz que o duque não reconheceu, que não queria anões em sua festa de casamento. O duque cedeu e chamou, em vez disso, acrobatas.

Os acrobatas chegaram ao mesmo tempo em que entrava uma pequena tropa de soldados vestidos com os lírios reais da França, precedida pelo arauto do rei.

Eles eram esperados. Os risos e aplausos transformaram-se num silêncio cavernoso. O arauto, que percebeu de imediato ter chegado tarde demais, trazia no rosto uma máscara de ódio destruidor. Fora enganado pelos espiões de Luís, que lhe haviam dito, brandamente, que os ritos seriam realizados em Valença, e não em Chambéry. O arauto e os soldados armados haviam galopado até a capital de Dauphiné e encontraram uma chancelaria vazia e uma catedral abandonada.

O arauto sabia que seu mestre exigiria um grande pagamento pela asneira que não fora cometida por ele. Era necessário extrair uma compensação, diante da humilhação sofrida.

— Uma noiva de doze anos — disse, sucintamente, no silêncio —, não pode afastar os exércitos da França.

Luís solidificara-se numa pilastra cinzenta, como uma estalagmite. Seu rosto estava descolorido. As mandíbulas estavam cerradas, tal como as mãos, em torno da taça trabalhada. Ao seu lado, o duque de Sabóia agitou-se e esboçou certa irritação, tentando, com energia, mostrar-se desafiador.

— Senhor duque — disse o arauto. — Eu e meu mestre, o rei, desejamos que tenhais sorte neste evento pleno de maus presságios. Casastes vossa filha com um envenenador e traidor. Deveis perguntar-lhe, em algum momento, a maneira como sua primeira esposa morreu. Isso também vos custará vosso ducado. É de bom alvitre que o aproveiteis enquanto puderdes.

Os homens da casa de Luís fizeram os movimentos ameaçadores convencionais com os punhos de espada. Mas ninguém estava pronto para abordar o mensageiro do rei. O arauto fez uma elegante pirueta sobre os calcanhares, superior a qualquer diversão que o duque de Sabóia pudesse ter preparado, e saiu, com seus homens retinindo e marchando com passo firme atrás dele.

A partir do mar de olhos expectantes, Luís foi cortado pela torrente de acusações mudas. Havia levado todos à destruição. Ele os enganara, fazendo-os pensar que, uma vez assinado, o contrato de casamento se iria tornar aceitável aos olhos do pai. Era o vilão, o culpado de traição. A fúria e o temor ergueram-se ao seu redor como uma parede, atingindo-o com sua própria escuridão sufocante. Ele tinha consciência, em sua angústia, de que seu amaldiçoado tio teria encontrado algum reconfortante *bon mot* para desfazer as nuvens e adocicar o ar. A impotência deixava-o em estado de choque. Partiu a taça dourada em duas, já que ela era a única coisa que podia destruir.

O duque de Sabóia, que considerava um javali irado na caça menos ameaçador que um inimigo invisível, decidiu restabelecer a serenidade. Levantou-se, depositando sua taça na mesa. O vinho chapinhou sobre sua grande mão cabeluda.

— As palavras — disse Luís de Sabóia, de modo vigoroso —, quando ditas com ira são vigorosas. Mas nada significam. Já ouvimos antes essas mentiras e ameaças. Seremos nós um mero apêndice da França, para ficarmos aterrorizados como criancinhas a quem se conta alguma história de duendes e bichos-papões? Digo que devemos rir diante do rei da França, lembrarnos de nosso orgulho e beber à saúde do noivo e da noiva, que um dia será a rainha.

Era tudo o que podia dizer naquelas circunstâncias. Sua figura firme transmitia certeza e coragem. Ninguém lhe percebeu as mãos trêmulas, nesse infeliz lance de dados. Os saboianos relaxaram um pouco e começaram a murmurar e a fazer gracejos. Os homens do delfim, ansiosos por manter as aparências, fizeram eco aos risos. Luís também teria recuperado a compostura se a pequena noiva, trêmula, não se tivesse voltado para o marido.

Sua pálida face de criança havia assumido linhas de enorme terror. Parecia um animal que tivesse enfiado os dentes em seu braço ou pescoço e, em sua paralisia de horror, não conseguisse soltar as mandíbulas. Os olhos dela beberam dele, atraindo-o e chocando-o.

Isso despertou em Luís a escuridão que o habitava, obrigando-o a afastar o olhar, de modo violento. Ele sempre se sentia melindrado diante das vítimas.

O duque de Sabóia, numa visível pressa, começou a proferir a antiquíssima arenga, cheia de advertências, que precedia o recolhimento à alcova. Luís, que passara por isso antes, conhecia o protocolo. Os gracejos graves e impudicos do sogro em outra ocasião, poderiam deixá-lo embaraçado. Agora, o humor viril, estranho e desprezível, apenas o irritou. Um corpo se engajaria nesse solene *coniunctio* estatal; não ele. Carlota de Sabóia não passava de um vaso, avaliado em duzentos e cinqüenta mil florins de ouro, por meio do qual futuros príncipes franceses jorrariam a partir de sua própria semente inquestionável.

Suas amas a levaram, decorada com flores, para o sacrifício. Os problemas ocorridos no banquete deixaram os convidados nervosos como cavalos assustados. Além disso, todos sabiam que espécie de homem era o delfim. Ascético, acerbo e voluntarioso, nada tinha de tolo. E assim os convivas pronunciaram às pressas as bênçãos tradicionais aos corpos sentados desajeitadamente na enorme cama de gala, e fecharam as cortinas, desaparecendo numa nuvem de murmúrios tristes. Não haveria visões vicariais dessa união.

Sob o dossel branco, carregado de incrustações de renda, seus olhos refletiam o lustro pálido de moluscos fora da concha. Seus ombros tremiam, delicados, sob o *robe de nuit* de noiva. Sua face exibia um olhar inconsútil e expectante. Já não havia medo, mas a expectativa da fera selvagem que espera solenemente o mistério a ser celebrado sobre seu corpo tombado. Ele sentia, na verdade, pena; mas nenhuma luxúria. Tomou-lhe os belos cabelos longos de criança nas mãos e levantou-os para que as chamas dos círios os envolvessem com uma auréola cor de cobre. E então, nervosamente, deixou-os cair, sobre seus ombros protegidos, onde voltaram a assumir sua pálida cor.

Pela manhã, haveria uma inspeção das cobertas, destinada a provar a consumação. Luís viu olhos da cor do céu vazio. Ele conhecia esse olhar. Mulheres no casamento, meninas brancas levando a branca virgindade para o altar, e a faca. Como se a alma se tivesse retirado, enquanto o corpo suportava sua provação, preservando uma virgindade em sangue. Os olhos de sua falecida princesa escocesa, aqueles olhos invioláveis, violados. Suas irmãs: pequenas garotas com hímens da alma que jamais eram partidos por toda uma vida de repetida penetração. A própria Joana, a Donzela, esperando a sagrada semente prometida, a ruptura pelo fogo.

Ele também se lembrava de quando aquele olhar estivera inegavelmente ausente. Não Inês Sorel: aquela mulher era, ela mesma, uma violadora. Mas em Nancy, sua prima, a filha do rei da Sicília. O que lhe trouxe a lembrança desconfortável, da velha bruxa, sua avó. Cabelos negros, olhos negros, pele oca, com agressivos ossos duros que ficariam enigmaticamente belos com a idade, quando deveriam ter-se convertido, como os de outras mulheres, ao estado de piedosa maternidade complacente. Aquela estranha menina, que passara por outra festa de casamento, como se estivesse numa espécie de transe, e que dera à luz sete meses depois. O marido, como é óbvio, ficara impaciente. Mas aqueles olhos não tinham mantido nenhuma violação passada ou iminente. Aquela garota já havia comido a romã. Que teria ela visto? Não poderia ter sido uma mera cópula. Mesmo Inês Sorel jamais exibira aquele olhar, como uma marca.

Luís estremeceu, não porque a imagem lhe causasse desgosto, mas porque não a podia devassar. O mesmo ocorria com os mistérios femininos. Que entrada poderia uma muda estátua branca ensinar-lhe? Seu tio tentara explicar, em Sainte-Baume. Mas aquela lembrança quedava enterrada sob a repulsa e o medo. Deus Pai, Deus Filho, Deus Espírito Santo: todos homens. Que sabim eles?

"Porque sou a primeira e a última.
Sou a honrada e a desprezada.
Sou a prostituta e a santa
Sou a esposa e a virgem.
Sou a estéril
E muitos são os seus filhos."

A voz musical do tio, cantando diante daquele poderoso altar, estimulou a estase da renda branca e letargia. A criança achava-se sentada na cama, rígida, à sua frente, uma criança de ossos frágeis que menstruava e podia produzir herdeiros para a França. A alma já havia vagado, enquanto o corpo esperava. Ele não podia admitir que ansiava por ver um ar de fruto devorado nos vulneráveis olhos de molusco. Ele sabia que seu próprio corpo magro e quase sem pêlos não era atraente. A raiva o enrijeceu e excitou. Raiva contra o hímen-véu que o deixaria para sempre de fora. Ele não tinha outro recurso além de violentá-la, pois não conseguia encontrá-la. Mas o sangue, que eles examinaram com satisfação na manhã seguinte, entre as cobertas retorcidas, poderia ter sido dele mesmo.

Talvez, *monsieur,* , alguma inocência quintessencial fosse seu segredo. Paradoxal pureza, que se preserva a si mesma imaculada por meio do acolhimento, sem retrocesso, da própria mácula, um recém-nascido, que anuncia a história de eras por meio de olhos sem foco e desarticulados; a história do ventre, a noite da concepção, o antigo Pecado Original que lhe determinou o nascimento.

Temo estar sendo tomado pela fantasia em minha enfermidade. Que penso agora da velha mulher em seu casamento, há tanto tempo? Estou atacado por visões, lacerado por questões a que não posso dar resposta. Vejo, mais e mais, aquele rosto de ossos pontiagudos, evitando meu olhar na mesa do banquete em Nancy, arcaico e inocente, e todavia corrupto. E o outro rosto, talhado em pedra negra, que conseguia mudar de expressão e brilhar fracamente à luz das tochas, como se estivesse vivo, aquela virgem de Sainte-Baume, enquanto meu tio se posicionava, orava e cantava, tentando mostrar-me um mistério que eu, em meu estado vulnerável de colapso, quase compreendi. O que ele me estava dizendo, *monsieur*? Um sol rosa-avermelhado brilhava na pedra iluminada por tochas ao entardecer. Lembro-me dos pesados lábios cinzelados a insinuar um sorriso: os mesmos lábios da meninazinha que hoje é uma velha mulher escondida nas vigas arruinadas do seu castelo. Talvez quando nos encontrarmos em Loches, *monsieur,* tu possas me explicar.

Ele me disse que santa Madalena não era uma pecadora redimida, mas o símbolo da Prostituta sagrada, redimida pela sua própria fertilidade. Ora, ninguém pensaria que meu tio fosse um herege. Mas, como bem o sabes, *monsieur,* esse tipo de imundície arcana afronta as Escrituras. Por alguma razão, todos eles, teus servos, estavam apaixonados por essa outra Madalena. A mundana que era concubina de meu pai; bem, isso era muito adequado. Ela havia doado uma estátua de prata de santa Madalena à capela de Loches. Um trabalho extraordinário, moldado por alguma pessoa de visão que talvez visse mais, ou menos, do que eu. Pago, sem dúvida, com uma grande quantia saída dos cofres do comerciante. Mandei que a derretessem, *monsieur,* quando me tornei rei. Achei que meus cofres se beneficiariam mais com o presente da mundana do que a sagrada prisão de Loches. Ela a fizera colocar diante do altar, ao lado da Virgem negra, à frente da qual Joana, a Donzela, orou um dia. Antes de eu ordenar que despedaçassem a imagem.

Prata e negro. Meu tio adorava usar essas cores em seus torneios. Prata: o metal da lua, a efluência da noite, a veste interior do mistério. Ele me disse isso em Sainte-Baume. A prata, disse ele, como se estivéssemos discutindo flores ou pássaros raros, a prata tem cor e, ao mesmo tempo, é incolor. É vazia, à espera de que a preencham. E o mercúrio, prata solar, o tesouro do alquimista: o mercúrio, que une macho e fêmea, corpo e espírito, Madalena e Cristo. Não me deves culpar por destruir essa linha, *monsieur*. Afinal não sou poeta. Sou apenas rei, e homem prático.

A virgem e a prostituta são uma só, disse ele. Levou-me até a figura negra, quase da altura de um homem, marcada e macerada como se alguém um dia a tivesse tentado destruir, mas fracassado. Fez-me tocá-la. Tomou minhas mãos flácidas, privadas de vida, porque ele, por algum tempo, me havia convencido. Colocou-as no rosto, nos ombros, no colo. *La Pucelle*, disse ele; será que eu não sabia o que a palavra significava? Mas essa é Joana, a Donzela, eu lhe disse. Não, ele disse, enquanto seus cabelos cor de prata brilhavam como um elmo diante da impassível face negra. *Pucelle* não é uma donzela. *Pucelle* é um paradoxo. Corrompida, mas intocada; grávida, mas imaculada; intacta, mas violada; virgem e prostituta.

Talvez minha esposa, a pequena Carlota, fosse uma *Pucelle*, *monsieur*. Era virgem quando com ela deitei: tinha uma fria e intratável virgindade. E depois se tornou uma prostituta angevina, privada de inocência. Como era possível que a menina de olhos negros e a estátua de face negra preservassem sua inocência quintessencial, quando minha esposa fora apenas maculada?

Como odiei meu tio, então. Estava ele me dizendo que havia violado Joana? Eu pensava que ela fosse sagrada. Algum dia ele foi seu amante, *monsieur*? Se a carne morta pudesse falar, eu abriria seu túmulo com minhas próprias mãos. No tormento desta estranha moléstia, que conjura sombras em prata e negro contra paredes desprotegidas, aquilo se tornara, súbita e insuportavelmente, importante para mim. Eu abriria o pórfiro negro e retiraria o cadáver em decadência, exigindo-lhe que falasse. Encontraria um necromante — um mágico negro como Gilles de Rais, que seguia Joana — capaz de levantar aqueles malditos ossos angevinos. Mas meus espiões me dizem que circulam estranhos rumores acerca dos ossos. Eu não me atrevi a escutá-los, pois eles fazem as sombras dançarem violentamente contra as paredes. Se pelo menos fosse possível matar os mortos!

O comerciante também amava Madalena. Seu navio, semelhante a um grande ganso, atracado em Marselha, recebeu seu nome. Meu tio também falou sobre isso em Sainte-Baume. Seu estandarte: prata contra um mar de prata. Um barco que conduz preciosos materiais do Oriente, um portador de revelações. Ele me disse que eu deveria viajar naquele navio um dia, e que o *nautonnier* era um homem que eu devia conhecer. Eu disse, ainda bestializado por minha própria ruína: que tipo de homem é esse *nautonnier*? Ah, disse meu tio, ele é um filho do mar. Tem olhos que por vezes parecem prata, contra o mercúrio das ondas além de Marselha. Ou azuis, ou cinza: a cor de sonhos nascituros e ainda sem forma. Ele me teria dito mais a respeito desse homem de olhos estranhos. Mas à época eu ficara irritado com toda essa mistificação.

Pensou poder exorcizar aquilo que me assombrava, diante da velha estátua negra, com cantos, poesias, talismãs. Tentou falar sobre os seus talismãs. Aquilo que está em cima é igual ao que está em baixo, disse ele. Aquilo que vês no exterior, tens em teu interior, já que é visível e é teu manto. Mas eu era um paciente que não colaborava, *monsieur*. Recusei-me a me recuperar da doença que tinha. Recusei-me a me tornar uma marionete de meu tio, que possuía tantas delas. E ele mesmo era uma marionete, a tua marionete. Ouvi e recusei diante do cheiro podre de sua heresia, alimentando meu filho negro dentro de mim. Mesmo seus feitiços e encantamentos não me podiam atingir — sua presença mágica. Eu, naturalmente, nada lhe disse na ocasião. Deixei que pensasse que me havia curado. Deixei que sonhasse. Sempre é uma boa idéia, *monsieur*, deixar que o inimigo pense que nos reduziu à impotência. E então podemos lançar um rápido ataque, com a vantagem da surpresa.

Entretanto, ainda estou perplexo. Aquelas frases, antigas e confusas, que se movem com o bater do coração, permanecem de alguma forma em minhas veias indolentes. Talvez ele conhecesse seu próprio destino, o destino de sua linhagem. Sentamonos à sombra dos ciprestes, que haviam estendido seus dedos pontudos no arenoso mar de solo amarelo, ao longo da beira da água e ele disse: escuta. Escutei, *monsieur*, mas só pude ouvir o canto das cigarras e o zumbir do vento ribeirinho pelas irrequietas árvores, assim como o ruído da minha própria respiração. O bater alvoroçado de meu próprio coração. Em minha fraqueza, meu colapso; meu palpitante coração.

Ele me fez chorar, *monsieur*. Eu jamais chorei diante de um homem, antes ou depois desse dia. Mesmo meu pai não tinha o poder de me provocar lágrimas. Só por essa razão, *monsieur*, eu não posso perdoá-lo. O santuário tinha um velho odor viscoso de fezes de rato e de flores dessecadas. Esse odor me afetou, o seu odor, de rosas negras, tomando conta do ar como alguma espécie de visitação incorpórea. O rosto dela tinha um ar de fruto devorado. Talvez, *monsieur*, eu devesse ter-me casado com a filha dele.

VII

O exército, de dois mil homens, atravessou os Alpes pela passagem de São Bernardo, quando a neve invernal tinha começado a dissolver-se, tornando-se uma pálida primavera crepuscular. Cinco companhias de soldados e quinhentos cavalos de batalha esmagaram as impotentes flores alpinas. Cada companhia era formada por cem membros da cavalaria pesada, duzentos arqueiros, cem homens da infantaria, armados com chuços, alabardas e gládios, e uma pletora de escudeiros e palafreneiros. Serpeando na retaguarda, como a cauda de um vestido de senhora, seguiam os médicos, cozinheiros, abastecedores, armeiros, arrieiros, os encarregados das máquinas de cerco e as carroças de mantimentos; e os ubíquos criados de campo, cujo burburinho, canto e vulgaridade, virulentos e crônicos, ofereciam inúmeras oportunidades, tanto para o pecado como para a redenção, aos frades e sacerdotes que se movimentavam, muito ocupados, entre as tropas.

As máquinas de cerco viajavam com o rei da Sicília e seu séquito, navegando com uma frota genovesa a partir de Marselha. O exército em si era pequeno, mas encantado com visões do ouro italiano. Embora pertencesse ao rei da Sicília, marchava sob o comando de seu sobrinho, o delfim Luís. Em conseqüência, a disciplina entre os homens enquadrava-se impecavelmente no padrão. As violações e a pilhagem de cidades foram reduzidas a um mínimo. A soldadesca reclamava mais do que de costume, imersa num silêncio ameaçador.

As maravilhas da primavera alpina não derreteram as vastidões interiores nas quais vagava a solitária figura acinzentada de Luís, que cintilava com a mesma frieza do gelo remanescente nos picos mais elevados. Filetes de sol que deslizavam sobre a neve imaculada só conjuravam imagens de invernos em Loches. Tentativas de namoro da parte da tímida flora alpina recordavam-no de casamentos. A paisagem, de mau augúrio para homens que somente tinham visto as planícies monótonas de Guiènne ou as delicadas colinas de Anjou, ou, ainda, as secas elevações de Florença, era para ele uma reflexão tardia. Servir sob as ordens do tio era uma tarefa desagradável; mas podia, com cuidado, tomar a forma de uma oportunidade. Se pudesse agir antes de o tolo antecipar-se a ele.

Quando o exército chegou às planícies piemontesas, ele enviou um embaixador a Gênova, acompanhado de um pequeno contingente de suas próprias tropas de Dauphiné, reivindicando a cidade como território francês e colocando-a sob sua administração. Os genoveses haviam oferecido assistência como aliados nessa guerra. Ele não via razões que os impedissem de reconhecê-lo como soberano. O pulo de Sabóia para Gênova foi pequeno. Milão, que se achava entre elas, também podia, em última análise, ser abocanhada.

Luís achou que seu tio, enlouquecido pelo sofrimento e amargurado com a perda, não lhe faria oposição. O homem era embaraçoso: uma esposa morta, afinal de contas, era substituível. Dizia-se que o rei da Sicília estivera fora de seus sentidos na noite em que levara Isabel de Lorena a morrer de peste. Depois disso, mergulhara num paralisante pântano de onde, segundo os rumores, nada poderia arrancá-lo. A guerra civil na Inglaterra, entre Lancaster e York, fomentada pela raivosa rainha Margarida, sua filha, sem dúvida aumentara-lhe o estado de fragmentação. Questões de Estado eram ignoradas. Sua única ação coerente fora abandonar formalmente o governo da Lorena, entregando-o ao filho, João de Anjou. Por algum tempo, parecia que ele ia se enforcar ou morrer de inanição. Luís esperava por isso com uma certa antecipação agradável.

Talvez seus malditos talismãs o tivessem salvo. Ou o repelente anão, que — Luís agradecia aos céus — fora deixado em Tarascon. Mas, numa dessas reviravoltas do destino das quais o delfim duvidava profundamente, os eventos da Itália imiscuíram-se subitamente na desintegração do rei da Sicília. Cosme de Médici, senhor de Florença, e Francisco Sforza, senhor de Milão, haviam enviado um embaixador para suplicar a ajuda do rei René. A república de Veneza e o reino de Nápoles, regido por aragoneses, haviam assinado um tratado, tendo enviado um exército para o norte, a fim de invadirem Milão. Os senhores de Florença e Milão haviam oferecido a seu falido tio uma fortuna em florins de ouro, bem como uma distração da mórbida melancolia.

O rei da Sicília, com a permissão e a assistência do rei da França, consentira. Em troca da exuberante quantidade de tropas francesas, Cosme de Médici e Francisco Sforza haviam oferecido seus próprios exércitos para a recaptura de Nápoles das mãos dos aragoneses. Luís, cercado em Dauphiné como um animal caçado, com as tropas do pai nas fronteiras, escrevera ao tio, oferecendo-se como comandante do exército. O rei René aceitara. O rei Carlos mudara de opinião. Luís pensou nas muitas e variadas maneiras como um homem podia encontrar a morte na Itália e conduziu as tropas, com eficiência, ao encontro do tio.

Em Villanova, a um dia de marcha do norte da cidade que ele reivindicara, armou acampamento. O escarpado platô estava mergulhado num mar de lama, com o limo e o barro das chuvas da primavera. Os homens, acostumados a condições piores, fizeram meras reclamações isoladas à medida que a grama pantanosa começou a vincar-se de tendas marrons como cogumelos. A partir do platô, caso subisse alto o bastante, ele podia discernir, por sobre os tetos vermelhos de Villanova, o mar Liguriano, tremeluzindo, num tom cinzento, por entre a gaze da chuva, como um pedaço de terra batida.

Não chegara nenhuma resposta de Gênova. Nenhuma palavra viera de seu tio. Luís debruçava-se sobre mapas, marcava movimentos de tropas em pergaminho, fazia uma revista dos seus homens e enviava batedores para o norte e o leste a fim de determinar o volume e o poderio das hostes venezianas e aragonesas. E observava, de seu pequeno pavilhão despretensioso, o bombardeio da chuva de prata e o mar de prata além.

Soube da chegada da frota de Marselha por um mensageiro genovês, que entrou no acampamento de tal forma coberto de lama que poderia muito bem ser um *golem* feito de terra, trazido à vida por alguma espécie de sopro mágico. Passou-se um dia; passou-se um segundo dia. Luís, que conhecia um pouco os hábitos do tio, imaginava um interminável mar de vinho, mulheres e banquetes solenes, no qual o rei da Sicília sem dúvida estava se afogando, enquanto o exército cismava, destroçado pela chuva, no platô próximo a Villanova. Os aquosos nascer e pôr-do-sol pontuavam o ritmo de sua irritação.

No terceiro dia, um grupo de genoveses surgiu, para erigir o pavilhão do rei da Sicília. Luís, que se dera relutantemente ao trabalho de montar uma barraca marrom como a sua, quase entrou em choque com aquilo. Foi escolhido um afloramento rochoso, mais seco que o pântano em que o acampamento afundava; esse afloramento revelava uma vista particularmente bela da terra que se inclinava para baixo, envolta numa gaze prateada, até o mar. Por entre o aguaceiro, Luís divisou a materialização mágica do diáfano casulo de seda azul, grande como uma casa, drapeado com as cruzes de Jerusalém, as aguiazinhas da Lorena e os lírios de Anjou. A imensa flor obscena, azul-celeste, elevou-se sem pejo na paisagem cheia de cicatrizes. No final do quarto dia, os estandartes foram levantados, secos e cintilantes, sobre seus mastros listrados. Carradas de móveis e equipamentos de casa desapareceram pela goela de seda do pavilhão: tapetes bizantinos, cadeiras e almofadas, camas cinzeladas, baixelas de prata. Barris de manteiga, pois o rei da Sicília não gostava de comida feita com azeite.

Na manhã do quinto dia, o rei René e seu séquito entraram no acampamento. Luís, há muito agrilhoado por suas próprias trevas selvagens, ouvia o compasso tênue da chuva que se esgotava, mesclado com o silvo de sua própria respiração, e sentava-se sobre as mãos, para o caso de elas realizarem, por si mesmas, algum ato inominável.

Graças a uma irritante conspiração dos elementos, a chegada do séquito angevino coincidiu com o tímido aparecimento de um sol pálido por entre as nuvens. A chuva cessara. A terra exalava, e a garoa escorria do lombo dos cavalos. Os estandartes, começando a secar, ensaiavam intermitentes balouços numa aragem quente. Um grupo de cavaleiros genoveses, de vestes exóticas, fastidiosamente abriu caminho pelo lamaçal, seguido pela *noblesse* cavaleiresca da Lorena e Bar, de Anjou e Provença. O rei da Sicília, extraordinariamente vestido numa armadura negra, sorria e conversava amigavelmente com um homem de pálpebras pesadas, que envergava uma couraça de talhe elegante. Luís terminou por reconhecê-lo: era Ferri de Vaudémont, genro do tio. Marchando atrás, tal como uma jóia à luz solar em vias de fortalecimento, trinta músicos provençais, portando alaúdes, pífaros, címbalos e violas, montados em cavalos com atavios cor de cravo e de damasco branco, como se fossem para um torneio, adentraram o ensopado e fedorento acampamento de guerra.

Alguma cortesia era esperada. Luís se arrastou e fez alguns obscuros movimentos com as mãos. Há quatro anos não se viam: desde Tarascon. Um pajem trouxe ao rei da Sicília e ao conde Vaudémont taças de vinho. Os músicos desapareceram no pavilhão de seda azul, sem dúvida para afinar os instrumentos para a refeição do meio-dia.

— Alegro-me por vê-lo, *mon oncle* — começou Luís. — Alegro-me por teres decidido fazer esta campanha. Como vais perceber, está tudo pronto e em ordem. Eu. . . — disse, e parou.

Julgava ser esse o cumprimento apropriado. Ficou surpreso por ver os olhos de criança do tio explodirem numa fúria azul. Jamais havia visto o homem tão furioso. Recuou, pisando numa poça de lama.

— Seu tolo — disparou o rei da Sicília. A voz melodiosa estava estendida como uma corda de alaúde. — Seu tolo precipitado. Pensas que os genoveses vão tolerar um tal ato de agressão em sua própria cidade? Estás na Itália para combater Veneza e Aragão, não Gênova. Quase desfizeste a aliança. Garanti ao conselho que devias estar bêbedo quando enviaste teus homens à cidade. Eles estão prontos a perdoar-te, pois lhes pedi.

Luís mordeu com força a língua; a dor manteve a coisa dentro dele, quieta. Suas mãos ansiavam por quebrar alguma coisa. Os nobres genoveses e franceses mantinham-se calados nos cavalos, formando um círculo ao seu redor. Ele observou que o conde de Vaudémont pousava delicadamente, de maneira quase langorosa, os longos dedos sobre o punho da espada.

— Eu explico — disse Luís.

— Sim — disse o rei da Sicília. — Eu gostaria que o fizesses. Se puderes explicar esta última idiotice.

— *Mon oncle* — disse Luís. Tentou baixar a voz para que o atento círculo não pudesse ouvi-lo. — *Mon oncle,* ouve-me. Não é idiotice. Esses genoveses não são mais dignos de crédito do que os outros Estados italianos. Mudam de aliados conforme lhes apraz, como uma concubina. Penso naquilo que ganharíamos se Gênova fosse francesa. A riqueza. . .

— Eles sempre foram generosos com sua riqueza. E seus navios. Por causa do comércio que Jaime Coeur lhes levou quando sua frota por aqui passou, em seu caminho para o Oriente.

Os profundos olhos azuis estavam quase selvagens com a raiva, num rosto velho e arruinado. O sofrimento, percebeu Luís, não o fizera decair: tinha-o, de algum modo, humanizado. Inexplicavelmente, o homem havia ficado mais forte. Luís descobriu que não podia pensar em coisa alguma para dizer.

— Sabes o que poderias ter provocado? — disse o rei da Sicília. — Podias ter estragado todo o equilíbrio de poder da Itália. Os Estados italianos receberam bem a nossa ajuda. Não nos querem aqui como conquistadores. Toma Gênova, e eles perceberão que pretendes tomar todos eles. Milão e Florença voltar-se-ão contra ti. Não posso acreditar que tenhas sido tão estúpido.

— Não fales comigo — explodiu Luís. — como se eu fosse o imbecil do teu anão. Não vejo diferença entre tomar Gênova ou Nápoles. Terás um domínio italiano. Também desejo ter um. Qual a diferença, *mon oncle*?

— A diferença é que Nápoles está ocupada por tropas aragonesas. Os próprios napolitanos me pediram para ser o seu rei, para libertá-los desse jugo. Eles odeiam Afonso de Aragão. E Nápoles é angevina há séculos. Gênova é genovesa. Suponho que isso seja algo muito sutil para entenderes.

Luís olhou iradamente ao seu redor. O círculo formado pelos cavalos deve tê-lo esmagado. Até o sol, endurecendo a lama a seus pés, o traíra.

— *Mon oncle* — disse ele, subitamente suave. Tentou dar um sorriso estudadamente desembaraçado. O sorriso não deixava de ter charme. — Por favor. Não devemos nos desentender. As histórias que esses italianos terão para contar. — Os cavalos resfolegavam e fungavam às suas costas. — Acreditei que aprovasses o meu plano. — Estava desconfortavelmente consciente dos olhos de pálpebras pesadas de Ferri de Vaudémont, numa face silenciosa e branda que o irritava quase tanto quanto o anão o irritara. Uma marionete, o homem deve ser uma marionete. — Pensei que me darias apoio na tomada de Gênova. Com o exército. Que deixarias uma guarnição ali para mantê-la. Está em tuas mãos. Uma ameixa pronta a ser colhida. Por que não?

— Porque eles são meus aliados — disse o rei René. — E porque lhes dei a minha palavra.

— Então meus desejos nada significam.

— Estás na Itália para servir-me.

Luís estremeceu. O benigno amante das rosas e dos bugios parecia irrevogavelmente metamorfoseado. Esse novo homem soava horrível como rei.

— E servir a mim mesmo também?

— Quando serves a ti mesmo — disse o rei da Sicília, com uma voz sem expressão —, parece que aqueles que me servem morrem.

Por fim a escuridão irrompeu pelos lábios sorridentes, mergulhando no silêncio de lama e de figuras imóveis.

— Aquilo que se invade e conquista — disse a voz, com precisão — é nossa propriedade. A Itália é uma pilha de pequenos ducados que vivem às turras. A França é um pouco melhor. Um dia — a voz ondulou-se e cadenciou-se, desafiando a luz do sol

— eu a tornarei um reino. Não podes barrar a maré com seus músicos provençais, *mon oncle.* Quando eu for rei. . .

Ouviu os cavalos respirarem o que ele disse, antes de dizê-lo. A lama escorregadia a seus pés, assim como os cavaleiros silenciosos, de lábios finos e imóveis, o sussurraram. Ninguém precisava lembrar-lhe de que seu pai agora tinha um outro filho. Mas seu tio talvez tivesse ficado irritado com o corpo morto da concubina real e com a ruína do comerciante.

— Se fores rei — disse calmamente René de Anjou.

Seu tio fez um gesto imperceptível. Os cavaleiros, como se realizassem uma exibição no pátio inclinado de Tarascon, deram meia-volta e retornaram às atividades corriqueiras do acampamento. Apenas Ferri de Vaudémont permaneceu.

— Sem minha ajuda — murmurou Luís, como se dissesse um encantamento —, fracassarás. Sei que fracassarás. Perderás Nápoles. Porás a batalha a perder, como o fizeste antes.

O rei da Sicília começou a rir. Era um riso profundo, jorrante, um riso divertido: o som mais obsceno que Luís já ouvira. Que o homem pudesse rir em sua cara!

— Então perderei Nápoles — disse o rei René, com bom humor. — Ademais, como posso perder algo que jamais tive? Temo que não me estejas entendendo, Luís. Eu atiraria a coroa de Nápoles no mar Liguriano antes de soltar-te na Itália. Um dia pensei. . . Mas não te incomodes. Eu estava errado. Dispenso-te do comando. Francisco Sforza é um general mais do que capaz. Volta para Dauphiné, em cujas fronteiras o exército de teu pai te espera.

— Não temo o exército de meu pai.

— Não — disse o rei da Sícilia, sorrindo. — Sempre podes fugir para a Borgonha, para os braços do teu caro duque Filipe, com quem vens conspirando contra teu pai há meses. Mas nem sempre a Borgonha será segura, Luís. Esqueceste o filho de Filipe. Deves lembrar-te de Carlos de Borgonha, conde de Charolais. O pai dele também morrerá um dia. E não sou o único homem da Europa que sabe aquilo em que te tornaste.

Era meio-dia, e o sol não produzia sombras. Ambos os homens encontravam-se expostos, banhados pela clara luz.

— *Mon oncle* — disse Luís entredentes —, um dia eu te matarei.

Os delicados olhos de criança encontraram os seus, divertidos. Deviam estar discutindo sobre rosas.

— Não — disse o rei René —, não me tocarás. Não posso proteger os que me são próximos. Esses, tu sem dúvida destruirás. Mas não me podes tocar. Ah, Luís — suspirou —, pensas que gastei meu tempo no ócio, sonhando, durante os seis anos que passei nas prisões de Filipe? Recebi uma visita. Não uma, mas muitas vezes. Oh, não, não falo do teu bom Filipe; nem de nenhum visitante corpóreo. Veio de dentro. Tive muito tempo, cercado por aquelas quatro paredes de masmorra, nas quais pintei, em desespero, formas de luz, a fim de me proteger. Muito tempo para conhecê-lo.

— Nada aprendeste — disse a voz, ciciando pelos lábios frouxos. Desenfreada, ao sol do meio-dia. — Aprendeste a correr. Teus talismãs, teus torneios. Tua pretensa mágica. Teu desagradável culto. Apenas fugiste, *mon oncle*. Fico mais forte. Para onde fugirás quando meu pai morrer?

— Sabes — disse o rei da Sicília, pensativo —, por vezes penso que fui eu, por meio de algum incrível disparate paradoxal, quem te criou. Quem te invocou. De alguma forma. Talvez luz em demasia conjure as trevas. Certamente fugi. Mas ainda sou um homem. Ainda disponho do poder da escolha. Tu, tu foste dominado por essa coisa. Talvez eu ainda não tenha descoberto um meio. Todavia não me podes tocar. Não morrerei por tuas mãos, Luís. E quando essa forma terrena que habito por fim se dissolver, a tua não demorará a seguir-me. Veja — disse o rei René com um sorriso forçado, vindo dos detritos de alguma revelação inominável que havia produzido aqueles profundos vincos que lhe marcavam o rosto jovem-velho —, veja, meu caro Luís, tu e eu — sorrindo a mais não poder à luz do sol — somos a mesma pessoa.

Parte três

Iolanda

O cavaleiro sem medo e sem mácula

1453 — 1470

"Não morrem os seres vivos do mundo, ó Pai, ainda que sejam partes dele?

Silêncio, meu filho, pois és induzido ao erro. Pois os seres vivos não morrem, meu filho; mas, sendo corpos compostos, desintegram-se. Ora, essa dissolução é a dissolução de uma mistura. Se se desintegram, não é para serem destruídos, mas renovados. Que é, de fato, a energia da vida? Não é o movimento? Que há no mundo que seja imóvel? Nada, meu filho."

Corpus Hermeticum

VIII

A vidraça no rosto de Marta se abriu. Pela abertura, o céu exsudou luz amarelo-laranja pelo tabuleiro de xadrez do chão de pedra preto e branco. O altar fora limpo de sua capa de flores e de sua roupa de baixo de musgo amarelado. O rosto negro, envolto num rubor sanguíneo devido ao sol desintegrador, guardava um ar de ansiedade.

A hora do ocaso nesse dia de julho, quando a Grande Luz se espraiava pelo lado oeste do horizonte no signo de Leão, poderia ser tomada como o prenúncio de algum casamento há muito adiado entre o céu e a terra: o deus em sua carruagem abrasadora, descendo para o turfoso abraço de sua noiva expectante. Segundo os fundamentos religiosos da ortodoxia, nesse dia comemorava-se a festa de santa Maria Madalena. As velhas pedras da capela de Vaudémont, monte de Wotan, lembravam, nas profundezas, entre sonhos gravados em granito, um festival mais antigo de uma consorte mais antiga.

Algo interferia na cerimônia, apesar dos experientes esforços dos presentes.

Doze dos treze participantes haviam formado entre si um plano preciso ao longo do tabuleiro de xadrez, esperando o momento da conjunção entre o sol e o horizonte. Dividiam-se em dois grupos: um de sete e outro de cinco, um círculo interior e um círculo exterior de formas iniciáticas, diante do altar. Já haviam cantado hinos e compartilhado do vinho, do pão e do sal rituais. A décima terceira integrante, vestida e encapuzada em tecido cor de damasco branco, mantinha-se altiva diante da figura negra. Entre as suas tarefas estava a de entoar o último cântico.

Ela jamais se acostumara realmente, ao longo dos anos, com a fieira de nomes drapeados como pérolas em torno da velha pedra familiar. Apuleio a escrevera, e ela a aprendera, todavia sempre a repassava: Ísis, Ártemis, Afrodite, Rosmerte, Lilith, Cibele, Eva, Helena, Madalena. Rainha do Céu e Estrela do Mar. Tantos nomes, para aquela que era eterna e sem nome. Essa cadeia de espelhos era menos significativa para ela do que as lembranças de seu próprio corpo: trinta e cinco anos de lembranças de um milhão de anos. Um ventre que se mantinha entronizado num paradigma, na concepção e nascimento de dois filhos vivos e outros dois mortos, a dor e a realização de todo nascimento e de toda morte.

Alguma turbulência do ar ou da luz, algum vapor amaro, obstruía os poros abertos da pedra negra.

O fato de seu próprio filho vivo não ser do pai lhe parecia, de algum modo, adequado. Ela sabia a angústia que isso fizera nascer na alma generosa e não obstante inocente do marido: a de que ele não podia gerar um filho homem. João, através de sua esposa Bourbon de rosto cavalar, gerara um filho. Mesmo sua irmã Margarida, enredada no contínuo pesadelo representado por um marido louco e uma guerra civil, havia dado à luz um filho. Quanto a seu filho, o filho de Iolanda, ele não era o pai. Ou talvez ela tivesse sonhado isso, há muito tempo. A filha sobrevivente, a quem deram o nome de Joana, tinha cinco anos. Uma bela e encantadora criança, com os ossos delgados e os cabelos finos como uma nuvem de Ferri. Cresceria para ser um peão, como sua mãe o fora. Iolanda já não nutria aquela amargura negra como uma criança no seio. Era suficiente mergulhar nos olhos do próprio filho e ver, naqueles pálidos olhos estranhos, o momento da conjunção entre o céu e a terra.

Como um amante, o extremo do globo sangrento tocava as colinas negras da Lorena. Iolanda, com um ar fantasmagórico, à luz em rápida deterioração, voltou-se e encarou a imagem.

> "Fui enviada pelo poder,
> E vim para aqueles que sobre mim refletem.
> E fui encontrada
> Entre aqueles que a mim buscam."

A potência sem voz da imagem, na qual treze mentes se achavam focalizadas, causou um *frisson* capaz de mover-lhe a espinha. Ela estendeu as mãos, com as palmas voltadas para cima, permitindo que o arrepio percorresse as linhas já determinadas do coração, da cabeça e do destino.

"Sou aquela a quem eles chamam Vida,
E que vocês chamaram Morte.
Sou aquela a quem eles chamam Lei,
E que vocês chamaram Ilegalidade."

Outras formas tentaram aglomerar-se no círculo banhado em luz no qual ela despejava sua vontade. Houve uma turbulência, um estalido nas extremidades do selo. Ela ordenou às formas que parassem. Um talismã foi feito com a matéria do pensamento, da imagem e da imaginação. Uma forma translúcida, um símbolo não nomeável que atraía para si todos os cacos fragmentados daquilo que era nomeado por realidade concreta, conjurando-os, juntos, num único significado, numa única totalidade. A intrusão ameaçou o acúmulo do poder. Um talismã desprovido de pureza não pode fazer mágica.

A mágica era desesperadamente necessária nesse festivo dia de verão. Em torno do benéfico anel de luz, as formas iniciadas acotovelaram-se e vacilaram: futuros não aglutinados. O medo intrometeu-se. Ao longo das colinas cobertas de árvores de Bar, das planícies ponteadas de videiras da Champagne e das cidades da Touraine começara a guerra entre a França e a Borgonha. E, em seu castelo de Mehun-sur-Yèvre, Carlos VII de Valois, rei da França, jazia à morte, tomado pelo delírio.

Doze vozes, masculinas e femininas, entoaram uma nota, como o bordão das gaitas de antigas mulheres se lamentando em inimagináveis corredores do tempo. A nota constante juntou-se em harmonia à imagem, ao céu em vias de desaparecer e à figura pentagonal em cujo centro os últimos raios do sol evanescente deixaram uma marca semelhante à do vinho.

"Porque sou a primeira e a última.
Sou a honrada e a desprezada.
Sou a prostituta e a santa.
Sou a esposa e a virgem.
Sou a estéril
E muitos são os seus filhos."

Muitos filhos. Os pensamentos saqueadores, que eram, ao mesmo tempo, lembrança e profecias, continuavam a acumular-se nela. A transpiração formou um pálido lustro em sua fronte. Uma dor fraca atingiu-lhe os olhos que não viam devido ao esforço da prolongada concentração. As lembranças e profecias insinuavam-se, sorrateiras entre as emanações da luz que sua imaginação formara. E, em todos os momentos, em torno da periria, o estalido do selo.

Havia a paisagem invernal do rosto do pai, abatido e sombrio depois da derrota em Nápoles, oito anos antes. Ele dispensara o delfim do comando e então, inevitavelmente, fracassara. A ferida, afinal de contas, não fora o reino perdido, mas a perda das amizades. Ocorreram traições inesperadas, um veneno lento que contaminara todos os que haviam sido seus aliados. Na verdade, ela pensou, ele nascera sob o signo do Aguadeiro: a fé nobre na amizade. Ela devia ter-lhe dito que os outros homens não viam as coisas como ele; e mesmo aranhas, disfarçadas na luz, podem aparecer, por meio de algum esperto truque de conjuração, como almas errôneas mas valorosas.

Havia o irmão, João, que seguira o pai à Itália e lutara com galhardia por seis anos, tendo retornado a Nancy pálido, enfermo e amargurado.

Houve uma época em que ela acreditava que alguma maldição pendia sobre aquele reino de Nápoles. Agora compreendia, com uma perturbadora facilidade, a rede de espionagem, suborno e enganos que se estendia pelo solo italiano crestado pelo sol, a rede que engoliu o sangue e os ossos angevinos.

Havia o rei da França. A gulosa chaga que inicialmente lhe surgira na perna, agora florescera, semelhante a uma hidra, na boca. Isso o chocara. Deixando-o inexoravelmente morto de inanição à medida que crescia, ela lhe bloqueara a garganta a tudo, exceto a uma mínima respiração estertorante. Ao seu lado, a sombra do sucessor esperava e acenava, afastada, em algum lugar da Borgonha, sob a égide protetora de Filipe, o Bom. Por sua causa, a França e a Borgonha começariam a sangrar-se uma à outra. Luís. O esforço de lembrar a luz fê-la oscilar. Por um momento, contemplou as brancas torres fantasmagóricas de Tarascon, descoradas pelo sol, douradas por rosas e pássaros de plumagem brilhante.

Havia sua irmã: um ritmo monótono de vitória e derrota, vitória e derrota. Havia o marido imbecil, o rei da Inglaterra, consorte de algum insaciável demônio celeste. E aquele trono que um enxame de mãos e braços mutilados alcançava, agarrara, escorregava e largava e voltava a alcançar. Rosa branca e rosa vermelha, e a cabeça do duque de York, gotejando, em Micklegate. Um rei louco. Ele era, afinal de contas, neto do próprio rei Valois, louco, que um dia acreditara ser feito de vidro.

Havia Ferri, cuja forma corporal se encontrava resoluta, entre os doze participantes, vestido de branco, e cujo espírito fundia-se com o dela no tênue círculo de luz. Ferri, de olhos marcados; um fragmento de música de alaúde, abruptamente interrompida. Havia os filhos mortos, batizados e enterrados. Um enjôo de repente tomou conta dela. Talvez estivesse grávida de novo. E havia o filho vivo, aqueles ardentes olhos de jovem que a faziam penetrar, a contragosto, em túneis de narcisos e safiras enquanto o marido, abandonado, se apegava com força à alma evanescente que lhe escapava dos abraços.

Que fizera a Ferri? Ele retornara repetidas vezes às suas prostitutas. Isso não lhe causava ciúmes. Afinal, não era seu próprio coração consistente e eternamente infiel? Não era outro o corpo que ela imaginava tocar? Havia bastardos nos quartos de crianças de Vaudémont e Nancy, excrescências tangíveis do desespero dele. O problema era que Ferri a amava. Nenhum talismã poderia libertá-lo.

Ela teria chorado, ou vomitado, se a nota não tivesse sido entoada: delicada, afinada e insistente. Seu crescendo aumentou, sofreu uma convulsão, suspirou, expirou. Logo terminariam, essa aristocrática irmandade da *noblesse* da Lorena e de Bar, reunida para realizar o que parecia um culto devoto e bastante inocente.

Aquilo que seu pai lhe ensinara tão caprichosamente, ela dava a impressão de sempre ter sabido.

O rei doente intrometera-se outra vez. Dessa vez, ela sentiu o impacto físico: a dor, que se apegava à sua língua e lhe causava convulsões na garganta e lhe atingia as pernas. Ela lutou, mas a imagem, apodrecida e corrupta, não se afastou. Havia o triste e desfibrado corpo, carcomido pelo fútil vôo de um desconhecido câncer interno que ele terminara por condenar o filho a suportar. Ela agora sabia o que havia de errado, o que sempre estivera errado.

"Porque muitas são as formas agradáveis que existem
Em numerosos pecados, e incontinências,
Em paixões desastrosas e prazeres efêmeros,
Que os homens abraçam até que se tornam sóbrios
E sobem para o seu lugar de descanso.

E eles ali me encontrarão,
E viverão,
E não voltarão a morrer."

A nota se encerrou. O poder fluiu suavemente para longe, colocando-se como um musgo sobre o altar, e desapareceu.

Iolanda voltou-se, oscilando, e olhou os silentes acólitos. Seu rosto estava retorcido, como se estivesse em trabalhos de parto. A Virgem negra estremeceu quando Iolanda se apoiou nela, mas não caiu. O choque atingiu as figuras de hábito branco. Ela viu o marido mover-se em sua direção, como num sonho, mas isso não era necessário. A estátua oferecia seu apoio descomprometido.

— O rei — ela conseguiu dizer. — O rei Carlos está morto.

Ele sentava-se ao seu lado, ao lado da esposa cujo *dot* mal pagava a festa nupcial, uma mera dama de companhia, em tocos de árvores antigas, em meio a um odor de turfa e cortiça; em seu sonho-idílio, apanhava o orvalho para banhar-lhe as mãos, assim como flores da mata para enrolar nas ondas de seu cabelo. O mundo ria dele, Vossa Graça. Vejam, todos diziam, olhem esse homem de quarenta e sete anos, esse príncipe, esse rei que deveria preocupar-se com reinos, criando devaneios arcadianos com uma noiva que podia ser sua filha. Ele ainda está na segunda infância!, exclamavam os cortesãos. Talvez, murmuravam os embaixadores em Nancy e em Bar-le-Duc, o sofrimento e o choque da perda e do fracasso repetidos tenham transtornado sua mente. E alimentavam, em vez de claros pensamentos, uma barafunda de correntes opacas que fluía sobre pedras submersas, onde o sol já não penetra a cerrada conspiração dos sonhos e do desespero.

Mas eles nunca visitaram Tarascon, Vossa Graça. E vós, que devíeis saber melhor: vistes as sonolentas torres brancas e a luz projetando-se sobre o pardo Ródano, e as rosas vermelhas congeladas em grandes gotas cheirosas que se aprofundam no matagal, bem como os jardins explodindo de frutos, pavões, videiras. As ricas terras agrícolas, as árvores e florestas onde o gamo corria em liberdade, porque ele não conseguia suportar a caça nem tirar a vida das pessoas.

O que é real, Vossa Graça, e o que é irreal? Ele formou um cenáculo, a Ordem do Crescente, treze cavaleiros de Anjou e Provença, cujos santos patronos eram o guerreiro São Maurício e Madalena. Uma pantomima, disseram os cortesãos. Uma fantasia cavaleiresca. Uma imitação infantil do Velocino de Ouro da Borgonha. Um amante das superfícies brilhantes da vida, um homem em processo de senilização, que sonha com o amor adolescente, com uma panóplia vistosa, com a imortalidade fácil.

Qual a preocupação própria dos reis? Ninguém deparou com Carlos de Valois trabalhando num soneto ou deu com Afonso de Aragão acariciando amorosamente um vidro com o mais delicado pincel de zibelina, nem com Luís, o Aranha, penteando apaixonadamente os pêlos sedosos da pele de um macaco. Ou com Eduardo da Inglaterra, a Rosa Branca que destruiu minha irmã, projetando jardins de acordo com os padrões da pulsação celestial, da respiração celestial.

Não importa. O reino de meu pai, Vossa Graça, mantinha-se subterraneamente fértil como a terra para a qual ele foi, secreto como as fontes da floresta, jorrando a partir da terra negra onde Ela um dia foi adorada sem temor ou vergonha. Visitastes Tarascon, Vossa Graça, durante aqueles oníricos anos. Vistes quem e o quê fluía de suas mãos como uma cascata de jóias. Vós vos recordais dos pintores de Flandres e da Itália? Lembrais-vos de Fra Angélico do pequeno corcunda Petrus Christus e dos sombrios irmãos Van Eyck? E de Signorelli, que pintou o impressionante altar de Oviedo? E de Colantonio del Fiore, que veio da corte dos Médici de Angiolo Franco, que era um beberrão, e do Fra Filippo Lippi? Céus italianos cheios de luz, perspectivas evanescentes de pórticos e basílicas, um perfume de cor, uma cacofonia de regozijos. E tudo isso integrado à majestosa e precisa geometria flamenca, herança de Godofredo e dos duques da velha Lotaríngia, onde cada pérola-semente ímpar salta da tela e ofusca os olhos com sua perfeição. Isso ele reuniu, casou e soltou sobre a terra. Falido, ainda conseguiu patrociná-los, mesmo com bestas e frutas de suas propriedades, quando já não havia ouro.

Lembrais-vos dos poetas, Vossa Graça, lendo seus sonetos à luz de tochas nos jardins fantasmagóricos? Da arenga dos filósofos, aquecida por taças de hipocraz, no grande vestíbulo? Dos doutores e cabalistas, alquimistas e astrólogos árabes e judeus que pintaram outros quadros para ele: os segredos do corpo e da alma, as danças dos deuses? Em Tarascon, ele fez aquilo que se encontrava embaixo refletir, por algum tempo, o que se encontrava em cima. Os engenheiros e arquitetos, exploradores e navegadores: lembrais-vos, Vossa Graça, daquele jovem garoto genovês meio louco chamado Colombo, que afirmava conhecer uma terra além-mar em que os Cavaleiros do Templo um dia haviam chegado? Meu pai jamais mofou dele, sabedor de que as lendas sempre surgem de alguma base concreta. E os manuscritos preciosos, que foram para o oeste quando Constantinopla foi saqueada: lembrais-vos de como terminaram por chegar a Tarascon, porque os que sabiam compreendiam que ele cuidaria deles, quando outros os teriam entregue às chamas?

Todas essas sementes, Vossa Graça. E tivestes o atrevimento de chamar isso de fracasso. Ainda tendes dúvida de que se enraizarão, de que florescerão? Ou sois apenas um rei cego, como Luís, que não pode ver, no inocente brilho do sol da Provença, a corrente subterrânea que fluiu das mãos daquele idoso homem de cabelos grisalhos que entrara em sua segunda infância e fazia brincadeiras ingênuas com uma jovem noiva?

É verdade que ela fora sua amante por muitos anos. Ela já o havia acolhido nos braços muito antes de eu vos ter recebido nos meus. Ela contava, na época, apenas treze anos. Mas Joana de Laval jamais foi tola, nem criança. Se ele a tivesse mantido como amante, os cortesãos teriam apenas casquinado e sorrido. Mas que príncipe, com uma linhagem como a de meu pai, casa por amor? Eles ficaram chocados, Vossa Graça. Vós também o ficastes. O rei da Sicília teria promovido melhor vossos objetivos, talvez, se tivesse escolhido alguma descendente possuidora de um grande dote da corte de Aragão, de Florença ou, quem sabe, de Milão. Ou a Borgonha e até mesmo a Inglaterra: alguma filha de York, para curar o abismo que sua própria filha havia criado com seu orgulho e ferocidade.

Mas ele sorriu em vossa face, e casou com aquela que escolhera. Ela também conhecia os segredos dele; também nasceu sob o signo de Escorpião. Temos muito em comum, Joana de Laval e eu.

Ele só tinha sete anos, antes do confronto. Mofastes dele e dissestes: que farás quando Luís de Valois for rei? E Luís, Luís lhe perguntara, na Itália: para onde fugirás quando eu for rei? Talvez ele soubesse que haveria tempo suficiente para a catástrofe, o fracasso, a morte. Estáveis irado, pois ele não consolidara seus recursos ou reequipara os exércitos, nem enchera os cofres para o dilapidador pesadelo do futuro. A verdade é que ele, Vossa Graça, compreendia as voltas da Roda melhor do que vós. A verdade é que ele pouco se importava.

Recordais-vos das grandes caravanas que seguiam a cada outono, com a chegada do gelo, de Angers para Tarascon, retornando quando o inverno se tornava uma primavera angevina? As barcas douradas, drapeadas com faixas vermelhas e brancas, quase afundando sob as cargas de vinho e baixelas de prata, linho e seda, veludo e barris de manteiga, e com uma nuvem de música de alaúde, flutuando pelas águas lentas à medida que as evanescentes colinas marrons do norte eram substituídas pelas verdejantes colinas do sul? Pelo Líger abaixo, elas flutuavam, acalentadas pelas canções dos trovadores, enquanto ele tentava capturar, na pintura ou num poema, o sorriso de uma forma de nuvem ou o luzir do sol sobre as asas de um pássaro. Obsedado por uma busca de luz: o cavaleiro sem medo e sem mácula, sempre buscando uma visão que lhe fugia. O Graal, a taça que é uma mulher e uma criança, uma pedra e um rei crucificado. Ou uma videira, da qual ele mesmo era um ramo.

Ele pintava essas coisas, Vossa Graça. Um dia, anos depois, em Tarascon, perto de uma fonte que chorava tristemente, observei-o pintando a si mesmo. O velho angevino, o toco encarquilhado de uma árvore outrora verdejante, e todos os ramos podados; e seu próprio rosto, seu nodoso rosto de criança, observando doridamente a partir dos verticilos da casca. E um ramo sobrevivente isolado, um broto que criara folhas. O meu ramo. A minha casa. O meu filho. Tudo o que restou da linhagem cujas raízes remontam, Vossa Graça, tal como a vossa, à mesma semente sagrada. Minha irmã e seu filho; meu irmão e o dele: todos destruídos. Meu pai, cheio de remorsos, também destruído; meu pai, que se lamentava porque o mundo não era feito apenas no espírito, mas também na carne.

Quando a criança, o meu filho, tinha dois anos, viajamos para Tarascon, Ferri e eu. Levamos ao rei e à rainha da Sicília esse neto que eles jamais tinham visto. Dei-lhe o nome de meu pai: René. Ele é hoje conde de Vaudémont e duque de Lorena. René, o renascido. Talvez, da mesma maneira, eu lhe tenha dado esse nome por vós, em algum outro sentido: vós que, ao que o mundo acredita, não tendes filhos. Ferri o levou para o gabinete de meu pai, atravancado com recipientes, quadros, pergaminhos, cães adormecidos. Uma criança forte, o meu filho, esperneando nos braços de meu marido. Minha madrasta o chamou e falou suavemente, e a criança balbuciou e olhou para o avô com claros olhos manhosos.

Observei o rosto de meu pai, pálido como as pedras descoradas de Tarascon, Vossa Graça, embora ele sempre estivesse corado pelo sol provençal. Ele me olhou, e continuou a olhar, mas nada disse. Ferri não podia suportá-lo. Sombrio, devido à raiva, afastou-se, ficando à janela, olhando para os tetos castanho-avermelhados da cidade, por sobre a água marrom, sobre a acusadora agulha do campanário da Catedral de São Maurício, construída por meu pai, olhando para algum distante desespero. Só eu podia encontrar aqueles olhos, vivos, com um azulado fogo mineral. Olhamos um para o outro, meu pai e eu. E ele inclinou os ombros e deu aquele seu sorriso melancólico. As rosas negras ocultam segredos, disse ele; então, que assim seja. Ele suspirou, chorou um pouco e me beijou.

As torres brancas ainda jazem, sonhando, sobre o rio marrom. Embora agora pertençam a Luís, ele não as pode violar. Continuarão sonhando para sempre. O rei Aranha não dormirá ali. Isso por causa dos fantasmas, Vossa Graça. O espírito vingativo, apaixonado, da minha irmã e o espectro sem descanso de meu irmão. E por causa do abafado som de alaúde que se escoa pelas muralhas, que apenas alguns podem ouvir, e do som não-terreno de crianças rindo.

— Também tu — disse Margarida acusadoramente — acreditas que meu filho é bastardo.

O rosto outrora semelhante a uma flor ficara quebradiço, como as pétalas quase murchas de uma rosa que floresceu em demasia. Iolanda, reconhecendo que agora todos eram inimigos dessa mulher fugitiva, não respondeu imediatamente. Concentrou-se na cremosa seda que começava a formar os contornos das torretas de Saumur, o castelo nortista favorito do pai, contra a superfície mais áspera da tela.

— Também me julgarás? — a irmã quase gritou. Um som de pombas alarmadas elevou-se do vão da janela, assustadas com essa exclamação mais estridente. A luz da tarde, mergulhando no solar onde as mulheres estavam sentadas, iluminou sem piedade o rosto irado.

— És bem-vinda aqui, Margarida. Não tenho interesse nas tristes e sórdidas histórias de teu purgatório. Não julgo ninguém.

— Ah — disse desagradavelmente a destronada rainha da Inglaterra — Muito gentil! São tão gentis, você e João! Uma amostra da vida calma como o exílio, aqui na corte de Nancy. Que faremos com a pobre Margarida? vocês murmuram entre si. Um embaraço desses! Meus gentis irmãos! Que vamos fazer com Margarida, nesse momento em que metade da Inglaterra deseja o seu sangue, agora que perdeu a coroa?

Ela poderia estar imitando um corvo ou uma gralha. Quase sem um tostão, vestia uma roupa de Iolanda. Apesar dos esforços das costureiras, o vestido pendia, folgado, do corpo descarnado. As cores não se adequavam a ela: apenas sombras tristes, tons de terra e sangue.

— Filipe de Borgonha — disse, numa voz ondulante — ofereceu-me duas mil coroas de ouro. E o filho. Carlos de Borgonha. O conde de Charolais, como o chamam. Ele tem um tolo, um anão pardo, a quem deu o nome de Luís XI. — Começou a rir-se. Suas mãos, ainda à procura do punho da espada, moviam-se incansavelmente, enquanto a agulha da irmã bordava delicados desenhos num fundo claro. — E nosso primo Luís também prometeu. Dar-me-á duas mil coroas.

A agulha parou de mover-se. Iolanda levantou os olhos; seu rosto era uma máscara.

— No ano passado — disse —, quando fugiste para a França pela primeira vez em busca de ajuda, Luís prometeu. E deu dois mil arqueiros. Mas tomou sua ilha de Jersey em troca. Que tomará desta vez?

Margarida agitou as mãos, como se afastasse um inseto.

— Ele tem de me ajudar. É nosso primo. E não vai querer mostrar-se parcimonioso diante do duque de Borgonha. Ele me dará duas mil coroas.

— Margarida! — Era tão difícil mostrar a essa mulher coisas reais, em vez de sonhos, quando tantos sonhos haviam sido derrubados. — Margarida, não entendes. Enquanto promete ajuda, Luís trata secretamente com o rei Eduardo. Escreve missivas para Warwick, oferecendo sua cunhada Bona de Sabóia como noiva ao rei da Inglaterra. Em troca da ajuda inglesa no esmagamento da *noblesse* francesa. Nosso primo não tenciona dar-te ajuda. Minha pobre irmã! Ele pretende destruir-te.

Margarida deu um salto. Gostava dos gestos dramáticos: com raiva ou com paixão, usava o corpo como estandarte. Isso a ajudava a fugir da questão principal. A face quebradiça rachou.

— Não chames aquela porcaria de rei — exclamou. — Eles atiraram Henrique na Torre. Mas não se atrevem a fazer-lhe mal. Ele é o rei ungido. Tenho ouvido rumores nesses seis meses em Flandres e na França. O norte da Inglaterra irá levantar-se por ele. Estiveste ouvindo os medos e suspeitas exagerados de nosso pai. Preciso de dinheiro, Iolanda. Dinheiro, homens e tempo.

O dinheiro acabara. A maioria dos homens morrera. O tempo, pensou Iolanda, seguia de acordo com o girar da Roda. O tempo voltara o rosto contra a irmã. Ela não disse nada.

— Nosso nobre pai — dizia Margarida — diz-me que está falido. Que não me pode dar dinheiro nem tropas. E, todavia, me faz mergulhar em banquetes, bailes de máscaras e torneios.

É para aliviar a carga de meu sofrimento, diz ele. Para divertir meu filho. Eu prefiro ter as coroas de ouro a toda essa pantomima.

— Talvez — disse Iolanda, com cuidado — nosso pai veja algo que não vês.

— Estás contra mim — disparou Margarida. — Como sempre estiveste. Sempre sentiste ciúmes. Mesmo em meu casamento. Era o teu casamento também. Eu sequer pude mostrar-me no meu dia de glória, quando o mundo inteiro me amava e me achava bela. Mesmo então. Ah, Iolanda! — Dos olhos desfigurados, desceram algumas lágrimas lentas e incomuns. — Esses terríveis anos. Fiquei tão assustada. Tão sozinha.

As pombas voltaram provisoriamente para o vão da janela, acomodando-se e arrulhando. Margarida começou a caminhar pelo solar, arrastando o vestido desusado e exageradamente escuro.

— Carlos de Borgonha — disse, por fim — é muito agradável. —Não conheço o conde de Charolais — disse Iolanda.

— Ele tem apenas trinta anos. Luís não gosta dele e o chama de louco. O conde de Charolais é uma intensa e apaixonada criatura. Tenso como um leão. — Margarida lambeu os lábios. — Todos os príncipes da cristandade a escolher — rosnou a loura descarnada. — Por que me entregaram a um imbecil?

Iolanda suspirou.

— Na época, ele não era imbecil — disse ela. — Como podíamos saber? Não és capaz de aproveitar o que podes e deixar Eduardo ficar com o amaldiçoado trono? Podes permanecer aqui na França. Estás segura: tão segura quanto todos nós, agora. Margarida, que importa? O papa pode ser persuadido a anular o casamento por razões de consangüinidade. Podes casar de novo, minha cara. És. . . Ainda podes ser bela. Com calma, em paz. Tens apenas trinta e quatro anos.

Margarida começou a rir. O riso, tal como seu rosto, tinha algo de pardo e quebradiço.

— Olha para mim. — Ajoelhou-se diante da irmã para que o forte sol lhe banhasse a pele com seus raios. — Olha-me. És mais velha do que eu. E, no entanto, pouco envelheceste desde o casamento. Dezoito anos! Casar-me outra vez? Que dote tenho? Na época, eu não tinha dote; mas Beaufort e Suffolk estavam enamorados de minha beleza e nosso pai os encantou. Eles estão mortos agora. Estou desgraçada. Uma bruxa feia e amarga. Iolanda, Iolanda! O trono da Inglaterra pertence a meu filho. É sua herança. Não permitirei que o tomem dele.

— Minha cara — disse Iolanda, suavemente —, ele já foi tomado. Acabou. Não consegues perceber? Quantas vezes tens de fugir para a Escócia, para Flandres, para a França? Margarida, eles não querem um rei louco. Tenta lembrar-te daquilo que o velho louco Carlos VI fez na França. Ouve. Há títulos suficientes na casa de Anjou-Lorena; teu filho não terá razões para envergonhar-se. Nosso pai falou em dar-lhe Anjou. Agora que João é duque de Lorena, seria o Duque de Anjou objeto de desdém?

— O duque de Anjou — Margarida quase explodiu — não é o rei da Inglaterra.

Iolanda retornou à maciez da seda, que era flexível e podia ser influenciada.

— Jamais foste uma lutadora — disse Margarida. — És como nosso pai.

Iolanda manteve-se em silêncio, em atitude contemplativa. Sua irmã desviou o olhar.

— Margarida, por que destruíste York e penduraste a cabeça em Micklegate? Devias ter sabido que o filho teria de vingá-lo.

Os olhos murchos, rasos, apesar de apresentarem o mesmo azul profundo dos olhos do pai, fecharam-se abruptamente.

— Não sei — disse Margarida. — Eu, eu queria matar. Alguém. Algo.

— Sim — disse Iolanda, pensando numa ave negra gotejando sangue num empoeirado chão de pedra. — Sim.

— Oh, não compreendes. Como podes saber? Nossa mãe sabia. Ela lutou contra Antônio de Vaudémont. O gosto, a visão do sangue. A cabeça de um homem arrancada do pescoço. Possivelmente não pudeste saber.

— Não — disse Iolanda.

— Teu simpático marido — rugiu Margarida —, ouço que ele tem um gosto insaciável por mundanas. Irmã de sorte! É melhor do que um gosto insaciável pelo céu. Eu te contarei, então. — Sua voz havia começado a subir uma escala invisível de som. As pombas, finalmente terrificadas, voaram, formando uma nuvem branca no céu, enodoando a luz. — Eu te contarei, para que tu também me possas condenar. Desprezar. Eduardo, meu filho Eduardo, não é filho de Henrique. Henrique, pobre Henrique: um galo semelhante a uma carpa morta, oscilando sem vida em suas pernas esqueléticas. Desde o início. Primeiro fiquei envergonhada. Como se eu fosse feia, o fracasso. Todos me diziam que eu era tão bela! Pensei que fosse minha culpa. Ele rezava e tentava, voltava a rezar e fracassava.

Disse-me que o corpo de uma mulher era um poço de pecados, que se não fosse pela necessidade de ter um herdeiro para o trono, ele jamais. . . Que vergonha! Não pude agüentar o vexame. Retalhei os dedos, na noite de núpcias, para que não percebessem as cobertas imaculadas.

Iolanda balançou a cabeça. Muita tragédia, muita coragem fora do lugar, muita paixão. Teria ela mesma sido domada há muito tempo?

— Não me perguntes — disse Margarida, em voz baixa, num tom áspero — quem é o pai do menino.

— Minha cara, não me importa. Não te amo menos por isso. Se eu estivesse em teu lugar, teria feito o mesmo. Não importa. Atenta apenas para a verdade. Sendo ou não filho de Henrique, o trono da Inglaterra já não é dele. Sê gentil com ele, Margarida. Ele tem apenas dez anos. Dá-lhe um lar, alguma paz. Para que ele venha a ser um rapaz, que se torne um homem, sem o cheiro pútrido de cadáveres fechando-lhe as narinas.

— Estás grávida outra vez — disse Margarida. — Como é fácil me dar conselhos! Sê gentil, dizes tu. Não sou uma mulher gentil. Sou uma guerreira. Nasci sob o signo do Carneiro. Eu deveria ser um homem. Lutarei pelo reino do meu filho. Tu e tua laia podeis ficar fazendo ninho aqui e apodrecerdes. De tédio e de paz. És como nosso pai. Tão condescendente! Sabes o que ele me escreveu? Para mim, sua filha? Escreveu: quando estiveres vergada sob o peso da melancolia, por causa de teus sofrimentos, *ma fille*, suplico-te que te lembres dos meus. Sem dinheiro. Só isso. E tu, tu me dizes que também não tens dinheiro para me dar. Minha pobre filha sem um tostão! Desejas ter outro filho?

Os olhos de Iolanda, impenetráveis, olharam fixamente as sedosas torres de Saumur sob seus dedos.

— Desejo apenas o que Deus me dá. Estou satisfeita.

— Sim, teu filho. Ele terá Vaudémont. Um pequeno *comté* empobrecido. Mesmo a igreja está em vias de desabar. Não posso rezar lá. É tão feia. Ah, não posso suportar isso! — Seu gemido, seu uivo, quebraram-se contra as vigas de carvalho do teto. — Não posso suportar essa desgraça!

Um ruído veio do corredor, além. Um arrastar de pés, um latido sufocado. Um clangor de armas, passos. Ele retornara da caça e abriu a porta do solar, o jovem homem de dezoito primaveras, com o cavalariço e o pajem, com seus cães, e trazia alguma criatura enrolada no cobertor, nas mãos, à soleira da porta de uma sala tomada pelo sol onde uma mulher estava sentada, fazendo um bordado e a outra, amarfanhada no chão, chorava.

Ele parou na entrada. Seu corpo, sofisticadamente sintonizado com as nuanças da atmosfera, sentiu a densa massa de padecimento chocar-se contra si. A coisa que se achava no cobertor retorceu-se e soluçou. Seus olhos, recebendo o sol, pareciam dourados, não terrenos. Margarida levantou a cabeça cheia de rancor. Respirou fundo diante do jovem que jamais vira. Ele não se parecia com ninguém que ela conhecesse.

— Entra — disse Iolanda, calmamente — e mostra-me o que encontraste.

René de Vaudémont colocou o pacote com cuidado no chão, exposto à luz do sol. Retirou o cobertor. Era um filhote de urso, trêmulo e de olhos fechados.

— Está à morte — disse. — Devo trazer-lhe leite.

Margarida o contemplava em meio a lembranças de homens mortos: milhares de leais súditos de Lancaster e o campo de sangue em Wakefield, bem como o baboso e salivante rei, as terríveis fugas noite adentro, em busca da enregelante paisagem vazia do norte, e as enlouquecedoras guinadas do barco que a levava para uma dúbia segurança. Um filhote de urso, que precisava de leite. Ela começou a rir: um riso histérico e impensado.

— Tu e teu avô — conseguiu dizer, de maneira confusa. — Com os animais. Virás lutar por mim, pequeno René? Um jovem filhote de Vaudémont. Irás ao campo de batalha por tua tia louca e mostrarás tua coragem? Ou serás como teu avô e pintarás quadros na parede?

Um forte rubor maculou a pele pálida do jovem. Desviados da luz, seus olhos pareciam prateados, como os de um animal noturno.

— Talvez, quando estiveres te sentindo bem, *ma tante* — disse ele, com os poucos resquícios de dignidade e cortesia que conseguiu reunir —, possamos voltar a falar. — Envolveu novamente o ursinho e saiu do solar, com o grupo de cães seguindo-lhe os passos.

Margarida nada disse por algum tempo.

— Ele não se parece com Ferri — terminou por dizer, com malevolência.

— Ele também não se parece comigo — replicou Iolanda. — Ele não se parece com ninguém. Ou talvez se pareça com nosso pai quando jovem.

Margarida voltara a caminhar.

— Talvez tenhas ido banhar-te, *ma soeur*, tal como a mãe de Meroveu — disse, rindo baixinho —, e tenhas copulado com uma serpente.

— Talvez — disse Iolanda — uma serpente. Ou um lobo, uivando à lua cheia. Dizem que os lobos das Ardenas ficaram tão atrevidos, Margarida, que até passam pelos portões do castelo. Como se pudessem materializar-se sob a forma de homens.

IX

Sob os negros muros de ardósia de Angers, as tropas caminharam com estrépito pela terra congelada, tomando o caminho para o sul e o oeste. No frio vítreo, o som de botas e patas chocava-se surdamente contra os parapeitos. Era uma marcha desordenada, indisciplinada: pequenos grupos de soldados de infantaria, aglomerados de artilheiros com seus carros de artilharia, compactos de guerreiros com palafreneiros de rosto sombrio, e o hálito dos cavalos formando vapor sob o ar brilhante. Suas vozes, à medida que passavam pela estrada ribeirinha, tornavam-se emudecidas pelo ódio e pela amargura. Por vezes, irrompia uma explosão de riso, quando alguma história divertida de batalha era contada, pontuada por um comentário dito num tom por demais alto. Aquela fora uma guerra típica. Não houve vencedor. Nem sequer houve presa. Esse exército triste não estivera saqueando cidades ou tomando de assalto palácios estrangeiros. Como de costume, em toda guerra civil, nenhum entre os homens espalhados e empanturrados tinha muita certeza da razão pela qual a guerra fora travada.

Todos os dias, durante oito meses, o anão observara das ameias. No início, quando as primeiras geadas espoucaram na primavera e o rio se tornou negro por causa da lama, ele vira as tropas passarem pelos muros do castelo, dirigindo-se para o norte. Essa marcha fora organizada: seguiam os exércitos de Francisco, duque da Bretanha, e de Carlos, duque de Berri, o irmão mais novo do rei. Homens bem-preparados de Nantes, brilhando em armaduras polidas, portando seus estandartes com orgulho, cantavam durante sua marcha rumo a Paris.

Aquilo fora parte de uma ampla estratégia, uma confluência de forças separadas. Do norte, as hostes borgonhesas, cerca de trinta mil homens, sob os estandartes violeta e preto do conde de Charolais, se dirigiram para a capital. Do leste, cinco mil soldados da Lorena e de Bar, com duas companhias de lanceiros suíços e *landsknechten* alemães, sob as aguiazinhas prateadas de João de Anjou, duque de Lorena. Do sul, os homens do duque de Bourbon, saindo de Moulins, com as tropas combinadas dos condes de Armagnac e de Foix.

Homens escolhidos e experimentados, a maior hoste reunida desde que os ingleses tinham vindo, há um século e meio, convergindo para Paris a fim de destronar o rei Luís.

O anão era velho agora, tinha mais de meio século. Ninguém esperara que vivesse tanto tempo. Seus cabelos, presos à cabeça semelhante a um bulbo, como um tufo de grama teimoso, tinham assumido uma coloração pálida como um osso. Suas mãos estavam tão frágeis que ele podia perceber, através da pele translúcida, o sangue correndo com indolência nas veias. Por toda a primavera, ele esperara mensageiros ou notícias. Quando o ar frio se tornou pesado e metálico com o calor do verão, ele ainda assombrava as ameias; e, por todo o outono, época em que os ventos gelados sopravam do rio, anunciando o inverno. Agora, sob um céu descolorido, ele divisou os miseráveis homens arrastando-se para casa.

Didier balançou a cabeça com tristeza, um enrugado homúnculo, cheio de sabedoria, nos parapeitos da negra Angers. Ao seu lado, a condessa de Vaudémont também observava, talvez mais ansiosa. Seu marido lutara com o exército de João em Paris. Ele também podia voltar agora para casa. No início da guerra, quando o Grande Luminar entrou no signo de Carneiro e os camponeses que semeavam o campo pensaram que mais uma primavera comum chegara, o rei da Sicília pedira o concurso urgente do genro, o conde de Vaudémont, a partir da Lorena. Homens em mantos sem cor, sem insígnia ou identidade, começaram a esvoaçar para dentro e para fora dos maciços portões. Fora feita abruptamente uma declaração de guerra, em Moulins, pelo duque de Bourbon. E Ferri de Vaudémont chegara, com sua mulher e as damas de companhia dela, numa caravana que marchava na retaguarda das tropas domésticas. O marido não a queria ali. O rei da Sicília ficara irado. Sua fortaleza, em meio à guerra que irrompia, não era um céu para sua filha. E, todavia, ela pedira para ficar, deixando o filho de vinte e um anos cuidando de Vaudémont. Ela não podia explicar. Talvez tivesse sentido algum odor no ar, além do odor do sangue e da fumaça da batalha. Talvez a Roda estivesse girando.

O rei Luís, apesar de sua elegante rede de espionagem, não se dera conta da profundidade do ódio que fomentara entre as casas nobres em seus quatro anos de reinado. E reconhecera ainda menos que esse furioso orgulho de príncipes, cada um deles com suas hostes armadas clamando por retribuição, era manipulado como uma marionete por um par aparentemente benigno de mãos. Infelizmente, as mãos não haviam sido possuídas de bastante ódio ou de uma sede suficiente de sangue para completar a tarefa iniciada.

Luís, enganado pelo comportamento ambíguo do amigável tio, dera-lhe a atribuição de negociador entre a coroa e os príncipes aguerridos do sangue, na esperança de que o velho homem pacífico a quem desprezava pudesse ter sucesso na cura de uma ferida incurável. O rei René movimentara-se, obediente como um volante, entre a real câmara do conselho e os acampamentos armados. Seguiram-se lentos e excruciantes meses de negociação, ao mesmo tempo em que as tropas rebeldes tomavam cidade após cidade na Normandia e na Picardia, marchando em torno dos muros da capital. O mestre de Didier realizara um ato de *jongleur* merecedor dos louvores de qualquer anão. Em sua face móvel, ao longo desses meses, ele fixara um estudado ar de grande surpresa frustrada, de grande compaixão. Um inocente e decrépito tio velho, conhecedor de todos os estratagemas da coroa, tentando estabelecer a paz, com delicado encanto, entre os cães furiosos que mastigavam os alicerces do trono. Aquilo que ele de fato fizera parecia ter escapado ao sobrinho.

Didier sempre soubera que isso não daria certo.

Houve uma grande batalha em Montlhéry. Muitas histórias de sobreviventes de rosto amargo haviam chegado à negra Angers, tantas que o anão pôde percebê-lo, claro como a pedra de gelo sob as suas mãos. O amplo campo em que os exércitos haviam colidido, que desde tempos pagãos se chamava planície das Lágrimas. Ela merecera o nome; cadáveres ainda jaziam insepultos entre o trigo enegrecido pela geada. As hostes borgonhesas espalharam-se como uma vasta vida amebiana pelo mar de grãos, sob um dourado sol de julho. O ar carregado de poeira sacudia fortemente os estandartes violeta e negro de Charolais, assim como as bandeiras escarlate e prata de St. Pol, e os estandartes carmesim de Ravenstein, e a panóplia de toda a alta nobreza da Borgonha e de Flandres, de Gueldres, Brabante e Hainault. As barracas, incalculáveis como cogumelos, as cozinhas e fogueiras fumarentas, o faiscar de armaduras golpeadas pelo sol, a agitação de irrequietas montarias. O exército aterrorizado do rei Luís, que extraía coragem do próprio desespero, atacando em razão do medo. Ele descia rapidamente pela colina, na direção da planície, mergulhando no centro das surpresas forças borgonhesas, numa carga louca, e o rei na vanguarda, furioso, em parte por humilhação, em parte por raiva, derrubado do cavalo, voltando ao cavalo e, em sua loucura, dispersando as confusas e desajeitadas linhas inimigas.

Ninguém vencera. O rei e o conde de Charolais, ao sentir o impacto, retiraram-se para direções opostas e depois concorreram numa debandada na direção norte, para Paris. Em Paris, cercada mas não derrotada, algumas escaramuças nos muros, um impasse, um tratado de paz. Para Carlos de Borgonha, conde de Charolais: a província da Picardia. Para Carlos, duque de Berri: a província da Normandia. Para João de Anjou, duque de Lorena: quatrocentas mil coroas, a fim de retomar Nápoles. Para a Bretanha, Bourbon, Armagnac e Foix: ouro, cidades, cargos, rendas.

O rei Luís quase destruíra a si mesmo, mordendo-se em sua raiva impotente.

Iolanda tremia violentamente no frio severo. O anão, cuja pele descolorida mal sentia os ventos, tomou-a pela mão e a conduziu para o abrigo da torre. Ele ficara contente por encontrá-la sem mudanças. Durante os terríveis meses, em algumas ocasiões, ele tocara para ela o alaúde, com dificuldade agora por causa da debilidade das mãos. Caminhara com ela pelos jardins abandonados, cuja mágica ainda podia ser sentida sob a película do medo. Oraram juntos no túmulo da velha rainha de Aragão, cheio de murmúrios e de pó. Para o anão, Iolanda parecia novamente uma meninazinha, perambulando de pés descalços, sombria e arcana, pelos ventosos corredores das memórias da infância. Em seus impenetráveis olhos, ele podia ler tanto raiva como piedade pelo pai.

Ele sabia que chegara o momento de levá-la a enfrentá-lo.

O rei da Sicília meditava sozinho, ao lado de uma fumarenta fogueira e um barril de vinho de Anjou. Mensageiros com boas novas iam e vinham: João, ileso, e o conde de Vaudémont, com um mero ferimento no rosto causado por uma espada, seguiam para o sul, partindo de Paris. A sala estava curiosamente sem ar, como se tivesse sido selada. Por entre uma nuvem de zimbro ardente, ela observou-lhe o rosto.

Ele é um velho, pensou. Tem cinqüenta e seis anos. Através do olhar azulado, ela ainda podia perceber o fantasma do reluzente jovem cavaleiro de cabelos dourados que um dia conduzira uma camponesa louca para coroar um rei.

— Ele me revelou seus desejos — disse o rei René com voz de velho. O anão tentava, sem sucesso, subjugar o fogo. Um rolo de fumaça de cheiro acre obscureceu os olhos de Iolanda.

— Eu pensei que ele desejasse essa guerra — disse ela. — Não posso crer que tenha sido idéia tua.

— Foi dele. Por uma vez, eu lhe obedeci. Por uma vez fui um grão-mestre correto. Ele disse: eis a oportunidade. Os príncipes de sangue estão irados porque Luís lhes roubou todos os privilégios. O conde de Charolais é uma besta raivosa porque Luís lhe tomou a província da Picardia. Aproveita, René, disse ele. Ah, ele sempre teve muita pressa — disse o rei da Sicília tristemente. — Une-os, disse-me ele, e Luís não se atreverá a fazer oposição. Bem, ele estava enganado.

— Talvez. Mas não foi um fracasso tão grande, *mon père.* Todos saíram com as mãos cheias. Carlos de Borgonha recuperou a Picardia, e Carlos de Berri, a Normandia. E João tem dinheiro para travar suas fúteis batalhas. — O rancor tornou-lhe a voz grossa. Foram muitos anos de solidão, sem marido ou irmão ao seu lado, por causa daquelas malditas guerras italianas.

— Não era o que ele queria — disse o rei da Sicília. — Não um banquete de dádivas para satisfazer a ambição dos nobres, para que estes pudessem retornar para casa com as burras mais cheias.

— O que, então, queria ele? — Iolanda considerava dolorosa essa discussão acerca de uma figura ausente que, não obstante era, para ela, eternamente presente. Visível embora invisível, uma forma-nuvem, uma lembrança de fogo. Os olhos do pai estavam ocos, antigos.

— Ele queria que eu me tornasse o rei — disse, com suavidade, René de Anjou. — O rei da França. Ele disse: destrona Luís. Com Borgonha, Berri, Bretanha, Bourbon à sua retarguarda, destrona-o. Por quaisquer meios. Veneno. Traição. Deve haver uma regência, disse ele. Uma coalizão dos príncipes de sangue. És o mais velho; eles te seguirão, disse-me. Iolanda, eu não acreditei nele. Fiz verificações e as questionei e enviei espiões para vigiar os espiões. Era verdade. O conde de Charolais disse: põe o rei da Sicília no trono, e a Borgonha coexistirá pacificamente com a França. Ah, Iolanda! Que diferença há entre isso e a criatura que combatemos?

Ela sentou-se, lutando contra a fumaça que a tudo invadia. Era incompreensível. Seu pai, rei da França. Mas nesse momento ela nada sabia a mais daquele secreto homem de olhos prateados, do que soubera há vinte anos. Seu corpo, sim, e seus lábios, sua paixão, sua alma oculta. Mas não os seus desígnios.

— Entendo — terminou por dizer — o que ele quer: um reino angevino-borguinhão. Ele sabe que o conde de Charolais jamais permitirá que governes, exceto se o declarares teu herdeiro. Se casasses tua filha com o filho de João. E que reino! Estender-se-ia do mar do Norte ao Mediterrâneo, unindo França e Borgonha, Anjou e Provença, Flandres e Lorena. E nós regeríamos em seu nome. Entendo.

— Vês com mais clareza do que eu — disse o rei René, sorrindo de modo deprimido. — Eu me recusei. Disse: em que isso difere do sonho de Luís de Valois? Ele replicou: em nada. A diferença é o rei.

— Não é um sonho tão ruim — disse Iolanda, pensativa.

— O sonho é bom. Mas eu não podia sustentar aquilo que ele exigia de mim. Ele disse que essa era a grande oportunidade, essa guerra. Ela teria irrompido de qualquer maneira. O conde de Charolais já não podia ter sua fúria contida. Teria sido muito pior. Ter-se-ia arrastado anos a fio, caso eu não tivesse dado minha assídua atenção a ela. Mas, antes de Montlhéry, ele me disse: agora, serve-me finalmente como juraste que o farias. Eu sabia o que ele desejava, Iolanda. Ele me deu. . . Ah, Jesu, eu não podia fazê-lo! O velho angevino inofensivo, a quem Luís despreza e considera um tolo. Eu me teria tornado igual a Luís, uma criatura das sombras. Não podia levar a taça envenenada ao meu sobrinho. Nem subornar um pajem, ou qualquer outra pessoa, para fazê-lo por mim. Iolanda, serei um tolo? Por que não podia agir? Serei verdadeiramente, como dizem, uma relíquia de um conto infantil? Talvez me tenha faltado coragem. Tua mãe me disse que eu não tinha coragem. Por que temo tanto o poder? Toda a traição que promovi nessa guerra! Fiz todos os ministros de Luís ficarem contra ele, um por um. Com rumores. Mentiras. Falsidades. Luís não pode conceber que tudo isso venha de uma só mão. Ele acredita que é o único capaz de urdir teias. E todavia eu, eu estou cheio de abominação com relação a mim mesmo. Tornei-me eu mesmo uma aranha. Nada melhor do que ele. Sou tão corrupto quanto ele.

— Meu caro — disse Iolanda, calmamente —, não podes aceitar tua própria humanidade? Sabes que nunca foi uma questão de bons ou maus homens. Tu mesmo me disseste que é a visão, o alvo último.

— A magia negra não pode ser usada para servir à magia branca. Isso é conversa de Luís.

— Mas às vezes ela pode, *mon père*. Quando os instrumentos são os que o destino põe nas mãos e os alvos, aqueles que estão de acordo com o padrão. Nenhum de nós é limpo. — Eu não sou limpa.

— Sim, o teu filho. — O rei da Sicília colocou as mãos de velho sobre os olhos. — Eu não pude matá-lo, Iolanda. Destruí tudo. O plano era bom. Os exércitos estavam convergindo sobre Paris. Eu deveria destruir o Aranha. E então, em Paris, declarar a regência e o reinado nominal. Montlhéry jamais esteve prevista. Toda aquela carnificina! Eu lhe disse: não. Não vou tomar o reino da França por meio do regicídio. Sou um homem velho. Já fiz o bastante.

— E ele — disse Iolanda — naturalmente está irado.

— Irado? Essa não é a palavra certa. Ele me disse: jamais devias ter começado isso, se não o podias terminar. Disse: nada realizaste. Afirmou que eu falhara outra vez. Ele tem razão. E ele, ele nada mais terá a ver comigo. Uma vez escolhido, o grão-mestre não pode ser deposto. Somente os deuses sabem por que eu fui a oferenda. Mas ele me disse: não demorará muito para que Luís perceba a quem pertence a mão que semeou essa semente. Farei com que ele saiba. Agora, disse ele, agora, René, deixo-te à tua própria sorte.

— Falarei com ele — disse Iolanda, possessa em sua fúria. — Ele não tem o direito de te trair. Esses insultos, essas condenações. Eu falarei com ele. Muito foi conseguido nessa guerra. Borgonha e Lorena são firmes aliados agora. E Luís sabe que não pode tratar asperamente a *noblesse*. Eis algo que ele não sabia. Por favor, deixa-me falar com ele, antes que ele te destrua. Dize-me onde posso encontrá-lo.

— Tu? — disse o rei da Sicília. Os olhos baços, quase apagados, brilharam de pálido humor. — Ah, sim! Claro. Eu havia esquecido. Mas, Iolanda, isso nada significa para ele. Uma noite, há vinte anos passados, contra tudo isso. . . Ele não te vai ouvir. Ele nem sequer te dará uma audiência.

— Ele ouvirá — disse Iolanda, secamente. Seus olhos estavam duros, como aparas obsidianas. — Ele irá receber-me. Teu sangue e o dele, afinal de contas, estão conjugados em mim agora.

Durante o longo silêncio, o anão levantou-se, fantasmagórico, e começou a cantar, agitando as mãos. O rei da Sicília suspirou.

— Tenta, se quiseres. Não tenho nenhum desejo de cair nas mãos de Luís como o instigador da guerra civil. Ele foi para a Borgonha. Para Dijon. Agora está interessado no conde de Charolais. Ele observa, enquanto Filipe, o Bom, jaz à morte.

— Não conheço o conde de Charolais — disse Iolanda. — Evidentemente, é hora de conhecê-lo. Seguirei para Dijon a fim de encontrar o rei.

René de Anjou desandou a rir. E era um riso alegre agora, como se, por alguma arte mágica, tivesse começado a recuperar-se. Os olhos infantis exibiam um grande ar divertido.

— Enquanto estiveres em Dijon, minha cara — disse ele —, talvez possas acalmar o ânimo violento do bombástico herdeiro de Filipe, o Bom. Ele deseja ver-nos aliados à Borgonha e construir a nova Lotaríngia; ele precisa aprender a ter paciência. Pareces ter muito jeito com reis.

Com efeito, Vossa Graça, jamais vos encontrei.

Que grande barulho eles fizeram, aqueles pomposos borguinhões, por causa de uma ínfima *comtesse* de uma pequena colina empobrecida da Lorena. Toda a corte celebrou minha chegada. Nada, disseram eles, era extravagante para a filha do duque de Lorena, que lutara com tanta valentia, ao lado de seu príncipe, contra o rei Aranha, na Guerra da Felicidade Pública. Quase afundei, em festas e pompas. Mas vós, Vossa Graça, disfarçado de frade, servo, lacaio, sabe-se lá o quê, onde estáveis? Um *savant* entre os astrólogos e videntes que o velho Filipe, o Bom, mantinha à sua cabeceira enquanto se desintegrava na senilidade e na morte? Desaparecestes de Dijon. Como devo ter-vos assustado, essa irada guerreira-bruxa, que fora defender os seus. Sabíeis que eu fora procurar-vos. Com que então, vós me dissestes um dia, vós jamais havíeis temido uma mulher.

Não importa. Encontrei outra coisa em Dijon. Mas dizem que não é cortês, Vossa Graça, que uma mulher fale de um amante a outro amante. E vós: já sentistes a faca rombuda dos ciúmes lhe cortando as entranhas? Eu jamais sentira. Até um dia, em Tours, quando encontrei a criança que dizem ser filha do rei Luís, a menina de olhos cor do mar.

Pelo menos se pode dizer que plantais vossa semente seletivamente, com cuidado.

Que faz um homem? A coragem, talvez. Ou a força de vontade, a habilidade, ou o conhecimento. Ou um corpo forte e viril: capacidade nas artes da guerra e do amor. Esses homens mortos que dançam em torno da lareira de minhas lembranças:

por entre seus ossos transparentes, por artérias e veias, pela pele frágil que termina por dissolver-se como tudo, outras formas flutuam. Somos sombras, como um dia disseram os gregos, projetadas nas paredes pétreas da caverna em formas muito claras para serem vistas, imagens eternas de que não passamos de reflexos. O que dorme, Vossa Graça, o que sonha, vós e eu? E quando o sonhador despertar, que ocorrerá?

Por trás de meu pai, há uma forma desfibrada, meio iluminada pelo fogo flamejante, que mantém em suas mãos a varinha mágica, louvada por serpentes entrelaçadas como amantes, que praticam sua dança antiga. É o senhor dos opostos e da ilusão. Mas quando observo essa forma flutuante, ela se modifica, como Prometeu, dissolvendo-se em outras formas fluidas. Assim o mundo via meu pai mercurial: uma forma em permanente mutação. Cavaleiro ou poeta, rei ou tolo; fracasso ou covarde; amante cortês ou sábio. O que, em verdade, foi ele? Talvez, tão-só aquilo que imaginamos. Ou o sonho terno e sem sentido de algum deus.

E há Ferri e João. Meu marido era um homem delicado; meu irmão, um bruto. Mas ambos eram homens simples. Por trás deles flutuam outras formas. É o Senhor do campo de batalha, trazendo o diadema de ferro na testa. Entre si, eles amavam o cheiro e o metálico clangor do conflito. Não do caos lacerante, que é o verdadeiro âmago da guerra, mas da ilusão do resplendor honorável: o nobre frenético, tocado pelo planeta vermelho e pela marca de homens em marcha. Ferri sempre vencia os torneios, Vossa Graça. E João: costumavam dizer que na manhã da batalha ele era o primeiro armado e montado em seu cavalo, apressado, ávido, brilhante, que vinha muito antes de seus oficiais e homens. Eles são os filhos daquele deus hirsuto e desajeitado cujo sangue corre com rubis, para quem a batalha, e não a vitória, é tudo.

E há Carlos de Borgonha.

Eu vos direi, Vossa Graça, o que se passou entre nós. Não falarei daquilo que se passou entre nossos corpos, pois essa lembrança só a mim pertence. Mas, sim, sobre o que se passou entre nossas mentes. Malogrou a coisa que tentei arquitetar; mas não por causa de alguma recusa dos peões. Ele era um homem ardente e luminoso. Outro como eu, nascido sob o signo de Escorpião. Não sei em que ele se teria tornado, caso tivesse sido mais do que herdeiro do ducado e do orgulho do pai. Talvez, em algum lugar, sob a fúria e o frenesi, o coração explosivo, um poeta. Mas, mesmo em tais circunstâncias, ele ter-se-ia destruído a si mesmo.

E flutuamos, drogados e bêbados, num mar de hipocraz branco e de carne de veado com pés de porco-varrão, de ameixas e limões cristalizados em tigelas ajaezadas, de sonolento vinho cor de sangue. Eu lhe perguntei: que desejas com mais vontade neste mundo?

Madame, disse ele, enrubecido e cheio de comida e de sonhos. *Madame*, essa pergunta. Ninguém me fez até hoje.

Eu disse: eu a fiz. Mas sei a resposta. Gostarias de ser rei.

Ele mexeu o forte corpo quadrado, feito de terra. Não era um homem alto. Encarando-me de frente, nossos olhos podiam encontrar-se sem fingirmos humildade. O sangue negro de sua mãe portuguesa unira-se com dificuldade com a fria e tênue linfa do pai nascido em Valois, atormentando-o. Dizia-se que ele odiava as mulheres, porque as temia e também ao próprio sangue. Eu podia imaginá-lo arrancando árvores pelas raízes, enquanto os músculos do pescoço ficavam tesos como cordas; ou derrubando palácios com os vigorosos dedos espatulados. Ele erguia e lutava com as coisas como se alguém lhe lembrasse, subitamente, de que estava aprisionado naquele corpo. Seus olhos absorveram luz: luminosos olhos desmesurados, semelhantes aos de um imenso animal.

Borgonha, disse ele, e sua voz ficou mais vigorosa, seus lábios ficaram mais espessos, Borgonha: um grande reino unido. De mar a mar, das águas cinzentas do norte às baías azuis do sul. Um reino borguinhão, *madame*. Sim: eu gostaria de ser rei.

Um ótimo desejo. Uma nova Lotaríngia. Mas, *monsieur*, a Lorena está entre esses dois extremos.

Sim, disse ele, e sorriu, sorvendo ar por entre os pesados lábios sensuais. Sim, a Lorena está entre eles. No entanto, talvez haja uma forma. . .

Na realidade, eu disse, há uma forma. Tua filha solteira, Maria, tua herdeira. O filho solteiro do meu irmão duque, Nicolau, seu herdeiro, que herdará a Lorena. O último da antiga casa de Foulques de Anjou, que, segundo se diz, dormiu com o diabo no corpo de uma mulher.

Como eu poderia saber, Vossa Graça, que ao pronunciar aquelas palavras, eu estava provocando uma guerra na Lorena, bem como a morte do filho de meu irmão, enquanto sonhávamos com a nova Lotaríngia, que se estenderia de costa a costa?

O solo estava macio, coberto de tapetes bizantinos. Nada de ásperas ninharias para os duques de Borgonha, mas afagos de sedas de Gebel, cor de vinho e âmbar, incenso e círios perfumados de Alexandria, veludo de Granada, matizado de ouro macio, como pele.

Ele disse: *Madame*, fala-me de teu pai. Dize-me que tipo de homem ele é de fato, o rei René de Anjou, que criou esse filho guerreiro e esta filha.

Eu lhe contei, Vossa Graça. Não, não de vós, ou de vossa linhagem. Mesmo então, muito antes de ser escolhida para vos servir, eu era capaz de guardar segredos. Isso vos provei à exaustão. Mas lhe falei de jardins que se estendiam, refletindo a Rainha do Céu numa estrela de cinco pontas, e dos cavaleiros da Ordem do Crescente. Falei-lhe da corte de Tarascon, e dos pintores, dos poetas, da eterna música dos alaúdes e das visões. Falei-lhe do segundo filho sem tostão, que apenas seria duque de Guise e que poderia ter ansiado por algo mais do que uma vida de serviço a algum senhor no campo de batalha. Dos exagerados planos de minha avó, que o criara duque de Bar. De como ela o levara a desposar minha mãe, de modo que, na época, ele era duque de Lorena. E de como seu irmão Luís morrera na Itália, razão pela qual ele era duque de Anjou e conde de Provença, bem como rei de Nápoles, da Sicília e de Jerusalém.

Os olhos daquele poeta-besta tornaram-se suaves. Ele disse: como parecem coerentes os fios que nos tecem os destinos. Quem o teria podido saber? Encolhi os ombros, sorri, e disse: nada no mundo é casual, *monsieur*. Sempre há uma imagem. Talvez alguns tenham olhos capazes de ver a imagem antes de ela se fazer carne. Minha avó era uma dessas pessoas.

Ah, tua avó. Eu tinha apenas nove anos, disse ele, quando ela faleceu. Diz-se que ela mantinha a França de mãos dadas, quando a terra jazia desmembrada sob o tacão dos ingleses.

Sim, eu disse. Minha avó era um rei.

Ele conduziu seu anão à minha presença: um anão gordo e pardo vindo do Levante, de olhos semelhantes a uvas negras. Chamava-se Luís XI. Fez uma pirueta, esgueirou-se para o canto da sala e moveu-se furtivamente sobre almofadas de seda e tornou-se então, de fato, o rei Luís XI, com ombros curvados e lábios oscilantes, olhos sombrios, mãos agitadas, e com as mandíbulas contraídas, por entre as quais as palavras forçavam passagem como se fossem um rijo vento *bourgeois* destruidor. Rimos, e ele me observou, o ardente homem sombrio, para ver onde meu ódio ou lealdade deviam recair. Não tenhas medo de mim, eu lhe disse. Não sirvo ao Aranha.

Madame, disse-me ele, e quem teria pensado que aquelas pesadas mãos grosseiras seriam capazes de tocar com tanta fineza e leveza. *Madame*, disse ele, sirvas a quem servires, como te posso temer?

Além das chamas que jogavam sombras nas paredes negras da caverna, que forma tremeluzia pela carne daquele corpo turbulento? Tudo que ele fez, Vossa Graça, surgiu da paixão e do desejo. Tudo que ele laborou, inclusive sua própria morte, nasceu do amor: um amor por demais feroz para herdeiros de reinos, por demais furioso para a carne animal comum. Para ele, a Borgonha era uma concubina, não uma propriedade. Ele a namorava, vestia-a de sedas e jóias. Seu deus era um deus de fogo sensual e de cinzas ígneas, cujo beijo é fatal. Pois os bem-amados desse deus são consumidos pelo calor dos próprios desejos. Nós que restamos, destroçados e no entanto ainda não atrevidos ou cegos o suficiente para desaparecer na conflagração, carregaremos para sempre as cicatrizes brancas daquele toque.

Dez anos depois, Vossa Graça, coloquei-me sobre as muralhas de Nancy e observei a carnificina sob os muros cercados e arrasados. Vi, em meio ao alvoroço, aos destroços, gritos, disparos de artilharia e golpes de espadas cortantes, aquelas duas formas, num combate mortal, sobre seus espumantes cavalos: o forte corpo grosseiro e ardente, vestido numa armadura dourada e de seda violeta, e o outro, o meu filho, esguio e de olhos pálidos, portando as aguiazinhas prateadas de minha casa. E, em meio ao meu pesar e à destruição de meus sonhos semi-admitidos, Vossa Graça, lembro-me de suas palavras: como parecem coerentes os fios que nos tecem os destinos.

A tropa de homens montados tornou-se visível, de início, como uma nuvem de poeira e um reluzir de sol sobre metal, espraiando-se pela estrada que vem do sul. Quando os homens alcançaram a Porte de la Craffe, a maioria dos habitantes da cidade saíra para saudá-los, pedindo-lhes notícias dos eventos de Aragão. Os soldados nada disseram às pessoas que lhes davam as boas-vindas. Mantiveram-se com o rosto petrificado enquanto passavam pela ponte levadiça que conduzia ao átrio do castelo e desceram sombriamente dos cavalos. O conde de Vaudémont jogara para trás a viseira do elmo. À pálida luz do outono, era visível que sua pele estava incomumente pálida, e que os indícios de alguma coisa ruim anunciavam sua presença nas sombras azuladas sob seus olhos de pálpebras pesadas. A etiqueta exigia que um nobre marchasse à frente de seus vassalos e homens com dignidade e orgulho. Não obstante, ele quase caíra sobre o pescoço de sua montaria quando alcançaram o átrio, e, cambaleante e trêmulo, tivera de contar com a ajuda de um pajem, para entrar no ventre acolhedor do castelo.

A ansiedade e a saudade assaltaram-no ao mesmo tempo, ao pensar no iminente encontro. Ele não via a esposa havia mais de um ano. Ele não gostava de desempenhar graciosamente o papel de portador de más notícias. Distraído, deixou que o pajem removesse o sobretudo e a couraça imundos, assim como a túnica de couro molhada de suor. Passivo devido à exaustão, contemplava os cantos com o olhar perdido, enquanto o rapaz desafivelava as joelheiras e tirava, dos pés inchados, as botas de macio couro espanhol, totalmente cobertas de poeira. Bebeu depressa a taça de vinho que lhe foi oferecida e suspirou ao sentir a dor familiar latejar-lhe nas entranhas.

Era difícil acreditar que realmente voltara para casa. O odor acre da poeira negra ainda se impunha às suas narinas. O silvo seco de árvores dessecadas chegou-lhe aos ouvidos. O sol batia, com intolerável brilho, nas rochas embranquecidas. Ele ainda podia ouvir a ensurdecedora cacofonia de vozes gritando numa língua que ele não compreendia, quando seus navios saíram de Marselha. Ele reviu os jubilosos cidadãos de Barcelona amontoando-se, ondulando, tentando beijar os arreios do cavalo de seu novo rei. Tentaram abraçar-lhe os joelhos à medida que ele seguia e o cobriram com uma chuva de flores. Essa entrada triunfal fora bem adequada a João, que desfilou, como um conquistador, com sua figura imponente, bastante colorida e resplandescente, diante daquelas pessoas que haviam derrubado o monarca odiado, suplicando que um rei angevino lhe tomasse o lugar. Uma espuma de flores, música, celebração para o rei, o neto da velha rainha Iolanda. Uma mistura de línguas estranhas, e pele perfumada das aragonesas, o gosto do vinho catalão na língua.

Eles se permitiram ficar por mais de um ano no novo reino de João. Haviam perdido Nápoles. Por um bizarro golpe de sorte, conquistaram Aragão. O conde de Vaudémont, tenente-general do exército do novo rei, até conseguira, por algum tempo, esquecer a esposa: acalentado pelas carícias das mulheres que ele, à tênue luz de velas, fazia de conta serem sombrias, determinadas e amargas como vinho velho.

Sua mente fazia rodeios, de maneira muito dolorosa, em torno da morte, tão sutil, calma e profundamente inesperada. Muitos homens haviam adoecido com o corrimento sangrento. Ele mesmo fora afligido por isso e ainda se achava doente. Disenteria, dissera calmamente o médico, balançando a cabeça por sobre o homem que vomitava, tremia e agonizava. O pajem, chorando, tentara derramar vinho entre os lábios ressecados e cheios de espuma. Uma moléstia imprevisível, dissera o médico, enquanto seus densos olhos negros se afastavam obliquamente. A maldição do soldado em campanha. Talvez fosse, sugerira ele, a água. Muitos dos homens haviam sorvido água insalubre. Em Aragão, dissera o médico num melodioso e balbuciante francês, vocês sempre devem beber vinho.

O vinho que o pajem servira lhe cortava o estômago. Um filete de suor começara a escorrer de sua testa. No rápido navio que o levara de volta a Marselha, chegou a pensar que ele mesmo fosse morrer, devido ao vômito incessante.

Talvez ali, em sua própria terra, pudesse ficar bom outra vez.

Entre os membros da corte aragonesa que falaram, *sotto voce*, em veneno, supunha-se que a mão do cego rei deposto pagara ao assassino. O conde de Vaudémont recordou-se da derradeira peregrinação que ele e João haviam feito juntos, ao santuário da Virgem negra em Montserrat. Reza por mim, *mon beau-frère*, dissera João. Tenho medo. Sinto a morte aproximar-se. Ferri de Vaudémont sorrira afetuosamente. Não podes acreditar que és rei. Estás supersticioso com relação à má sorte. Não, dissera João, ajoelhando-se diante do altar. Sei que mereci o meu reino. E, todavia, tenho medo. Reza por mim.

O *beau-frère* presenciara os segredos da câmara de morte. Sabia agora que um rei francês traído pela mulher, já furioso e tomado por um frenesi por causa das conspirações e dos insultos angevinos, era muito mais letal que um rei aragonês cego, incompetente e deposto. A escapada erótica de João com Carlota de Sabóia ocorrera há muitos anos, enquanto Luís se escondia na Borgonha, esperando que o pai morresse. Mas o delfim que se tornara rei não havia esquecido. Tampouco a questão da guerra civil era algo a ser perdoado facilmente. E agora a Borgonha ficara mais forte no leste e Aragão ameaçava no sul, tendo os dois reis inimigos se tornado bons amigos. Luís percebera que estava entre duas pedras de moinho, como grãos à espera do inevitável.

O sedoso e alegre riso escorria por aqueles lábios. Então, dissera Luís a João, serás rei. Ele prometera dinheiro para a campanha e quatro companhias de soldados. E, em algum lugar da caravana, havia um espião grato com mãos ágeis.

Oportunamente, quando se fizesse necessário, ele lhe contaria a verdade. As razões para ocultá-la não lhe pareciam claras. Ele pensara em poupá-la de mais sofrimento. Se conhecesse melhor a si mesmo, ele teria percebido que temia a vingança dela.

Ele ainda estava repassando o que ia dizer, em sua mente tomada pela febre, quando o pajem reapareceu com outra taça transbordante nas mãos. Nas ágeis mãos. A revelação espoucou na mente do conde de Vaudémont com um agudo ruído, como um osso que se quebra. Por sobre a taça, seus olhos, dilatados em razão da compreensão do fato, encontraram o olhar cinzento do menino de catorze anos.

Quando ele se levantou, o pajem fugira do *hall*. Labutou com o cinturão da espada, arrastando-se tropegamente atrás dos passos que desapareciam pelos corredores. Talvez porque estivesse quase delirando, seu corpo levou-o inexoravelmente à forma agachada na escuridão dos estábulos, quase invisível nas sombras projetadas pelas ilhargas dos cavalos.

Os olhos frios e calculistas do menino avaliaram a força do homem doente. Levantando-se, tentou passar pelo mestre. O conde de Vaudémont conseguira sacar da espada. O sangue, ao salpicar nas costelas perfuradas, pareceu congelar-se numa elástica mortalha vermelha diante dos seus olhos.

— Quando o rei Luís te comprou? — perguntou de modo áspero, o conde de Vaudémont, com os dedos ao redor do pescoço fino. — Quanto ele te pagou pela morte de João e pela minha morte?

Mas o sangue já formara uma poça no chão do estábulo, e os olhos cinzentos se tornaram anuviados e se apagaram. Ferri de Vaudémont limpou a espada no gibão cortado e cambaleou pela palha carmesim.

No *hall*, descobriu que sua esposa materializara-se no topo da escadaria de pedra, vestida com o damasco negro do luto. Manteve-se parada, como uma pitonisa de olhos brancos diante do altar presciente. Um *frisson* tocou a parte posterior do pescoço de Ferri. Ele viajara com muita rapidez para que alguém a tivesse alcançado antes dele. Seus homens estavam com ordens estritas de se manterem em silêncio até que ele a visse. Havia momentos em que ela o deixava aterrorizado.

— Há sangue em teu rosto — disse ela. Ela não o abraçou, de início, limitando-se a olhá-lo. — João está morto — disse ela, com voz rouca.

Ferri de Vaudémont suspirou fortemente e caiu numa cadeira. Ele não sabia como oferecer conforto, fora da fraternidade áspera do campo de batalha; e nada sabia das necessidades dela nesse aspecto. Sentiu que as mãos dela se fechavam em torno de seu corpo, que seus lábios tocavam os dele e sua fronte, onde uma mancha amarronzada secava. Temendo uma erupção de emoção que ele não conseguisse compreender, ficou preocupado com a dor que lhe atingia as entranhas.

— Estou doente. Devo repousar. Ajuda-me — disse ele —, ajuda-me a ir para a cama.

— Meu pai — começou ela.

— Eu o vi. Marchei até Tarascon, a partir de Marselha, Iolanda. Falaremos disso depois. Tenho de dormir. Viajei sem descanso desde a Provença.

Ela penetrava-lhe os pensamentos. Ele virou-se buscando conforto em objetos ordinários: a tapeçaria, as cadeiras talhadas, os quadros. E depois escondeu o rosto em seus cabelos, para que ela não pudesse forçá-lo a abrir os olhos.

— A água — ele disse. — Perdemos muitos homens. Iolanda, lamento. Eu também o amava. Era um sonho, esse reino aragonês. Teu pai foi sábio ao recusar o trono que lhe ofereceram. Ele jamais teria sonhado que enviava João para a morte. Uma fantasia. Como Nápoles. Um dourado sonho angevino.

Ele não queria pensar, sofrer, ter medo: só desejava dormir. O único filho homem do rei da Sicília estava morto. O velho homem o assombrava, abatido, chorando. Agora teriam de dizer ao filho de João, de vinte e um anos, que ele era o último herdeiro da Casa de Anjou e duque de Lorena. Rei de Aragão, caso desejasse reivindicá-lo. Ferri de Vaudémont pensou em seu suposto filho. O filho dela. Será que um dia ele iria prantear o homem que pensava ser seu pai? Sua mente fugiu, enquanto ela o conduzia para o seguro casulo do quarto. E, por fim, flutuou, sem serenidade, num mar de árvores dessecadas, de pedras esbranquiçadas e do hálito, marcado pelo vinho, das prostitutas aragonesas.

Ele despertou para a escuridão e a forma dela, semelhante a uma sombra, projetando-se sobre ele.

— De quem é esse sangue? — ela perguntou, tocando-lhe a testa.

— Não é nada. Um incidente com um de meus homens. Não compreendo — disse ele — como pudeste saber.

— Não é um dom — ela replicou, numa voz desprovida de tom — que eu teria escolhido.

— Deves ir ao encontro de teu pai — disse ele. — Ele está . . . — vacilante — ele vai precisar de ti.

— Não há tempo. Temos de encontrá-lo em Tours, dentro de um mês. O rei Luís nos convocou.

Ela sentiu o corpo dele enrijecer-se.

— Que temes? — perguntou ela.

— Eu — ele começou, mas tornou a ficar calado.

— É por causa de Margarida. — Ela sorriu duramente. — O propósito da convocação é: que faremos com Margarida? O rei da França decidiu que vale a pena usar minha irmã, em vez de destruí-la. Warwick teve uma querela com o rei Eduardo. E passou a apoiar os de Lancaster. Ele virá secretamente à França, para conspirar com Luís. Conheço as teias que nosso primo vem tecendo. Ele tentará reconciliar Warwick com Margarida e casar a filha de Warwick com o filho dela. Eles reiniciarão a guerra civil inglesa. Enquanto meu irmão estava morrendo — sua voz ficou carregada de amargura —, o Aranha superava a si mesmo na tarefa de dar nós em fios de seda. Ele tenta nos afastar da amizade com a Borgonha, mediante o oferecimento de sua filha Ana ao filho de João.

Ele estava tentando seguir-lhe os pensamentos. Não vira antes essa ágil navegação de correntes políticas. Talvez alguma mudança tivesse ocorrido nela. Sua face cinzelada, muito pouco visível na penumbra, poderia ser a da avó. Mesmo em Aragão, falava-se da velha rainha Iolanda, a mãe do rei da Sicília. Ele jamais conseguira escapar ao fantasma.

Ele estremeceu involuntariamente. Por causa de algum calafrio ou de alguma presciência.

— Passaremos uma semana em Tours, com o rei Luís e sua rainha grávida, — disse Iolanda. — Meu pai, Margarida, tu e eu. Um ninho de escorpiões. — Iolanda deu um sorriso cáustico, numa espécie de ladrido. — Todos de luto agora. Falta-nos apenas o duque de Borgonha para dar vida às festividades. Luís ficará feliz com a morte de João.

O estremecimento tornara-se agora um tremor incontrolável. Ele tentou livrar-se da sensação agarrando-se a ela. Sempre havia um momento de entorpecimento antes de ele tentar possuí-la: um momento em que o rosto dela, no pesadelo, se tornava frio e inflexível e suas negras madeixas eram uma aglomeração de serpentes; um momento em que seus braços o repudiavam e os lábios revelavam desprezo. O pesadelo jamais se transmutara em realidade. Ela sempre o recebera delicadamente, com ternura. Jamais com paixão.

— Meu caro — disse ela, com suavidade —, de que tens medo?

Cego, ele começou a tatear as rendas de seu vestido. Alguma coisa bateu asas invisíveis na escuridão. Ele não sabia se era algo maligno ou benigno. Se tivesse sido amaldiçoado pelo dom da previsão, teria compreendido que a Roda estava dando mais uma volta inflexivelmente compassiva. Mas alguma inocência que alcançava a quintessência talvez o protegesse de ver, sob o imaculado mecanismo da Roda, seus próprios ossos esmagados.

X

— A criança, meu senhor — murmurou Carlota de Sabóia. As palavras deslizaram límpidas, suaves, altissonantes: como se seu corpo tivesse amadurecido mas deixado a voz para trás, abandonada, na adolescência. Ela já fora bela. Dócil, no início, com ossos promissores. Tinha vinte e oito anos. A atual gravidez produzira depressões sob os pômulos, criando sombras desagradáveis abaixo dos olhos. O peso da semente do rei devia ser uma carga por demais pesada. Algo nela fora interrompido. Enquanto a observava, Iolanda, surpreendeu-se imaginando que tormentos não lhe teriam sido aplicados para criar tal desolação interior.

Passados uns momentos de estudada negligência, o rei Luís voltou-se para a esposa. O terceiro prato chegara: porco-varrão assado, caçado pelo próprio rei, temperado com alecrim e tomilho selvagem. Um banquete parcimonioso para um monarca da França. Não havia músicos para amenizar a austeridade. Apenas silêncios pendentes, como estandartes esfarrapados, e o crepitar subjugado da lareira acompanhado dos sons da mastigação e da deglutição.

— A criança — repetiu Carlota, com suavidade. — Ela está chorando porque não pode ver o *jongleur*. Deixai-me trazê-la, meu senhor. Eu vos suplico. Só por agora.

Em outras circunstâncias, ele teria recusado, a fim de espicaçá-la. Mas com todos aqueles olhos angevinos sobre o damasco negro, o veludo e a seda. . .

— Uma hora — disse ele, com as mandíbulas contraídas.

Então haveria um *jongleur*. Um movimento incessante percorreu a mesa. Olhos encontraram outros olhos, numa compreensão tácita. Olhos se afastaram, sombrios e opacos. Olhos observaram mãos que seguravam taças para que nenhuma substância estranha pudesse encontrar uma maneira de cair no vinho.

Iolanda observou os dedos brancos oscilantes e erradios. Aprendera a controlar-se desde a última vez em que o vira em Nancy muitos anos atrás. Um vistoso brilho falso de contenção cultivada. Um sorriso não desprovido de encanto: melancolia e um ligeiro rubor produzido por um sonho de morte de um poeta.

Ainda inocente, ela ficou a se perguntar que pequena transgressão a mulher cometera para merecer tal vingança.

Seu pai, elegantemente vestido de seda azeviche, acorrera para recebê-la no silêncio e no segredo do campo, fora dos portões de Tours. Seus olhos estavam claros e incólumes. Encontrara forças, em seu pesar, em alguma fonte oculta.

Lembra-te, ele murmurara quando se abraçaram na névoa formada pelo hálito dos cavalos. Não fales de Carlos de Borgonha. Desde Liège, o duque de Borgonha tornou-se o Anticristo. Agora sou apenas um demônio menor. Seu nome é uma maldição: não o profiras. Assim, todos poderemos sobreviver esta semana entre os malditos.

Nauseada com o porco-varrão por demais assado e com o amargo vinho novo, ela lutou contra uma violenta necessidade de gritar a terrível invocação. Borgonha, Borgonha! Tinham começado a chamá-lo de Temerário, por causa de sua agressão e de sua arrogância e porque havia aprisionado o rei da França.

Luís tentara, muitas vezes, levá-lo à morte. Ele agora ficara muito forte. Desposara a filha do rei Eduardo da Inglaterra, contando entre seus aliados com o Santo Imperador Romano e com o Papa. Tal como as bestas da floresta, às quais se assemelhava, Carlos de Borgonha possuía algum sexto sentido. Dizia-se que era capaz de farejar um assassinato do outro lado de uma cidade. Irritado, o rei da França tentara destruí-lo, fomentando, por meio de seus espiões, a rebelião entre os cidadãos de Liège contra seu suserano borguinhão. Carlos de Borgonha, capturando seu rival real em Pèronne, levara-o sob protesto para a cidade desgraçada, que ardia graças à devastação promovida pelas tropas borgonhesas. A rebelião fracassara. O duque sorrira, enquanto o rei, com o rosto pálido, observara seus próprios comparsas dançarem em cordas bem acima da praça pública.

Luís fugira de Liège com um único servo. Foi uma fuga ignominiosa; pior, uma fuga descuidadamente permitida. Como um inseto liberto por mãos entediadas.

Alguém, sussurrara o rei aos seus ministros, enchera a cabeça daquele louco com sonhos de um reino lotaríngio. Alguém.

Muitas correntes subterrâneas fluíam, odorosas, no silêncio. Essa canhestra adulação foi dirigida ao seu pai, porque o rei agora precisava de Margarida contra uma aliança anglo-borgonhesa. E Margarida devorava raivosamente a comida medíocre como uma camponesa faminta. Seus olhos arruinados estavam dilatados pela raiva. Fora como Iolanda havia suspeitado. Na primeira noite em Tours, Luís apresentara seu plano. Seu ultimato, pois era evidente para todos que Margarida não tinha escolha. Sua resposta imediata fora de altaneira recusa. Ela até havia quebrado uma taça, atirada numa previsível ira extravagante contra a chaminé de pedra. Reconciliar-se com Warwick, planejador de sua queda, era impossível. Casar seu filho, herdeiro legítimo do trono inglês, com a filha da criatura: isso era mais do que impossível. Era obsceno.

Eles esperaram pacientemente até que ela se esgotasse.

Luís mostrara uma astuta compreensão da vítima, oferecendo cedo a taça amarga para que ela pudesse ter tempo de curvar-se, com aparente graça, à necessidade de tomá-la. E apoiada pelo sábio conselho do pai e da irmã. Se recusassem, então Margarida seria vendida a Eduardo, para manter o marido aquecido enquanto este morria de raiva nas masmorras da Torre.

Entre todos, apenas o rei da Sicília mantinha a serenidade. Ele parecia estar em paz com sua dor, sem se deixar perturbar pelo ar funéreo que envolvia o castelo. O conde de Vaudémont tremia e se contraía como um cavalo assustado, sobressaltando-se com sons repentinos. Mesmo a Guarda Escocesa do Rei estava infectada por ele, caminhando sem parar em seus postos, com os olhos muito atentos.

O rei René levara seu anão. Carlota de Sabóia, fascinada pelo agradável velho que não parecia um inimigo, ficou ainda mais encantada por seu servo. Ela jamais vira um anão tão idoso. Os cantores, bobos da corte e *jongleurs* morriam jovens, esgotados pelas insensíveis exigências da *noblesse.* O anão parecia ter sido costurado com pergaminho. Caminhava bem perto da sombra do mestre, como um espírito familiar, servindo vinho ao rei da Sicília com mãos cujas veias pareciam a pele do interior de um ovo não-chocado.

Eles mastigaram, engoliram, suspiraram. Os guardas movimentavam-se em cantos sombrios. Um vento frio, com cheiro de espaços áridos, se insinuava no *hall*, amortecendo o fogo. Chegou o *jongleur:* um esguio e ansioso jovem com calças estreitas vermelho-amarelas, num padrão multicolorido, acompanhado por dois tocadores de alaúde e um tocador de tambor.

Para Luís tratava-se de uma extravagância, destinada a amaciar o tio antes de tratar da questão relativa a Margarida. Iolanda vagava pelas sonhadas torres de Tarascon, sob um véu de música de alaúde que flutuava sobre a água. Tudo em que seu pai tocava era marcado pela alegria e pela mágica. E vinha agora esse acrobata com um garbo extravagante, com a bainha do gibão borrada.

Os músicos afinaram os instrumentos. Um dos cães começou a rosnar, talvez numa demonstração de simpatia sem palavras pelos incomodados convidados. O *jongleur* fez truques e caminhou sobre as mãos. Um suave burburinho de vozes femininas e de vestidos ruflando escorregou por entre os alaúdes. A menina fora trazida do quarto das crianças.

Uma garota simples, de oito anos, de cabelos negros e com a bela e transparente pele da mãe. Sua face iluminou-se ao ver o *jongleur*. Era uma novidade, um presente inesperado. O rei era bem conhecido pelo rigoroso ascetismo de sua corte. Uma criança sem atrativos, que cheirava a negligência, com as faces encovadas e um nariz longo e aquilino. Do *hall*, por entre a névoa de fumaça e a luz bruxuleante, Iolanda primeiro pensou que a menina se parecia com Luís. Mas havia alguma coisa diferente naqueles ossos pouco desenvolvidos.

A criança atravessou a saleta com passos hesitantes. A herdeira real, que Luís desejava oferecer ao filho de João. Com isso, iria antecipar-se ao Anticristo de Borgonha, o qual, segundo os rumores, havia oferecido a própria filha em casamento à Lorena. Nicolau de Anjou, duque de Lorena e rei de Aragão por direito, tornara-se subitamente um jovem que merecia uma corte assídua. O rei da França prometera cem mil coroas de ouro como *dot*.

Tudo, mesmo um casamento angevino, era válido para acabar com o sonho de uma nova Lotaríngia.

Ana de Valois fez uma reverência diante do rei da Sicília, que obteve dela um trêmulo sorriso. Fez uma reverência diante de Margarida, que a ignorou. Uma outra diante do conde de Vaudémont. Terminou por dobrar os joelhos diante de Iolanda, enquanto o empertigado vestido de brocado formava um monte desajeitado aos seus pés. Levantou-se e olhou com curiosidade a mulher de cabelos negros com elevados e bárbaros pômulos, de pesadas mandíbulas e olhos enormes e arregalados, enquanto a luz da lareira tremeluzia, prateada em suas próprias íris pálidas, cercadas por um anel cor de fuligem.

Ferri de Vaudémont ficou com a palidez esverdeada de um cadáver. O rei da Sicília manteve-se sentado, com uma máscara melíflua e sem expressão. E Carlota! O olhar de Iolanda, ultrajado, encontrou os da rainha. As bochechas da mulher mais jovem, pálidas desde o início, tornaram-se brancas como giz. Seus olhos assustados fugiram ao seu olhar. Parecia ser o segredo de todos, exceto Margarida, que olhava soturnamente para a taça de vinho, sonhando com futuras cabeças entronizadas em Micklegate. E Luís, cujo frio desinteresse demonstrava que ainda não havia compreendido.

A menina afastara-se e tomara assento ao lado da mãe, devorando o *jongleur* com deleite. Iolanda voltou-se e encarou o marido. Viu, refletido em seus olhos tal como num espelho, a dor e a raiva indisfarçavelmente marcadas em seus próprios traços. O fato de ela incomodar-se tanto anunciava, por fim, a profunda indestrutibilidade daquele fantasma com o qual ele havia sido coagido a compartilhar o leito.

Ele estava pálido e doentio quando retornou de Barcelona. Os delicados cabelos negros começaram a tornar-se cor de fumaça e cinza. Tinha cinqüenta anos: já não era jovem. Por vezes, despertava durante a noite, gemendo e contorcendo-se por causa do corrimento. Mas desejara viver. Curar-se. Agora, uma inexpressiva resignação pendia como uma névoa dos olhos já assustados. Ela tentava dizer a si mesma que nenhuma doença do coração era mortal. Mas os olhos dele. . .

Furiosa, voltou-se para o pai. O rei da Sicília encontrava-se preso de um riso incontrolável. Debruçou-se sobre a mesa, com o rosto oculto nas mãos, rindo baixinho. Luís o observou de modo curioso, com um mal disfarçado desgosto. O velho tolo estava obviamente bêbedo.

A criança aplaudiu, com os olhos brilhantes, o rufar dos tambores, enquanto o acrobata saltava e dançava. Os servos trouxeram o último prato: um luxo surpreendente no gélido e inóspito lugar. Bandejas de prata, opulentamente recheadas de frutas. Laranjas e ameixas vermelhas, uvas, cerejas e abricós. E três romãs, florescendo numa beleza quase obscena no frio e úmido *hall*.

— *Mon oncle* — anunciou Luís, com uma voz que se adaptava cuidadosamente ao velho — consegui uma rara dádiva para ti. Já que sabia que gostavas. Romãs frescas, da África.

O rei da Sicília levantou a cabeça. Lágrimas de hilaridade caíram-lhe pelo rosto. Sua boca contorceu-se e deformou-se numa tentativa infrutífera de conter o riso.

— Sim — disse ele, lutando por controlar-se. — Sou muito grato a ti. É muita gentileza. Deves desculpar-me, Luís — disse, ainda rindo. — Eu pensava em outro *jongleur*.

O rei René estendeu as mãos na direção da fruta. Foi abruptamente interrompido pelo repentino movimento do anão.

Didier trepou na mesa. O *jongleur*, estupefato com essa grotesca e inesperada concorrência, parou e ficou a observar. A frágil criatura começara a dançar. Era ridículo: um anão senil, entretendo um mestre senil. Mas, vagarosamente, pulando e saltando, o corpo envelhecido lembrou-se de seus passos há muito esquecidos. Iolanda ouvia, assustada, o pesado som da respiração de Didier. Ele pegou cinco frutas: as três romãs e dois abricós. Então, começou a brincar furiosamente com elas.

As frutas giravam no ar de forma mágica, sem falhas, laranja-pálido e rosa-profundo. Pareceram desaparecer e voltaram às bandejas, exceto uma. O anão manteve-se de pé, ofegante, e respirando com esforço, enquanto segurava uma única romã com os dedos.

Ninguém disse nada. Luís, pálido, virara o rosto. Os olhos do anão pousaram levemente sobre Iolanda, como se pedissem desculpas, e encontraram os do conde de Vaudémont.

Algo pairava, invisível, em amplas asas. Sem entender, ela começou a levantar-se do lugar, com as mãos estendidas na direção do anão.

— Não — começou, tropegamente.

— *Mon beau-père* — disse, em voz alta, Ferri de Vaudémont, com um irritante tom jovial que Iolanda jamais ouvira antes. — Peço-te compartilhar comigo tuas jóias. Não provo uma desde Nápoles.

Didier e o conde de Vaudémont continuaram a olhar um para o outro. O rei da Sicília, confuso, encolheu os ombros. O marido estendeu as mãos e conduziu gentilmente a esposa, à cadeira.

— O paraíso, — disse suavemente Ferri de Vaudémont, enquanto o suco lhe escorria pelo queixo e sujava seu manto negro com uma lustrosa mancha. — Nepente aprisionada numa fruta.

Os olhos de Iolanda haviam ficado obscurecidos, por algum tempo, por aquelas asas sombrias. Mas quando ela pôde ver outra vez, nada acontecera. Todos se mantinham sentados, em silêncio, embaraçados, comendo frutas. Ignorado, o anão desceu laboriosamente da mesa, respirando com dificuldade, e acomodou-se, como uma rija bola, diante da lareira.

Só muito mais tarde, quando o fogo esfriara e a criança dormia, sem sonhos, no quarto de crianças, e a rainha grávida escapara para seu quarto solitário, eles encontraram o fino e contorcido corpo branco, congelado com um triunfante riso que formava um ricto estendido fortemente pelos dentes.

O sono faltou a Iolanda nessa noite. O anão branco dançava em suas visões, monstruoso em suas selvagens contorções. O marido gemia e se revirava, coberto de suor, em seu sono. Sombras ondulavam à sua volta. Aquela criança. . . Os corredores do castelo estavam cheios de sinais, enquanto ela caminhava oprimida pelo chão de pedra. Os guardas, acostumados aos vagares noturnos da *noblesse*, mantinham-se eretos na escuridão, com espadas lugubremente brilhantes, ignorando-a.

Ela entrou no grande *hall*. Os cães dormiam sobre os ossos. Um cheiro de comida velha, vinho azedo e ódio pairava no ar viciado. As cinzas moribundas haviam feito uma mancha rósea nas pedras, no local em que o anão se enrolara em seu sono-morte, rindo consigo mesmo.

De início, a forma, movendo-se tetricamente, deixou-a estupefata. Estava certa de que era o espírito, preso à terra, refazendo os passos de sua dança final. Dirigiu-se para lá, preparando mentalmente o velho encanto da libertação da alma. Bruxuleante no ar, algo que parecia sementes de fruta: um ocre pálido, rodopiando para dentro e para fora, a partir da escuridão avermelhada. Ela ouviu um som, que podia ser o pranto ou a respiração estertorosa de um velho. As mãos, brancas e fantasmagóricas, moveram-se de modo impecável. Recendendo no ar rançoso, o odor de rosas negras: revelando, não o espectro de um anão, mas o pai dela, fazendo truques com as mãos.

Os embaixadores chegaram a Tarascon, Vossa Graça, e disseram: eis um reino. Sem banhos de sangue, sem maquinações. Um ensolarado e rico reino, como que formado por fios de ouro, com a antiga sabedoria de cabalistas e alquimistas, de sábios do Oriente e Ocidente, de conclaves secretos em Saragoça e Gerona. Um reino que expulsou seu rei como uma bagatela indesejada. Um reino que era seu pelo sangue, porque sua mãe fora um dia, há muito tempo, sua rainha; antes de a terem expulso por ser ela mulher.

Se tivesseis sido meu pai, Vossa Graça, ter-vos-íeis apegado com avidez àquele presente. Ser, por fim, mais do que um mero rei titular, com *apanages* sem sentido de cidades e nações há muito perdidas para outros reis mais poderosos. Que valia Jerusalém, uma vez que o Templo caíra há um século e meio? Que significado tinham Nápoles e a Sicília para ele, uma vez que o rei Luís transformara os aliados italianos em traidores?

Mas ali estava um verdadeiro reino, cujo povo clamava por ele. Ali poderia reinar e, quem sabe, até governar. Ali poderia implantar sua dinastia, para rivalizar com os reis da linhagem de Valois da França. Uma dinastia do antigo sangue, o sangue sagrado. Vosso sangue, Vossa Graça, destronado há tanto tempo. João era um bravo; mas não sabia o que meu pai sabia. Ali deveria haver um rei que expandisse vossos planos e que manifestasse vossos sonhos. Um rei que, tendo negada a coroa da França porque não mataria, pudesse encantar-se com um pequeno bracelete de ouro dos mouros e que, no momento oportuno, tomasse Nápoles outra vez e realizasse o casamento entre Aragão, Borgonha e Lorena. E que, um dia, obtivesse suavemente o que se encontrava no meio.

Ele, de fato, se recusou. Ficastes irado e o amaldiçoastes, Vossa Graça, quando ele vos desafiou outra vez e enviou, em seu lugar, o bravo mas ignorante filho? Vós o chamastes de tolo e fracassado, como era vosso costume? Ele já não precisava obedecer-vos; nem mesmo fingir que o fazia. Ele podia agir como seu coração mandasse, sem remorso, já que vós o havíeis deixado livre. Ele não sabia se vós o havíeis traído junto a Luís, como jurastes; mas talvez tivesse alguma presciência de que Luís destruiria quem quer que se sentasse no trono espanhol adornado com jóias. Ou talvez ele apenas já não se importasse.

Eu lhe perguntei por quê, antes de compreender a razão da morte de João. Perguntei-lhe nas sombras, diante da lareira prestes a apagar-se, em Tours, enquanto ele fazia prestidigitações com os restos de frutas devoradas. Por que, eu disse, recusaste Aragão? Por que o deste a João, que nada sabe a nosso respeito, nem a respeito dele?

Por que, ele replicou, eu deveria querer? Que há neste mundo apodrecido que possa agradar a um velho homem doente, quando posso cantar sonetos nas torres de Tarascon? Didier está morto, disse ele. Já vivi o suficiente com reis e reinos. Por que o anão morreu? Pintarei, sonharei, vagarei pelos meus jardins, cantarei canções de amor para minha esposa. Não temas, disse ele. Nosso rei perdido encontrará outro para servi-lo. Alguém que lhe agrade, alguém mais forte. Alguém que não tema as trevas. Alguém que use a magia negra para fortalecer a magia branca e que, todavia, permaneça imaculado. E, ademais, ele me disse, sorrindo tristemente, brincando com aquelas sementes secas, não gosto do sabor do vinho catalão.

Ele sabia, com certeza, qual fora a natureza da morte do meu irmão. Sabia-o mesmo antes de Ferri ter sussurrado seu segredo. Ele viu o cavaleiro depauperado descendo pela margem do rio a fim de alcançar a ponte, e logo atrás a tropa de homens preocupados, sem o seu filho; e vislumbrou a sombra pairando, com asas enegrecidas. Ele leu nas marcas macilentas sob os olhos de meu marido a verdade que eu, que me considerava vidente, não consegui discernir. Ele só me falou disso uma vez, bem depois. Por que, perguntei-lhe, não me pudeste dizer? Por que mentiste?

Ah, Iolanda, disse ele, eu não menti. Apenas não falei a verdade. Há uma diferença. Além disso, ao falhar em destruir Luís, não fui eu mesmo quem destruiu João? Não sou, então, o responsável? Há muito de mim em ti, minha querida, disse ele. Mas há mais, muito mais, de tua avó. Pensas que não conheço o ferrão ultrajado do vingativo Escorpião? Já tive uma filha, disse-me ele, que foi morta. Prefiro que os deuses realizem nossos objetivos. Prefiro que as mãos de minha outra filha não se sujem de sangue. Terias morto o rei da França, disse ele.

Muito tempo depois, veio outro embaixador a Tarascon, enviado de Florença. Mas, na época, João há muito havia morrido. Cosme de Médici, senhor de Florença, expirara no leito há alguns anos. Seu único filho, Piero, também jazia no magnífico mausoléu de família. O neto, a quem chamavam Lourenço, enviara o embaixador ao meu pai. Era pintor, o jovem e bem-dotado protegido da corte dos Médici. Fora a Tarascon contemplar as torres brancas, Vossa Graça, e caminhar nos decantados jardins. Mesmo em Florença, faziam-se comentários sobre os jardins. Fora igualmente mostrar um quadro a meu pai, bem como para dizer-lhe que seus sonhos haviam brotado em Florença. Em todo e qualquer *duomo,* os altares e tetos com afrescos, assim como as janelas cheias de jóias, proclamavam esses sonhos. Os poetas proclamavam-nos, assim como os compositores. Disse o pintor: meu senhor, os velhos deuses retornaram em toda a sua grandeza. Em todas as bibliotecas e universidades. Em todas as escolas de mistérios, que ora florescem e são indestrutíveis. Os velhos deuses vivem. Meu mestre Lourenço de Médici, disse o pintor, deseja que vos diga que é grato por vosso legado.

Meu pai, que perdera o único filho homem, olhou o pintor, cujo nome era Sandro Filapepi. E disse: então valeu o sofrimento e o fracasso, afinal de contas. Eu estava certo. Não sou um tolo. Alguma coisa fincou raízes na Itália, disse meu pai, algo que não poderia encontrar vida no solo da França. Algo que ainda vai disseminar-se e, talvez, com o tempo, florescer aqui. Nós o fizemos. Sobre tantos ossos, nós conseguimos fazê-lo.

Logo encontrareis o pintor, Vossa Graça. Falei com ele em Tarascon e caminhei ao seu lado entre as videiras e rosas, enquanto os pássaros de plumagem brilhante chilreavam. Ele é um dos que vêem. E eu, a quem nomeastes vossa representante depois de meu pai, devo sagrá-lo grão-mestre da Ordem depois de mim; e vós o impugnareis. Pois sou a filha de meu pai e vos digo que nosso futuro já não está em disputas territoriais ou em secretos enclaves familiares, nem nos cadáveres de reis envenenados. Está com o signor Filapepi, a quem chamam Botticelli, em Florença. Executei minha tarefa, Vossa Graça; embora não tenha feito tudo para vós. E não habitarei mais tempo nesta forma, que vós e eu conhecemos. O amor pode prolongar a vida, e até o ódio pode fazê-lo: mas, quando essas coisas se vão, não começa a alma a desejar irrevogavelmente sua morada esquecida?

Agora, na Cidade das Flores, o governo da Ordem se perpetuará. E deveis ir para Florença, Vossa Graça, e caminhar pelas basílicas, ajoelhar-vos diante dos altares, observar, maravilhado, os quadros, ouvir os sonetos e canções. Sentir o odor de rosas envolvendo cada pedra e cada pórtico, matizando toda a Itália com um respirar incorpóreo. O Signor Filapepi pinta talismãs, Vossa Graça. Vós A encontrareis em seus quadros, elevando-se da espuma do mar ou oculta em castas vestes azuis de Virgem; ou, ainda, dançando na densa folhagem voluptuosa de uma fonte árcade. Encontrareis o signor Filapepi em Florença, Vossa Graça; e, em toda parte, encontrareis meu pai.

Ele vomitou bílis sangrenta e permaneceu enrodilhado, em posição fetal, um corpo que um dia fora bem-feito e gracioso. A lembrança de valorosos feitos de armas não podia compensar a indignidade de uma morte dessas: indefeso como uma criança doente que choraminga por leite. O médico, um judeu de vinte e oito anos, de Florença, agitava os braços inutilmente.

Era demasiado jovem para ter aprendido a bajular e muito respeitoso para com os moribundos para insultá-los com a condescendência das ilusões. Ele também sabia que seu paciente compreendia certas coisas secretas acerca da morte que não costumavam ser entendidas.

Ao longo das semanas de doença progressiva, ele e a condessa de Vaudémont haviam examinado o horóscopo com grande cuidado. Seus augúrios não eram encorajadores. De ordinário, ele não compartilharia suas descobertas com a esposa de um homem à morte. Ele aprendera, ao estudar a arte celestial, a guardar silêncio. Mas aquela mulher era diferente. Ela também compreendia as extremidades cambiantes nas quais o destino e o livre-arbítrio se entrelaçam. Ela percebia a inevitabilidade do padrão para aqueles tão fortemente atados à Roda quanto os dessa linhagem. Ele também podia ver, nos densos olhos negros, uma ilimitada capacidade de vingança. Ele alimentava a esperança de que ela não entendesse demais.

Em conseqüência, o jovem médico falou com cuidado da previsibilidade dos sintomas. Disenteria: a maldição do soldado em campanha. O fato de sua flor letal ter demorado tantos meses para florescer não era tão extraordinário. O homem estava doente ao retornar de Barcelona. E, ultimamente, estivera envolvido por uma cinzenta película de melancolia. Alguma secreta desesperança o estava corroendo. O médico, embora não falasse, sabia que um estado de desolação como aquele só podia exacerbar a doença — a qual, em outras circunstâncias, não levaria à morte —, se o homem doente desejasse morrer.

Um odor de fezes tomava conta do quarto. Os gemidos abafados do conde de Vaudémont misturavam-se, numa balbúrdia, ao som do choro de crianças. Havia três meninas, a mais velha de catorze anos, a segunda de sete e a mais jovem de três. E o filho, que se mantinha, com ar melífluo e olhos secos, nas sombras das cortinas do leito.

Abraão Salomão não tinha grande experiência, se se levassem em conta os anos. Apenas recentemente obtivera o título de médico em Montpellier. Seu brilhantismo, e uma notável intuição que por vezes extraía um diagnóstico acurado a partir de fatos ínfimos, dera-lhe alguma fama em sua cidade natal de St. Rémy. Ambicioso, oferecera seus préstimos à corte provençal do rei da Sicília, famoso por sua generosa proteção aos cientistas e médicos judeus e árabes. Desde então, observara um sem-número de estranhos híbridos do corpo e do espírito humanos, entre os vivos, entre os que estavam à beira da morte e entre os mortos.

Ele não se recordava de ter visto olhos como aqueles que ora se concentravam nele, descoloridos e imprescrutáveis, a partir das madeixas de sombra do quarto de morte.

A forma dessecada sobre a cama já não conseguia conter comida ou bebida. Um e outro eram imediatamente vomitados ou evacuados nos lençóis, que logo eram trocados. O filho, ajoelhado, limpava com dedicação a fronte tomada pela febre.

— Não creio que ele passe desta noite — sussurrou Abraão Salomão para a esposa. — Talvez seja melhor assim. Com essa agonia.

Iolanda não replicou. Seus olhos estavam fixos no rosto do moribundo.

O jovem judeu ficou desconcertado.

— *Madame* — disse ele, de um modo que esperava fosse confortador —, seria melhor que descansasses. Não dormes há quatro dias. Teu colapso não o ajudará. Eu te acordarei, caso haja alguma mudança.

Iolanda voltou-se para ele com lentidão, como se estivesse em transe. Ele estava acostumado com mulheres histéricas, senhoras tomadas pelo sofrimento; e até com mulheres que, sob a máscara da tristeza, revelavam sorrateiramente seu secreto triunfo com a morte de algum pai ou esposo detestado. A face dessa mulher, fortemente marcada e imóvel, não demonstrava emoção visível. Quando finalmente falou, ele estacou, como se uma das gárgulas de pedra calcária do castelo tivesse começado a expressar-se em língua humana.

— Que tipo de veneno foi? — disse ela, de modo arrastado e numa voz estridente.

As três meninas continuavam a se lamuriar, misericordiosamente absortas. Um nervoso murmurar irrompeu entre os servos. O jovem de olhos descoloridos, quase imóvel, virou-se e olhou para a mãe sem surpresa.

— *Madame,* eu te peço — disse o médico. — Falaremos disso mais tarde. Este não é o lugar.

— Não — disparou Iolanda —, falaremos disso agora. M. Salomão, não sou imbecil. Devo supor que tens tuas próprias razões para me mentir. Não há antídoto?

— É tarde demais — disse o médico, ainda tentando sussurrar. — Já era tarde várias semanas atrás, quando teu pai me enviou de Tarascon. Deve ter sido disenteria no início, quando ele retornou de Barcelona. Ele tem estado com hemorragia há muito tempo. Sua força o manteve vivo. Trata-se de um lento e engenhoso veneno. A um homem com saúde, teria apenas adoecido. Mas a um homem doente ou idoso. . . — disse ele, e calou-se.

O conde de Vaudémont tentou falar. Emitiu um grasnido: o homem finalmente reduzido às origens bestiais das quais se afastou, rastejando, em algum pântano cheio de névoa e lama. Aquela criatura não era Ferri. Era uma forma em decadência.

— Não — o moribundo conseguiu dizer e dobrou os joelhos contra o peito, ao ser atingido por mais um espasmo.

Ela se ajoelhou e tomou-lhe a mão quente, inclinando o rosto sobre o dele. O odor de putrefação atingiu-a com violência. Algum eco da voz de seu pai, frágil como o odor de rosas mortas, lhe sussurrou, em meio ao pútrido cheiro: a decadência é a face escura do crescimento, o prelúdio necessário à nova vida. Que vida essa alma inocente ganharia com tal morte?

— Ah, por que não me disseste? — sussurrou. Lágrimas, que podiam ser de remorso, inundaram-lhe a face. — Eu o teria salvo. Se eu tivesse sabido!

Ele estremeceu. Seus olhos tentaram falar, cavernosos sob as pálpebras pesadas, semelhantes a placas. Ela começou a balançar a cabeça como uma louca, engolindo ar. O médico, alarmado, tentou afastá-la. Ela silvou para ele como uma cobra:

— João não morreu de disenteria, não foi? — disse ela. — E todavia você mentiu para mim. Por quê? Achas-me tão tola que acreditaste que eu o veria morrer da mesma forma e não desconfiaria?

— Iolanda — murmurou o marido. Os lábios estavam partidos e cheios de chagas. — Teu pai. Ele, eu — e voltou a dobrar o corpo —, Tours — conseguiu balbuciar.

Tours. Ela começou a procurar freneticamente, por entre fragmentos de lembranças que cintilavam, à semelhança de espelhos, à medida que passavam. A menina de olhos prateados. A pálida rainha grávida. Margarida, vituperativa e violenta. Seu pai, sorrindo. As brancas mãos moventes do rei e o frágil anão equilibrando fruta, equilibrando, a fruta.

— Ah, Jesu, eu sabia, eu senti — ela começou a dizer. — Tomaste o veneno que era para meu pai.

Um ato sacrifical de amor: o cavaleiro sem medo e sem mácula. Por trás de sua aparente nobreza, o ato de desespero era evidente para os olhos dela, que viam demais. As conseqüências de sua própria paixão irrevogável: o fato de esse homem, com quem vivera por vinte e cinco anos, deixar de existir. Suas mãos, autônomas, estavam-no tocando e acariciando. A pele quente e endurecida, os lábios partidos.

Ele não era um homem vingativo. Um pouco hesitante, tentara libertá-la de sua carga de culpa.

— Não — disse ele, com lábios quase imóveis. — Não, não por causa de. . . não tu. . . Pensei em ajudá-lo. Parecia — tremendo, estremecendo — teu filho — murmurou.

O filho, de pé, olhava sem entender, todavia sabendo, pelo aspecto intacto de sua própria carne jovem, que ele e o homem em vias de morrer, a quem ele amava, não tinham o mesmo sangue.

— Iolanda — disse a vítima numa voz mais forte. — Iolanda. O rei. Deves. . . Ele, ele. Tu. . . — Não conseguiu terminar, talvez por temer uma crucifixão adicional.

— Jamais o vi, jamais lhe falei — ela começou a dizer, apegando-se ao hóspede que partia.

Mas, em algum momento, durante sua luta com um antigo remorso, a sua alma se partira.

Eles descobriram que era necessário arrancá-la de perto da forma morta e arrastá-la do quarto tomado pelo mau cheiro, ora habitado tão-somente por algum triste fantasma de suas próprias lembranças. Ela chorava compulsivamente, entregando-se à fúria como um pássaro que é abatido. Abraão Salomão meteu tintura de beladona entre seus lábios, e sentou-se ao lado do leito até que ela ficasse entorpecida e sonolenta. Ele a deixou quando o vento vindo do rio diminuiu seu uivo incessante no orifício da chaminé e as velas, velhas e difusas, se foram apagando por sobre sua face adormecida.

Emergi a tempo daquele mar denso e amargo de sonhos envenenados, Vossa Graça, e em princípio não me recordei de quem era ou de onde estava. Uma fímbria de lua se aglutinou, flutuando na escuridão emoldurada pelo arco da janela. As velas que o médico deixara a arder se haviam tornado pequeninas chamas. O pétreo peso da encarnação exercia sua força sobre mim. Até a lua ainda não crescera o bastante para prometer o ciclo da renovação.

Deve ter sido o som de vossa respiração ou algum tênue odor familiar de fogo ou floresta que me arrancou do frágil conforto da lua. Das profundezas dos meus sonhos, eu talvez vos estivesse esperando.

Eu disse: tu te atreves a vir até mim agora. Sabias desde o início a respeito de João. Sabias o que Luís faria. Poderias ter ajudado meu marido.

Enganas-te, Iolanda, vós me dissestes. Não tenho poder para furtar um homem da escolha de suas próprias ações. Seja essa escolha de nobreza ou de autodestruição. Vossa voz era a mesma de que eu me recordava. Inalterada, embora um quarto de século se tivesse passado.

Eu disse: João não escolheu sua morte.

Vós me dissestes: eu não podia prever o que aconteceria a João em Barcelona. Não sabia tudo. Só muito mais tarde soube que teu irmão seduzira a rainha. Ele devia ter imaginado as conseqüências.

Tu o seguiste ao leito dela, disse eu com desdém. E todavia esperas capacidades divinas dos outros.

Não, dissestes, não. Apenas a circunspecção comum. Mas esse não é um dom angevino.

As velas prestes a se apagar douravam a linha fina de vossas bochechas, bem como o sombrio ouro tecido em prata de vossos cabelos descobertos e os olhos descoloridos. Vós também havíeis envelhecido: quanto?

Eu disse: sabias por que meu marido desejava morrer?

Uma tênue perplexidade, ou dor, tocou vossa face. Começastes: algumas vezes acreditei. . . A pergunta não formulada pendia no ar que havia entre nós. Mesmo vós, Vossa Graça, com vosso orgulho e linhagem, não a podíeis fazer.

Na noite em que o fragmento da lua, semelhante à haste de uma flecha, estava entre meus ombros, eu não podia humilhar o homem morto como havia humilhado o vivo. Eu vos disse: Tu estás errado. Ele é filho de Ferri.

Penso que suspirastes: um som pálido, como uma leve brisa. Poderia ter sido apenas o vento do rio, penetrando na chaminé.

Vem comigo, dissestes. Caminharemos na floresta. Vou mostrar-te um mistério e contar-te uma história.

Entre os carvalhos, abaixo da colina coroada com sua pétrea tiara de torres, um desagradável odor de seiva elevou-se diante de mim. Ferri e João haviam caçado ali; os fantasmas ainda podiam estar à procura de algum veado adulto incorpóreo ou de algum porco-varrão espectral, por entre os ciciantes arbustos. Pela cobertura de galhos nus, o confortante fio de lua derramava os resquícios de uma luz aquosa.

Havíeis levado um candeeiro fumarento. Ele iluminou uma pedra, fria e branca, colocada numa clareira. Ao seu redor, os carvalhos formavam um círculo, como mulheres hesitantes que não se atreviam a entrar numa dança. Uma névoa de sonhos de beladona formou-se diante de meus olhos, enquanto a pedra parecia tremeluzir.

Dissestes: ainda estás drogada pelas poções do médico.

Vossas vestes, Vossa Graça, eram de uma lã marrom grossa e de má qualidade: haviam sido feitas de turfa ou de cortiça. Por entre o nevoeiro de luz pontilhada, vosso corpo se confundia com a floresta ao meu redor, tendo a cabeça desmembrada, flutuante, como a lua e a pedra.

Agachei-me na terra e disse: estou cansada. Como se eu mesma tivesse morrido. Creio que o teria preferido.

Vós sorristes, Vossa Graça, e dissestes: não é curioso como a morte serve para nos recordar? Lembrar-nos de que são os vivos que morrem ao nascerem e de que os mortos, por seu turno, vão para a vida.

A terra na qual enfiei os dedos era fria e úmida. Teria cavado minha própria sepultura, tendo a pedra como lápide.

Nada posso fazer quanto ao teu sofrimento, vós me dissestes. Mas posso mostrar-te um segredo. Olha, Iolanda. Olha a pedra.

Com as mãos cheias de musgo e terra, eu olhei. Uma antiga coluna branca de pedra calcária, que talvez significasse alguma rota pela floresta. Visigoda ou romana. Lisa como se polida, ou gasta pelo incessante respirar das árvores circundantes. Apenas um pouco alta: uma pedra pequena.

Uma pedra enterrada na terra negra, a quantas braças de profundidade? Uma pedra que poderia ter sido uma árvore, plantada ali antes de qualquer árvore, montanha ou mar terem nascido, com raízes de pedra que bebiam a muda vida mineral de um centro distante. Uma árvore amputada pelo meio, sem casca, revelando a pele prateada. Morta, mas talvez à espera de outra estação para fazer brotar um rebento ardente.

Olha outra vez, ordenou vossa voz desencarnada.

Uma árvore oca, um toco: o que preenchia o seu núcleo? Uma taça, aberta ao orvalho, à chuva ou ao luar. Ou alimentada por alguma fonte sob a terra.

Dissestes: outra vez.

Osso branco como carne. Lisa o suficiente para ser acariciada, como a pele perfeita de uma criança. Uma branca criança enrodilhada, que caíra do ventre de algum demiurgo lunar de passagem, enrolada num ovo fetal na terra e nutrida com seiva de folhas espectrais e com o sangue de animais noturnos.

Outra vez.

Uma criança morta, um crânio, um crânio real, digno e austero, com a linha fina da trepanação circundando a coroa, de forma que o espírito pudesse obter uma fácil libertação de sua teia presa à terra. Um rei sacrificado.

Olha, Iolanda, dissestes. Olha outra vez.

Aquela cabeça falante: a cabeça de Ferri, uma cabeça de morte encolhida e murcha, mas, em seguida, miraculosamente transformada, cheia de carne, vistosa, com compreensivos olhos de pálpebras pesadas. Olhos sem acusação e sem sofrimento, olhos sem medo, que tinham apenas perdão e amor. E, então, o meu próprio rosto, talhado em pedra branca, coberto de sombras por uma coroa de escuridão, como mechas de cabelos de bruxa, sobre a fronte pálida. Eu mesma.

Tiferet, dissestes com suavidade. Aquilo que é como estar em Deus. Não me acreditas? Eu te digo: olha ali, em tua própria face. Não o perdeste. Tudo que ele foi também está dentro de ti. Não há separação na fonte; nem culpa.

Mas eu já não vos podia ouvir, Vossa Graça. As lágrimas que curam finalmente surgiram de alguma fonte secreta sob a terra. Não lágrimas violentas e raivosas, mas as claras lágrimas do sofrimento comum. Um dia, eu aceitara com coragem a dor de partos difíceis, de crianças mortas. Também era necessário aceitar mais essa.

Dissestes: contar-te-ei uma história a respeito de teu pai.

Não, eu disse. A pedra. Primeiro fala-me da pedra. De onde veio? Há quanto tempo está aqui?

Ah, a pedra, dissestes, andando em círculos como um lobo ao redor de uma fogueira, trilhando sem cessar o anel de carvalhos em sentinela. Esta pedra sempre esteve aqui, dissestes. Sempre há pedras. Elas estão em toda parte. O modo como as vemos, eis o que importa.

Reis de árvores, terra, pedras: mas vós, Vossa Graça, podíeis suportar de algum modo vossa dualidade de espírito e carne sem dor. Meu pai não o podia; nem eu, uma mulher, cruzar o abismo entre o que experimentara como vida e aquilo que acabara de conhecer como morte. No meio, a pedra imperecível poderia ter sido a minha ponte. Mas que faria com minha carne, na qual o sangue ainda fluía, não totalmente espírito, lamentando-se por outra carne que perdera? Então, eu não quis ver a vossa magia, mas apenas simples fantasias, tais como aquelas que eu conhecera nos sonhos da infância, quando meu pai era um perfeito e reluzente cavaleiro e nos quais pavões, centauros e unicórnios pintados me guardavam, talismânicos, das trevas.

Não quero falar-te de meu pai, eu vos disse, pois a raiva era, para mim, mais fácil do que aquele novo temor. Eu disse: terminaste com ele há muito tempo. Tu o traíste junto a Luís. Eis por que Luís tentou dar-lhe veneno, em Tours. Eis por que meu marido está morto.

Não, dissestes. Enganas-te. Eu não o traí. Luís tinha veneno bastante, sem o benefício do meu. Iolanda, dissestes, entendo mais do que percebes. Entendo os sonhos de teu pai, assim como os anseios dele. Não me odeies, Iolanda.

Mas tu o desprezaste, eu disse, porque ele não pode ser aquilo que desejas. Porque ele não é assassino, ao contrário de Luís. Não podias ver, não o fracasso dele, mas aquilo que ele conseguira?

Dissestes: não. Não posso fazê-lo. Ele já não é útil. Não o desprezo. Eu o amei. Mas já era demais. Ele não pode me servir a mim e aos próprios sonhos ao mesmo tempo. A coisa que ele cria é uma criança de crescimento demasiado lento. Esse caminho atenuado, esse rio que impulsiona seu curso vagaroso entre as pedras de séculos. Sei o que ele conseguiu. Mas não há tempo para esse caminho. Luís vai destruí-los a todos. Não tenho filhos, dissestes, com amargura, caminhando sempre e sempre em torno da pedra iluminada. Pensei. . . Mas não tenho filhos. Preciso de uma espada, pois não tenho filhos.

Quando criança, vós me dissestes, teu pai foi conduzido a este lugar, a esta pedra. Contava, então, oito anos. Um ano depois de Agincourt, quando Henrique, o tirano da Inglaterra, declarara-se rei da França. Era uma bela criança o teu pai, assim me disseram. Cabelos dourados, pele branca manchada de rosa e profundos olhos azuis como os de um anjo num altar de catedral. Eles trouxeram teu pai à pedra. Meu pai o conduziu. Ele fitou-a, essa criança de oito anos, e disse: Ora, é um bebê. Ou uma xícara. Um crânio. Uma árvore. É o centro. Ele bateu as mãos, Iolanda, e sorriu, e correu ao redor da pedra, como se participasse de algum jogo infantil, exclamando: uma árvore, uma xícara, um bebê, um crânio. E assim eles souberam que ele podia ver.

Eu disse: tu te arrependeste dessa escolha. Não querias um homem capaz de ver. Querias uma mente que pudesse tecer teias e derramar veneno nas taças dos reis. Devias ter escolhido Luís.

Sorristes, Vossa Graça, e vossos dentes claros brilharam como a pedra. Dissestes: teu pai teria escolhido Luís. Ele queria que Luís o sucedesse como grão-mestre, para ser a minha espada. Em Sainte Baume, ele tentou exorcizar a coisa que habitava o sobrinho. Não deu certo. Teu pai então perguntou se Carlos de Borgonha poderia segui-lo. Pensei comigo mesmo: talvez. Ele tem coragem. Assim, fui a Dijon, para observar o homem que poderia um dia ser meu grão-mestre.

Sim, eu disse. Dijon. E o que encontraste em Carlos de Borgonha, em Dijon?

Aquilo que encontraste, Iolanda. As sementes de sua morte. E agora teu pai escolheu finalmente a pessoa que eu teria escolhido. Finalmente.

Esperastes expectantemente, Vossa Graça, como se me oferecesses um brinquedo de criança. Sabíeis, na época, que apenas a dor e o rancor, e não a gratidão ou a admiração, abriram minhas mãos para receber o presente? Eu apenas vos olhei, enquanto vossa face se turvava e demonstrava perplexidade. Eu disse: sim, oh, sim. Meu pai ter-me-ia poupado. Mas tu, tu de forma nenhuma vais me poupar.

Sorristes outra vez, e elevastes o candeeiro à altura de meu rosto para que sua luz vos escondesse os olhos, e dissestes: permaneceste a mesma ao logo dos anos, Iolanda. A mesma.

Tomastes minhas mãos, Vossa Graça, e vosso toque não era menos ardente do que fora há anos. Pressionastes minhas mãos sobre a fria terra negra. Dissestes: senti a pulsação do solo. Que deuses habitam esta terra?

Os deuses da Lotaríngia, disse eu. Não sei o que eles são. Há uma frenética escuridão aqui e uma luz brilhante. Não sei.

Dissestes: olha para o leste. Lá, pelas nuvens tempestuosas, caminha o deus de um olho só, cavalgando, com suas hordas de guerreiro, cavalos furiosos, num tropel sobre ventos uivantes, vomitando o caos da loucura e da magia. Esse é o rei do Reno. Olha para o sul. Ali Ela vaga, cor de pomba, doce como mel e vinho acre. Esses dois, encontrando-se no solo da Lotaríngia, que união podem formar? Que criança pode nascer? Talvez, um dia, pudesse ser uma criança sagrada. Mas olha para cima, para a forma que Roma fez, descendo sobre a terra. O deus sem mácula, a Vítima, nascido puro do ventre de uma virgem não maculada pelo pecado carnal. Um deus que não pode procriar, um deus que desdenha a terra. Que traz os dons do sacrifício e da culpa, e que teme a mulher na mulher e a mulher no homem. Que diria esse deus quando observasse, horrorizado, a cópula iniciada há tanto tempo? Que maldição proferiu? Não podes ver que terror, que culpa, que violência estão florescendo nesse momento no solo da Lorena?

Mergulhei minhas mãos profundamente, Vossa Graça, e espalhei a marga negra nas palmas, atirando fora meus sapatos de delicado couro espanhol que meu marido me havia dado, para que pudesse enterrar meus pés na terra. Eu disse: que fazemos, então, com este solo?

Dissestes: nós conjuramos. Conjuramos em desespero, para que não se perca toda a esperança desse casamento divino. Para que o senhor de um olho só e sua sensual noiva não sejam condenados a uma fúria agrilhoante pelo juiz celestial. Para que não despejem sua vingança, mais tarde, num mundo que, imerso no zumbido de castas orações da meia-noite, esqueceu que eles foram os Primeiros. Conjuramos a fim de que os deuses fiquem aplacados. Para que os deuses possam ser redimidos. Somos vasos, Iolanda. Taças. Crianças. Árvores que geram novos ramos. Reis sacrificais. Ainda desejas morrer?

Desejo amar-te, eu disse. Estamos ficando velhos. Desejo amar-te.

Por que, então, dissestes, não me vais tocar?

Vossos lábios moveram-se suavemente sobre a pele do meu pescoço, e em minhas sobrancelhas, e suas mãos em meus seios; e os músculos tensos de vossas coxas fizeram forte pressão contra mim, e eu estava caindo e caindo, outra vez, no fogo.

Afastei-me raivosamente de vós. E vos disse: porque o cadáver de meu marido aqui jaz, sob esta pedra.

Sorristes outra vez com pesar, ou com ira. Bem, dissestes, que importa? Vi que começáveis a afastar-vos, a tornar-vos tênue, a desaparecer entre as árvores. Mesmo o bruxuleio de vossos olhos começou a se reduzir: um animal noturno que se esvanecia nas trevas. Vossa voz disse: já nos unimos pela carne, Iolanda. Já há uma criança crescendo dentro de ti, embora seu nascimento demore décadas. Tu me dizes que deste à luz o filho de Ferri. Eu teria desejado que fosse de outra maneira. Mas não importa. Dar-me-ás outra espécie de filho, vós me dissestes, e vossa voz dissolveu-se na distância. Eu e tu, Iolanda. Uma criança informe.

Quando despertei, a fímbria da lua desaparecera. Vestígios de vento ainda murmuravam na chaminé. Uma madrugada falsa começara a manchar o céu. Passado um longo tempo, Vossa Graça, tomei consciência da terra negra grudada em meus dedos, espalhada na barra do meu vestido, impregnada na palma das minhas mãos.

Parte quatro

Luís

O Leão
1471 - 1476

"É assim, ó Asclépio, o homem é um magnum miraculum, *um ser digno de reverência e honra. Pois entra na natureza de um deus, como se fosse deus ele próprio; tem familiaridade com a raça dos demônios, sabendo ser da mesma origem; desdenha aquela parte de sua natureza que é apenas humana, porque depositou suas esperanças na divindade da outra parte."*

Corpus Hermeticum

XI

Ele jazia, mergulhado num sonho como um inseto aprisionado em âmbar. A fumaça e as cinzas de fogueiras invisíveis apegavam-se às suas bochechas e aos lábios como um âmnio endurecido. Em algum lugar, entre as moitas de grama, ele perdera a coroa. Vira as extremidades douradas das *fleurs-de-lys* se esvanecerem entre o faminto emaranhado de verde. Nada havia que pudesse identificá-lo como o rei. Ramos espinhosos golpearam-lhe o manto, que agora pendia em frangalhos dos ombros. Às suas costas, o rumor da floresta zumbia: um som semelhante ao do mar numa tempestade ou de um grande bando de lobos; soava também um rufar semelhante a batimentos cardíacos. Entre os troncos vestidos de hera, ele só podia discernir sombras, assim como uma chuva de cinzas descoloridas. E, todavia, eles ali estavam, aos milhares; assim como o homem que os liderava. Aquele que, nas dobras do sonho, fora reconhecido, mas não nomeado. Aquele cuja fronte estava manchada com um sinal vermelho cor de sangue. Ao seu redor, a horda e a criatura que eles haviam conjurado, algum monstro ou gigante, moldado em terra avermelhada.

Até o sol unira-se a eles. Pregueando por sobre a copa das árvores, dilatara-se e ficara púrpura como uma ferida infectada. Ele tinha consciência da miríade de olhos que se achavam entre os ramos dos carvalhos. Eles podiam surgir a qualquer momento de entre as árvores, trazendo seu imponente homúnculo atrás de si. Agarrando-se aos tropeços a outeiros e pedras brancas, ele correu, mas pareceu ficar onde estava: uma figura cinzenta debatendo-se eternamente e sem progresso numa urna. O tambor soou por trás de seus olhos. No oeste, onde o céu contundido enegrecera, ele podia ver a mancha luminescente do arauto celestial: um cometa, uma estrela branca de cauda dourada.

A floresta se estilhaçaria sob seus uivos, passos pesados e gritos. Ele também perdera o grande anel com o timbre real fixado por três diamantes, bem como o sinete que costumava ficar preso ao seu pescoço por uma corrente de ouro. Se estivesse usando a coroa, eles poderiam entender que ele era o rei. As cinzas sob seus pés despedaçavam-se com um som que lembrava dentes rilhados. Quando a floresta afinal os vomitou, ele já começara a cavar freneticamente com as mãos buscando no solo indomável o brilho perdido do ouro. Com a língua de fora como lobos, a horda avançou: homens branco-prateados como leprosos ou espectros. Um exército de mortos, todos trazendo os sinais sangrentos na fronte ou no peito. O líder, estranho e, todavia, conhecido: apenas um borrão de luz, com olhos cor de lua, armado com uma monstruosa espada de ferro. E eles então trouxeram das sombras a forma que semelhava um homem mas não era homem, e o alarido ensurdecedor de suas vozes elevou-se como fumaça na direção do céu; as árvores foram tomadas pelos sons e as chamas, enquanto o tambor explodia e o rei da França acordava gritando na escuridão.

Escutou por algum tempo o rufar dos punhos batendo na porta do quarto. Após um momento, um ruído de passos tímidos tomou forma; eram os dois camaristas, que dormiam em catres no chão. O estalido familiar do acendedor soou de modo sombrio, assim como a silvante chama de uma vela e uma conversa sussurrada à porta. Seus rostos, cinzentos na penumbra, espreitaram por entre as cortinas.

— Vossa Graça — disse um deles —, M. de Commines, com um mensageiro.

— Traze-me vinho — exclamou Luís. Os lírios bordados da França floresciam, tranqüilos e intocados, no dossel. Ele ainda era o rei. Levantou-se e manteve-se de pé, desnudo, tremendo, enquanto o vestiam com seu manto e lhe traziam a taça.

Filipe de Commines, secretário do rei, entrou no quarto. Seu ar de sonolência tornou-se indistinto e transformou-se. A palidez do rosto anunciava com eloqüência a natureza das notícias. Por trás dele o mensageiro cambaleante estava sujo e sem fôlego, de olhos arregalados e dilatados. Luís preparou-se. Apenas a guerra ou a morte trariam um homem ali no meio da noite. A possibilidade de guerra, naquele momento, era ínfima. A Inglaterra ainda se recobrava de sua sangrenta crise, e seus nobres encontravam-se demasiado empobrecidos para se rebelarem contra ele. As possibilidades de morte, por seu turno, eram inúmeras. Ele só temia uma delas. Havia um filho agora; a pequena prostituta finalmente dera à luz um filho homem. De apenas um ano de idade. Mas era um filho. E herdeiro, com seus olhos negros, um longo nariz e frouxos lábios protuberantes. Dele. Mas o menino encontrava-se em Chinon, com a rainha. Esse mensageiro viera de Amiens. Luís não conseguia pensar em ninguém de Amiens cuja morte tivesse alguma importância.

— Vossa Graça — disse o mensageiro. Ninguém lhe ofereceu vinho. Ele tentou lamber os lábios, que estavam cheios de pó. — Trinta mil soldados borgonheses cruzaram as fronteiras da Picardia. Incendeiam e saqueiam. — Olhou para o secretário, buscando garantia; mas o secretário havia desviado o olhar. — Nós nada sabíamos, nada. . . Carlos, duque de Borgonha — disse o mensageiro —, declarou guerra à França. E dez mil homens marcham com ele, sob os estandartes da Lorena.

O rei manteve-se imóvel, contemplando a lareira. Seus dedos movimentavam-se de um modo irritante. O mensageiro ficou pensando se ele de fato ouvira suas palavras.

— Vossa Graça — o homem recomeçou.

— Sai — disse Luís.

Ele pensara em tudo, mas não nisso. Que o homem se atrevesse! A coisa aprisionada em seu íntimo uivou com alegria feroz diante da carnificina incipiente, aprisionando-o em seguida no interior do alambique selado de seu próprio pavor. Alguém enchera a cabeça daquele louco com sonhos de uma restauração lotaríngia. Alguém o informara de que ele era um rei.

Luís recordou-se da rebelião em Liège, bem como dos insolentes e grosseiros gracejos de seus carcereiros borguinhões. Lembrou-se do terror que lhe soltara vergonhosamente os intestinos. A sombria face sorridente do duque, com olhos de besta cheios de luz e pesados lábios sensuais. Murmurando: lembra-te, M. Luís. Lembra-te de que a Borgonha te coroou. Que foi meu pai quem te pôs a coroa na cabeça em Reims. Lembra-te de que a Borgonha pode destronar-te, se assim o desejar.

Antes disso Luís jamais sentira medo de um homem. Exceto um, numa sala recheada de fragrante fumaça de zimbro, com um anão branco cheio de risotas que o contemplava enquanto ele fugia das mandíbulas rosadas. Nesse momento ele sentira medo. Mas nunca mais. A guerra não tinha o poder de amedrontá-lo: ele amava o êxtase frio do campo de batalha. E, no entanto, em Liège, começara a temer aquele louco. Algo lhe chegava à memória, vislumbrado através de um vidro opaco. O pensamento fugidio tremeluziu e desapareceu.

— Temos algumas dificuldades, Filipe — disse o rei. — Vem comigo ao gabinete. Trabalharemos até o amanhecer.

O secretário deu de ombros, como a dizer: a culpa não é minha. Era um jovem borgonhês, cujo pontudo rosto de furão pesava sobre o corpo curvado. Luís o conhecera em Liège, tendo-lhe comprado a lealdade mais tarde por quinhentas coroas e a promessa da posse de terras na Borgonha. Não era especialmente competente nem confiável. Mas era grato. Tivera acesso aos negócios da corte em Dijon. Seus ouvidos eram adequados aos buracos de fechadura e seu afilado nariz agudo, dotado de peculiar sintonia com o cheiro dos comentários de cozinha. Agora seus olhos ficaram oblíquos, como se dissessem: eu vos poderia ter alertado. Afinal de contas, vós o começastes.

Uma carta inacabada, dirigida ao rei Eduardo da Inglaterra, jazia na escrivaninha. O pergaminho sorria para ele, quase em branco. Caríssimo primo e excelentíssimo amigo. Que poderia ele ter dito ao rei da Inglaterra? Caríssimo primo: ofereço-te minhas profundas desculpas por minha recente tentativa de destronar-te. Apresento-te meu profundo arrependimento pela minha mais recente manobra no sentido de matar teu bem-amado *beau-frère,* o duque de Borgonha. Caríssimo primo: ofereço-te minha contrição, minha humilhação, minha vergonha. Minha derrota.

Luís despedaçou o pergaminho e atirou-o no fogo. Naquelas tênues horas enfraquecidas da noite, em que sonhos malditos lhe aterrorizavam o sono, ele por vezes esquecia que era um homem racional e imaginava se seu reino não seria amaldiçoado. Onze anos de reinado e uma nobre visão digna de qualquer grande monarca da cristandade. Onze anos de eloqüentes cartas e negociações inspiradas: brilhantemente preparadas, arquitetadas com delicadeza. Instituíra novas reformas fiscais e transformara o exército numa excelente máquina de luta. Reorganizara as cortes e dera aos clérigos mais liberdade com relação a Roma. Tomara Roussillon do rei de Aragão e recuperara a Normandia de seu irmão. Estabilizara a Itália, por meio de sua amizade com Milão. Levara as casas nobres à bancarrota e enchera os cofres do Estado. Tendo tempo, anexaria territórios ainda maiores à coroa. Tinha apenas quarenta e nove anos.

Era urgente ser lembrado como um grande rei. Onde, em todo o mundo, havia um dirigente de mente tão atilada e de língua tão persuasiva? No entanto, algo sempre se frustrava. Fios se partiam e enredavam. Armadilhas falhavam. Como se ele combatesse um miasma invisível, infeccioso e misterioso como a peste. A maldita *noblesse.* Mesmo agora, com a guerra civil há muito terminada, seus espiões o informavam de que haviam sido reiniciadas conversações entre seu irmão e o duque de Bretanha. Que mensageiros disfarçados passavam da corte de Dijon para o velho imbecil de Tarascon.

Ter atacado uma coisa, tê-la matado, ter caminhado sobre seus ossos. E, de repente, vê-la levantando-se como uma hidra de túmulo, fazendo brotar cabeças, interminavelmente. O duque de Borgonha e Nicolau, o estouvado rapazote de vinte e dois anos chamado duque de Lorena. Que eles se atrevessem! Luís imaginou se não deveria envenenar todos eles.

A questão da Inglaterra servira de prelúdio. Fora um excelente plano, pensou Luís, enquanto o pergaminho rasgado ardia nas chamas. Um de seus melhores planos. O casamento, finalmente realizado solenemente entre a filha de rosto cor de leite de Warwick e o filho da cadela angevina. Dizia-se que o rapaz era bastardo. Para Luís, cujo próprio pai tivera um nascimento envolto numa eterna penumbra de sussurros e risotas, o menino não passava de um útil peão, destinado a restaurar Henrique no trono inglês, sob a influência de Warwick. A frota, destinada a invadir: bons homens, homens selecionados, nos melhores e mais rápidos barcos. No final, a humilhação e a derrota. Warwick e o rapaz, mortos no campo de batalha, e o rei idiota estrangulado na Torre, tendo a irada mulher ido para a prisão, com o espírito finalmente alquebrado. E o encharcado bêbedo dourado no trono inglês. Caríssimo primo! Aqueles dois, Eduardo de York e Carlos de Borgonha, amorosos cunhados jurando lealdade eterna em majestosas taças cravejadas. Rindo dele.

Luís declarara Borgonha anexada à coroa francesa, confiando na promessa, da qual se gabava, de que o exército inglês de Warwick navegaria em sua ajuda depois de ter realizado sua própria tarefa. Mas não houve exército. Era um exército de espíritos, destruído com Warwick entre as flores de uma doce primavera inglesa. Agora, a besta louca buscava vingança.

As mãos brancas, agitadas e trêmulas, buscaram mais uma coisa para esmagar. Pegaram outra carta, que só fora enviada naquela tarde. Um suave odor exsudava dela, escrita num latim elegante por refinada mão italianizada. Poderia ser um soneto de amor, caso não tivesse sido tomada de um mensageiro disfarçado que, mesmo nas entranhas de Loches, não falaria. Aquele indestrutível íncubo, semelhante a uma forma de pesadelo, que podia ser feito em pedaços e, não obstante, tal como Dioniso, voltava a unir-se, integral e zombeteiro.

Dirigiu-se para a janela. Com dedos contraídos, afastou as cortinas, expondo o céu nu que a madrugada ainda não vestira. Este se encurvava, negro, em brilhantes dobras, ponteado pelas constelações das estrelas do inverno. No norte, a Ursa pendia, funesta como uma segadeira, favorecendo quarenta mil soldados inimigos.

— Creio, Filipe, que chegou a hora de me ofereceres alguma indiscrição acerca dos segredos do teu antigo mestre. — A carta ficara em suas mãos, queimando. — Já combatemos a Borgonha antes — disse Luís, com total controle. — Perdemos mais homens e mais cidades. E então o duque de Borgonha ficará entediado, como costuma fazer, e proporá a paz, e irá tomar algum outro território dos domínios do imperador. Essa eterna batalha fútil com um louco. Ah, Filipe! — suspirou. — Parece que não posso destruí-lo no campo de batalha. Mas posso tirar-lhe os aliados, um por um. Penso no futuro, no plano mais amplo. Posso derrotá-lo com vilezas. Já derrotei outros com boatos, rumores, insinuações. Ninguém é imune. Tens um dom para descobrir vilezas. Dize-me. — A voz persuasiva cintilava como uma bolha nos lábios frouxos. — Necessito com urgência de armas dessa espécie, Filipe. Vê bem; há notícias mais infelizes. Eu não te disse. Interceptei uma carta deveras perigosa. Eis por que devo encontrar algo com rapidez, algo que o envergonhe aos olhos do mundo.

Filipe de Commines leu o pergaminho. Nele o rei da Sicília dava garantias de amizade ao duque de Borgonha, oferecendo uma dávida em troca do casamento de Maria de Bourbon com Nicolau de Lorena: a herança da Provença.

— Ah, Vossa Graça — disse o secretário, parecendo aflito. — Isso é traição, quando estamos em guerra.

— Não propriamente traição, Filipe. Meu tio pode dar seu *comté* da Provença a quem lhe aprouver. Trata-se de um feudo imperial. Mas vê o problema que enfrento. Sabóia já está saturada de tropas borgonhesas. Temo que, quando ficar cansado de queimar minhas cidades da Soma, o Leão de Borgonha possa pôr os olhos sobre a Sabóia. A oeste dali, está a Provença. E se a Lorena e a Borgonha se unirem pelo casamento, bem, trata-se de um grande bocado da Europa. Devo persuadir meu tio de que sou um herdeiro mais apropriado do que o louco Carlos de Borgonha. Delicadamente. Não vou desejar fazer mal ao rei da Sicília. Mas preciso de algo, Filipe. Uma história que choque a cristandade, que possamos fazer chegar aos ouvidos do imperador, do papa, à Inglaterra. Algo que mesmo meu tio não possa suportar. Dize-me que ele mata criancinhas, como Gilles de Rais. Ou que violou a condessa de Vaudémont. Ou que cospe na cruz. Alguma coisa, Filipe.

O secretário tossiu com dificuldade. Ouvira algo nas cozinhas que o deixara assustado. Essa noite exsudava um odor sombrio.

— Temo — disse Filipe de Commines — que vou ter de inventar uma história, Vossa Graça. Ele é um homem impoluto. O pai do duque teve trinta e três concubinas e foi pai de vinte e seis bastardos. Carlos de Borgonha não tem nenhuma. Diz-se que honra a esposa, embora jamais lhe faça visitas; diz-se também que obedece às leis da Santa Igreja. Não há nada. Ele se regozija de matar, mas apenas na guerra. Há as histórias corriqueiras acerca de belos pajens. Mas creio que sua origem é o despeito. Dizem que é homem casto.

— Dizem, dizem — arremedou Luís, de modo irritado. — Vamos, vamos, Filipe. Não há regente casto em toda a cristandade. Nem mesmo o papa é casto. Tampouco eu. É uma questão de grau e de circunspecção.

— Vossa Graça — murmurou Filipe de Commines —, há algo que vos devo falar. Disseram-me algo nas cozinhas ontem à noite.

Luís suspirou num súbito desgosto, como se tivesse levantado uma pedra e tocado alguma coisa pegajosa que se encontrava debaixo dela.

— Os servos — prosseguiu o secretário. — Sabeis como eles murmuram na lua nova, Vossa Graça. Eles dizem — começou a dizer, tossiu e silenciou.

— Sim, Filipe. Que dizem?

— Que há uma profecia. Um portento do céu que prenuncia males para o rei.

Luís produziu um som ao tentar cuspir algo de sua boca. Levantou-se, olhando de modo ameaçador.

— Não quero saber de tolices crédulas, Filipe — disse ele. Eu quero é saber de falatórios úteis, com alguma base factual, que possamos distorcer e propagar. Já te falei que não quero saber de conversas sobre profecias, feitiços, maldições.

— Mas, Vossa Graça. . . — disse o secretário.

— Meus inimigos — disse Luís, pacientemente — são eminentemente de carne e osso. Lideram exércitos feitos de carne. Consistem da Casa de Anjou-Lorena e da Casa de Borgonha.

Não são formas espectrais, nem portentos do céu. Tolo — exclamou —, por que te comprei?

— Ainda não conheceis vossos inimigos, Vossa Graça. — Aflito, tentou encontrar os olhos furiosos do mestre. Dedos brancos se enroscaram em torno de sua garganta.

— De quem falas? — disparou Luís. — A quem proteges? — Um som sufocado emergiu dos lábios do secretário. Ele tentou livrar-se dos dedos estranguladores.

— É vosso próprio povo, Vossa Graça. Não compreendeis? Esses servos. Eles falam de uma profecia, de um portento. Sim, tolices crédulas. Mas eles disseram, Vossa Graça, disseram: oraremos para que essa profecia seja verdadeira. Eles oram por vossa morte, Vossa Graça. Vosso próprio povo francês. Ingrato, diante de tudo que fizestes. É fácil que homens como o duque de Borgonha os levem a se rebelar contra vós.

O rei da França soltou abruptamente o servo, que logo correu para a parede. Atirou o pergaminho ofensivo no fogo e dirigiu-se à janela, olhando para o oeste, ponto em que as estrelas tremeluziam com insolência sobre as dobras negras do céu. Ele ali estava, mal visível antes da madrugada: um cometa, uma estrela branca de cauda dourada.

O pergaminho em chamas começou a exalar seu odor pela sala. Ele a reconheceu então, a coisa que se furtara a ele. Retrocedendo pelo longo túnel dos anos de reinado, chegou à Borgonha, onde ficou escondido esperando o pai morrer. Conhecera o conde de Charolais na corte de Filipe, o Bom. Mesmo então, cada um deles vendo talvez alguma sombra especular distorcida nos olhos do outro. Um arrogante e apresentável jovem, com um rosto de cor vívida e uma pesada juba negra. Um corpo tenso, de músculos fortes, lutando contra a seda magnífica. Um homem vaidoso que discutia em voz alta e de modo incessante com o pai e os amigos. E um tímido perfume de água de jasmim, cujo odor penetrante flutuava ao seu redor enquanto ele caminhava, como um véu de mulher.

Luís lembrou-se de Liège e da casa onde ficara prisioneiro. Rememorou o mau cheiro dos cavalos e do ar carregado de vinho amargo e vômito dos soldados embriagados, assim como os fortes perfumes das mulheres no acampamento. A face sombria do duque, e o odor que ele vestia: mas, então, já não era o jasmim, com suas lembranças de noivas de branco. A fumaça da lareira feriu-lhe os olhos enquanto ele contemplava o portento do céu, de modo que ele poderia estar chorando. Rosas, rosas. . .

Meus padres me informam, *monsieur*, que sou um homem obcecado pelas coisas deste mundo. O poder, eles me alertam, não é o caminho para a salvação. Embora eu replique que o poder é o instrumento bem-amado da própria Santa Igreja, eles sussurram e murmuram sobre Nosso Senhor, que possuiu o poder ilimitado de Deus e que, no entanto, não o usou contra Seus inimigos. Eles franzem o cenho e balançam a cabeça e me dizem que sou um homem falto de apreciação do espírito.

Alguns dos meus súditos declaram que sou um homem cinzento, sem imaginação: homem sem alma. Os mais bravos dizem isso mesmo em Loches, *monsieur*. Alguns homens à beira da morte falam de coração, ao passo que outros ainda cortejam a clemência por meio da lisonja. Mas eu ficaria desapontado se tu também acreditasses nessas coisas a meu respeito. Afinal de contas, tu mesmo empregaste o poder; e manipulaste implacavelmente outras pessoas. Sou um homem incompreendido e um rei mal interpretado. Sou algo mais que uma cinzenta criatura desalmada. Não ignoro a beleza, nem os milagres da natureza. Com efeito, não sou como meu tio. Não cultuo a natureza. Deus, como nos ensinou a Santa Igreja, deve ser encontrado no céu, e não na terra; nem, como meu tio o sugeriu, no homem. E todavia sou um homem atento aos mistérios da terra. Desenvolvi, nos anos de reinado, um profundo respeito pelos segredos da natureza. E aprendi a usá-los, pois sou um homem prático.

Considera as maravilhas dos reinos mineral e vegetal. Tudo aquilo que o solo fértil oferece, sem queixumes, ao homem ingrato. Comida para alimentar-lhe a barriga, e madeira e pedras para a construção de suas casas. Ouro para encher-lhe os cofres e para adorná-lo, assim como pedras preciosas para agradar-lhe os olhos. A pura água de fontes e rios, e a miríade de perfumes das flores. Considera o vasto conjunto de vida verdejante que atapeta a terra. Não, não me refiro a essas abundâncias berrantes de florações vistosas que alguns consideram belas. Rosas, *monsieur*, sempre me pareceram caprichosas e ordinárias como uma mulher lasciva. Falo das plantas mais delicadas. As pequenas, ocultas no campo e na floresta. As desdenhadas. Aquelas que ocultam o dom da morte.

A beladona, *monsieur*. Bela senhora: a mortal sombra noturna que traz o doce sono. Se tomada inadvertidamente, um veneno que produz a loucura e o esquecimento. E, no entanto, em mãos hábeis, é um remédio, assim como uma destruidora de pesadelos. Devo saber. Nesses anos, o sono não me tem sido um amigo generoso. Mas a beladona estendeu sua graciosa mão, tal como Nossa Senhora, e intercedeu por mim. Trata-se de uma indignidade, afinal de contas, um rei acordar gritando no meio da noite.

A humilde dedaleira. Digital: uma flor semelhante ao mais delicado chinelo de senhora. Regida por Vênus, diz-me meu médico, planeta da beleza e do amor sensual. Uma flor mágica, que pode trazer à vida um homem moribundo ao colocar-lhe fogo no coração e no sangue. Um arauto cuja corneta tem som de clarim, e que pode levar o coração a voar e a bater como um corredor aterrorizado, rápido, rápido, até que falte o fôlego e o mundo gire e fique escuro; até que algo, chamado por qualquer médico instruído de ataque apoplético, atinja um homem.

A natureza também possui suas substâncias minerais secretas, *monsieur*. O *arsenicum album:* o pó branco que limpa e destrói. Passei a amar esse gentil pó branco ao longo dos anos. Regido por Saturno, senhor da melancolia e do destino, torna-se um drinque fatal para o não-iniciado. Toma pequenas porções, dissolvidas numa taça de vinho, e vê: aquele sofrimento gástrico que todo médico instruído chamaria de disenteria, a maldição do soldado em campanha. E, por vezes, acompanhando o vômito e os intestinos soltos, os cabelos ficam grisalhos e quebradiços e caem como neve; e as unhas apodrecem nas mãos. Dizem que o *arsenicum album* queima com uma clara luz azul semelhante a uma safira. Que, se tirares as unhas da mão do homem morto e as atirares ao fogo, o *arsenicum album* pode anunciar-se a si mesmo no cerúleo brilho das chamas. Ninguém, com efeito, pensou em queimar as unhas da minha primeira esposa. Nem as de Inês Sorel; até as madeixas cor de cobre caíram aos punhados de sua refinada cabeça. Ou de João de Anjou, enterrado na poeira vermelha de Aragão. Ou de Ferri de Vaudémont, aquele nobre tolo que comeu cavalheirescamente o fruto do Aqueronte e deu uma vida valorosa por uma impotente.

Revelar-te-ei um segredo, *monsieur*. É um segredo de rei, que não posso compartilhar com homens comuns. Mas um dia nos conheceremos melhor em Loches. Sei que desejarás perceber-me como realmente sou, em vez de me considerar como a cinzenta criatura desalmada que dizem que sou. Por muito tempo temi que aqueles angevinos, teus servos, pudessem um dia queimar uma unha nas chamas e perceber quão bem aprendi a apreciar os frutos da natureza. Acreditava que um deles me perseguiria em busca de vingança. Afinal de contas, não é difícil matar um rei. E dizem, *monsieur*, que o envenenador, tal como o médico, é regido pelo signo de Escorpião. Eu, que cultivei essa arte, tinha Escorpião em ascensão quando nasci. Mas o mesmo ocorrera com meu tio. E o louco da Borgonha nasceu com o Grande Luminar e o Pequeno Luminar em Escorpião. E assim, *monsieur*, fiquei alarmado. Tinha de proteger a mim mesmo. E passei a usar o *arsenicum album*. Minúsculas quantidades, tomadas pouco a pouco ao longo dos anos, tornam a pessoa imune à mão de qualquer outro veneno. Naturalmente, paguei um pequeno preço pela minha proteção. Queixo-me agora dos intestinos e das malditas hemorróidas. Talvez essa recente moléstia misteriosa também seja o preço da dádiva do arsênico. Mas ainda estou vivo, *monsieur;* e, como meu secretário um dia me disse, muitos homens têm desejado me ver morto. Ninguém conseguiu me envenenar. Quanto a meu tio, ora, ele era muito covarde até para tentá-lo.

Lembras-te, naturalmente, do ano em que veio o cometa. Aquele desolado e gélido inverno, cheio de ventos uivantes e de uma viciosa chuva enregelante. Todos os astrólogos resmungaram e balançaram a cabeça, e falaram de perigo para o rei. E eu, na verdade, me encontrava ameaçado, pelo louco da Borgonha e pelo meu próprio irmão, que conspirou com o duque da Bretanha contra minha vida. E pelo jovem tolo, Nicolau de Anjou, que pensou que teria a mão da herdeira da Borgonha e liderou dez mil homens contra mim na Picardia. Foi um inverno borrascoso, *monsieur*, e uma primavera ainda mais desgraçada. Sítios e saques, assim como a destruição de minhas cidades da Soma. Perdi muitos homens naquele inverno, e estava enfermo, de constipação e medo. Podes tu culpar-me, então, por desejar burlar a profecia do cometa? Podes tu castigar-me pelo fato de eu me ter voltado para meus pós e ervas, que sempre foram aliados verdadeiros? Que mais pode um rei fazer, quando se vê ameaçado do leste, do oeste, do norte, depois de ter trabalhado por tanto tempo em favor do reino?

Com efeito, foi fácil apresentar meu irmão aos dons secretos da natureza. Ele já fora infectado pela sífilis; e teria, com o tempo, morrido dela, embora isso pudesse durar anos. Mas o que significa um pouco mais de vômito ou alguns punhados adicionais de grisalhos cabelos quebradiços, algumas unhas apodrecidas a mais, num corpo já putrefato e tomado pelo mau cheiro? Terias sorrido, *monsieur*, se tivesses visto o rosto do duque da Bretanha quando lhe contei as tristes notícias. Com que rapidez os homens mudam de lado ao perceberem que subestimaram o inimigo! E assim houve, finalmente, paz na Bretanha. Nunca me importei com meu irmão, *monsieur.* Ademais, ele era, no início, o objeto do amor de meu pai.

O Leão de Borgonha escapou aos meus pós e ervas. Eu por certo tentei. Não uma, mas muitas vezes. Ele era um homem desconfiado. Mais do que eu, que, segundo dizem, vejo inimigos até numa nuvem passageira. Talvez ele já conhecesse o *arsenicum album* e se tivesse posto sob a sua proteção. Talvez subornasse meus espiões antes de eles atacarem. Mas naquele tempo ele era indestrutível. E devo admitir que eu tinha medo. Podes culpar-me, pois, por buscar um peão, já que não conseguia enfrentar o rei autonomeado? Podes censurar-me por agir contra seu aliado, quando não me era possível atingi-lo diretamente? Muitos jogos de xadrez, *monsieur,* foram perdidos pela necessidade de um peão. Além disso, o futuro casamento era irritante. O fato de a Borgonha e a Lorena poderem unir-se: eis algo que me custou noites sem dormir, num momento em que o sono era por demais necessário.

A tragédia, a súbita morte na Lorena. Apenas vinte e quatro anos de idade e às vésperas de um tal casamento dourado! Duque por apenas três anos. Uma ocorrência tão triste, *monsieur,* a morte dos jovens. Mas a morte não discrimina. E dizem que a linhagem de Anjou sempre foi maldita. Os médicos instruídos dão-lhe o nome de ataque apoplético. Uma moléstia inesperada num rapaz tão jovem; o flagelo dos velhos e bêbedos. Mas, na época, jamais se soube que Nicolau de Anjou fosse abstêmio. E ele estava exausto e aborrecido depois da longa campanha na Picardia contra minhas tropas.

E assim, como podes ver, não sou um mero homem cinzento, desalmado. Não sou um parcimonioso coletor de impostos, como Filipe, o Bom, um dia me chamou. Nem uma mera aranha urdindo teias, como meu tio gostava de dizer. Nem uma criatura esguia serpeando para fora do limo pardo, como Carlos de Borgonha declarou. Esses homens que me compreenderam tão pouco, *monsieur,* estão mortos, todos eles. Eu vivo. Eu sou o rei. Sou também, à minha própria maneira, um mágico. Dou forma a talismãs a partir dos frutos da terra. Reconheço que, por vezes, me recordo da misteriosa morte de Filipe, o Belo. Mas que homem vivo possui coragem ou sabedoria para envenenar-me?

Antecipo com prazer o momento em que puder compartilhar contigo meu conhecimento da natureza. Não és um homem comum. Sei que apreciarás suas sutilezas. Há plantas capazes de compelir um homem a dizer a verdade. Há fungos que o levam à loucura e lhe produzem violentas visões, de modo que, em sua demência, ele se destrói a si mesmo. Frutos que abatem e enfraquecem um homem, tornando-o um servo insensível. Bagas que lhe inflamam os desejos, transformando-o num animal luxuriante que busca até mesmo os cadáveres. Há muitos tesouros de conhecimento arcano que te posso mostrar, *monsieur*, em Loches. Em troca de uma simples dádiva sem importância: teu nome. Tua identidade.

Na pele sedosa do arrás, o anjo, esmaecido mas visível, brandia sua foice e o cacho de uvas. Por entre fendas feitas por mãos não circunspectas, meadas de memória se desembaraçavam. Luís descobriu que seus dedos tinham sido tomados por um tremor inexplicável. A jornada a partir de Tours o deixara exausto. Seu vinho esparrinhava de modo desajeitado sobre a superfície de uma mesa onde ele um dia vira um anão dançar com dois turcos seminus. No alto das paredes, os cinco brasões de Anjou e Lorena, de Bar e Nápoles-Sicília, e de Jerusalém haviam recebido a companhia de um sexto: as barras carmesim de Aragão. Eles o cercavam como sentinelas, acusando-o impassivelmente. O sol, que se derramava, cor de mel, pelas estreitas janelas, poderia estar preparando um súbito banho de sangue. Se entendesse da arte dos talismãs, Luís teria compreendido algo acerca da paciência do anjo, bem como do quente brilho inalterado das uvas. Ele estava voltado para preocupações mais importantes: as inesperadas complicações políticas que haviam surgido ali nos dois meses posteriores à morte do jovem duque de Lorena.

Ele considerara a mulher insignificante. Tecera seus fios de modo impecável, não deixando escapar nada. Fora um plano brilhante. E um plano de urgência, com a Borgonha crescendo, ampliando-se e parecendo indestrutível. E, no entanto, ela escapara dele e cortara seus fios, acabara com sua teia.

Possuísse esse ducado imperial da Lorena uma constituição sã, e esse problema há muito teria sido resolvido. Sem contar com um herdeiro do sexo masculino para receber o ducado, e estando o exército borguinhão ocupado com a conquista de Gueldres, as tropas francesas o teriam invadido impunemente.

Mas a Lorena não aderira à Lei Sálica. Esse ducado podia ser herdado por uma mulher. Havia apenas uma mulher para quem podia passar. Luís distribuíra generosamente seus subornos preventivos entre o Conselho dos Três Estados. Esses homens agora sabiam que o Leão de Borgonha não era um aliado benéfico, mas um tirano implacável, pronto a se apossar de suas terras. Eles haviam visto como ele lidara com Gueldres, pilhando e matando, aprisionando o duque.

Complacente e satisfeito, Luís esperara em Tours o desfecho inevitável das deliberações do conselho. Eles não se atreveriam a colocar-se nas mãos de uma viúva incompetente. Iriam voltar-se para o amigável rei da França, que estendera graciosamente sua mão poderosa. Que outra esperança tinham, com o louco assomando em ambas as fronteiras, tendo seu último duque angevino sido tragicamente atingido por um ataque apoplético fora de hora?

E, todavia, eles haviam engolido seu ouro e oferecido a Lorena, de qualquer maneira, à condessa de Vaudémont. Essa mulher opaca, envolta por uma penumbra de sombras diante do arrás, enquanto ele se sentava com desconforto, transpirando ao sol de verão que se derramava pelas vidraças. O rosto envelhecido, de uma beleza grosseira, agora sorria serenamente diante dele enquanto ela lhe oferecia mais vinho.

Fora ultrajado. Quase esganara o mensageiro que levara as notícias a Tours e quase abrira o rosto do secretário com a força de seus golpes. Mas Filipe de Commines chamara a atenção para o fato de uma mulher ser fácil de controlar. Ele não conseguira dobrar a vontade da sua esposa mundana? Ela era dócil agora, como o fora há muito, no início. Afinal, sussurrara o secretário, essa mulher não era como a irmã raivosa que ora apodrecia numa prisão inglesa, atingida por alguma moléstia repugnante. Aquela mulher, dissera Filipe de Commines, era uma criatura humilhante. Do tipo que soluçava e se lamentava e se escondia por trás do baluarte de um espírito mais forte. O tipo de mulher cujo corpo era moldado para o gesto de penitência, realizando intermináveis boas obras pela salvação da própria alma. Uma viúva idosa, que vivia reclusa como uma freira em seus negros trajes de luto desde a morte do marido. Maleável. Sem nenhum preparo para as manobras políticas. Basta que controleis a mulher, dissera Filipe de Commines. Bastava uma pequena insinuação acerca daquilo que Carlos de Borgonha fizera ao duque de Gueldres. Um simples murmúrio sobre tropas francesas na fronteira oeste. Ela ficaria aterrorizada, assegurara-lhe o secretário. Ela se apegaria ansiosamente à sua oferta de auxílio.

Com a Lorena em vossas mãos, murmurara Filipe de Commines, não tendes de temer a Borgonha. E a questão da Provença também será resolvida. O rei da Sicília dera apenas respostas obscuras e equivocadas aos raivosos enviados de Luís. Agora, disse o secretário, com a Lorena e a filha em vossas mãos, o velho não se atreverá a opor-se a vós. Ele vos dará a Provença. E então tereis as duas. Depois, a partir da Provença, podereis tomar a Sabóia. E Carlos de Borgonha, entre ambas, será esmagado como um inseto.

Mas ela lhe escapara. Por trás dela, as asas abertas do anjo pareciam, graças a algum truque da luz do sol cor de mel, um apêndice de sua própria cabeça. Haviam surgido chifres das madeixas negras, ou uma coroa de decoração grotesca. Luís marchara para Nancy, satisfeito e sereno, antecipando quase com prazer o confronto. Enquanto viajava, essa mulher abdicara do ducado, calmamente, em favor do filho. O filho de Ferri de Vaudémont. Um jovem de vinte anos. Alguém que Luís jamais vira. Um novo e imprevisível duque de Lorena.

Algo relativo aos brasões, reluzindo no alto das paredes, o perturbava. Davam-lhe a impressão de fazer sinais uns para os outros ou de estarem ligados por um cordão invisível que o mantinha aprisionado no centro. Esse maldito castelo o fazia ficar fantasioso. Muitas lembranças se desdobravam pelas antigas aberturas entre as mãos do anjo. De um anão que o batizara com sangue e lhe tirara a vítima mais desejável. Da pesada doçura de narcisos amassados, num casamento em que a noiva sombria lhe dirigira um olhar de fruto devorado.

Trouxera um servo para provar o vinho e a comida, bem como uma grande companhia de tropas domésticas. Uma precaução costumeira; mas tinha certeza de que ela não alimentava nenhuma suspeita sobre ele. Ela parecia demasiado complacente. Suas boas-vindas foram lisonjeiras, mas sem humilhação. Cheia de cortesia e palavras amáveis e com um bizarro levantamento coquete de pálpebras brancas. Ele não conseguira ver-lhe os olhos. O filho desconhecido não aparecera.

Luís tirou as mãos da mesa. A mulher tinha o desagradável hábito de observar-lhe as mãos.

— Onde está teu filho? — disse, gentilmente. — Pensei que ele estaria aqui para me receber.

— Meu filho — disse Iolanda com uma curiosa voz cantada. Ele tivera a impressão de que ela devia ser meio louca. Era algo com o conjunto de lábios sorridentes e olhos velados. — Meu filho encontra-se aqui, Vossa Graça. Estava em Vaudémont, visitando a esposa. Mas retornou. Foi cuidar do urso.

Luís pensou ter ouvido mal. E então recordou-se do bugio.

— Tenho pouco tempo — exclamou. — Há assuntos importantes a discutir. Ele é jovem e inexperiente para desafiar o poder da Borgonha.

— Jovem — disse ela. A repetição de suas palavras começou a irritá-lo. — Sim. Talvez. Mas velho, Vossa Graça. Muito velho. Como uma árvore antiga ou uma pedra branca.

Uma imbecil como o pai. Não havia refúgio para ele ali. Apenas uma inflexível luz do sol e a ameaça sutil dos brasões; e as lembranças. Por um momento, a raiva abalou-o. Ele podia ter esganado tanto a mulher como o velho, com seus dedos unidos em torno do pescoço.

— Talvez — disse Iolanda — desejeis ver o urso. Trata-se de um urso mágico, Vossa Graça. Sim. Deveis ver o urso. Depois, discutiremos o problema da Borgonha.

— *Madame* — disse ele, furioso. — Trata-se de uma grave descortesia. Dei-me ao trabalho de viajar de Tours a fim de ajudá-la. Aconselho-te a ouvir-me com cuidado. Fui generoso o suficiente para esquecer o fato de Nicolau de Anjou ter lutado contra mim na Picardia. Ele era jovem e tolo. Infelizmente, está morto agora. Não seria cristão não perdoar-lhe. Estou disposto a oferecer minha assistência à Lorena. Sabes tanto quanto eu que o duque de Borgonha cobiça este ducado. Ele não o pode ter agora pelo matrimônio. Portanto, tomá-lo-á pela força. Sabes que ele não é um aliado. Ele voltou-se contra ti. Tu e teu filho deveis romper o tratado que Nicolau de Anjou firmou e expulsar as tropas borgonhesas aquarteladas por todo o ducado. E assim poderemos ocupar as cidades com tropas francesas. Estás em perigo, *madame*. Eu, eu sou tua única salvação.

— Qual a diferença, Vossa Graça — disse Iolanda, com um levantar e um estremecer das pálpebras brancas — entre tropas francesas e borgonhesas? Toda essa conversa sobre tropas! Aqui na Lorena estamos em paz. A colheita será abundante este ano. Foi um verão perfeito. Não entendo o que pedis.

Um rosto inocente, cercado de sombras e talhado em pedra. A voz aquosa, quase um canto. Uma mulher impenetrável. Ele não conseguia decidir se era muito estúpida ou muito esperta. Se ela fosse um homem, ele poderia entender aquilo que lhe causava tremor nas mãos. Mas, sendo uma mulher. . . Ele adotou o tom reservado aos retardados.

— *Madame* — disse, pacientemente, enquanto seus dedos se entrelaçavam sob a mesa. — Carlos de Borgonha deseja anexar a Lorena. A Lorena separa seus territórios nos Países Baixos do próprio ducado da Borgonha. O duque de Borgonha é teu inimigo. Tento ajudar-te. Falarei com teu filho. Não precisas temer-me. Sou teu amigo.

— Meu inimigo — disse Iolanda. — Meu amigo. — Seus lábios curvaram-se num sorriso que sugeria alguma saciedade esquecida. Ela inclinou a cabeça de tal forma que a luz incidiu sobre sua face. Os olhos negros encontraram os dele, de modo direto, pela primeira vez. Ele sentiu um súbito choque: como se tivesse sido atirado diante de uma presença poderosa e potencialmente malévola. O olhar o fez lembrar-se de alguém, de alguma coisa. Não conseguia descobrir. Ela virou a cabeça outra vez, mergulhando no poço de sua própria obscuridade. Apenas uma mulher idosa, hirta e meio enlouquecida pelo sofrimento.

— Meu filho está no átrio — disse Iolanda. — Com o seu urso. Vede como o sol desfila pelos céus, Vossa Graça. No signo de Leão. Ele adora beber a luz do sol. Todas as coisas são reveladas à luz do sol. Ide ao átrio. Vós o encontrareis ali.

A mulher o ignorou, refugiando-se em algum sonho interior. O sol batia abrasadoramente contra a pedra velha em vias de desmoronar. De início, a luz do pátio ofuscou-o. As cores e formas dos objetos ordinários desintegraram-se numa névoa de borrões e listras que deslizaram contra as torres da Porte de la Craffe. Com o tempo, percebeu uma forma, estendida nas pedras brancas com a sensualidade de um gato sonolento, o torso despido por causa do calor, estando o animal negro e peludo a rolar e a fazer festa para o rapaz.

Seu rosto estava virado; Luís não lhe podia ver os olhos. O sol irrompia, num halo, em torno dos cabelos dourados. Ele colocara descuidadamente, nas madeixas amarelas, uma grinalda de hera. Estava espalhando mais folhas lustrosas e denteadas ao longo do grosso pêlo do animal. O rei da França sentiu-se drogado, ou bêbado: talvez fosse culpa da intensa luz ou do forte vinho borguinhão. O sonho tornou-se uma inefável dança lenta, escorrendo como mel diante de seus olhos. Por um instante, o pânico atingiu-o. Ela podia, apesar do provador, ter envenenado o vinho. Mas era apenas o calor e o sol inclemente, assim como aquela bizarra fantasia árcade explodindo num cérebro que costumava ocupar-se com esquemas e estratégias. Apenas um jovem indolente afagando um animal semidomesticado.

O duque de Lorena rolou sobre o próprio corpo e estendeu o braço diante dos olhos para protegê-los do sol. Sorriu. Era um sorriso acolhedor, inocente, de dentes alvos e regulares. Parecia demasiado jovem, mais jovem do que era realmente. O enorme urso rolou e se aninhou, como um cão.

Luís percebeu que caminhava lentamente na direção do sonho. Apesar de toda a atenção racional, um obsceno fascínio o compelia. Tornou-se urgente fitar os olhos daquele jovem. O urso parecia dominado por algum encantamento, rastejando como se, tal como ele, tivesse sido enfeitiçado.

O animal ficou rígido e farejou o ar. Seus pequenos olhos amarelos, velhos, duros e ameaçadores, contemplaram o intruso. Um rito proibido fora violado. Recuou sobre as maciças patas traseiras e começou a rosnar e a babar. René de Vaudémont, rolando num movimento curiosamente estilizado, como um ator numa mascarada, colocou-se de pé e ocultou o rosto no pêlo do urso, pondo o seu braço nu em torno do pescoço do animal. Abanou a outra mão, dando garantias, diante do rei.

— Não temais — disse o jovem, mas sua voz desapareceu entre a pele e as folhas de hera. — Não o deixarei machucar-vos. — A voz fluía, suave, mal alcançando o recuo do rei.

A condessa de Vaudémont ainda se achava sentada, sonhando, na frente do arrás. Tendo escapado ao brilho do átrio, Luís tinha a impressão de que ela mesma era parte da tapeçaria: bordada com fios de seda sombrios.

— *Madame* — disse ele em voz alta, como se tentasse exorcizar alguma coisa. — Que fizeste? Aquilo é o que criaste como duque de Lorena! Por que não me disseste que teu filho é um anormal?

— Meu filho — disse a mulher, suspirando. — Sim. Isso é muito ruim para o meu filho. É a vontade de Deus. Mas ele tem um jeito prodigioso com os animais, Vossa Graça. E não é o urso verdadeiramente mágico?

Um grito tentava abrir caminho entre seus lábios. Ele se debateu e retorceu-se no mar de substância pegajosa, progredindo e, todavia, eternamente imóvel, como um inseto aprisionado em âmbar.

— Deixarás ou não deixarás que te ajude? — indagou Luís.

— Ajudar-me? *Ajudar-me?* — Ela se voltou com lentidão para encará-lo. Não havia malevolência espreitando em seus olhos agora. Eles tornaram-se penetrantes e se arregalaram diante dele, levando-o a alguma treva onírica. Ao seu redor, espalhava-se um triste deserto de solidão e desespero. Ele tomou consciência de que aqueles olhos eram espelhos, pois a solidão e o desespero eram dele mesmo. Engoliu a náusea apertando as mãos.

— Muito bem — silvou o rei da França. — Não me venhas pedir assistência quando Carlos de Borgonha te tomar o ducado. Teu filho é um imbecil, casado com uma aleijada. Não haverá herdeiro de Lorena. Não mais haverá a Lorena. Ela será uma bagatela borgonhesa. E depois, quando eu tiver destruído aquele louco — disse asperamente, com satisfação —, ela será francesa. Todos aqui são dementes. — Respirou com ira, torcendo as mãos. — Não és melhor do que teu pai.

Iolanda começou a rir. Era um som ultrajante. Um riso brutal e estridente, a gargalhada gutural de uma prostituta embriagada.

— Mas, Vossa Graça — disse. — Vós não entendeis. Sobre as pedras brancas; a Lorena está cheia delas. Estão em toda parte. Devemos ter cuidado para não tropeçar nelas. Não temo Carlos de Borgonha. Ele é feito, tão-só, de terra. Um dia tropeçará numa pedra branca. — O riso grosseiro explodiu outra vez, conjurando irresistíveis e lascivas imagens em sua mente. — E, além disso, os loucos sempre reconhecem os loucos, Vossa Graça. Ele não é meu inimigo. Não o sabíeis? Há oito anos, Vossa Graça, ele é meu amante.

Permite-me que eu te esclareça, *monsieur*, sobre a maneira como guerreio. Ora, podes dizer-me que a guerra existe, imutável, desde que Caim matou o irmão — salvo no tocante aos números e às variadas agonias dos homens mortos. Podes dizer-me que todo rei conduz suas guerras da mesma forma; que elas são necessidades cotidianas para a sobrevivência. Mas deves admitir que estive cercado pelos melhores soldados da cristandade, durante meu reinado; e nenhum me derrubou. E, no entanto, sou um rei incomum. Jamais vi um monarca que amasse a guerra pela guerra. Histórias de cavaleiros e cavalaria e de morte honrada podem impressionar relíquias tais como meu tio. Mas eu, *monsieur*, sou um homem prático.

As batalhas são caras, e não apenas devido aos homens. Os homens são o que menos importa. Quando era mais jovem, admito, eu amava o campo de batalha. Eu podia soltar minha companheira negra, com impunidade, sob a égide do valor aparente. Em Montlhéry, matei dezessete soldados com minha própria espada; e descobri, devo admitir, um prazer maior do que o proporcionado por qualquer mulher. Mas um homem de cinqüenta anos já não é jovem, *monsieur*, e deve aprender a lutar por meios mais sutis. E um rei que se acha ameaçado por um louco indestrutível não pode suportar uma guerra que dure anos ou mesmo décadas. Há formas mais sofisticadas de combate, *monsieur*. Formas que teus servos deixaram de lado. Devo dizer-te como guerreio.

Considera o duque de Borgonha. Talvez seja um embaraço para ti a contemplação, nesse momento, daquele fracasso final. Mas na magnanimidade de minha velhice, assim como na confortante lembrança de sua morte, posso ser misericordioso e dar-lhe o que é devido. E gostaria tanto de contar-te a maneira como o destruí! Embora louco, ele era um estrategista habilidoso. Ou aqueles que se movimentavam, invisíveis, atrás dele, o eram; pois admito que a restauração da Lotaríngia foi um plano sagaz e um dos maiores insultos que teus servos me poderiam fazer. Sabias que eu não conquistaria o Leão no campo de batalha. Seu exército era bastante disciplinado, e ele, forte demais. E assim aprendi a fazer uma guerra de sombras. Uma guerra de rumores, de insinuações e de conspiração. Uma guerra fria, *monsieur*, que não ardia com o sangue quente de cavaleiros trovejantes e armas ruidosas. Uma guerra sustentada em algo muito tênue: a compreensão da mente do inimigo. Esqueceste Filipe, o Belo, quando colocaste teus servos contra mim. Esqueceste que aprendi com esse grande rei a arte de destruir uma hidra de muitas cabeças; e sem derramar uma única gota do meu próprio sangue.

Carlos de Borgonha estava tomado, a ponto de explodir, pelos seus sonhos. Mesmo a coroa lotaríngia não era suficiente. Ele acreditava que seu destino estava na conquista do Reno. E, um dia, em envergar a coroa do imperador. Seria possível que tivesses sido tu, *monsieur*, quem sussurrou essa tentação em seus ouvidos? Se assim foi, escolheste uma marionete estúpida. Eu poderia ter-te alertado. Homens movidos pelas paixões são ingratos e, no final, traem seus mestres.

Comecei pela corte aos suíços. Eles sempre odiaram a Borgonha. A autocracia dos duques de Borgonha era uma constante ameaça ao agrupamento suíço de cidades mercantis independentes. Derramei ouro nas cidades suíças, *monsieur;* e espiões gratos, que difundiram eloqüentes rumores. Bastante simples. Apenas insinuei que ele as queria conquistar. Dentro de pouco tempo, eles sabiam que o Leão era seu inimigo. Antes que ele mesmo soubesse. E eles ficaram tão intoxicados pelo meu ouro e pela minha persuasão que o atacaram pelo flanco desguarnecido, tomando-lhe os castelos no Vaud.

Talvez tenhas acreditado ser um homem esperto. Sem dúvida sorriste, *monsieur,* ao pensar no modo como teus servos me enganaram, convencendo-me de que vira apenas uma velha viúva indefesa semi-enlouquecida pelo sofrimento, bem como um tolo sem juízo enamorado de animais apalermados, semelhantes ao seu desajuizado avô. Talvez tenhas imaginado que, quando voltei para Tours depois daquela visita assustadora, eu devesse temer que alguma sombra houvesse sido imposta sobre mim. Que, graças ao fato de não ter visto o rosto do palerma, eu não pudesse entender que criatura traiçoeira era ele. Talvez tenhas pensado que eu me veria acossado por sonhos terrificantes ou por obscenos fantasmas da mulher de madeixas de serpente, que ria como uma prostituta embriagada.

Oh, concordo que eles eram espertos. Mais espertos do que eu poderia imaginar. Até admito que fui, por algum tempo, perturbado por sonhos incipientes e insinuantes. Sim, eu o direi: encontrava-me assustado. Especialmente quando ouvi dizer que o imbecil e sua mãe haviam assinado um novo tratado de aliança com o duque de Borgonha. Sim: podes ter teu breve momento de triunfante exultação. Por algum tempo, fiquei apreensivo. Tão logo saí de Nancy, seus mensageiros seguiram pela estrada de Dijon. E quando cheguei a Tours, preocupado e desgostoso com tudo aquilo que vira e ouvira, seus emissários já estavam apresentando os papéis no palácio ducal. Sim, *monsieur,* eles eram espertos. E até admitirei que fiquei tomado pela fúria ao ouvir que o louco da Borgonha fora a Nancy — o honrado hóspede de seus bem-amados amigos, o jovem duque de Lorena e sua mãe — e desfilara com pompa pela Porte de la Craffe, tendo feito brindes com seus aliados, jurando uma eterna inimizade contra o rei da França.

Sim, por algum tempo teus servos triunfaram. E até agradarei a ti ao admitir que perambulei pelos corredores do meu castelo e vi, como se refletido num espelho negro, um mar de solidão e desespero; e, por vezes, nas horas vazias da noite, reconheci que esse mar era meu. Não me envergonho de dizer-te isso agora, já que o ducado da Borgonha caiu e suas terras ora são minhas. E porque logo tomarei a Lorena; e o que irão teus servos fazer?

Digo-te que jamais entendeste minha arte da guerra. Esqueci-me da velha e do palerma e passei a trabalhar na Alsácia. Lembras-te do governador borguinhão do local? Um homem a quem eu teria cobiçado, fosse ele passível de ser comprado como meu próprio Filipe; pois era homem severo e assassino, seguindo escrupulosamente as ordens que recebia, além de ter gratidão para com seu duque. Mas ele era leal; leal demais para que eu o comprasse. Podes imaginar o que fiz na Alsácia, *monsieur*? Não enviei exército invasor. Não perdi um único soldado. Apenas enviei ouro, bem como espiões gratos. Meu ouro operou mágicas sobre os alsacianos, tal como fizera com os suíços. Por algum estranho ato de conjuração, o governador transformou-se num monstro. É verdade que o homem não era impoluto. Mas não era pior do que a maioria, nem melhor do que muitos. Não obstante, quando terminei meu trabalho na Alsácia, eles o derrubaram, conduziram-no à praça de Brisac e lhe cortaram a cabeça. E que poderia tua pobre marionete louca fazer, *monsieur*, além de urrar de angústia quando uma rebelião armada estourou no outro flanco desprotegido?

Sabias que fui eu quem incitou as insurreições em Flandres? E os tumultos de Hainault? Sem dúvida pensaste que fosse a populaça, raivosa, protestando contra os impostos e o regime borguinhões. E foram meus homens que visitaram o imperador, *monsieur*, de maneira que a corda da qual pendia o Leão pudesse ser apertada em torno daquele pescoço semelhante a uma árvore. Sem dúvida foram teus servos que lhe disseram, quando da morte de Nicolau de Anjou, que ele deveria casar a filha com o filho do imperador. Uma herdeira em troca de uma coroa lotaríngia; e, talvez, até a sucessão do trono imperial. Foi uma jogada que me custou mais noites de insônia: o tipo de jogada que teus angevinos conceberiam. Que poderia eu fazer, *monsieur*, senão sabotar aquela aliança? Por certo não podes ter acreditado que eu, rei da França, suportaria calmamente um reino lotaríngio imperial na minha porta, regido por um homem que cortejava o santo diadema romano.

Meu ouro foi eloqüente como sempre; tal como o foram meus espiões. O duque de Borgonha não conseguiu nenhum diadema. Oh, ele ficou irado, *monsieur*. Ficou uma fera, como era seu costume, e espalhou tolamente sua violência por toda parte. Mas eu havia vencido. O velho Habsburgo não o nomearia seu sucessor, nem daria àquela palradora besta a coroa lotaríngia. Ele me culpou e amaldiçoou, pois não era um homem estúpido. E tu, *monsieur*: ficaste irado com tua marionete por causa dessa tolice?

Devo admitir que o próximo movimento me enervou. Refiro-me ao dia em que ele declarou que iria coroar a si mesmo, sendo ou não imperador, e invocou o pesadelo que era meu maior terror. Talvez tua mão o tenha levado a agir. Talvez seu próprio cérebro corrompido tenha concebido a noção de recorrer ao cunhado, o rei da Inglaterra, jurando que, se tropas inglesas invadissem a França, a Borgonha forneceria um exército. E que ele, o grão-duque do oeste, coroaria Eduardo rei da França em Reims.

Também planejavas tornar o rei da Inglaterra tua marionete? Tê-lo-ias cortejado com os encantamentos de um velho imbecil, com o corpo idoso de uma prostituta repelente ou com os encantos de um jovem sem juízo e de seu urso semidomado? Acaso comemoraste e me consideraste, finalmente, vencido? Lembro-te outra vez, *monsieur:* jamais entendeste o modo como guerreio. Admito que não previ uma invasão inglesa. Eu não acreditava que a Borgonha fosse ter coragem de soltá-los novamente sobre esse solo maltratado. Mas o homem era completamente louco. E assim, apesar de minha longa labuta, meus espiões vieram a mim e disseram-me que havia arqueiros sendo reunidos em Southamptom e que uma frota estava sendo construída para a grande guerra da recuperação.

Devo pedir-te que te recordes do que sofri durante meu reinado. E se achas meus métodos de guerra não cavalheirescos, considera: jamais tive paz em meu reino enquanto aquela besta borgonhesa viveu. Podes castigar-me sabendo disso, *monsieur.* Trabalhei duro por meu reino. É possível que eu venha a ser lembrado como um grande rei. E, no entanto, tive um poeta príncipe idiota para me maldizer, assim como uma louca devoradora para me perseguir. E, por trás deles, a criatura de quem eram peões. Pelos infortúnios e frustrações de meu reino tenho de agradecer, em última análise, a uma única pessoa, *monsieur.* E podes então censurar-me por minha imodesta ansiedade enquanto te espero em Loches?

XII

O rei da França, cercado por um séquito de homens ansiosos, esperava nos degraus que levavam à pequena ponte de madeira. Pouco depois do meio-dia, começara a cair uma forte chuva, embora naquela manhã o sol, atravessando o signo de Virgem, tivesse augurado, frustradoramente, um dia auspicioso. O rio Soma, franzido como pele congelada, girava furiosamente abaixo dele. Às suas costas, oitocentos soldados da tropa doméstica sentavam-se imóveis em seus cavalos. Diante dele, no centro da ponte, protegida por um teto de madeira, havia uma treliça: um sólido entrelaçamento de barras de ferro, do tipo usado comumente para aprisionar leões nos parques de animais. Do outro lado do rio, numa disposição semelhante, estava o rei da Inglaterra, envolto pela sombra de seu próprio círculo de conselheiros. Estendendo-se pelas elevações que se projetavam sobre o rio turbulento, uma floresta de arcos, lanças e chuços havia brotado: toda a hoste inglesa de vinte e cinco mil homens surgia com trajes de batalha completos.

Filipe de Commines estava vestido exatamente como seu mestre. Era um artifício que usavam com freqüência para confundir qualquer assassino distante armado com uma balista. O secretário arrastava as vestimentas reais.

— Ele é mais alto e mais imponente do que eu pensava — sussurrou Filipe de Commines com desgosto.

— Silêncio — disparou Luís. — Ou, se deves falar, fala com Deus, e ora para que nenhuma desgraça caia sobre nós.

O jovial rei da Inglaterra ficara um tanto corpulento desde os dias em que começara a ser chamado o Sol em Esplendor. Era ainda uma figura magnífica. Usava um barrete de veludo negro com um adorno de *fleur-de-lys*, e um manto de tecido de ouro revestido de cetim vermelho. O manto fora concebido originalmente para ser usado na coroação em Reims, quando tivesse terminado com sucesso a conquista da França, com a ajuda de seu *beau-frère,* o duque de Borgonha. Como o atual rei da França comprara a paz por setenta e cinco mil coroas de ouro, o manto da coroação, já arruinado pela chuva, tornara-se inútil.

Luís caminhou com cuidado pelas extremidades escorregadias e parou diante da treliça. O sistema fora construído por ordem sua, pois um duque de Borgonha, há muito morto, fora assassinado numa ponte por um rei da França, há muito morto. As pontes eram lugares precários para a promulgação da paz; e Luís era conhecido, em toda a cristandade, como um homem que não confiava em ninguém. Tivesse ele visto essa extraordinária representação com os olhos dos homens que se encontravam na encosta, teria considerado sua hilaridade irresistível. Os dois reis, protegidos um do outro como bestas selvagens, tateando fastidiosamente ao longo de uma delgada construção que poderia, a qualquer momento, desabar e cair no rio; enquanto os nobres, enfeitados com plumas e adornados como pássaros exóticos, se debatiam e escorregavam sob o implacável temporal, tropeçando uns nos outros ao tentarem fazer reverência.

Talvez fosse auspicioso o fato de o rei da França não ter senso de humor. O rei da Inglaterra, todavia, tinha. À medida que se aproximava da treliça, tirou o barrete, com um amplo e sardônico sorriso, e ofereceu uma meia mesura, como um ator no palco. Em resposta, o rei da França dobrou com cortesia os joelhos. Passou os braços pelas aberturas do véu de ferro para que pudessem abraçar-se canhestramente.

Um suspiro semelhante a uma brisa suave se elevou dos cortesãos reunidos e dos franceses; e, em especial, dos grupos da soldadesca inglesa plantada na encosta. Embora absurdo, essa cortês confirmação de um tratado assinado três dias antes era um espetáculo edificante. Não importava o fato de a grande e nobre guerra de retomada da França ter sido metamorfoseada numa transferência de moedas de ouro pouco romântica. Os franceses não desejavam combater os ingleses: esse rei inglês jamais perdera uma batalha. Os ingleses desejavam ir para casa; a guerra, embora nobre, significava desconforto e doenças, assim como morte.

De qualquer maneira, a culpa era do duque de Borgonha. Ele acenara para seu cunhado real até que Eduardo consentisse em lançar seu exército invasor. Além disso, Carlos de Borgonha mostrara-se indigno de confiança. Não conseguira chegar com suas forças guerreiras a Calais, no momento combinado para encontrar-se com os ingleses. Estivera muito ocupado golpeando os muros de uma cidade suíça teimosa que se recusara maliciosamente a cair depois de quase um ano de cerco. Quando, por fim, conseguira livrar-se e marchara para o acampamento inglês, trouxera um exército de desculpas, mas apenas um punhado de cavaleiros. E, àquela altura, o rei Luís já iniciara a corte.

O rei da França era evidentemente um homem mais civilizado do que esse louco *beau-frère* borguinhão. Abrira sua cidade de Amiens aos homens de Eduardo e declarara que nenhum estalajadeiro deveria exigir recompensa pelo seu vinho. Por três dias, a cidade fora tiranizada por ingleses embriagados que entoavam canções obscenas. Colocara enormes mesas além dos portões de Amiens, repletas de suntuosos alimentos e vinhos excelentes. Enviara trezentas jarras de fino Bordeaux à tenda do rei Eduardo. E, além daquela principesca quantidade de ouro, que já fora transportada em carroças para os navios ingleses, haveria mais outra. Cinqüenta mil coroas de ouro por ano durante sete anos e generosas somas para todos os membros da corte do rei Eduardo, bem como outra soma de cinqüenta mil coroas de ouro pelo resgate da deposta rainha angevina Margarida.

Luís também prometera seu filho, o delfim Carlos, de três anos, à filha de Eduardo, Isabel. Concordara em pagar, ele mesmo, o dote: outras sessenta mil coroas de ouro. O rei da França, estava claro, possuía muito ouro. Os ingleses ficaram felizes em poder aliviá-lo de tal carga. Comparado ao selvagem duque de Borgonha, a quem já haviam visto tomado por uma sombria fúria bombástica, esse rei francês, embora miseravelmente vestido, era um príncipe muito educado.

Eduardo de York tinha trinta e quatro anos; cordial, charmoso, brandia um perpétuo ar de inócuo bom humor. Luís sabia que ele era menos obtuso do que parecia. O astuto galanteador, sob as mais sutis formas, havia deixado aberta a possibilidade de negociação muito antes de ter enviado seus navios de Southamptom. Era uma chantagem atroz, realizada pela simples encenação de uma invasão inglesa. Sob seus gastos sorrisos, Luís poderia ter matado com facilidade. Mas o homem a quem queria matar não estava em Picquigny. Encontrava-se acampado fora dos muros de sua ridícula cidade suíça, preparando-se para levantar o cerco de um ano e traçando seu plano de batalha para a invasão da Lorena.

Luís também fazia planos. Com esse rei inglês como aliado, poderia enviar tropas à Borgonha com impunidade. Por entre os fortes pingos de chuva, concebia elaborados e atenuados meios pelos quais o duque de Borgonha poderia morrer.

— Meu senhor, meu primo — disse Luís. Estava quase às lágrimas, mas por razões que nada tinham a ver com os aparentes motivos de gratidão e *bonhomie* hiperbólica. — Sois, em verdade, bem-vindo. Não há homem no mundo que eu mais deseje ver do que vós. Que Deus seja louvado por nos termos reunido aqui com tão nobre propósito.

As bochechas do rei da Inglaterra formaram covinhas quando ele sorriu. Era um homem bastante agradável. Em um francês perfeito, proferiu uns poucos cumprimentos e fez observações acerca do tempo. Um homem que desarmava. O chanceler inglês produzira os documentos do tratado, negociado por mediadores. Juraram, sobre livros de oração e relicários que continham lascas da Verdadeira Cruz, aceitar os termos do pacto. Os cortesãos fizeram mesuras e sorriram. O rei da França convidou o rei da Inglaterra a visitar Paris para apreciar os festejos e as belas mulheres. O rei da Inglaterra declinou com evidente pesar e convidou o rei da França a visitar Londres durante a época natalina. As duas delegações caminharam para lados opostos da ponte, deixando os monarcas sozinhos e separados por espirais de ferro.

— Deveis ser grato ao meu irmão da Borgonha — disse Eduardo, ainda sorridente — por me ter incitado. — Seus olhos eram de um pálido azul celeste: olhos confiantes de uma criança mimada e bem-amada. — De outra maneira, *mon cousin*, temo que estaríeis num estado um tanto pior que empobrecido.

Luís espreitou por entre a chuva torrencial os vinte e cinco mil soldados na encosta, assim como o manto de coroação de tecido de ouro. Não apreciara o gracejo. Em resposta, sorriu.

— Bem — disse ele, com um polido desdém —, vimos como o duque honra suas obrigações. Ouvistes o que dizem sobre o seu cerco? Ele construiu, fora da cidade, mais edifícios do que há em seu interior. O campo de batalha está cheio de ruas e pavilhões e tem novecentas tendas. Os reis da Noruega e da Dinamarca o visitaram ali; o mesmo fizeram o imperador e os embaixadores de todos os reinos da cristandade. Há bordéis, padarias, moinhos; e um mercado que vende todos os bens de Flandres. São celebrados casamentos, batismos e funerais. Os músicos do duque tocam o dia inteiro, de modo que o ar é tomado pela música. — Sabia que estava tagarelando, tal como uma mulher desbocada em seu falatório, mas não conseguia parar. Era de algum modo urgente que esse alto e bem-apessoado rei o admirasse de fato. — Um exército de vinte e dois mil homens. Dizem que o duque dorme de armadura e conta com excelentes estratagemas de cerco copiados dos romanos; e que golpeia os muros todos os dias. Toda noite os cidadãos os reparam. E assim foi por um ano. Sou grato — disse Luís — por ter Deus considerado oportuno privar o duque de Borgonha do juízo, *mon cousin*. Ele violou esse pacto convosco e permitiu que finalmente nos tornássemos amigos.

— Meu irmão da Borgonha está muito descontente comigo — disse Eduardo, com um *moué* queixoso. — Veio ao meu acampamento na semana passada tomado por uma raiva incontrolável porque recebi vossos enviados. Temo que devamos algo para aplacar-lhe a dignidade ferida.

— Ele mesmo provocou essa ferida — disse Luís, com despeito. — A Borgonha sempre foi um feudo da França, desde o dia em que o rei João, o Bom, deu o ducado ao filho como *apanage*. Vosso irmão da Borgonha, *mon cousin,* deve aprender que rege suas terras com a minha permissão. Na verdade, elas me pertencem.

— Ah, sim — disse Eduardo. — Vosso grande sonho. Vossa França *arrondie*. — Sorriu com alegria. — Estais, naturalmente, ansioso por notícias de vossa prima de Anjou. Encontra-se em grave enfermidade. Foi bem tratada. Mas seu espírito está alquebrado.

Luís hesitou. Ele não pretendia confiar a esse homem encantador e demasiado esperto as razões de sua urgente necessidade de ter de volta sua prima Margarida.

— Minha prima é bem-amada — disse Luís —, e nós sentimos muita saudade dela. Aqui será tratada com grande afeto: aqui, onde o pai e a irmã podem socorrê-la.

— Essa preocupação é verdadeiramente admirável — disse Eduardo, com uma expressão pura como água.

— É o mínimo que posso fazer — disse Luís — pelo meu próprio sangue.

— Ela falava muito de seu pai, quando estava na prisão — disse Eduardo. — E de seu ducado de Anjou, que ele lhe legou.

Luís descobriu que não podia falar. Aqueles olhos pareciam tão ingênuos! Mas, numa época, ele conhecera outro par de infantis olhos transparentes como esses, os quais, ao longo dos anos, muito lhe haviam custado. Jamais confiara em homens de olhos claros.

— Tenho estranha apreensão — disse Eduardo, num tom de confidência — de que, embora prisioneira, vossa prima de

Anjou possa ficar mais segura sob minha proteção. — Ele deu de ombros. Mas uma França *arrondie* sem dúvida significa que também Anjou vos pertence. Bem, *mon cousin*, as questões do vosso reino competem a vós. — Inclinou-se com intimidade sobre a treliça, como se fosse a tela de um confessionário, e olhou com curiosidade para Luís. A chuva produzia um ruído no telhado de madeira. — Dizei-me, *mon cousin*, de um rei para outro. Afinal de contas, dirigir nações não é tarefa fácil. Mas, quanto a esse vosso sonho, esse reino unido, como entendeis a condição de rei?

O vento ribeirinho começara a soprar, gélido, lançando gotas de chuva sob o toldo. Luís viu que seu corpo começara a tremer sob o manto cinza.

— Um rei — disse, com firmeza — é um governador. Um rei maneja o poder. Controla o Estado. Sobre ele recaem as responsabilidades da proteção e direção de seu povo; assim como a de torná-lo um todo coerente e leal. Não sou filósofo, *mon cousin*, mas deveis admitir que a França é hoje uma nação muito diferente do amontoado de ducados às turras que terminaram por coroar meu pai.

— Admito — disse Eduardo, pensativamente — que é diferente.

— E vós, *mon cousin* — disse Luís. — Que é para vós, ser rei? Vós, assim como eu, tivestes de lutar pelo próprio trono.

— Um rei — disse Eduardo, dando de ombros — é um vaso.

— Não sou um homem místico — disse Luís, furioso. — Sou prático. Vossa pequena ilha, *mon cousin*, é poderosa, mas é uma pequena nação. Não suportais os constantes golpes e vociferações em vossos calcanhares de altivos senhores independentes, cada um dos quais acredita ser, ele mesmo, um rei.

— Não o suporto? — sorriu o rei da Inglaterra. — Não conheceis Clarence, nem Gloucester; nem conheceis a família de minha esposa, que é tão numerosa quanto as estrelas do firmamento.

— Como, então, controlais vossos nobres?

— Controlar? — disse o simpático homem de olhos claros iluminados pelo céu. — Ora, eles me amam, *mon cousin*.

A chuva obliterara o brilho do manto de coroação feito de tecido de ouro. O rei da Inglaterra parecia impassível, embora ambos os reis estivessem encharcados. Luís espreitou outra vez pela opaca cortina a floresta de homens armados. Não tivera escolha. Se tivesse combatido esse exército, teria cortejado a própria morte. Toda a Europa esperara consternada o colapso da nação francesa. Alguns dos aliados haviam demonstrado, de modo sucinto, sua previsão acerca do desfecho da guerra: o duque de Milão e o imperador haviam dissolvido abruptamente os pactos com ele firmados, tendo assinado tratados com a Borgonha. Se Carlos de Borgonha não se tivesse apegado com aquela fúria obstinada ao seu fútil cerco, não teria havido encontro em Picquigny. Nenhuma barganha, nenhum tratado de paz. Não haveria França. Apenas uma carcaça desmembrada, com os ingleses dourados no trono e o louco duque de sobrancelhas negras ao seu lado. E os angevinos, exultantes.

Seus conselheiros haviam-lhe assegurado que ele dera um brilhante *coup*. Que a advertência do antigo pesadelo da Guerra dos Cem Anos, a maior crise de seu reinado, fora tratada com uma extraordinária mestria. Que ele preservara centenas de vidas e dera um golpe aviltante no inimigo da Borgonha. Que era um dirigente sábio, um grande diplomata. Ele subira naquela absurda plataforma de madeira com um irresistível sentimento de que fora, tão-somente, abençoado pela sorte. Agora, começava a suspeitar de que fora feito de tolo.

O rei da Inglaterra o estava observando por inteiro e sorria com insistência. Luís ficou aliviado porque o homem não lhe podia penetrar os pensamentos: a destruição da Borgonha e os dolorosos e humilhantes estertores de seu duque.

— Tenho tido preocupações — disse Eduardo — com o ultraje do meu irmão da Borgonha, *mon cousin*. Não posso dar a impressão de ter afastado isso da mente. Estou certo de que compreendeis, com vosso amor e solicitude para com vossa família. Sinto que devesse fazer algo para aliviar esse desconforto. Sinto, *mon cousin,* que tivesse de incluí-lo nos termos do tratado de paz, ao qual acabastes de jurar cumprir. Não seria uma pena — com as mãos humildes estendidas — que combatesses meu próprio cunhado, agora que somos amigos?

Estremecendo, Luís tentou encará-lo. Não pôde emitir um único som.

O rei da Inglaterra sorria e balançava a cabeça, acenando para o seu séquito. Dois pajens carregavam alguma coisa pesada para a ponte.

— Ah, *mon cousin* — disse Eduardo. — Quase me esqueci. Eu vos trouxe um presente. Nada vale, comparado com vossa beneficência. Mas é um adorável memorial. Mal posso oferecê-lo a vós — sorriu — através deste extraordinário adorno. Vossos homens poderão carregá-lo quando desarmarem nosso local de encontro. Mas gostaria que o plantásseis nos jardins. É para que possa florescer, como nossa amizade, e vos lembrar de nossas provas de amizade.

Que homem cortês e atilado. Luís primeiro vislumbrou, através do aguaceiro, a pesada urna de ouro cravejada de pérolas, à medida que os pajens se arrastaram pela ponte com sua carga. O odor dos botões, liberado pela chuva, o atingiu antes que ele pudesse ver a árvore da altura de um homem. Lutou para conter o vômito e teve de segurar-se na treliça, como um animal que busca escapar de sua prisão, enquanto buscava freneticamente um gesto apropriado de gratidão.

— São brancas — disse Eduardo —, representando a Casa de York.

De alguma forma, ele conseguiu fazer agradecimentos convencionais. Os dois grupos de cortesões voltaram a subir na ponte. Houve muitas mesuras e sorrisos, e delicadas e dignas despedidas. O rei da França manteve-se de pé ao lado do secretário na chuva cinzenta e observou o garboso grupo de senhores ingleses afastar-se, enquanto os vastos contingentes do exército começavam a marchar, encosta abaixo, na direção do porto. Todos estavam indo para casa. Nenhum sangue fora derramado. Se fizesse a mínima tentativa de vingar-se do louco, eles retornariam; e nenhuma pilha de coroas de ouro os compraria. Os botões brancos brilhavam na névoa como estrelas. O odor o atingiu mesmo ali, na margem.

— Vossa Graça — disse Filipe de Commines — que devo fazer com isso? Para onde devo mandar levá-la?

— Atira-a no rio — disse Luís.

O amor, disse-me meu tio, é a paixão despertada pela beleza. Um de seus sicofantas, um homem chamado Ficino, o escreveu; e isso, ao lado de todas as outras momices que ele me pregou em Sainte-Baume, pareceu-me patético e absurdo. Mas, agora que fico aqui deitado e reflito acerca de meu reinado e minha vida, descubro que estou perplexo. Nunca professei amar uma mulher. Nem senti jamais a necessidade de ser amado por uma mulher. Sem dúvida tu, *monsieur,* que sabes mais sobre minha esposa do que eu, também sabes mais do que eu sobre o amor.

De todas as mulheres que conheci, apenas duas eram, aos meus olhos críticos, verdadeiramente belas. Apenas duas provocaram em mim mais do que um tépido desejo que se metamorfoseava em repulsa ou desdém entediado. Mas aquilo que despertaram, *monsieur,* não foi o amor. Foi, antes, ódio. A primeira teve de ser destruída. Embora fosse a concubina de meu pai, era peão de meu tio e representava um perigo para mim. E a segunda, bem, admito que há muito tempo devo ter considerado bela aquela mulher sombria e obscura. Mas era uma beleza repelente, que me assustou. E embora isso sem dúvida te seja doloroso, ela também deve ser destruída.

Alguns consideram bela minha Carlota, depois de ela ter saído da meninice. João de Anjou obviamente assim a considerava; tal como ocorreu com um outro homem. Mas, para mim, ela sempre foi uma criatura pálida e sem graça, corrompida pelas carícias de outros homens. Mesmo minha primeira esposa era considerada bela, quando saiu pela primeira vez da Escócia. Até que o *arsenicum album* revelou a verdadeira feiúra que lhe estivera oculta sob a poesia e os sorrisos. E um dia minha prima Margarida foi reverenciada como uma beldade, *monsieur,* embora eu mesmo jamais a tenha considerado como tal.

Talvez possas esclarecer-me, pois as duas mulheres que possuíam o poder de me estimular eram marionetes de meu tio e servas tuas. Isso pode ser mais do que coincidência, *monsieur?* É mais do que coincidência o fato de a beleza, nessas duas mulheres, ser apenas uma máscara que servia aos propósitos de alguma coisa insondável? Algo que me assombrava os sonhos, mesmo com as doces promessas de repouso da beladona.

Contemplo a face imaculada da Virgem no *prie-dieu,* iluminada pelo brilho pálido dos círios e vejo uma beleza angelical, que deveria me levar à compaixão e a pensamentos de paz eterna. Mas ela não faz isso. A beleza angelical, tal como a de minha esposa, nunca conseguiu me excitar a alma. Esta outra, embora disfarçada pela beleza, é infernal. E, no entanto, sua danação e suas profundezas sempre me perturbaram. Não desejo que penses, *monsieur,* que agora me atormento. Afinal de contas, estou velho, e doente. Ademais, aprendi com meu pai que um homem embriagado pela beleza não pode dirigir um reino. Mas gostaria de saber por que as mulheres que achei belas pertenciam ao meu tio e a ti.

No dia de seu casamento em Nancy, todos consideraram Margarida a mulher mais adorável da França. Todos ignoraram a outra noiva, pois ela era insignificante. O conde de Suffolk estava embriagado com sua enfatuação. Todos os cortesãos se mostravam excitados. E meu tio se envaidecia e se emproava como um pavão. Ele deu-a a um inglês sem que ela levasse um centavo de dote, pois o noivo se encantara com sua beleza —

com a música e as mascaradas de meu tio. Os ossos delicados de Margarida. . . corpo deliciosamente arredondado e os cabelos dourados. Os olhos de safira de meu tio. Mas quando os ingleses a trouxeram de volta, ela já não era bela. Comprei-a por cinqüenta mil coroas. Mesmo eu, *monsieur,* poderia ter sentido pena. Talvez até mesmo eu, se ela não fosse filha de meu tio.

Não posso fingir diante de ti, *monsieur,* que tenha sido um ato de generosidade, ou de compaixão. Além disso, jamais a considerei bela. Tu e eu nos conhecemos bem demais para que eu dissimule, embora só nos tenhamos visto uma vez, e embora haja tanta coisa que não nos dissemos. Mas não te ocultarei o fato de que a teria deixado com satisfação, alquebrada e apodrecendo numa prisão inglesa. Cinqüenta mil coroas de ouro são uma grande soma, especialmente para um rei submetido a fortes pressões, que esvaziara seus cofres a fim de comprar paz para seu reino. Prima ou não, ela nada representava para mim. Mas tinha algo que eu desejava, *monsieur.* E eu sempre fui um homem prático.

Nas enormes propriedades na Lorena que ela herdara de sua mãe eu, na época, não podia tocar. O Leão de Borgonha havia iniciado a invasão do ducado e devorava as cidades. Mas havia Anjou, que meu tio lhe legara. Agora podes protestar, *monsieur,* e recordar-me de que Anjou ainda pertencia a meu tio, e que não me cabia tomá-la. E podes alegar que Bar, que fazia fronteira com a Lorena no oeste, pertencia ao rei da Sicília e fora legada não a Margarida mas à condessa de Vaudémont e a seu filho. Mas essas amenidades legais nunca me perturbaram. Um velho homem assina um documento e deixa suas terras para os filhos; e as cortes da Europa podem cacarejar, clamar e considerar sagrado seu testamento. Mas os soldados do rei são mais eloqüentes do que pedaços de pergaminho. E, afinal de contas, os pergaminhos de meu tio eram suspeitos. Não podemos confiar nos torneios verbais e desejos de um velho senil.

Deves ter deduzido, *monsieur,* o que eu faria. Afinal, que escolha tinha eu? O Leão de Borgonha, em sua avidez desajuizada por terras, poderia ter destruído facilmente o jovem duque de Lorena e sua mãe. Ou a pestilência os poderia ter atingido; ou mesmo a disenteria ou um ataque apoplético. Temos de convir que a família era propensa a essas mortes fora de hora. E então os domínios de meu tio — Anjou, Bar, assim como a Lorena — teriam caído nas mãos feias da pobre Margarida despossuída. Que mais poderia fazer além de enviar meus exércitos para Anjou e Bar enquanto esperava minha prisioneira resgatada? Além disso, eu precisava de Bar, *monsieur*. Bar era um anteparo entre Champagne e a Lorena ocupada pelos borgonheses. Bar contava com um excelente castelo fortificado, situado numa alta colina de maravilhosa visão estratégica. Eu teria sido um tolo se não tivesse tomado Bar.

Naturalmente, teus servos ficaram furiosos. Mas não tinham condições de protestar, com as hostes borgonhesas golpeando as paredes de Nancy. E eu há muito advertira meu tio quanto ao fato de ele não me poder conter com música e bailes de máscaras.

Eu jamais acreditaria, *monsieur*, que se pudesse ter saudade dos mortos por quem se nutriu ódio. Mas, deitado aqui, observando as sombras debruçando-se sobre as paredes, penso em todos aqueles a quem sobrevivi ou destruí. Talvez o ódio sustente a vida. E, quando não há mais o ódio, então a vida perde o propósito. Meu tio me disse um dia que o amor sustenta a vida. Que o amor, a paixão despertada pela beleza, era a grande força unificadora do universo, a força que reunia os três mundos e atava, com cordéis de prata, o que há em cima com o que há embaixo. Essa era a espécie de disparates que ele dizia, *monsieur*. Sei que é o ódio que nos une, pois, agora que aqueles a quem odiei se foram, descubro que estou sendo corroído por uma terrível desolação.

Mesmo em seu infortúnio, eu odiava Margarida. Alguma moléstia grave a desfigurara. Seu rosto estava pustulento e cheio de marcas, dilacerado como o rosto de um leproso. Os médicos ingleses, e até os meus, não puderam chegar a um diagnóstico. Não era lepra, nem outra enfermidade que reconhecessem. Talvez, sugeriram meus sacerdotes com uma incomum originalidade, fosse uma doença vinda do espírito. Uma espécie de punição. Uma expiação. Seus cabelos haviam caído, mas não por causa do *arsenicum album*, pois não precisei envenenar essa angevina. As mãos e os braços, um dia alvos e bem formados, estavam cobertos de pústulas. Quando eles finalmente a trouxeram em minha presença, o rosto, um dia belo, estava velado, pois que homem o poderia olhar sem horror? E eu sempre desprezei deformidades.

Ela era minha, *monsieur*. Eu a comprara e, com ela, seu direito à vida. Não obstante, a bruxa recusou-se a assinar o documento. Era como todos os teus angevinos: uma tola obstinada. Em sua teimosia, não conseguia perceber que já não era rainha. Qual! Ela até cuspiu em minha face e disse-me coisas cruéis e indelicadas. Terminou por me obrigar a tomar uma atitude. Meu secretário teve de tomar-lhe a mão e mover, ele mesmo, a pena. Mesmo fraca e padecendo de dores, ela não se inclinou diante de mim. Ora, não sou um homem cruel. Mas deves admitir que não tive escolha. Precisava do pergaminho que declarava que seus direitos a Anjou, Bar e Lorena eram totalmente meus. Ela morreu há apenas um ano, *monsieur*, ainda como minha prisioneira. E, todavia, não é estranho que, em vez de satisfação ou alívio, eu tenha sentido uma certa solidão com seu passamento?

Sobrevivi também à Rosa Branca de York. Eduardo da Inglaterra fez-me de tolo e não senti sua indigna e extemporânea morte. E, no entanto, ainda me sinto solitário ao pensar que ele cessou de existir. Mesmo minha esposa, a quem também odiei, está morta; e quem restou para que eu atormentasse com tal intimidade deliciosa? Restou no mundo algum louco contra o qual eu possa opor minha vontade? Que terras há ainda para tomar? Todos se foram, *monsieur*. Exceto três. Dois irão ao meu encontro, dentro em breve, em Loches, pois, quando me levantar dessa maldita cama de enfermo, há a questão da Lorena. Tenho negócios inacabados com teus servos. E, por fim, restará apenas uma pessoa: a quem aprendi a odiar mais do que a todas as pessoas. Uma paixão, podes dizer, embora eu dificilmente dissesse que é a beleza invocando o amor.

Talvez eu também me sinta solitário sem ti. Afinal, tens sido o mais astuto de todos, bem como o mais implacável. Talvez eu até te pranteie um pouco, quando a árvore tiver sido cortada pelas raízes apodrecidas. Ainda não estou pronto para morrer, pois meu ódio ainda me sustenta. E há tanta coisa que preciso saber! Pois bem, podes até ter gerado um filho. E que aconteceria ao meu reino, à minha França *arrondie*, se tua linhagem, *monsieur*, sobrevivesse à minha?

— Tua filha — disse Luís, com escárnio — não passa de uma mundana. Ela vendeu a Lorena a Carlos de Borgonha em troca de algumas noites na cama de um belo homem. Tem a moral de um bode, *mon oncle*. É uma desgraça para a nossa casa.

O rei da Sicília tinha nas mãos um saco de pano, preso por uma corda de prata. Ele o alisava com carinho, mas não o abriu. A Guarda Escocesa do Rei observou-o com curiosidade. O velho fora trazido como prisioneiro e retirado do seu retiro provençal por ordens reais e levado de forma pouco cerimoniosa, em liteira, à presença do rei, em Lion. Ele pedira permissão para trazer consigo, não ouro, documentos ou jóias, mas, tão-só, esse saco hesseno, cheio de brinquedos de *jongleur*.

— A moral de minha filha — disse o rei René com um insinuante franzir de lábios — não é pior do que a tua. Eu mesmo tenho uma esposa jovem e duas concubinas. Estás ofendido somente por ser ela uma mulher.

Luís analisou a face sulcada, semelhante à de um macaco, em busca de sinais de loucura ou de total senilidade. Olhos claros e profundos, semelhantes a pedras azuis, fitaram-no com um ar de diversão atenuada. O velho não exibia angústia nem raiva; apenas mexia no saco de pano, como se este contivesse algum precioso segredo.

— Sabes muito bem, *mon oncle*, por que te convoquei — disse Luís. — Não mais enviarei cartas polidas, pedindo que cesses a comunicação com o duque de Borgonha. Exijo isso agora. Tua filha, aquela prostituta, pode acariciá-lo até que a Lorena arda em chamas, mas eu quero a Provença. Reescreverás teu testamento, diante destas testemunhas. Ou eu o matarei e redigirei um novo testamento com minhas próprias mãos.

O rei da Sicília resfolegou.

— Meu caro Luís — disse ele. — Quanta precipitação! Pensas verdadeiramente que uma ameaça de morte pode assustar-me?

— Talvez não — disse Luís. Ele começara a agitar as mãos. — Mas devo lembrá-lo de que tua filha Margarida ainda se encontra sob minha custódia. E, se desejar, posso tomar a Provença, com a mesma facilidade com que tomei Anjou e Bar. Onde então tua jovem esposa irá esconder-se? O pergaminho já foi preparado, *mon oncle*. Não temos tempo a perder. Considera as possibilidades alternativas e assina.

O odor do perfume do homem atacou-o, invocando a náusea. O rei da Sicília levantou o saco hesseno, acalentando-o nas mãos como se fosse uma criança. Os cabelos finos, encaracolados ao redor das extremidades do turbante de seda, eram de um branco ósseo oxigenado. Filipe de Commines trouxera-lhe uma cadeira, uma pena e um rolo de pergaminho. O rei René ignorou-o, segurou a corda de seda e procurou algo no interior do saco.

— Observa — disse. — Mostrar-te-ei algo.

Sete pequenos globos se aninhavam em suas mãos. Cada um deles era de uma cor diferente; ouro e prata, vermelho e azul, verde e violeta. Um deles possuía desenhos em preto e branco, como meias de um acrobata. O rei da Sicília, sorrindo com bondade, começou a fazer prestidigitações.

— Vê? — disse. — Ultimamente desenvolvi uma genuína habilidade. Nem mesmo tenho de olhá-los. Estou muito contente. Observa, vê a simetria.

Um dos guardas escoceses deu uma risada. Dividido entre a fúria e a confusão, Luís tentou enfiar o braço entre as esferas dançantes. O rei da Sicília afastou-se rapidamente.

— Concede-me minha diversão, Luís — disse ele, num tom de queixa. — Afinal, tomaste-me meus ducados de Anjou e Bar e terminaste de ameaçar a minha vida. Não tens piedade de um ancião?

— Assinarás o documento — disparou Luís.

— Ah, sim — disse o rei da Sicília —, o documento. — O mau cheiro parecia não apenas vir do velho, como também emanar das esferas girantes. Talvez, até mesmo, dos cortinados miseráveis ou da luz do sol que cobria o solo.

Felipe de Commines, nervoso, ofereceu outra vez a pena.

— Há tempo suficiente para assinar o documento — disse o rei da Sicília com um encolher de ombros. — Luís, peço-te que me suportes por mais um momento. Desejo contar-te uma história.

Os guardas riam abertamente. Ocorreu a Luís que eles não estavam achando graça apenas de seu tio. Descobriu que começava a gritar.

— Bela casa — explodiu — a que vocês angevinos construíram. Sabes que teu neto é um imbecil? Pensas que me enganas com essa idiotice de prestidigitações e narração de histórias? Tua linhagem acabou, *mon oncle.* Fracassaste. Não abuses de minha paciência, velho. Estou te garantindo alguns anos a mais de vida entre tuas rosas e bugios. Dirijo agora Anjou e Bar. Quando morreres, governarei a Provença. Com o tempo, também terei a Lorena. Venci, velho. Compreendes? Eu te alertei há muito tempo. Venci. Agora, assina.

O rei da Sicília reuniu com relutância as bolas coloridas em seu vôo e se sentou na cadeira. Eles fizeram um círculo ao seu redor: os guardas, armados, o hesitante e sombrio secretário e o rei da França, com sua sobreveste gasta e a coroa.

— Um de meus médicos, Abraão Salomão, me contou certa feita uma história — disse o rei René, pensativo. — Era sobre um alquimista que viveu em Praga. Talvez ainda viva. Ou pode ter sido noutra cidade. Ele descobriu, entre suas fórmulas secretas e encantamentos, a receita da vida.

Algo que havia na voz colocou uma mortalha de súbito silêncio na sala. Luís, que abrira a boca para gritar outra vez, descobriu que não podia emitir nenhum som. Pode ter sido a voz de um bardo, usando o tom como talismã, invocando a paralisia sobre os ruídos comuns da respiração, do caminhar e do murmurar. A luz do sol, parada em sua trilha, derramava o amarelo sobre as mãos velhas e belamente cuidadas e as esferas multicoloridas. O rei parou, entrelaçando os dedos.

— Ele modelou uma peça de argila — disse o rei da Sicília. — De forte terra vermelha. Um vaso sob a forma de homem. *Malkuth:* a substância do Reino da Terra. E, nessa maciça e quadrada criatura de terra, soprou vida e espírito, de acordo com os antigos encantamentos. Sob a chama do candeeiro que iluminava a escuridão do laboratório, observou a criatura mover os membros. O *golem* tornou-se vivo. E levantou-se, fazendo uma reverência diante do alquimista que fora seu criador e mestre.

Os olhos do velho, semelhantes a safiras, estavam vívidos, empurrando-o com suavidade pelo túnel da memória até um frio e claro dia em Loches. Vinha-lhe a lembrança da criança espreitando, imaginativa, pelas seteiras e vendo no ar vítreo os cabelos dourados e a sobreveste de seda azul-celeste. O rei suspirou com dificuldade e, então, mergulhou no silêncio.

— A cidade estava ameaçada pelos soldados do imperador — prosseguiu a voz melodiosa. — O alquimista ordenou ao *golem* que a defendesse. E o *golem* avançou e aterrorizou os homens do imperador, de modo que eles fugiram de olhos arregalados, com gritos sufocados nos lábios. E nada podia conquistar a criatura, pois ela era demasiado forte. Ela matava, queimava, vingava. Por fim, expulsou o invasor da cidade para que seus habitantes pudessem viver em paz.

Luís permanecia envolvido pelos fios da voz como um inseto aprisionado em âmbar. O rei René voltou a atirar as esferas vagarosamente, primeiro a vermelha e depois a azul.

— Mas ela aprendera a matar — murmurou o rei da Sicília. — E, tendo começado, não podia parar. Pois o sangue é a sede da vida, Luís; e, uma vez manchada pelo sangue, ela estava imbuída de uma vida diferente daquela que seu criador lhe havia infundido. Ela não mais era serva dele. O alquimista tentou chamar a coisa que criara. Mas o *golem* não ouvia. Atingido pela demência, começara a atacar aqueles que deveria defender. O alquimista, que finalmente entendera a carga que lhe era imposta, destruiu a preciosa coisa que fizera. Esta ardeu na conflagração de uma grande fogueira. Quando o fogo acabou, havia apenas um pouco de terra vermelha, ardendo sem chamas. E todavia, enquanto vivera, nada a podia conquistar. — Tu não o vês? — sorriu o rei da Sicília, enquanto os globos mágicos flutuavam e pulavam. — Não o compreendes?

A Guarda Escocesa do Rei estava confusa. Jamais havia testemunhado seu mestre naquela condição: trêmulo e tartamudeante, com saliva escorrendo do canto dos lábios.

— Velho tolo — exclamou Luís. Respirava com vitalidade, como se estivesse correndo sobre tufos de grama e pedras brancas. — Pensas que me assustas. Nada poderá devolver-te as terras agora. Nenhum poder sobrenatural poderá regenerar tua linhagem. Nenhuma invocação poderá proteger a Provença. Pobre tolo. Jamais entendeste o poder, *mon oncle*. Pensas que o sol brilha no firmamento graças a alguma magia e acreditas que a história é criada por talismãs e encantamentos. Pobre velho tolo. Agora, assina.

— Nada entendeste — disse, tristemente o rei da Sicília. Ele havia posto as bolas coloridas dentro do saco e depusera o pacote com cuidado no solo — Ah, muito bem — suspirou. A voz era calma, como se falasse a uma criança. — Se representa tanto para ti, podes ficar com a Provença. Quando eu morrer — disse, enquanto escrevia alegremente no pergaminho —, não vou precisar dela, vou? — Olhou com nostalgia para o saco e, visivelmente, se conteve. — Mas, Luís, quando finalmente tiveres a Provença, evita o castelo em Tarascon. Temo que possas achá-lo, bem. . . desconfortável.

— Que queres dizer com desconfortável?

— Ah — disse o rei René, sussurrando e sorrindo maliciosamente —, ele está cheio de fantasmas. Todos os fantasmas que criaste. Não é, penso eu, um lugar onde gostarias de dormir.

Ele começou a rir. Luís, por um terrificante momento, pensou que fosse o velho anão que o enfrentava. Um arrepio o tocou com suavidade.

— Teu monte de pedras — disse, com firmeza — não me pode fazer mal. Eu o derrubarei e construirei outro castelo.

— Mesmo assim — disse o tio, dançando sobre um pé. Estava rindo. — Deves ter cuidado com pedras brancas, Luís. Bem, terás todas elas. Anjou, Bar e a Provença; e, talvez, Borgonha também. Normandia, Picardia, Sabóia. Jóias para pendurar no colar real.

— E a Lorena, *mon oncle*.

— Não — disse o rei da Sicília, espreitando-o com olhar de coruja. — Não, afinal de contas, não creio que te vamos dar a Lorena. Tens medo da morte, Luís?

— Morte? Não penso na morte, *mon oncle.* É algo para velhos como tu contemplarem. Estou muito ocupado com a construção de um reino.

— Sim. Teu grande reino. Talvez te mostrasses sábio — disse o rei René, piscando — ao pensar na morte.

— Tu te atreves a me ameaçar?

O rei da Sicília não respondeu. Rindo consigo mesmo, tomou do saco de *jongleur.*

— Estás totalmente louco — disse Luís.

— Claro que estou — replicou o tio. — Todos estamos. Somos feitos da matéria dos anjos e dos demônios. O homem, o *magnum miraculum.* Como poderíamos não ser loucos? Mas, Luís, esqueceste alguém. — Quase nos destruíste a todos. Todos os angevinos. Bem, não importa. Todos sabem o que dizem sobre Foulques de Anjou. Mas esqueceste alguém. — Deu outra risota. — Vê, Luís, no final, terá sido tudo por nada.

O rei da França, transfixado como um pássaro diante de uma serpente, tentou afastar-se. Retrocedeu e tomou do pergaminho assinado que o declarava herdeiro da Provença, e fez um sinal para sua guarda.

— Nada — repetiu o rei da Sicília. — Observa. — Começou a jogar as bolas outra vez. — Observa o equilíbrio. A simetria. Aqui, Luís. Toma-as. Tenta.

As mãos velhas e frágeis dispunham as bolas coloridas num cacho, como se fossem frutas. Luís resfolegou com desgosto e girou sobre os calcanhares, saindo da sala.

À porta, olhou para trás. Seu tio estava parado sob um feixe de luz amarelada do sol, rindo dissimuladamente e jogando as bolas brilhantes. Uma parva e corpulenta forma, envergando um manto de veludo negro com as bordas de arminho luxuoso e um turbante de seda negra enrolado em torno de cabelos brancos como ossos. Teria sido cômico, não fosse por uma fugidia dignidade que poderia ter emanado da auréola do sol.

— Eu te perdoarei por não tentares — disse a voz musical. — É muito mais difícil do que parece. Mas esqueci de te contar algo. O alquimista. Meu médico não me disse toda a verdade acerca da história, Luís. Atenta, o alquimista era uma mulher.

Parte cinco

Iolanda

O urso

1476 - 1480

"Portanto, a não ser que te tornes igual a Deus, não poderás compreendê-Lo; porque o igual não é inteligível senão para o igual. Crê que nada te é impossível, pensa que és imortal e capaz de entender todas as coisas; todas as artes, todas as ciências e a natureza de todo ser vivo. Eleva-te ao mais alto das alturas, desce ao mais baixo das profundezas. Se abarcares no pensamento todas as coisas de uma só vez — tempo, lugares, substâncias, qualidades, quantidades —, poderás compreender Deus."

Corpus Hermeticum

XIII

A apatia do povo de Nancy durante as celebrações da coroação de seu novo duque pode ter sido provocada pela ignorância que o nobre tinha com relação aos talismãs. Ou, talvez, o entorpecedor aguilhão do frio de dezembro tenha paralisado o júbilo. As ruas estavam silenciosas e cobertas por uma crosta de gelo; a Porte de la Craffe brilhava, cinzenta, sob uma exangue luz do sol. Por certo foram expendidos muitos esforços e muito dinheiro com o evento. O conquistador ordenara a feitura de um novo diadema ducal, estrepitosamente coalhado de diamantes, pérolas e rubis balaxes. O antigo bracelete lotaríngio, ele declarara, era apenas um traste de ouro amarelo malhado, muito miserável para a cabeça possante de Carlos de Borgonha. Ordenara que se desmontasse o arco central do portão do norte para que os soldados borguinhões pudessem marchar, em entrada triunfal, perfilados em grupos de quatro. Esperara cuidadosamente, até o cair da noite, os juramentos cerimoniais de fidelidade da *noblesse* da Lorena, pois o espetáculo de milhares de tochas e velas acariciando jóias e sedas seria mais magnificente. Procurara divertir e encantar sua audiência com uma mascarada: sua coroa foi consagrada, não pelas mãos terrenas de algum prelado ordinário, mas por um anão de olhos semelhantes a uvas negras, chamado Luís XI para zombar do rei da França, vestido de tecido dourado, que entrara no grande *hall* nas costas de um leão com a envergadura de um cavalo.

Essas blandícias corteses fracassaram. Os nobres da Lorena e os homens dos Três Estados haviam-se trajado de negro. Podiam não verbalizar sua dissensão, estando sob a ameaça de enforcamento. E, no entanto, declararam tacitamente, com a face coberta de ódio, seu solene estado de luto.

O novo senhor da Lorena pairava sobre eles, no alto trono, envolto em arminho e veludo carmesim. Um rosto ensombrecido pela dignidade ferida olhava com raiva sob o reluzente diadema. Furioso, fez um discurso conciliatório, intenso, apaixonado, pleno de amor por essa antiga terra. Ele a teria, disse com afeição e honra, como o mais precioso de seus domínios, a mais brilhante jóia da coroa. Ele faria de Nancy sua capital. Faria chover donativos necessários sobre palácios e pavilhões, igrejas e asilos de pobres, quando retornasse de sua guerra com os suiços. Cuidaria da Lorena como se fosse seu solo natal. E num sentido mais profundo, não seria ela verdadeiramente sua, por intermédio de seu ancestral Godofredo de Bouillon, o duque da antiga Lotaríngia, coroado rei de Jesuralém havia três séculos?

Músicos borgonheses esforçaram-se inutilmente por gerar alegria com seus alaúdes, flautas e tambores. Os habitantes da Lorena caminhavam tropegamente, olhando uns para os outros ou para o chão. Sob o manto de caro incenso e do brilho dourado das tochas, havia um único pensamento. Faltava alguém na reunião. Todos os nobres, grandes ou pequenos, haviam ido oferecer lealdade forçada. O duque de Borgonha, agora duque de Lorena, demonstrara magnanimidade ao confiscar as propriedades daqueles que se recusaram a comparecer à festa. Mas faltava alguém. Ele desaparecera havia dois meses, quando o povo aterrorizado da Lorena recebera a notícia de que o exército borguinhão estava nas fronteiras. Ninguém sabia para onde fora. Ninguém falava ou sussurrava, sobre sua desmaterialização. Nenhum habitante da Lorena o acusava. Todos lembravam do que ocorrera ao duque de Gueldres quando o Leão invadira o reino. René de Vaudémont desaparecera tão misteriosa e suavemente como a neve que se derrete à luz do sol da primavera.

Por causa de sua ausência, todos os olhares, inclusive os do inflamado e arrogante homem que ocupava o alto trono, estavam voltados para sua mãe.

O rosto imóvel da mulher flutuava, sereno, num brilho rosado oriundo das tochas. Olhos semicerrados buscavam-lhe o olhar. O curioso sorriso que se instalara em seus lábios parecia carecer de humildade. Havia rumores de que ela recebera o conquistador em seu leito. Embora ninguém fizesse referência a isso, alguns acreditavam que Nancy se rendera às tropas borgonhesas a pedido dela, após meras duas semanas de cerco. Mas o olhar brilhante do novo duque sugeria que a mulher talvez tivesse sido fundamental para a fuga do filho. E ela era, afinal, a filha do rei da Sicília. Nenhum angevino trairia tal herança.

Mesmo o anão moreno observava tudo isso perseguindo uma lembrança desconcertante.

Quando as notícias da guerra foram anunciadas pela primeira vez, o santuário de Vaudémont parecera oferecer refúgio. Mas agora parecia que a Roda a havia abandonado. Carlos de Borgonha firmara, com o rei da Inglaterra e com o rei da França, um tratado de paz que permitia a livre invasão da Lorena pela Borgonha. E assim o Aranha realmente se vingara daquela tarde à luz do sol na qual Iolanda mofara dele. Ela conhecia a mente de Luís. Deixemos que o Leão tenha a Lorena por algum tempo, para que a França possa devastar o que restar. Anjou e Bar haviam sido perdidas, assim como a herança da Provença. Seu pai fora preso, ameaçado, humilhado. Ela orara, mas o rosto negro permanecera mudo. Apenas o crescente dos lábios sugeria paciência. Aliena esse homem agora, insinuava o sorriso silencioso, e ele destruirá a Lorena. Espera e suporta. Conjura-me. E ele se destruirá a si próprio.

Por sob o véu de suas pálpebras, Iolanda o observou. O corpo musculoso estava cheio de orgulho e triunfo irado. Um frêmito doloroso de desejo involuntário a estimulou ao autojuramento. Faces pintadas de duques lotaríngios há muito mortos se inclinavam sobre ela, censurando-a. Tu nos traíste, sussurravam. Tu te entregaste ao inimigo. Mas quem era o inimigo? Ela pensara em combater esse amante implacável com a magia, a lisonja e o corpo envelhecido. Mas talvez seu filho fosse o inimigo, pois se opusera a ela, entrara na liga de cidades suíças contra a Borgonha, violara o tratado e fizera uma declaração de guerra.

Os frutos dessa rebelião agora se encontravam diante dela, nos rostos constipados e mantos sepulcrais, na besta envolta em vestes reais, que usava uma nova coroa reluzente e trazia nas mãos um cetro como se fosse um rei. Ele perpetrara os mais calculados atos de terrorismo contra o povo da Lorena, à medida que lhes engolia as cidades. Agora, lisonjeava e cortejava, anunciando à assembléia de prisioneiros a grande amizade que um dia florescera entre a Borgonha e sua vizinha.

Falava do pai, Filipe, o Bom, e do pacto firmado com o velho duque, Carlos de Lorena. Atrás do alto trono, o antigo arrás oferecia uma divertida instrução sobre o possível encantamento dos demônios. Falava em favor do rei da Sicília, e de João, seu companheiro de armas em Montlhéry. E de Nicolau, bem como do casamento que teria unido os ducados. Da morte trágica. Da corrosiva inimizade do rei da França. Era como um bardo recontando uma história antiga: a história da Lotaríngia, que um dia fora uma única terra, depois dividida, e, hoje, mais uma vez reunida. Iolanda não ouviu seu próprio nome ser proferido, nem o de seu filho. O anão moreno acocorou-se aos pés do alto trono, olhando de modo ameaçador.

A Roda estava girando e girando. Ela não conseguia prever seu desígnio. Seus olhos vislumbraram as sombrias asas do destino dele, no ponto onde as tochas formavam poças quentes como óleo sagrado, acima da juba negra, das espessas sobrancelhas e dos olhos grandes e observadores. O *hall* estava fervilhante de espectros que protestavam, escarnecendo e guinchando. Ele não os podia ouvir. Era feito de terra.

Mais tarde, essas aparições flutuaram atrás dele entre os cortinados bordados do quarto de dormir. Pululavam até suas mãos, pesadas de calor, buscando controlar o ardor de sua própria carne desamparada. Ela fitou seus olhos, tomados de paixão, e desejou gritar-lhe: vai embora, foge. Não me toques, nem me ames, ou invocarás tua própria morte. Não precises de mim, ou Ela te trairá. Mas ele embriagava-se dela e não podia encontrar seu filho.

— Por quê — disse Carlos de Borgonha —, por quê? Quando olho teu rosto. Apenas uma mulher envelhecida. Uma pele endurecida. Sombras sob teus olhos. Teus seios caem. Teu ventre é flácido. Vejo tudo isso, recordo a mim mesmo: esta velha mulher. Esta mulher já não é bela. Talvez jamais tenha sido bela. E, no entanto, esqueço. Olho para ti, e sonho, e ardo. Eu. . . — disse ele, silenciando.

Pesadas meadas de fumaça vinham dos círios, velando os olhos dilatados. Uma boca de besta, soturna e sensual; ombros muito fortes; coxas poderosamente musculosas. Uma profunda cicatriz se estendia, púrpura, sob a orelha direita, ponto em que uma lança o atingira em Montlhéry. Algo se debatia, aprisionado, sob a densa crosta. Ela podia tocá-lo, aquele espírito encapsulado em luta. Seus dedos passaram pelos grossos cabelos negros, que combinavam com o tórax, os ombros e o ventre dele. O amor poderia, com o tempo, libertar aquele espírito. Não obstante, ele a traíra e deixara seu filho sem posses.

— Talvez — disse Iolanda — o que te queima não seja o que vês. Talvez passes por um véu e algo diferente venha ao teu encontro. Um Outro. Isso é tudo.

— Não compreendo — disse ele.

— Não — disse Iolanda. — Como o poderias? Não amas as mulheres. E mesmo que assim fosse, como o poderias compreender? Estás envolto pelas sombras na parede da caverna. Não percebes, atrás de ti, o fogo; nem as formas brilhantes demais para serem vistas. Por vezes, eu te aterrorizei, quando tentei te mostrar esse véu.

— Que Outro?

Ela não respondeu, mas beijou a cicatriz como se beijasse uma boca suplicante na pele do seu pescoço.

— Eu se fosse o duque de Borgonha — disse ela, com suavidade —, temeria por minha vida.

Ele pegou-a pelos cabelos revoltos, vivos como uma massa de serpentes, e colocou-lhe a face sob a luz.

— Iolanda. Onde está teu filho?

O sorriso dela saiu como um ladrido, vitriólico e duro.

— Meu filho? Não o sei. Que importa onde está meu filho? És o duque de Lorena agora. Por que deverias preocupar-te com uma pessoa que não é ninguém?

A face sombria poderia ter entumescido e explodido. Grandes dedos semelhantes a espátulas fecharam-se em torno de sua garganta.

— Uma rosa com espinhos venenosos — murmurou ele. — Quero teu filho, Iolanda. Não vou tolerar. . . Sabes que devo deixar Nancy. Os suíços estão queimando meus castelos no Vaud. — Ele esforçou-se, falando asperamente. — Pretendo levá-lo comigo, para que não haja instigação de rebelião aqui. Teu povo da Lorena pode me odiar quanto desejar. Mas não se levantará contra mim, não vai. . .

— Ah, Carlos — disse ela. Acariciou-o com lentidão e cuidado. Agradava-lhe ver quão profundamente o corpo dele pertencia a ela, a Ela, apesar de sua raiva.

— Não te quero machucar — disse Carlos de Borgonha. — Acredita-me. Iolanda, preciso de ti, eu — murmurou, e parou. A admissão poderia levá-lo a enfrentar sua própria escravidão. — Mas deves. . . Pelo amor que tens por mim, dize-me. Prometo-te que não vou machucá-lo.

Mas ela sorria, enquanto os dedos espessos se fechavam em torno de seu pescoço.

— Amor — disse ela, pensativa. — O amor é a paixão despertada pela beleza. Diz Orfeu que o amor não tem olhos, pois é mais elevado que a visão aguda da mente. Mas eu te vejo com meus olhos. Não me lembro de ter-te falado de amor. Jamais te amei. Apenas te desejei. Há uma diferença. Mas, na época, não tinhas conhecido muitas mulheres. Apenas os corpos ágeis de garotos semidesenvolvidos. E o mundo sabe que Carlos de Borgonha é um homem casto.

Ele se afastou dela, tentando libertar-se das teias de seda: dos cortinados, das roupas de cama desfeitas e dos dedos pendentes da mulher. Vestiu-se, movendo-se com dificuldade como se fosse feito de argila, respirando como se fosse urrar ou chorar. Ela pensou: como ele é belo. Ele também se tornou duro com a idade. Aos quarenta e dois anos a pesada estrutura musculosa prometia uma futura corpulência, e até uma gordura flácida. Mas não agora. Ele se encontrava, nesse momento, no zênite, cheio de dignidade e poder; como se alguma vida elétrica tivesse sido infundida nele. Os olhos selvagens estavam irritados. Da porta do quarto, ele voltou-se.

— Procuras humilhar-me — exclamou. — Não penses que vou esquecer isso facilmente. O ducado agora me pertence. Pensaste em mantê-lo para teu filho. Com teu corpo de velha. Humilhas-te tão-somente a ti mesma, Iolanda. Teu próprio povo cochicha e te chama de prostituta. Não tolerarei. . . Enforcarei todo homem. . . Se teu filho levantar armas contra mim, eu o matarei. Entendeste? Eu, eu. . .

— Jamais tive dúvidas — disse Iolanda.— A cada mês, tu te tornas mais semelhante a Luís. Talvez seja alguma infecção. Como a peste. Um batismo de sangue que contamina aqueles que se aproximam do Aranha na batalha. Durante todos esses anos, meu pai teve razão de escorrer como água.

Mas ela ainda ria dele. Como uma górgona, contemplando, com madeixas emaranhadas, formadas por cobras, o torso descoberto, as coxas abertas e um sorriso malicioso nos lábios.

— Não é necessário que meu filho fomente a rebelião — disse. Estendera os braços, como se desejasse que ele retornasse. — O próprio solo vai te cuspir fora. Já foste, um dia, um homem, um nobre. Em Dijon, vi alguém que poderia ser um rei. Talvez eu te amasse um pouco na época. Mas foi há muito tempo. És como Luís agora. Lembra-te do solo. As colinas e florestas, e as pedras brancas. Não é a meu filho que deves temer. É ao solo; e a mim. Deves temer-me, Carlos. Talvez eu não passe de uma velha prostituta. Mas sei como conjurar teu destino.

Como os braços dela ainda o convidassem, e porque sonhava e ardia, ele gemeu como se sentisse dor e foi compelido a retornar. Iolanda recordou-se de uma pele de urso que havia diante da lareira, no dia em que ele a aprisionara ardentemente entre as sedas; e se maravilhou com a conjunção de Eros e Tânatos, que não podiam viver ou morrer um sem o outro.

Ele me disse, Vossa Graça, que a pompa e o espetáculo imoderados da coroação eram em honra de meu pai. Disse, enquanto os lábios pesados se moviam e os olhos expectantes ficavam suaves com a aspiração dificultosa, que começara a ler Cícero, Ovídio, Virgílio. Prometeu, enquanto lutava com o desejo que ele acreditava ser um encantamento ou uma maldição, que encheria a Lorena de pintores, poetas e filósofos, e que faria uma corte de envergonhar até mesmo o rei da Sicília.

Um homem estúpido é apenas uma alma jovem, que trilha o doloroso caminho dos éons sem compreender que seu espírito ainda se acha deitado nas ternas fantasias da infância, Vossa Graça. Um homem inteligente é alguém que foi além e aprendeu mais; e, no entanto, acredita em sua própria perspicácia, e não na lenta visão cumulativa das muitas formas que a alma formou. Um homem mau é como um homem bom: ambos os tipos chegaram ainda mais longe e aprenderam algo acerca de ambas as faces dos deuses que guardam o caminho. E o mago, o homem que vê, aquele que subiu pelos três mundos e tocou a Coroa, é alguém cuja alma alcançou o alvo e, todavia, retrocedeu, por amor àqueles que se debatem na poeira, entre os espinhos e as pedras brancas.

Mas como eu poderia ajudar um homem que era estúpido e inteligente, mau e bom, Vossa Graça? Um homem que errava, sem ver, e, no entanto, sentia, sem olhos, as formas luzindo pela crosta do caminho? Como poderia eu ajudá-lo, se eu mesma estava cega, e tocava, no seu abraço, alguma espécie de deus bovino, aleijado e preso à terra? Sim, Vossa Graça, eu o amava. O amor, disseram os gregos, é um grande demônio. Não obstante, depois de o demônio passar e de os olhos poderem ver outra vez, nós o repudiamos, e falamos de paixão, ou de ódio, desejo, saudade, solidão. Como poderia ajudar meu amante se, em cada sopro do vento ribeirinho, na abertura da chaminé, eu vos ouvia dizer: "és aquela que eu escolheria" e já sentia, muito antes de os votos de silêncio e lealdade a vós terem sido feitos, a corda inquebrável que apenas minha própria morte pode folgar?

É uma carga muito pesada, para ser colocada sobre os ombros de uma mulher, Vossa Graça, essa tecedura do tapete de vidas e mentes que forma o tecido da vossa Ordem. Eu um dia pensei que existíamos para vos proteger, caçado e escondido como um animal noturno da luz. Então passei a crer que vos servíamos em nome da quimera agridoce de sua restauração num trono perdido há nove séculos, recuperado por algum tempo no deserto e outra vez perdido. Apeguei-me, por um certo período, ao que me dissestes: que precisáveis de uma espada, porque não tínheis filhos. Acreditei, da mesma maneira, que meu pai de fato falhara diante de vós, se bem que corretamente, visto que compreendia o sangue sagrado como um símbolo e não como carne. Vosso real sangue, Vossa Graça, significava menos para ele do que aquilo de que éreis a encarnação viva. Para ele, o sangue sagrado era uma cadeia de preciosa sabedoria antiga, uma corrente subterrânea, um segredo que não era corpóreo, mas forjado com o ouro malhado das almas videntes que haviam subido a escada que leva ao céu e tomado do santo vaso, tendo retornado para conjurar, sob as formas belas, os deuses que reconheciam e amavam.

Vós adoráveis a linhagem de vossa própria carne, Vossa Graça, ao passo que meu pai adorava a de seu espírito. Vós e ele querelastes, e vós o repudiastes. Mas eu, que havia acariciado vossa carne e também havia recebido em mim a semente do espírito de meu pai, sei agora que sou bendita e maldita pela minha condição de mulher; pois meu destino é unir as duas metades em minha própria carne, bem como servir-vos como homem e como mulher, como espírito e como corpo. Como filha de meu pai e como meu pai. Pois devo representar o andrógino divino e usar a varinha de condão, que invoca a harmonia universal dos deuses, entre as amargas e tristes desarmonias do mundo do rei Luís. De nada me poupastes. E devo ser, da mesma maneira, a carne que gerou vossa carne, e que vos deu vosso filho.

Sabíeis, Vossa Graça, que na noite em que o Leão de Borgonha foi coroado duque de Lorena, noite em que a luz das tochas ardia contra vestes de luto e raivosos espíritos, eu quase vos traí? Eu estava em seus braços; e quase sussurrei em seus ouvidos o local em que meu filho se escondia. E quase falei de vós e daquilo a que meu pai servia. Para que aquela besta atingida pelos deuses pudesse compreender de fato, inclinar sua possante cabeça diante do verdadeiro rei e ficar aqui na Lorena comigo, enquanto toda a França era sugada, até tornar-se exangue, pelos lábios de Luís. Quase vos traí, ao tê-lo entre minhas coxas, porque o amor, como um dia disse Orfeu, é cego.

Mas é possível que os círios, desenhando uma vaporosa coroa ao redor de sua cabeça, tenham feito desaparecer muito rapidamente seus suspiros e olhares; ou o sussurro do vento, suave como a queda de pétalas de rosas; ou vossa voz, Vossa Graça, murmurando: Eu vi as sementes de sua morte, Iolanda.

Não vos traí. Apenas amei, e dei a isso outro nome. Nem traí meu filho, que fora pedir ajuda em Estrasburgo, Berna, Zurique e Colmar, para poder derrubar o tirano que era meu amante, e retomar seu ducado. Nem traí meu pai, que atirara a Luís Anjou e Bar, e depois a Provença, como se atira um saco de artefatos de *jongleur,* porque acreditava que eu, sua filha e pupila, manteria a Lorena até que o Aranha e o Leão se tivessem reduzido mutuamente a cinzas estimulados pelo ódio. Suportei o olhar frio de meu próprio povo, Vossa Graça, que olhava e sussurrava: Prostituta! E suportei a violência e a esperteza da criatura que eu inflamara, quando esta tentava arrancar de mim os segredos que guardava. Por essas coisas, que jamais me seja dito por vós que algum membro da Casa de Anjou-Lorena tenha um dia traído seu mestre.

Durante vinte dias, Vossa Graça, ele se manteve ocioso em Nancy para vangloriar-se de sua nova quinquilharia, bem como para deitar-se comigo. Depois, marchou para o Vaud com seu exército. Seguiu com minha bênção e minha maldição. Ele não sabia que Ela também o acompanhava, incitando-o com fantasmas de grandeza e renome eterno. Ela teceu uma rede de prata encantada em seus olhos, de modo que ele estava cego e errava entre as rochas e espinhos da encarnação. Ela quase o destruiu naquele momento; mas retrocedeu, por algum tempo. Em Granson: onde os homens de Berna desceram dos declives cobertos de árvores de Mont Aubert e caíram, como se do céu, sobre suas tropas aterrorizadas, enquanto as trompas de Uri e de Unterwalden gritavam como Erínias furiosas encarando o culpado. E meu amante, que jamais dera as costas a um inimigo, fugiu, Vossa Graça, pois, do contrário, todo o seu exército teria sido destruído. Deixou para trás os três grandes diamantes, assim como o barrete drapeado de jóias e o selo ducal, as tendas de seda, os canhões e pilhas de preciosos tapetes de Arrás; e o trono que levava consigo a toda parte, para recordá-lo de que podia ser rei.

Segundo me contaram, depois disso ele ficou doente, à morte, com os médicos desesperados ao seu redor. Ele sussurrou que a melancolia o estava a devorar; ou que o rei Luís, temendo que ele agora pudesse voltar seus exércitos contra a Sabóia, finalmente o envenenara. Seu ventre foi espicaçado por uma dor implacável, como se o *arsenicum album* o estivesse cortejando, como já o fizera com meu irmão e meu marido. Os espessos cabelos caíam aos punhados, e os olhos estavam velados, de modo que uma pastosa escuridão se havia congelado à sua volta. Disseram-me que, em seu desespero, ele clamou para que Tânatos o libertasse, pois jamais havia sido derrotado até então e não conseguiria suportar a vergonha. Em Dijon, as pessoas caminhavam com medo. Sem ele, nada havia entre a Borgonha e o Aranha. Mas, em todas as cidades suíças, o povo dançou de alegria e acendeu velas votivas para acelerar a ida do tirano para o Aqueronte. E enquanto ele jazia em Lausanne, em furiosa melancolia e com a enfermidade, o rei Luís lhe enviou uma carta, contando-lhe que o rei da Sicília o havia traído e que a Provença pertencia à França.

Aqueles que acreditam ser deuses, Vossa Graça, os deuses destroem. Assim ocorreu com Tântalo e Sísifo, e com Ixião; e assim ocorreu com meu amante. O homem cortejado por essa vingança divina sentirá o girar da Roda e terá medo. Dizem que, em seu delírio, ele gritou que havia sido enfeitiçado. Que Ela o havia apanhado numa cilada; que o havia amaldiçoado; que nem mesmo Nosso Senhor aprovaria o negro pecado dele. Ninguém sabia, Vossa Graça, de quem ele falava. Ele conversou sobre bruxaria com seus sacerdotes e disse-lhes que estava impuro. Gritou que era maior do que Luís, mas que Luís seria, no final, o conquistador, porque jamais andara sem olhos pelo caminho. Talvez a bênção fosse maior que a maldição, pois ele não morreu. Levantou-se do leito, pálido e macilento, escondido em algum silêncio marcado pela agonia, e preparou suas tropas para cercar Morat. Mas eu soube que, depois de Granson, ele mudou, Vossa Graça. Algum langor amargo desceu sobre ele, de maneira que ele não mais teve prazer com os músicos ou com o alaúde, que tocava razoavelmente bem, ou, ainda, com os versos latinos que aprendera a amar. Vestia-se sempre de negro e só tinha alegria com as atrocidades da guerra, bem como com o enforcamento e a tortura dos inimigos.

Ouvi essas coisas de homens que viram e ouviram. Toda a Europa comentava as notícias da ignominiosa e custosa fuga do Leão. Ele mesmo jamais me contou, Vossa Graça. Ele saiu naquele dia de Nancy, com seus homens, numa silente e imaculada nevasca, e me encarregou de guardar a coroa garrida que era o único elemento real que iria tocar. Prometeu-me que, ao retornar, procuraria agradar ao meu filho e obter-lhe a amizade; e provaria a todos que poderia reger a Lorena com cavalheirismo, como meu pai. Disse-me que meu toque o curaria de todo o mau cheiro e de toda a fumaça da guerra; e que, em meus abraços, poderia voltar a sonhar.

Não voltei a vê-lo por um ano, Vossa Graça. Depois de Granson, houve Morat; e, depois, a expiação final. E quando o reencontrei, vossa profecia mostrou-se verdadeira. Ou talvez tenha sido Ela que o amaldiçoara. Pois foi tão-só seu corpo frio que tive nos braços.

— Fala baixo —, sussurrou René de Vaudémont — e não acordes os servos. Preciso de segredo. Ir-me-ei outra vez num minuto. Pela manhã os mensageiros te trarão notícias. Destruímos a guarnição borgonhesa de Vaudémont e tomamos a cidade.

Quando sua forma surgira das sombras do quarto de dormir, Iolanda pensara ser outra. O fulgor do único círio inflamou os olhos prateados e o brilho baço de uma couraça suja de lama e sangue. Na outra noite de verão, um raio de luar se perdera entre nuvens negras e alguém lhe viera falar de morte. Ela emitiu um som semelhante a um suspiro e estendeu as mãos.

— Então começou — murmurou. — Quantos homens tens?

— Quatrocentos — disse ele, com expressão de rancor. — Fui a cada cidade da Liga. A Berna, à Basiléia, a Zurique, a Schwyz, a Estrasburgo; e até a Colônia. Não tenho dinheiro. Eles me darão tropas, mas não ouro. Não posso recuperar meu ducado com quatrocentos homens. Mas quando as outras cidades da Lorena ouvirem falar de Vaudémont, tomarão coragem. Levantar-se-ão contra o invasor. — Ele ajoelhou-se ao lado dela, como se fosse um suplicante. — Os suíços são sábios, *ma mére*. Sua mais refinada arma contra um guerreiro tão disciplinado é a supresa. Sairemos de Lausanne dentro em breve, para atacar Morat. Eles irão esperá-lo ali, onde as estradas acompanham as margens do lago. E eu, eu marcharei para Morat com meus quatrocentos homens, para lutar ao lado deles.

Ocorreu-lhe então que ele estava testando sua confiança. Teria sido fácil, nesse momento, dar um alerta.

Fantasmas esgueiraram-se pelos olhos dela enquanto ele sussurrava. Era um conspirador, tal como o pai. A névoa se elevou, coleando pelos pinheiros e pela trilha suja que havia atrás do lago, onde as tropas borgonhesas, cansadas e desmoralizadas, se movimentavam numa fila morosa. Mais além, a densa floresta ascendia, marcada por pequenos aglomerados de neve enregelante. A barreira branca contra o céu de costelas de pedra e gelo. O súbito som de trompas, que berravam como mulheres se lamentando. O véu desceu de forma serena. As visões se dissiparam.

— René — disse ela. Tentou viajar por olhos que agora lhe resistiam à entrada. — Não podes ficar aqui na Lorena e ajudar tuas cidades? Ele estará envolvido no Vaud por muitos meses. Podemos retomar nossa própria terra. Não vás a Morat. Não o combatas. Não ainda. Não agora.

Ele emitiu um som. Um riso amargo, ou desdenhoso.

— Se não soubesse o que sei, *ma mère* — disse ele —, eu acreditaria que és uma mãe amorosa que teme por minha vida. É a vida dele que buscas proteger. Não voltei para negociar contigo o sangue de teu amante. Ele tomou-me as posses. Desejo ver sua morte. E até causá-la, peço-te lealdade.

— Mudaste muito — sussurrou ela, confusa; então, irada pelo impulso de choro que se apossara sorrateiramente dela, exclamou: — Ah, tu não entendes! Ele morrerá com ou sem tua ajuda. A morte já tem as mãos sobre ele. Mas o toca suavemente, como um gato que brinca com um pássaro moribundo. Não temas. Terás teu ducado de volta — disse ela, num tom pesado. — É apenas minha própria dor. René, não me podes poupar essa dor final de ter de ser você aquele que o destruirá?

— Quem melhor do que eu — disse o jovem, com frieza —, cujo legado ele roubou? Cujo povo ele aterrorizou? Cuja mãe ele desgraçou? — A voz ainda sussurrava. Mas as veias estavam congestionadas na pele pálida de sua fronte. As mãos, apenas mortais, tremiam entre as dela. — Pensaste em meu orgulho, ao ouvir as sórdidas histórias da boca embaraçada dos meus próprios soldados acerca de minha mãe, prostituta, que desonra o marido morto e o próprio pai enquanto seu filho erra como um mendigo, de cidade em cidade, suplicando por ouro? Eu te conheço bem demais para crer que tudo seja assim tão simples. És cheia de segredos. Não me traíste. Mas sou um homem, *ma mère.* Não sou um urso domado. Sou um duque. Sou o último da linha de teu pai. Desta vez, não te farei a vontade.

— Um dia — disse Iolanda —, soubeste meus segredos. Um dia entendeste. Um dia compartilhaste de um mistério. — Ela levantou-se e viu, refletido nos olhos dele, o próprio corpo nu enquanto se vestia. Os pensamentos dele martelaram-lhe a cabeça. Uma mulher velha, uma mulher não tão velha. O ventre que o gerara, os seios que o alimentaram. Os amantes nessa cama. O modo como ele passara uma lâmina na alma dela; era necessário fazer o mesmo com ele.

— Não esqueci o que sou — disse ela, com amargura. — Mesmo nos braços de meu amante, lembro-me de que deitei no leito de teu pai. Não sou tão fria a ponto de não ter remorsos.

— Ah — disse René de Vaudémont —, meu pai. — Seus olhos não se moveram nem piscaram. Agora eram, tão-só, os olhos de um homem ferido. Um antigo cheiro de narcisos mortos veio ao encontro dela, ao lado de um belo rosto marcado por cicatrizes. Ela não podia dizer há quanto tempo ele sabia. Começou a caminhar pelo quarto, tomada pela fúria, apertando as mãos.

— Eu te suplico — disse Iolanda. — Poupa-me desta vez.

— Não fiz sempre tua vontade? — disse ele, num tom insondável e confuso. — Enviaste-me à Florença quando eu era criança, para que pudesse aprender, na corte dos Medici, os segredos da harmonia universal. O amor da beleza e a beleza do amor. Não demonstrei compreensão, enquanto alcançava a idade adulta aqui, intocado pela batalha? Vivi a vida de teu pai por ti e não levantei armas contra nenhum homem. Casaste-me com uma aleijada, porque, se eu tomasse uma esposa apta a gerar filhos, Luís os mataria. Prometeste-me que, quando o Aranha caísse, eu a poderia repudiar, em favor de uma noiva fértil. Não te obedeci e gerei bastardos enquanto esperava a morte do rei da França?

— Tu o perdeste, acabou — sussurrou Iolanda.

— O quê? O que perdi?

— Terei sido de fato tão terrível — disse ela, com suavidade —, tão sombria?

— Não — respondeu, angustiado, irado. — Pois eu o fiz de bom grado. Mas, *ma mère*, desta feita, por minha própria vontade, vou-me opor a ti. Não vou me esconder na Lorena agora para poupar a vida de teu amante.

— Ele jamais teria tomado a Lorena — disse ela, cheia de acusações — se não tivesses declarado guerra contra ele.

— Sei que és uma mulher inescrutável — disse seu filho —, mas não pensei que fosses tola.

Deixando de lado os servos e o segredo, a voz dela se elevou, num grito. — Não sou eu a tola! Pelo amor de Deus, René, pensa! Ele não morrerá em Morat. Ainda não. Sei disso com a força de todo o meu ser, de todas as células do meu corpo. E se ele te encontrar no campo de batalha em Morat, pensas que poupará este ducado depois? Nada viste de sua loucura. Ele é um homem corroído pela vingança. Veste a face mais sombria do Escorpião. Não perdoa, nem esquece. E não descansará enquanto aqueles que o tiverem ofendido não jazerem, retalhados, sangrando sob suas mãos.

— Essa criatura — disse René de Vaudémont, estupefato —, é o objeto de teu amor?

— O amor — sussurrou ela, com voz estrangulada — é um grande demônio. Talvez eu imagine perceber, nessas trevas, as sementes da luz. Mas não é a Morat que temo. É a algo pior. Eu sei, eu vejo. — Mas, quando ela chegou mais perto, tocando em seus ombros e tentando apegar-se a ele, a visão desapareceu. Um pressentimento cinzento, semelhante a uma película, perspassou-lhe a pele. — Tenho medo — disse ela, chorando em seus ombros. — Tenho medo.

Os ruídos na porta levaram-no a retrair-se. Ele deu-lhe um beijo rápido na testa, como se fosse a despedida de um amante clandestino; e desapareceu pela janela onde um raio de luz vagava em sua solidão. Quando ela abriu a porta do quarto, o rosto dos guardas borgonheses surgiram à luz das tochas, por trás dos olhos ansiosos de suas aias.

— Estava sonhando — disse ela. — Tive um pesadelo. Um sonho terrível.

Quando a luz desapareceu, ela terminara a carta, salpicada de lágrimas. Quando a madrugada descarregou um mar de rosas pelo solo, ela a tinha rasgado, com os olhos endurecidos, e a atirara na privada para que desaparecesse com os outros detritos.

XIV

Uma das *bombardes* fizera um buraco imperfeito no muro oeste. Os destroços caíram sobre as carcaças enregeladas dos soldados borguinhões, que se balançavam em cordas presas aos parapeitos. Cheios de neve e sangue, eles dançaram como marionetes fantásticas, sendo sacudidos a cada tiro sucessivo dos canhões. Haviam sido pendurados ali como o símbolo de um desafio desesperado. Cercados por muros, os cidadãos de Nancy tinham estado a comer carne de cão e de gato por quase um mês. Nas aléias coalhadas de vísceras, as pessoas caçavam, lúgubres, ratos e camundongos. Além dos contrafortes do muro ao sul, onde a estrada formava um meandro ao lado do Meurthe coberto de gelo, as tropas borgonhesas, que faziam o cerco, haviam montado suas tendas, inadvertidamente, em terra sagrada: um antigo cemitério dos primeiros regentes da França, os Reis de Cabelos Longos da linha de Meroveu. O acampamento fervilhava de negro como um formigueiro. Além dele, formando uma cortina em torno da floresta, estendia-se uma abundância de névoas silenciosas e nevascas.

Não ocorreu aos habitantes de Nancy abrir os portões da cidade em rendição. Sabiam que não haveria clemência. Seriam, todos, enforcados, e a cidade iria se consumir em chamas. Dizia-se que o Leão da Borgonha fora levado à loucura pela obstinada resistência que lhe haviam oposto e que ele esperaria até a eternidade pela queda da cidade. O próprio duque que lhe servia enviara notícias: deveria, por algum milagre, voltar com um exército defensor. Se isso não acontecesse, os cidadãos de Nancy pretendiam morrer como lorenenses e não como súditos da Borgonha. Até então, comeriam ratos e pendurariam os corpos do inimigo nos muros da cidade.

Os parcos privilégios que porventura existiam foram concedidos à condessa de Vaudémont. Ela comeria carne de cavalo, enquanto houvesse um cavalo a ser desmembrado e beberia a última gota de vinho. Ela fizera seu turno nos muros com as outras mulheres, levando provisões aos homens e pensando feridas, bem como socorrendo os moribundos. Na ausência de René de Vaudémont, contavam com Iolanda para obter coragem. Tacitamente, ela terminara por afirmar sua lealdade. Sem emoção, supervisionara o racionamento da comida e organizava a conversão do castelo em hospital para o tratamento dos feridos. No grande *hall*, diante do arrás em que um anjo alado seduzia um demônio com um cacho de uvas, jaziam fileiras de homens estropiados, atingidos por flechas e balas de canhão e cortados a espada em incursões além dos muros da cidade. O povo incinerava cadáveres numa cova, para prevenir o surgimento da peste. As pessoas sussurravam em tom desesperado, falando da possibilidade de se comer carne humana.

De quando em vez, um mensageiro abria caminho, a duras penas, por entre as linhas inimigas. Ela sabia por seu intermédio que o filho fora bem-sucedido no recrutamento de homens em outras cidades: Épinal e Gondreville, Mirecourt, Lunéville e Arches. Um punhado de soldados maltrapilhos contra as colunas do Leão. Todos os dias ela perscrutava, do muro ao sul, as brancas distâncias. Somente ela sabia que o filho viria. Havia algo nele que era indestrutível, como sempre fora com o pai. Ele surgiria numa manhã, por entre as névoas e borrascas, com o sol fazendo luzir o prateado de seus olhos e um exército na retaguarda. A neve caía sem parar, inocente e imaculada, sobre a cidade arruinada e o formigueiro das tropas borgonhesas. Uma pequena satisfação poderia ser tirada do fato de que o exército que movia o cerco também morria de fome. Suas linhas de abastecimento haviam sido cortadas ainda mais ao sul pelas desesperadas incursões dos homens que seu filho reunira. Os batedores tinham informado que quatrocentos soldados borguinhões haviam congelado até a morte.

O sol, mal visível sob uma película branca que encobria o céu, acusava-a como um olho cego. Carlos de Borgonha por fim ficara realmente louco. Tal como um amante, ele passara a cortejar aquela morte que constituía o único *dénouement* de sua inexorável enfatuação. Como se buscasse expiação, como Ixião em sua roda ardente, em busca da *hubris* de seus sonhos de deus. Cidade após cidade, a Lorena fora tirando seu arnês das costas. A Virgem negra devia ter voltado à vida para espalhar a vingança, terrível como um exército com estandartes. De Vaudémont, a rebelião se espalhara a Épinal e Grondeville; e dali a

Nancy. E esse louco apaixonado, que mal se podia pôr de pé depois da *débâcle* em Morat, se apressara a cercar a cidade no final do inverno, com os homens remanescentes de seu exército destroçado. Buscando a morte e a redenção, como um meteoro que procura a extinção pela agonia do próprio fogo.

Iolanda recordava-se de um quarto coberto de seda cor de âmbar e veludo macio como carne: drogada e embriagada pelo vinho cor-de-sangue. Um abraço que prometia abraços maiores. A nova Lotaríngia, estendendo-se de costa a costa. Ela o inflamara e incitara com a quimera do título de rei. E ele agora enlouquecera. Ela há muito se acostumara à separação intransponível, existente em sua própria alma, entre o ódio endurecido e o desejo incontrolável e não esquecido. Nenhum deles tinha relevância agora. Parecia que o mundo sempre fora assim: a caça de cães e ratos nas aléias cheias de neve escorregadia, com um eterno exército do outro lado dos muros.

Por vezes, no decorrer dos meses de cerco, ela tentara capturar um fio de contato. Delinear um possível resquício de sanidade, um grão de cristal claro em meio ao fogo. Mas não havia nada. Uma corda já tênue se rompera. Ele perdera seis mil homens em Morat e mal pôde escapar com vida. O Grande Duque do Oeste, acossado outra vez por esse bando encarniçado de suíços irados e um jovem que poderia ter sido seu próprio filho. O filho dela. E agora vinha essa miserável e recalcitrante cidade. Ele esquecera-se da presença dela ali. Ou essa presença nada significava. Não restava nada dele a ser tocado, exceto uma dura brutalidade e o caos; e, explodindo no branco silêncio de neve, o ribombar das *bombardes,* os gritos e as exclamações.

Ele não poderia ter conhecido o solo onde plantara acampamento. Era um solo santificado, repleto de pedras brancas, assombrado pelos espectros de reis de cabelos longos há muito falecidos. Se soubesse o que Iolanda e seu pai sabiam, teria escolhido outro lugar. Aqueles fantasmas o amaldiçoariam e enlouqueceriam seus soldados na calada da noite. Ou, talvez, em algum recesso de seu cérebro tomado pela fúria, tivesse sentido isso, e dado as boas-vindas à maldição. Iolanda podia discernir, na neblina, seu garboso pavilhão, com bombásticos estandartes tremulando fortemente ao vento gelado. Ele trouxera oito mil homens para sitiar Nancy. Que mais seu filho poderia trazer além de fantasmas de cabelos longos?

Pouco depois do meio-dia, parou de nevar. O céu baixou uma mortalha cinzenta e impenetrável. Os braços dela tornaramse tão magros, tão esqueléticos! Certa vez, ela olhou-se com curiosidade no espelho. Viu, nadando no vidro esverdeado, o rosto de uma mulher velha, com ossos pronunciados, marcados pelo pesar. O rosto de sua avó. Tinha cinqüenta e um anos. E se pudesse mirar-se agora, seria como um pesadelo: uma bruxa, com madeixas ainda negras, serpentes, selvagemente despenteadas. E, no entanto, algo se movia, girava. Em algum lugar, na branca distância, a Roda soava e mudava de posição. Pressionava-lhe os olhos, destilando suor na palma de suas mãos. Logo. Hoje. Agora.

Eles lhe serviram alguma espécie de guisado numa tigela rachada. Ela comeu e, mais tarde, vomitou. Sentou-se à janela e ficou a observar. E eles lhe trouxeram um homem que tinha vindo das linhas inimigas, um mensageiro que envergava a libré azul e branca da Borgonha.

Ao que parecia, mesmo em sua desagregação, um fio era mantido. Mas ele sem dúvida estava exigindo a rendição da cidade, em troca de sua vida e liberdade. Ela já decidira que, se essa ou outra clemência fosse oferecida, recusaria.

Ele escrevera em latim, no estilo arrevesado, ornado e presunçoso de que Iolanda se recordava por causa das delicadas cartas de amor de algum sonho distante e desmembrado. Esquecera que ele havia tentado tornar-se um erudito, emulando o rei René. Uma vez, há muito tempo. Os pintores e poetas; Virgílio e Cícero, e Ovídio. Iolanda imaginou por um momento o que ele poderia ter-se tornado se tivesse sido tutelado por seu pai. E o rei da Sicília: ele teria balançado a cabeça, negligentemente, em meio à carnificina e oraria para os fantasmas do cemitério. Se Nancy caísse, ele se sentaria entre suas rosas, em Tarascon, e daria um suspiro. Perdera muito para se incomodar. Ela tentou conjurá-lo, como se ele fosse um demônio. Mas ele estava muito longe. E aqui jazia sua criação e seu destino. E ele não podia ajudá-la. O doce fedor de flores apodrecidas, vindo dos cadáveres pendurados sob a janela, trouxe bílis à sua boca. Ela desdobrou o pergaminho do mensageiro, lacrado por uma gota de cera cor-de-sangue.

"Suplico-te que te lembres que jamais te desejei ferir. Jamais amei outra mulher, e jamais amarei. Suplico-te que perdoes os pecados dos mortos. E que me dês um funeral honroso no solo desta cidade que teria sido a capital da minha nova Lotaríngia".

Em princípio, ela não compreendeu. O mensageiro apressou-se a fazer referência ao presságio. Contou-lhe que, naquela manhã, o duque levantara depois de suas orações e colocara o elmo. Que o leão de ouro colocado no topo despencara como se por mágica e caíra pesadamente no solo, quebrando-se contra uma pedra. Os soldados começaram a murmurar e a fazer o sinal-da-cruz contra a maldição. E o duque, com os olhos tomados pelo choque, contemplando por entre a névoa os muros da cidade, embranquecidos pela neve, fizera uma reverência, retirando-se para a tenda em silêncio, enquanto os soldados oravam em voz baixa.

O vento dançava como uma queda de pétalas, golpeando os estandartes do pavilhão, no campo além dos muros. Sua mente o procurou, mas encontrou, tão-somente, uma desolação antiga. Quando chegasse a batalha, ele se atiraria diretamente contra as lanças, de braços abertos, dando boas-vindas à destruição. Apenas um remoinho de névoa, coleando como o núcleo torcido de uma flor em torno do sombrio homem, que ali cismava, contemplando o próprio destino numa taça cheia de vinho cor-de-sangue.

Alguma imagem manifesta na névoa a fez manter-se de ouvidos atentos. Sob a janela, ao golpe de outra *bombarde*, os cadáveres balançaram contra o muro. Momentos depois, ela ouviu um som acima das colinas: o soar isolado de uma trompa, que se espalhava e ululava como o uivo de um lobo, ou de gaitas de foles de anciãs, lamentando-se em inimagináveis corredores do tempo. Outro toque, solitário e sinistro, precipitou-se, rasgando a neve e a neblina; e um terceiro. As trompas de Uri e Unterwalden, que uivaram nas alturas das montanhas antes de Granson e Morat. A névoa densa foi partida quando eles se materializaram a partir das colinas e florestas ao sul do acampamento inimigo: uma horda de vinte mil homens, cinza contra o céu cinzento. No início, Iolanda pensou que fosse um exército espectral, arrojando-se contra a cortina de névoa. Espectros de cabelos revoltos e com insígnias de sangue na fronte e no peito. Então, quando a visão se tornou clara, discerniu os estandartes de Berna e de Estrasburgo, da Basiléia e de Zurique, de Lucerna e de Schwyz, de Glaris, de Zofingen e de Colmar, e, na vanguarda, as aguiazinhas e a cruz com duas armas da Lorena.

Três soldados borgonheses tentavam subir uma escada abaixo dela. Ela viu, nos rostos, a marca do advento apocalíptico. Um deles, que subira muito depressa, tropeçou e, enquanto as mãos tentavam apegar-se freneticamente ao ar, ele caiu na terra enregelada lá em baixo. O segundo fez repetidas vezes o sinal-da-cruz, paralisado pelo terror. O terceiro começou a retroceder como um macaco, pronunciando frases incoerentes diante dos companheiros. O pânico tomou conta das figuras que se moviam, à semelhança de formigas, de um lado para outro, como se o espírito deles tivesse sido expulso pela conjuração das trompas. Um grupo de homens tentava, em desespero, virar os canhões indóceis na direção do inimigo. Mas as máquinas eram demasiado canhestras ou tinham sido encantadas e repudiavam, maliciosas, seus mestres. Os cavalos estavam frenéticos, lutando viciosamente contra os homens que tentavam dominá-los. Iolanda não pôde ver a entrada do pavilhão, nem se ele estava ali, sentado, à espera.

A massa de fantasmas dividiu-se e formou um círculo, engolindo as atônitas tropas borgonhesas. Havia uma mixórdia de gritos e invectivas, do barulho de canhões e dos relinchos de cavalos feridos, bem como das trompas, as eternas trompas. Eles haviam trazido o urso, que um dia fora um filhote chorão e meio morto que precisava de leite. Ele parecia enorme, um leviatã negro precipitando-se entre a carnificina no acampamento. Arrojou-se loucamente contra o pavilhão de seda, que ruiu em meio a um emaranhado de aterrorizados homens em fuga, que caíam. O exército da Borgonha tinha linhas rompidas. Homens escalavam em todos os lugares, pisoteando a neve carmesim. Foram derrubados pelos soldados da Lorena ou feitos em pedaços pelas alabardas e pelos chuços dos suíços. E, por fim, materializou-se a visão de que Iolanda teria implorado a qualquer deus ou demônio para ser poupada. Entre o retorcido coágulo de homens que agora lutavam na pequena ponte sob os portões, viu o luzir de seda violeta e da lâmina dourada, e a mão erguida que trazia o brasão das aguiazinhas de sua casa, bem como os estandartes borgonheses, levantados com orgulho e, no momento seguinte, desaparecendo, oscilando, caindo como um meteoro sobre a terra, ao mesmo tempo em que ela também caía, desfalecida, no chão de pedras brancas e frias.

Fostes vós que me encontrastes ali, Vossa Graça, insensível, sobre a pedra. Bem antes de meu filho ter ido ao meu encontro, coberto de salpicos de sangue e em triunfo, vós destes comigo. E ele, com o urso deslizando ao lado do empertigado cavalo, desfilando pelas ruas — onde o povo, com os ossos saltando à pele cinzenta, estava reunido. As pessoas estavam muito fracas para dar vivas. Acercavam-se, maravilhadas, a fim de tocá-lo em sua passagem. Quando despertei, não eram os olhos pálidos dele, mas os vossos, que, cobertos por um capuz e obscurecidos pelas vestes marrons, me viam. Vossas mãos segurando a taça em meus lábios. Talvez tenhais chegado com o exército. Talvez tenhais sido conjurado das névoas da montanha e da floresta infestada de lobos onde ele reunira seus homens. Ou talvez tenhais vindo de Berna, ou da Basiléia, disfarçado de agiota ou de mercador, com as mãos cheias de ouro para comprar homens, cavalos, armas. Eles falaram mais tarde sobre o milagre, Vossa Graça. Que meu filho, sem um tostão, conseguira um exército como aquele. Onde teria ele obtido o dinheiro para manter todas as tropas? Houve rumores de que talvez tivesse sido o rei da França, insinuando dádivas secretas em suas mãos desesperadas. Mas meu filho suplicara a Luís que o ajudasse, Vossa Graça, e este se recusara. Luís esperou com seu exército em Bar, para ver quem ganharia a batalha. E depois, quando a guerra terminasse e o vencedor estivesse por demais exausto para resistir, teria marchado sobre a Lorena. Como estava irado contra aquele jovem que pensara ser um imbecil! O anormal que se mostrara um tal conquistador; que materializara, como num passe de mágica, enormes hordas de guerreiros! Um exército grande demais, mesmo para o Aranha. E o rei da França compreendeu, por fim, que a Lorena permaneceria livre.

Mas vossas mãos, Vossa Graça. Mãos capazes de conjurar a partir da pedra branca e da terra negra. De que túmulo antigo, de que tesouro real desaparecido tirastes vosso ouro? E todavia cuidastes para que ele não vos encontrasse. Porque, quando lhe perguntei, ele não falou de frades de hábitos marrons, ou de um mercador com as mãos cheias de moedas brilhantes, nem de olhos pálidos como o mar, cercados de ferrugem. Esse filho que não conhecíeis ainda: foi por vergonha ou em honra à memória do homem que ele pensava ser seu pai? Ou por remorso? Ou já sabíeis, olhando-o marchar, quando liderava a vanguarda da horda cinzenta, com o urso ao seu lado e com o ouro brilhante como sol e a névoa luzente, cor de prata, nos olhos, sabíeis finalmente que eu mentira? Que ele era aquilo que fora concebido numa pele de lobo diante de uma lareira que se apagava?

Não pude chorar. Nem na época nem muito tempo depois. Pude apenas sussurrar diante de vós acerca da futilidade e da culpa. Mas dissestes: nada é fútil, Iolanda. Há muito tempo, ele poderia ter sido grande. Poderia ter sido minha espada. Aquilo que vós vistes em Dijon, eu também vi: força, paixão e valor.

E, caso Nicolau tivesse vivido, e a Borgonha tivesse desposado a Lorena, quem sabe o que poderia ter florescido nessa antiga terra da Lotaríngia?

Eles terminaram por saudá-lo, os mortos de fome que se achavam nas ruas. Os gritos fracos, alimentados pela carne de cães e de ratos, mofavam de mim enquanto eu me apegava em total desespero a vós. Por que, eu vos perguntei, um homem que começa com tanta força, paixão e valor fica demente? Que fiz eu para trazer-lhe tal loucura?

Nada, dissestes. Nada. Somos vasos, Iolanda. Lembras-te do que viste uma vez numa pedra branca. Somos vasos por meio dos quais os deuses podem viver. E, se o vaso possui defeitos ou rachaduras, não é culpa dos deuses. Como podias saber, quando viste aquele vaso, que ele explodiria e que seria melhor deixá-lo vazio, ou enchê-lo do fino vinho da ambição humana?

Eu disse: eu estava cega porque o amava. Podia ter visto. Mas apenas me recordei do corpo belo e dos pesados lábios de animal, bem como dos olhos de algum deus bovino, manco e preso à terra. Que mágica potente poderia eu ter derramado naquela taça quebrada?

Dissestes-me: encontraste um homem que odiava e temia as mulheres. E todavia, tu A conjuraste, sombria, bela, terrível, entre o veludo e a seda. Um homem que só podia sonhar com sua própria grandeza eterna, pois não tinha filhos; e tu lhe confiaste teu próprio filho, que ousou desafiar-lhe a autocracia. Um homem com um pai pomposo, tolo e frio a quem desprezava; e pintaste diante dele, com as cores do amor e da adoração, o pai que, em seus anseios mais secretos, poderia ter sussurrado ternos mistérios em seus ouvidos para alimentar o anseio de todas as coisas terrestres pela luz. Não fizeste senão colocar o vinho. Não te culpes. O vaso estava condenado já na moldagem. Não compreendes por que eu, por todos esses anos, estive irado com teu pai? Certa feita, quando era jovem, ele escolheu um vaso e encheu-o com o luminoso vinho da visão. E havia Joana, que tornou manifestos os mitos antigos e coroou o rei em Reims. Mas, desde então, ele não mais levantaria a mão e apenas cuidaria do vinho como um avarento cuida do próprio tesouro. Ele só o derramava em taças que pintassem, escrevessem poemas e preenchessem o mundo microcósmico com a harmonia da dança macrocósmica. Eu queria uma espada, um vaso grande que contivesse o ímpeto do Aranha. Mas ele se recusou. Se se deve atribuir culpa a alguém por essa tragédia, eu a atribuo a teu pai. És o que ele devia ter sido. Se eu soubesse!

Ah, sim, eu disse. Usarei a magia negra para servir à branca. Não temo as trevas. Mas não emergi imaculada. Estou suja pela destruição de um homem.

Vossos olhos descoloridos ficaram irados, Vossa Graça. Dissestes: não te lembras daquilo que teu pai te ensinou? Não escolhemos um Grão-Mestre por ser ele nobre ou vidente, nem imaculado. Escolhemos aqueles que podem ser, ao mesmo tempo, vasos e condutores, homens que despejem o vinho. Tentamos, Iolanda, e por vezes fracassamos. Às vezes, um homem pode ficar louco por isso. E, num mundo cheio de loucos, ele pode, em sua loucura, ser são.

Meu pai tinha razão, eu vos disse, com raiva. Estava certo em recusar tua espada. Ele não faria marionetes na esperança de que uma delas pudesse sobreviver ao teste. Criei um monstro a partir de um homem a quem amava. Esse monstro quase destruiu meu filho. Transformou-me numa velha feia. O envenenador não é Luís. Sou eu quem envenena. Eu, que usei e devorei esse homem.

Mas vós abanastes a cabeça tristemente, Vossa Graça, e dissestes: tu o fizeste maior do que ele era. Então, ainda não A conheces?

O acampamento, eu disse. Onde seu pavilhão ficava, antes de ser derrubado pelo urso. O cemitério. Ele não compreendia nada sobre o cemitério, as pedras brancas que nascem desta terra.

Dissestes: ele não devia ter profanado os ossos dos mortos. São meus mortos. Meus ossos. Minha linhagem. Ele não devia ter perturbado a sombra de meus mortos.

Mas quando meu filho finalmente foi ter comigo, Vossa Graça, e ficou diante de mim com sua sobreveste esfarrapada, com as manchas de fumaça e de sangue nas têmporas, não era triunfo o que lhe brilhava nos olhos pálidos. Eles brilhavam de medo de mim ao contemplarem aquela bruxa, parada diante dele; sua mãe, aquela que recebera na cama o homem que quase o havia destruído. Ele jamais me havia temido antes. Entre nós, jazia agora o fantasma. Ou, talvez, o homem vivo. Seu corpo não estava entre os mortos do acampamento, nem entre os que fugiram da batalha ou entre os prisioneiros. Tampouco, junto com a carne despedaçada e retalhada que estava na ponte. E ali ficamos, olhando um para o outro, eu e meu filho, com a pergunta de sua vida entre nós e a dúvida acerca do ódio que sentiria por ele por causa de seu assassinato. Enquanto minha alma exclamava interiormente: ó misericordiosos deuses, deixai-o viver, deixai-o viver ainda ou eu terei perdido os dois.

Pensei que ele fosse perguntar se eu amara verdadeiramente seu inimigo. Ou se pensara em trair a cidade sitiada, enquanto ele procurava ajuda entre os suíços. Ou se eu ainda sentia saudades de meu amante; ou se era capaz de perdoar. Seus olhos fitaram angustiados os meus, encobertos pela névoa que ainda escorria pela janela onde os corpos estavam pendurados, balouçando ao vento.

Ele aproximou-se, Vossa Graça, e tomou-me as mãos, buscando meu rosto, que se tornara o rosto de minha avó, com ossos pronunciados e marcados pelo sofrimento. E me disse: dize-me. Deves dizer-me. Eu não o perguntaria antes, por causa do orgulho. Mas deves dizer-me agora. Se o homem que destruí era meu pai.

Luís-Onze, o anão pardo, choramingava e rastejava aos pés de Iolanda. O fato de ainda estar vivo parecia um milagre. Eles o haviam encontrado agachado entre os farrapos do pavilhão derrubado, com uma grande pilha de mortos sobre seu corpo. No início, ele não tirava as mãos dos olhos, não comia e nem sequer falava. Mas tivera de ser levado à força, entre os outros prisioneiros, para as masmorras do castelo. Iolanda pedira sua soltura. Anões não guerreiam. A maioria era espancada e explorada pelos mestres. Ele foi levado à sua presença ao cair da noite, trêmulo, com cordas envolvendo-lhe os pulsos.

— Não vou te machucar — disse Iolanda.

O anão deitou-lhe um olhar de observação tão impenetrável quanto o dela. A curva amarga dos lábios de Iolanda, assim como os olhos torturados, não lhe escaparam. Ele fazia a imitação de uma reverência nas cortes e inclinou de modo estudado o rosto. Era evidente que aquela mulher devia ser entretida de modo adequado. Afinal de contas, ele agora lhe pertencia. Ele servira ao duque de Borgonha desde que o navio comercial de Jaime Coeur o trouxera, criança aterrorizada, do Levante. Jamais servira a uma mulher. A primeira esposa do duque há muito falecera; ele não conseguia lembrar-se dela. A segunda, a princesa de Bourbon que dera uma filha ao duque, não gostava do anão e proibira sua presença diante dela. A terceira esposa, que era inglesa, o havia espancado com uma bengala trabalhada. Salvo essas, não se lembrava do seu mestre na companhia amorosa de nenhuma outra mulher. Apenas alguns pajens delicados como garotas; e esta outra.

— Deves dizer-me — disse Iolanda — se viste teu mestre morrer. Não vou te machucar. Meu filho não te fará mal. Mas nós. . . — Vacilou. —. . . não conseguimos encontrá-lo. Não está entre os prisioneiros. Nem entre os mortos.

— Os mortos, os mortos — entoou o anão, batendo as mãos. Ele encarou-a, levantando a cabeça num curioso gesto semelhante ao de um pássaro. — Jamais podemos encontrar os mortos. Eles são muito espertos. Mas vós, *madame*, sabeis como encontrá-los. — Começou a trautear numa voz doce e gutural. — Amanhã vos mostrarei os mortos. — Fez nova reverência e caiu num pranto ruidoso.

Ao longo da noite, ela não pôde extrair dele nada que fizesse sentido. Deixando de lado os soluços de criança para então dar cambalhotas perversas, ele acompanhou-a de perto pelos corredores em que os mortos e moribundos ainda estavam sendo carregados em macas. O duque de Lorena, restaurado, apareceu para ter o prazer de enforcar ou resgatar seus prisioneiros. A maioria foi libertada para que voltasse, pelas colinas geladas, ao seu ducado sem dirigente. Tinham um ar de permanente assombro. Ninguém podia acreditar que ele estivesse morto. Iolanda questionou-os insistente e incansavelmente. As histórias eram impressionantes em sua interminável variedade. Alguns afirmavam que ele fugira na direção do Reno, a fim de buscar ajuda junto ao imperador. Outros diziam que o viram montar num imponente cavalo negro, fugindo na direção norte, para Luxemburgo. E havia os que afirmavam que ele desaparecera por artes da magia ou se escondera em algum lugar, nos quartos sombrios do castelo, sem ser visto ou ouvido, e que aguardava o momento de ir embora. Por toda a noite, os rumores varreram o castelo; como se fosse impossível acreditar que agora, depois de tudo por que tinham passado em seu favor, ele pudesse ter cessado de existir.

Nevou outra vez antes da madrugada. À nacarada luz da manhã, o duque de Lorena organizou outra equipe de salvamento. Trouxeram dois prisioneiros, juntamente com o anão: um pajem italiano de olhos fundos e o médico português do duque de Borgonha, vestido de preto. Nenhum deles o havia visto. Ninguém sabia dizer se ele tinha sido destruído e onde isso ocorrera. O sol elevou-se branco como um olho cego, num céu esmaltado.

Os mortos ainda vincavam os campos além da Porte de la Craffe. Iolanda pediu para acompanhar os homens. Seu filho protestou. A visão do corpo mutilado, estendido entre eles, era por demais intolerável para ser contemplada. Ela foi insistente, com um ressentimento que ele reconheceu como seu único bastião contra o desespero. Envolta nas dobras da noite, comungando com as sombras e os reflexos de suas próprias lembranças, ela sabia que ele estava morto. Em algum recesso da paisagem coberta de gelo, além dos muros, o vaso, sem nada, jazia. Ela seguia a alguns passos atrás da equipe, pisoteando a neve que fazia um ruído semelhante ao ranger de dentes.

O anão corria à frente, chorando. O médico português, magro e curvado, seguia hesitantemente atrás, pisando em membros arrancados e sangue gelado. O pajem italiano caminhava de lábios trêmulos, observando Iolanda com ódio. E seu filho, com o próprio pajem, o cavalariço e dois soldados, com um rosto tão esmaltado e cego como o céu. Caminharam bastante pelo solo amargo, até chegarem a um local plano onde as guarnições de ameias dos muros se misturavam com a neblina leitosa. Mais tarde, voltaria a nevar. Iolanda observava os homens, que examinavam todos os cadáveres. O súbito surgimento de interesse, a cuidadosa e horripilante inspeção e o abanar de cabeças desapontado.

Caminhou ao acaso, deixando para trás o grupo de homens murmurantes. O tempo fechou. Até as colinas se fundiram com o céu, como uma pintura desbotada na qual alguém vertera lágrimas. Em algum lugar, algum lugar perto dali. Ela tentou manter aberto o vaso de sua própria alma. Era uma receptividade atormentadora. Elevaram-se em sua imaginação os gritos e gemidos dos homens caídos, e a espessa neblina sanguinolenta de temor e ódio. O miasma da concha astral do campo de batalha, preso à terra, agora, por séculos. Árvores e grama, cordeiros e flores poderiam exorcizar alguns deles. Mas o cheiro de sangue permaneceria e futuramente atrairia para si o sangue, num batismo eternamente recorrente.

Perto. Mais perto. O sol turbado atingiu-a. Ela chegou a um poço raso. A água, suja por botões vermelhos, estava congelada, formando uma espessa crosta. Espalhadas pelas margens, havia carcaças pilhadas de alguns soldados, despidos e envoltos pelo gelo. Em algum lugar aqui. A corda delicada sintonizada com as mais profundas e orgiásticas memórias dela, se esticou e se desbastou. Aqui. Aqui. E ela o sentiu, penetrando em seu ser como a súbita ponta de uma flecha. Uma selvagem balbúrdia de emoções: raiva feroz, ódio e sombrio temor, bem como um anseio agridoce e renitente. Aqui. Estou aqui. Ainda estou aqui. Ficarei aqui para sempre. Ajuda-me. Liberta-me.

A membrana gelada do poço partiu-se sob seus pés. Três corpos jaziam envoltos pela pele resplandecente. E ela viu a mão: uma mão forte, com dedos grandes e espatulados. Estendidos, como se tentassem alcançar alguma coisa.

Caíra com o rosto voltado para a água. O cadáver já havia sido pilhado. A espada e o punhal decorado com jóias tinham desaparecido; e o escudo dourado, assim como o elmo, cuja orgulhosa crista fora derrubada antes da batalha, e a sobreveste de seda violeta. Apenas um corpo desnudo e patético, trespassado muitas vezes por chuços que feriram os ombros, as costas e as costelas. O sangue formara uma espiral fantástica à medida que gelara cercado pela água. Ele jazia como se tivesse sido lacrado no núcleo de uma grande rosa negra. Ela ajoelhou-se e tomou-lhe a mão, e tocou os cabelos endurecidos pelo gelo; e pressionou seus lábios contra a profunda cicatriz que se abria no pescoço como uma boca suplicante.

Passado algum tempo, sentiu uma pressão nos ombros. O médico português, com o rosto fino cheio de sofrimento e compreensão, ajudou-a a levantar-se. O pequeno agrupamento de homens ficou ao seu redor. Seu filho virara o rosto para o outro lado. O médico e o pajem tentaram levantar o corpo. Mas o rosto grudara-se ao gelo. Quando eles o levantaram, uma casca fina e quebradiça como pergaminho soltou-se de uma das bochechas. A outra bochecha e um dos olhos tinham sido arrancados: lobos haviam se esgueirado das colinas, à noite, em busca de caça. Uma grande rachadura destruíra o topo do crânio, aniquilando o olho restante. Não se podia falar, de maneira alguma, de um rosto.

Encontraram o cadáver do cavalo negro na margem próxima. Os homens fizeram uma pequena fogueira e começaram a lavar o corpo. Iolanda afastou-se deles, caminhando pelo campo onde, um dia, fora realizado um torneio de casamento, que era um talismã, sobre os corpos pisados de narcisos, anêmonas e lírios. Estou aqui. Ainda estou aqui. Teu ódio me prende. Meu amor me prende. Perdoa-me. Liberta-me. Ah, liberta-me.

Iolanda descobriu que o anão pardo a havia seguido. Acocorou-se no gelo, choramingando. Sua presença não a perturbou. Ele também sentia a angústia do morto desencorporado. Ela deu início ao encanto, silenciosamente, para a libertação da alma. Enquanto ela se movia pelo labirinto do canto, como um túnel sombrio drapeado com flores de morte, parecia que também o espírito aprisionado se movia, sussurrando e tocando. Com ela seguiam, da mesma forma, as sombras de todos os seus mortos: Ferri, João, Nicolau, sua mãe, sua avó, e as crianças natimortas e aquele outro anão. Todos jaziam dentro dela, pesados, como embriões não-nascidos. O ódio que restava saiu com a face destruída. Ela o sabia ao sair pelo branco vazio. O frio rasgava as dobras de sua capa. Parecia que ela jamais voltaria a levantar-se. Ouviu um som e voltou-se.

O anão aproximara-se dela. As lágrimas haviam sido congeladas como pérolas em suas pardas bochechas retorcidas. Ele estivera recolhendo todas as pequenas coisas que restavam do morto no campo de batalha. Tinha em suas mãos um botão de prata, uma pequena bala suja de canhão e algo que parecia um pedaço de pão. Olhos semelhantes a uvas negras caíram sobre ela, e então pôde perceber que o mau cheiro adocicado dos mortos fora superado por um odor mais agradável. Agachando-se no chão branco, Luís-Onze lhe oferecia um sorriso maroto, como se dissesse: bem, ele não passava de um peão, afinal de contas. Ele atirou os restos encontrados no campo de batalha ao ar e começou a fazer prestidigitações.

XV

Os mexeriqueiros haviam feito esforços prodigiosos, mas não puderam explicar o irracional rancor do duque de Lorena com relação à igreja. Torta e chata como o rosto de um camponês, ela realmente carecia dos gloriosos arcanos arquiteturais que ele aprendera a apreciar na Florença. Sua geometria não continha mistérios de proporção ou de invocação. Mas a construção era inofensiva e até confortante. Abrigava os ossos ocos de seus ancestrais. Não obstante, ele fizera planos de demoli-la e projetara uma nova igreja mais elegante, a ser erigida ao lado do palácio ducal, que já se transformava sob suas bem-dotadas mãos. Sua aversão foi atribuída, por fim, ao seu gosto um tanto extraordinário demais: uma característica que ele herdara, evidentemente, do avô. Os santificados restos mortais dos duques lotaríngios teriam servido de atenuante para esse desgosto por construções comuns. Mas os mexeriqueiros mostravam não compreender a outra ocupante, a viva, agora inseparável dos mortos.

Ela tinha um jeito próprio de ocupar espaços. Em suas fantasias, ele por vezes a via envolta num perpétuo negro de viúva, traçando círculos invisíveis. *Temenoi* invioláveis no interior daqueles limites que ninguém, exceto ela e suas memórias, podia transpor. Lugares-comuns que ela permeara dessa maneira lhe preservavam o resquício apesar de sua ausência. Ele os evitara, pois pertenciam a ela. Um banco sob o carvalho dos jardins; um banco de pedra no átrio; uma cadeira diante do arrás. Assim ela absorvera a capela de Vaudémont. O altar era dela, virginal e intacto. Em Joinville também era assim, ali onde Ferri de Vaudémont jazia. Em Joinville, contudo, o lugar de sua peregrinação interior não era o túmulo. Ele visitava com freqüência o triste monumento e tentava rezar diante dele. O monumento não podia responder-lhe. Ali havia, tão-somente, ossos. Ela se apossara de outro terreno, menos explicável: uma velha pele de lobo, suja de cinzas, que jazia diante da cavernosa lareira do grande *hall*. Numa gelada noite de inverno, ele sugerira que ela conseguisse um estrado menos frio para suas melancólicas meditações. Ela apenas sorrira.

Uma ou duas vezes, ele pegara resquícios de comentários feitos na cozinha. Servos mais sensíveis, sentindo alguma outra corrente por baixo das prosaicas lajes das despensas, murmuraram que sua mãe comungava com os mortos. René de Vaudémont não duvidava disso. Era evidente que ela comungava com alguma coisa; e ele mesmo herdara sua permeabilidade à nuança e à atmosfera. Mas uma comunhão como a que ele testemunhara repetidas vezes na igreja era vergonhosa. Talvez fosse até necromântica. A raiva que sentia não tinha objeto contra o qual se voltar, exceto a antiga pedra.

Hoje ele esperava, futilmente, poder não encontrá-la ali. Estava demasiado agradecido pelo fato de o povo da cidade não entrar na igreja. O povo já a considerava uma prostituta. As pessoas a teriam expulso de Nancy como bruxa e mesmo ele, seu duque, não a poderia ter auxiliado. Mas era meio-dia, a hora em que o sol culminava no primeiro grau de Leão. Ela não perderia uma hora tão oportuna. Ele entendia com facilidade os ritos da invocação: os folguedos infantis se haviam acomodado confortavelmente com as lembranças do 7 e do 5 que formavam um padrão no chão de pedras pretas e brancas. Este, contudo, não era um ritual sagrado, nenhuma representação de deuses em símbolos talismânicos a fim de irradiar harmonia por intermédio dos quatro elementos da manifestação. Era, na pior das hipóteses, um ritual negro. Na melhor das hipóteses, era loucura, o abraço das delusões trágicas nascidas do sofrimento. Murmurava-se também nas cozinhas que a filha do velho rei René era semidemente. Disso ele também não duvidava; embora o conhecesse com outro nome, mais sagrado.

— Envergonha-me — disse ele, com aspereza — sempre ter de procurar-te aqui. Como se estivesses oferecendo orações a um cadáver. Talvez fosse melhor deixares Nancy e retornares a Vaudémont. — Sua voz chocou-se contra a nave vazia. Nenhum santo desceu para protegê-lo do amargo e angustiado eco. — Podes. . . — Hesitou. —. . . fazer remover os restos. Se desejares. Para enterrá-los em Vaudémont. — Apenas uma mancha de negro era visível no clarão. Ele nem sequer podia ver-lhe o rosto. — Não posso entender por que não devolveste o corpo a Dijon. A razão de o teres enterrado aqui. É uma desgraça.

Quando ela se voltou, apenas um pouco, seu rosto tinha um brilho impressionantemente branco, que flutuava como se lhe tivesse sido arrancado. A luz do sol era impedida de penetrar pelas janelas, velhas e tênues. Ela havia trazido consigo o anão, que se achava acocorado, imóvel.

— Foi seu último pedido — disse Iolanda —, ser enterrado em Nancy. Quem sou eu para negar o último apelo de um homem? — Ela devia estar rindo. Ou o ruído vinha do anão, arrastando-se no pó. — Que queres de mim, René?

— Devo falar contigo. Em outro lugar. É um assunto importante.

— Se é importante — sua voz murmurou —, então deves dizer-me aqui. Os mortos não mofarão de ti. Mas eu mesma te direi. Tens escrito ao bispo de Toul. Procurando dissolver teu casamento, porque encontraste outra noiva. Porque estás ávido por gerar filhos legítimos.

Paralisado pela vergonha e a raiva, ele apenas a fitou. Ela produziu um som, uma mistura de sofrimento e desgosto, ou de desdém. Estava perdida num mergulho. Ele tentou tocá-la, talvez para salvá-la; mas descobriu que suas costas e os ombros estavam solidificados, à semelhança de pedras, sob as mãos dela. A única emoção possível era a fúria.

— Consideras teu direito — disparou ele — envolver-te em meus assuntos. Minhas relações com o bispo de Toul dizem respeito somente a mim. Não te oporás a esse casamento. Esqueces — com amargura — que já não sou jovem. E que abdicaste deste ducado em meu favor.

— Ah, René. — Era apenas o suspiro de uma velha: sobrecarregada, solitária. — Se fosse apenas o casamento, pensas que eu me importaria? A filha do duque de Gueldres é uma boa escolha. Uma esplêndida escolha. Uma princesa flamenga te alia ao imperador e ao seu filho. É um insulto inconfundível ao rei da França. Ademais, ages como um homem apaixonado. Por que não deverias casar com alguém a quem amas? Suportaste tua aleijada de modo amável. Não me oponho à tua escolha, René. Ora, se até te ajudei. A filha do duque de Gueldres tornou-se, através do casamento, sobrinha da filha do rei Luís, Ana. E Ana está preparada para te assistir. Na época certa, ela pressionará o papa em teu favor, a fim de dissolver teu casamento com Joana, percebes? Não me oponho a ti. — Ela sorriu diante de seu rosto estupefato. — Mas, infelizmente, é mais do que uma mera questão de casamento. Há outros assuntos a respeito dos quais nada sabes. Por causa disso, deves esperar.

— Ana? — disse ele, tentando, em desespero, seguir o fio da meada. — Não compreendo. Que tenho eu a ver com a filha do rei Luís? Que assunto pode ter mais importância para mim do que a sucessão da Lorena?

— A filha do duque de Gueldres — disse Iolanda — não é imune ao veneno. Não mais do que tu ou qualquer filho que venhas a gerar. Não podemos correr o risco. Sabes — ela sussurrou — que há a questão de quem és.

Às costas dela, as grotescas reentrâncias do monumento mofavam dele. Jamais percebera o intento dela ao encomendar tão monstruosa escultura. Era uma dança de espelhos retorcidos, que se imitavam uns aos outros com uma estranha amargura. Na parte posterior da urna, o corpo ereto e quadrado olhava furiosamente de seu plinto, rigidamente heróico em traje de batalha e com a coroa ducal, tendo a Ordem do Velocino de Ouro em torno do pesado pescoço. René de Vaudémont não sabia se era uma boa reprodução. Lembrava-se apenas dos restos de um rosto, do qual os olhos haviam sido arrancados. O escultor destilara a essência do espírito arrogante no alambique de pórfiro. Abaixo dele, acima da tampa da urna, o cadáver esculpido se estendia, com todas as feridas trazidas à vida pelo cinzel. Um horrível lembrete do *sentido* da mortalidade, da vulnerabilidade de toda carne. A obscena nudez de bronze o nauseava. O monumento era terrível. O herói e o corpo dessecado, o princípio e o fim, e o princípio do mito. Em Dijon ainda se acreditava, três anos depois, que ele um dia retornaria para libertá-los da tirania do rei da França.

— Lá, lá — entoou o anão. — Não se deve falar de casamento na presença dos mortos. — Afastou-se. Pequenas nuvens de pó elevaram-se à passagem dos seus ligeiros pés. O duque de Lorena tentou conter um grito que lhe espicaçava o peito, buscando sair.

— Então, dize-me — disse, com voz cortante — quem sou. Disseste quem não sou. Aquilo — apontou com irritação a pedra nua — não me gerou. Agradeço a Deus por isso. Pensas que sou adulto o suficiente, *ma mère,* para saber? Ou devo ouvi-lo em teu leito de morte? Ou lê-lo em teu testamento?

— Tu o ouvirás — disse Iolanda — quando ele achar que o momento de te dizer chegou.

Ele puxou-a em sua direção. O corpo dela estava rígido. Os olhos, velados, vagavam. Havia algo mais. Algo errado que ele não podia entender. Desde o cerco, ela vinha sendo difícil, intratável. Ele conhecia tudo: a raiva amarga, o frio glacial, a solidão desesperadora. Algo mais ocorrera. — *Ma mère.* Por favor. Estás te destruindo a ti mesma. Não suporto ver isso. Eu te suplico. São passados três anos. Deves tentar perdoar.

— Não fui eu — disse ela, mostrando os dentes — quem não perdoou.

— Eu. . . —Ele começou. Então, desviou o olhar. — Vem comigo. Conversaremos enquanto tomamos vinho, no jardim. A tarde está sem nuvens. Há muito tempo não nos falamos. Devo ter filhos. Ela é bonita, inteligente e forte. De uma casa prolífica. Tu a amarás como eu a amo. Ela. . . — Mas os olhos ainda estavam hesitantes e fragmentados, assustando-o.

— Terás filhos — disse ela, com voz aquosa, passando os olhos sobre ele. Com esforço, ele resistiu à premência de se voltar, sabendo que só veria túmulos. — Terás filhos fortes. Três filhos. René, ouve-me. Pensas que me deito no pó com um íncubo? Não venho aqui por causa dos mortos — ela rosnou. — Venho buscar os não-nascidos. Eles se tocam uns aos outros, no ponto em que o círculo se fecha. Eles são os mesmos. Um dia conheceste essas coisas. Não condenes aquilo que não podes mais compreender.

— Eu poderia compreender — disse ele — se tu me ajudasses. Disseste-me que serves a uma Ordem. Mas não me dizes de quem é ela. Ensina-me os mistérios. Mas não me dizes o que devo fazer com esse conhecimento. Pedes-me que espere e espere. Mas o rei Luís não está à morte, *ma mère.* Ele está forte. Ele agora tem toda a Borgonha, o Franco-Condado e a Picardia. Apenas Artois e Flandres permanecem nas mãos da herdeira borgonhesa, e elas o mantiveram longe tão-somente por causa dos exércitos dos Habsburgos. Que relação tens com a filha do rei Luís?

— Ana — disse Iolanda — irá te ajudar. Ela e eu — ela sorriu alacremente — chegamos a um acordo. Ela será leal a ti quando Luís morrer e ela se tornar regente. Confia nela. Não te fará mal.

— Mas por quê?

— Espera, René. Eu te suplico que esperes. Não vai demorar muito. Prometo-te. Dois anos, talvez, ou três. Deves acreditar em mim. Podes odiar-me, mas deves acreditar em mim. Não vou te machucar. Preservarei a Lorena para ti. Nada a pode tirar de mim agora. És tudo que restou. És a única esperança dele.

— Esperança de quem? Dize-me — disse ele com violência, apertando-lhe os ombros. — Em nome de Deus, dize-me o nome de meu pai.

— Ele tem muitos nomes — disse Iolanda, suavemente. — É um rei.

— Ah, Jesu — disse ele. — Por que zombas. . . Que é isso? — sussurrou ele. Os dedos dela tornaram-se garras, apegando-se aos seus braços; ela tinha a face branca e lisa e exangue como um ovo. — Estás doente? — disse ele. — Devo chamar o médico?

— Não. Não estou doente. É. . . — Disse ela, enrugando o cenho. — Não sei. Este perfume. Por que usas este perfume? Não o usavas antes.

— Não uso nenhum. . . — disse ele, e calou-se, tomado de perplexidade.

Ela balançava a cabeça. Os olhos estavam arregalados, como os de uma criança confusa. Talvez o perfume seja um novo artifício, ela pensou. Parte da corte a uma nova noiva. Esse meu filho, ela pensou, tem os gostos sibaríticos do avô. O corpo de pedra que jazia desnudo na tampa da urna parecia estar lutando, como se tentasse levantar para ajudá-la. O odor era demasiado forte, sufocante ao calor.

— Tens — ela começou, mas o rosto familiar dele se dissolvera ou metamorfoseara. Ela cambaleou, caindo inicialmente nos braços dele. Não era nada do corpo. Ressoava nas portas de sua mente. Ela desabou, caindo para trás, contra a forte figura quadrada no plinto, que segurava a espada. Um canto corria pelos montículos de poeira: algo expirando. Reconheceu então o rosto que não era do filho. Ah, não, alguém se lamuriou, ele não, não essa mesma morte; é a morte errada. Mas o cadáver esculpido na urna parecia dizer com pesados lábios de pedra: tu o sabes. Teus sonhos te alertaram. Homens velhos sempre morrem.

Seu filho a devia estar amparando ou até dirigindo-lhe a palavra. Mas ele estava em outro lugar, mais denso. Na barcaça que deslizava com suavidade sobre a água escura, sob um triste dossel de música de alaúde, havia apenas o barqueiro encapuzado e o outro rosto, o rosto querido que lhe dera vida. Ela só o vira uma vez nesses três anos; terminara por chorar em seus braços, num lugar intemporal, no abraço perfumado de um velho homem imutável entre as flores eternas. Ela não podia ver o rosto do barqueiro, do *nautonier*. Devo ir?, disse a criança de olhos enormes. Mas ele estava muito contente por finalmente abrigar o envelope. Não se lhe podia pedir que parasse a jornada, que retornasse, apenas para o nosso próprio bem. Alguém a chamava. Mas, com efeito, ele perdera demais. Não podia ser senão alegria essa nova liberdade. Mas não posso ficar contigo, seguir contigo?, lamentou-se ela. Por que devo ficar? Não, não, ele disse. Um rei é um vaso. Estranho que o corpo, morrendo, não embaciasse a voz. O colar jazia pesado em seu pescoço, tal como a luz azulada da água pálida. A forma se dissolve, disse a voz, mas a idéia, a Idéia, permanece. Essa Idéia, esse vaso: quem há para tomá-lo além de ti? Deves tomá-lo, Iolanda.

Mas sou apenas uma mulher velha, ela gritou. Não, a voz dele tornou-se esganiçada e vibrou como a de uma ave, guinchando como um bugio. Não, és agora a rainha de Nápoles, da Sicília e de Jerusalém. Deixei tudo para ti. Quem há para tomá-lo além de ti? Se não o tomares, estará perdido. Lembra-te daquele a quem serves. Tu o tens servido desde que com ele te deitaste. Toma-o. Alguém ainda a chamava. A pedra, contra a qual ela agora flutuava, ficara macia: um tapete, uma cama suave como a parte interior das pétalas, das penas, das peles. Estou contigo, nasci outra vez em ti. Jamais fui tolo. Tu o sabes. Vê como a corrente flui, livre e clara, e a água, sem mácula. Não temas.

Mas não vou sobreviver a ti por muito mais tempo, meu pai. Apenas um pouco mais, muito pouco. Estou tão só, tão só. Não me podes levar contigo?

Há tempo suficiente, ele sussurrou. Há algo que não fiz. Aquilo que não pude fazer, tu deves fazer. Toma-o.

Haviam colocado rosas em torno do carro fúnebre: em urnas, potes, flutuando em recipientes de prata. Um coro de pranto espiralava com a fumaça vinda das velas, contra um lago de pétalas negras e com o rosto branco imóvel que voltara à juventude e as moedas brilhando sobre os olhos. Não tenhas medo. Estou aqui. Mas estou livre. Toma-o, meu destino, Iolanda. Come-o, carrega-o, faze com que nasça. Há algo que não fiz.

— Não posso — ela gemeu. — Não posso. — Alguém segurava sua mão. Ela moveu os dedos com força. Abrir os olhos significaria aceitação. Ele a deixara para trás. O olhar pálido e ansioso do filho debruçava-se sobre ela.

— Estou aqui — disse ele, segurando-lhe a mão. — Estamos a sós. Perdoa-me. Não pretendi. . . Eu não sabia. Não tinha o direito de te atormentar. Dize-me o que aconteceu. Não, eu sei. Houve uma morte. — Ele tocou-lhe os cabelos, molhados de suor, o negro igualado agora ao branco. Ele vacilou. — Teu pai.

— Sim — disse ela. — Um nascimento, uma morte, um nascimento. Ah, René, como posso pranteá-lo? Ele estava sorrindo. Só posso prantear a mim mesma. Abandonada, aqui, entre as rochas. Por quê — lamentou-se —, por que todos eles me deixaram para trás? Não a desposes ainda — disse Iolanda. — Há algo que devo fazer.

Já tomara uma decisão. Ela nada diria. Eles o saberiam, mais tarde, das bocas mortais e vulgares dos mensageiros. Em duas ou três semanas. Enviariam um rápido cavaleiro da Provença. O mensageiro chegaria a Nancy no momento em que as tropas do rei Luís estivessem saqueando as torres de Tarascon. O odor permanecia, fugidio, terno, envolvente. Fora uma morte fácil, apenas uma febre. A água fora gentil; a travessia, calma. Haveria bastante trabalho nos próximos meses. Agora, por algum tempo, ela só precisaria esperar. Esperar pela outra chegada: antes do mensageiro, antes dos enviados, trazendo o testamento. Um testamento de bancarrota, que só deixava objetos de estimação. Umas poucas jóias, pinturas, manuscritos, estátuas, um alaúde com uma corda quebrada. Títulos e terras há muito perdidas. E o outro legado, que jazia em seu ventre, fetal e calmo.

Ela o esperou por toda a noite, até tarde, sozinha no quarto coberto de negro. Os servos, que ainda não sabiam, pensaram que ela enlouquecera, de luto sem ter havido morte. Quando finalmente veio, ele trouxe o anel; bem como a taça talhada no cristal de rocha, a bengala simples de carvalho, o bordão de ferro batido e o escudo de prata amassado. Ela viu, ao olhar sua face enrugada e sem idade nas sombras, que ele estava prestes a falar do sofrimento compartilhado e a oferecer-lhe conforto. O olhar pálido observou o quarto, contemplando com assombro os cortinados negros. Ela ainda conseguia assustá-lo; mesmo a ele.

Iolanda ficou de joelhos e beijou a delgada mão esculpida. As safiras, tremeluzindo em seus engastes de ouro forjado, fitavam-na como olhos sorridentes na penumbra.

— Não há necessidade de falar de seu passamento — disse ela; e por fim compreendeu, uma velha forte e dura, que era ele quem necessitava de conforto e de compartilhar o sofrimento. — Não há necessidade de remorso, Vossa Graça. Ele mesmo me disse.

O sangue, Vossa Graça, é a mais secreta substância. Não sois uma mulher e não podeis desemaranhar o nó do efluxo mensal que anuncia o chamado do corpo à criação, o qual cessa, não com a morte, mas com a fertilização da semente. Será que as mulheres devem esvair seu sangue em expiação, quando fracassaram em gerar uma vida? Ou será que devem encher-se outra vez de sangue, tal como a lua, em sua morte e renovação, para que a vida possa florescer? Jamais molhei minhas mãos no sangue de um homem assassinado, Vossa Graça, até que os muros de Nancy estivessem pingando com esse sangue; de tal forma fui protegida e afagada durante as guerras que se desenrolaram ao longo da minha vida. Jamais vi o sangue espirrar, fugindo da prisão da encarnação. Que herdamos com o sangue? O sangue, disse-me meu pai, certa feita, é a seiva do espírito. Em seu calor e riqueza está encapsulada a matéria que une o universo. O sol, disse ele, é o coração macrocósmico. O sangue corre pelos membros e órgãos como vida, ou como amor; flui pelo espaço e vivifica os planetas e estrelas. O sangue, disse-me meu pai, sorrindo, é o fluxo mensal dos deuses.

Tudo isso eu sabia, Vossa Graça. E, todavia, minha vida se esvaiu com o fato de o sangue congelar-se em flores gélidas, ornamentando um cadáver mutilado. Que teria eu podido dizer ao meu filho? Seu sangue: que antigos e mágicos poderes contém? Ao redor dele, dormiam os mortos, toda a Lotaríngia. Ele é apenas um jovem, um jovem atormentado. Ele se atormenta, pois não tem intimidade com o seu sangue. Mas quem de nós conhece verdadeiramente o próprio sangue, oculto e voluntarioso, com seu destino, no interior dos tecidos e dos ossos? E o que é sangue nobre, Vossa Graça? A linha sanguínea, a preciosa linhagem, que passa de pai para filho e deste ao filho do filho. Ou, talvez, de modo ainda mais poderoso, de mãe para a filha e da filha para a neta; pois quem pode ter certeza da identidade do pai? Vós, dentre todos os homens, deveis saber, Vossa Graça. Em tempos remotos, vossa linhagem A adorou. Na época, a Mãe era mais sagrada que o Pai, pois a semente do pai espirra rápido e cai no esquecimento, numa úmida noite de primavera, sobre uma pele de lobo, diante de uma lareira que rapidamente se extingue. Mas, quanto a uma mãe, quem pode duvidar do ventre entumescido? E, no entanto, vós exigistes filhos. E até concebestes uma filha numa cama do rei, pois ansiáveis por filhos.

Um dia, notei algo no olhar de meu filho. Ele não me questionou mais a respeito de seu sangue; pois como eu lhe poderia dizer se havia mentido ao seu pai? Mas ele me observava semana após semana e imaginava, no início uma coisa e, mais tarde, outra. Conheço seu rosto, Vossa Graça, que me é familiar como o rosto de um amante. Da mesma maneira como conheço o vosso. Conheço-lhe os olhos. Ah, como ele se torturava! Quem se esgueirara no quarto da virgem? Quem, com a suavidade e a leveza de uma pomba branca, quando meu casamento estava prestes a acontecer e eu me encontrava enclausurada, como uma freira, em Vaudémont? ele conhecia a história corriqueira, de que Ferri me havia raptado. Que ele era o fruto precoce da urgência de um homem ardente, o noivo impaciente ávido por reivindicar a noiva. Quem?, seus pensamentos martelavam, batiam, golpeavam-no. Quem? Eu não pretendia atormentá-lo. Mas talvez tivesse medo. A verdade é que eu temia sua irrisão, ou ódio; maior até mesmo do que o ódio que ele hoje suporta. Ou, pior ainda, a descrença, pois sua visão se fora. Mas não. Esta não é toda a verdade, Vossa Graça. Isso é o que gostaríeis de ouvir. Talvez a verdade seja que eu buscasse algo de vós. Algo maior do que uma forma vestida nas sombras, sussurros e sonhos. Talvez eu tivesse a esperança de que procurasses conhecê-lo, e até reconhecê-lo como vosso, e restaurar-lhe a visão; e conhecer minha própria alma bem o bastante para rir da minha mentira. Mas apenas amantes vêem tanto assim. Nunca reis.

Eu lhe disse que seu pai era um rei. Ele pensou que eu zombava dele. Eu lhe teria dito naquela ocasião. Mas uma morte intrometeu-se, cortando minha língua. Que reis poderia eu, inocente e prisioneira, ter conhecido além de meu próprio pai? Foi então que vi o olhar: um olhar aterrorizado e envergonhado. E percebi que havia sentido o hálito negro de algum terror enterrado, de que ele talvez fosse filho de incesto. De que eu tivesse deitado com meu próprio pai e de que ele fosse filho de seu avô. O rei da Sicília contava apenas dezessete anos quando nasci, Vossa Graça. Quantas mulheres desposam homens que têm vinte ou trinta anos mais do que elas, e geram uma linhagem? Se fôssemos olímpicos, talvez eu o pudesse ter feito. Pois todos os deuses são irmãos, irmãs, pais e mães uns dos outros, gerados da mesma fonte. E eles formaram pares desse gênero no Egito, e até na Arcádia, em favor da pureza do sangue. Mas meu filho, tamanho o terror que o atingia, não pôde compreender o símbolo que se anunciara a ele. Acreditasse em qualquer coisa a meu respeito, nisso ele não acreditaria. E assim ele rege a Lorena com graça e cavalheirismo e guarnece sua manta branca de igrejas e palácios elegantes pela terra afora, sonhando com sua futura noiva flamenga; e contempla seu sangue.

Há aqueles que vos dirão que o sangue não passa de sangue. Que o nascimento de um homem nada significa. Que apenas a vontade de um homem, bem como o poder de sua alma, podem forjar-lhe o destino. O rei Luís acreditava nisso, pois também desconfiava de seu sangue. E eu, que vi a miríade de peregrinações e retornos da longa jornada da alma, sabia também ser a alma, e não a linhagem, que carrega o destino. Uma alma pode revestir-se de um corpo humilde e carregar, não obstante, um grande destino. E há aqueles que têm sangue elevado, como Filipe, o Belo, que um dia reinou sobre a França, cujos ancestrais são envergonhados por sua maldade. Não obstante, recordo-me de uma camponesa feia, de olhos sonhadores, Vossa Graça, que todos acreditavam ter origem no mero sangue inferior, cuja carne queimava no fogo como qualquer outra. E, todavia, descendia de reis. E me pergunto se o vaso modelado por tal sangue era mais claro e mais maleável sob a mão gentil de meu pai. E mais translúcido, para que o mito brilhasse por entre os excrementos do pátio da herdade. O que é então, o sangue?

Trago o sangue de minha avó. Trago também seu destino: uma mulher forte e dura, cujos homens morreram, fracassaram ou foram simplesmente esquecidos. Que viu minha avó, Vossa Graça? Terá ela, uma rainha, reconhecido imediatamente o sangue de vossos próprios progenitores, caçados e escondidos, apegados a uma fantasmagórica dignidade real num país que já não tinha rei? Terá seu sangue rugido e se inflamado na proximidade de vossa linhagem? E de quem é de fato o sangue que carregais? Aqueles ossos enterrados sob pedras brancas, que se levantaram para destruir um homem que um dia amei: há muito tempo aquele sangue foi considerado sagrado. Dizem que os Reis de Cabelos Longos eram feiticeiros. Que falavam com as bestas e domavam os pássaros; e conjuravam as dríades das árvores. Foi vosso sangue que vos fez como sois? Ou vosso destino? Ou vossa alma?

Quando meu pai morreu, meu sangue levantou-se de angústia e falou comigo, na proteção dos sepulcros, para me contar sua passagem. Mas eis que senti um grande alívio. Porque não foi uma morte como a de Ferri, que me espatifou com a culpa, nem como aquela outra morte, que me tornou velha e amarga. E agora sinto meu sangue grávido dentro de mim, Vossa Graça, como algo que procura nascer. Em mim, que sou muito velha para gerar outro filho. Meu sangue dançou e se elevou pelo céu de verão, sem nuvens, enquanto meu filho se debruçava sobre mim e me tomava a mão, acreditando que sua fúria provocara aquela prostração. Meu sangue sussurrava e se recordava, tal como um dia se recordou do momento em que convosco me deitei. Meu sangue recordou-se, quando meu pai morreu, da fonte da qual emanara verdadeiramente; e tentou escapar-me ao corpo, a fim de segui-lo. E, quando retornou, desapontado e desamparado, lembrou-se, com esparso conforto, do tempo concedido. Tão pouco tempo. O tempo dado pelo meu destino no momento em que meu sangue escolheu nascer em mim.

Breve morrerei, Vossa Graça. Abraão Salomão, que agora cuida de mim, sabe o significado do matiz azulado em torno de meus lábios e da grande falta de fôlego, bem como da dor, semelhante a um aguilhão de súbito desejo, que se eleva em minhas costelas. Ele sabe, embora não diga. Mas meu sangue me disse. Estou exausta e sozinha. O sangue de meu pai anseia por voltar para casa. O de minha avó ora para descansar de seus labores e o de meu marido anela pelo amor. O sangue de meu irmão relembra sua majestade perdida e o de meu amante clama por sangue. Assim, finalmente derramarei sangue e depois farei minha passagem. Pois quem sou eu para recusar o último desejo dos mortos?

Pensais que estou louca, Vossa Graça? Talvez eu esteja verdadeiramente demente agora, balbuciando aqui sozinha entre os corvos que se empoleiram no monte de Wotan. As sombras estão repletas de sangue. Mas não é a negra excrescência da miséria e da matança. É o fluxo mensal da lua, da noite, da Roda. Uma última volta. Uma volta final. Não me podeis falar do sofrimento, vós que jamais perdestes aquilo que amastes. A única coisa que perdereis, Vossa Graça, serei eu. E todavia sou vossa testamenteira e desempenhei minhas funções com cuidado e honra. E enviarei o anel, o escudo de prata batida e a espada de ferro, assim como a taça de cristal e o bordão de carvalho, para Florença, onde o *signor* Filapepi os espera. Consolidei a teia em vosso nome, e vinculei a mim aqueles que podem conjurar vosso futuro. A filha do rei Luís: irmã de meu próprio filho. E meu filho. Porque agora devo dizer-lhe a natureza do seu sangue.

Talvez um dia encontreis a linhagem gerada pelo filho com que tanto sonhastes. Sois um feiticeiro, mas um pobre profeta. Não podeis ver o que vi, ao procurar os não-nascidos entre os mortos. Vós ainda não vislumbrastes os filhos de meu filho, nem os filhos deles. Nada pensastes de uma filha. E, no entanto, por meu intermédio, eu, uma mulher, vosso sangue seguirá pelo futuro, imorredouro, florescendo com o sol, ponteado de safiras e estrelas.

As academias florescem. Expandiram-se agora, a partir de Florença, atingindo Veneza, Mantova e Ferrara. Jorrarão como um fluxo de sangue do pescoço cortado de um rei sacrificado, na direção norte, através de Flandres, e até o Reno, alcançando a própria Inglaterra. O pintor guiará a corrente e irá canalizá-la com delicadeza pelos condutores dos anos. Eu, que fiz bastante, desaparecerei, porque não passo de uma *comtesse* sem importância de um empobrecido cume da Lorena, e filha de um homem que a história considerará um tolo fracassado. Vesti-me de negro, como as viúvas, por treze anos e fui um dia alvo de rumores de que compartilhava minha cama com o desprezível Grande Duque do Oeste, um louco. Mas meu sangue lembrar-me-á, Vossa Graça, esse sangue que retornará vezes sem conta. Nosso sangue. É um único sangue agora. E não me dará isso direito a uma afirmação final, de que nosso sangue fluirá para uma grande corrente, a corrente de meu pai, no vasto círculo de ilusão a que chamamos tempo?

Eu odiava Ana, aquela criança singela, porque deitastes com a mãe dela. Não a odeio agora. Afinal, ela poderia ter sido minha filha. E a quem poderia eu enviar além de vós? Em quem, a não ser em vós, poderia ela acreditar: aquela história torturada do amante sem nome, da crueldade do marido traído e do vergonhoso nascimento? Ela ficou irada, Vossa Graça, ou chorou? A pele daquela princesa da Casa de Valois é semelhante à prata e não mostra sinal do sangue que se oculta em seu corpo. Talvez ela tenha apenas olhado para vós, arrogante e orgulhoso sob as grosseiras vestes marrons; e o sangue ouviu e reconheceu, sem voz, como um dia ocorreu com meu próprio sangue. Não falareis disso comigo. E sou a última pessoa que vos culparia por isso, pois não pude falar de meu próprio filho a vós. Vós me dissestes, tão-só, com suavidade: ela te servirá. E assim será; e servirá também a meu filho. Mas quando falardes do vosso sangue com ela, Vossa Graça, e com aqueles que me seguirem, lembrai-vos de que é o sangue de meu pai, e meu. E se não falardes dele com honra, então vosso próprio sangue ficará coberto de vergonha, e a voz em vosso interior que vos envergonhar será a minha voz, que encontrou um tênue canal para conduzi-la a vossos nervos e ossos e que agora habita em vossa alma.

Meu infeliz filho: que lhe direi, Vossa Graça? Como vos descreverei? Um sacerdote-rei, de terras que se foram, de terra negra, de árvores e pedras brancas. Feiticeiro e mago. Fugitivo, um fora-da-lei perseguido pelo rei da França. Um renegado, conspirador. Uma marionete angevina; ou a mão que moveu os cordões angevinos. Um pobre frade. Um nobre rico, que conjura o ouro enterrado. Um homem forte que, não obstante, teme as mulheres, teme a mim, porque jurei obediência diante do rei, mas vi o homem gritar de paixão, subjugado. Não um homem amoroso; pois quando vos ouvi falar de amor? E todavia talvez tenhais amado a mim, Vossa Graça. Porque sempre viestes a mim seguindo as asas da morte e Eros e Tânato não passam de dois nomes para o mesmo deus. E quem, senão um homem que amou, serviria a uma velha prostituta como eu, desempenharia o papel de assassino contratado e, à sua ordem implacável, mataria um rei?

— Não foi incluído no testamento — disse Abraão Salomão. — Ele só falou disso no final. Pediu que eu mesmo lhe desse. Quando chegasse o momento.

O médico tinha quarenta e um anos. O sol provençal o havia cauterizado; a pele se esticava, como couro, em suas bochechas. Lembrou-se de outra visita a Nancy e de um cadáver patético e emaciado. Pretendia permanecer ali até deixar de ser necessário. Os sinais diziam-lhe que não seria uma visita demorada.

— Então o momento chegou — disse Iolanda, distraidamente. Ela tomara posse dos títulos, o que todos consideraram absurdo. Nápoles e a Sicília estavam firmemente presas em mãos aragonesas; Jerusalém era uma fantasia. O velho estava morto. Não obstante, em decretos e cartas, ela proclamara-se rainha. Ela tomou do pacote, envolvido em seda branca. O tecido estava descolorido pelo tempo, e quebradiço, mas limpo.

Abraão Salomão ignorava seu conteúdo. Ele servira ao seu falecido mestre por anos demais para questionar um tal pedido. Recebera a dádiva com a mensagem, bem como a ordem, dada gentilmente, de permanecer por algum tempo na Lorena. Depois disso, dissera o moribundo, podes ir para casa. Não vais gostar dos ventos enregelantes das Ardenas. O frio faz com que os lobos desçam das colinas. A chuva atinge os próprios ossos. Mas será apenas por um curto período.

Ela parecia hesitar em abrir o pacote. O médico a observava com curiosidade. Podia ver pouco do rei da Sicília em seu rosto. Era um rosto muito duro, como o semblante intratável de mulheres negras de madeira retiradas do solo antigo pelos arados dos agricultores. E todavia a dignidade ali residia, assim como a ironia insondável, sem a alegria do pai. *Binah,* ele viu-se a pensar. Sabedoria. O Mar Amargo. Seus cabelos estavam quase brancos agora. Ela contava cinqüenta e quatro anos. À delicada luz das velas, diante do arrás esmaecido, vestígios de uma bizarra beleza filtrada por trás dos traços sombrios. Talvez não para todos os homens. O *signor* Filapepi, pensou o médico, jamais modelaria suas talismânicas madonas douradas no rosto áspero dessa mulher, sombrio e implacável, amargo como vinho velho. Abraão Salomão suspirou.

— Para onde irás, *monsieur* Salomão — disse a rainha de Nápoles, da Sicília e de Jerusalém —, quando eu morrer?

Não era uma pergunta à qual ele estivesse acostumado; particularmente vinda de uma mulher. Ele perscrutou os olhos densos. Ela não buscava tranqüilidade ou conforto, nem promessas de cura. Ele a via assustadora, como a vira há muito tempo sobre o corpo apodrecido do marido. Tato não seria a melhor tática. Serviria apenas para irritá-la. Ademais, ela fora indicada para seguir o pai. Por um curto período, ele obedecia-lhe.

— Retornarei à Provença — disse Abraão Salomão. — Deixei esposa e filha ali. Em St. Rémy. Há lugar para um bom médico numa sonolenta cidade provençal. Afinal, servi ao rei René, o Bom. Não me faltarão pacientes.

— Eles não terão de esperar muito — disse Iolanda. O anão pardo chamado Luís-Onze, acocorado nas sombras ao lado dela, balançou a cabeça à semelhança de um oráculo e fungou. — Mas *monsieur* Salomão — disse ela —, a Provença não será a Arcádia que meu pai conjurou. Temo pelos judeus da Provença. O rei Luís irá tolerá-los porque sabe que eles lhe enchem os cofres de ouro. Mas o delfim, nada se sabe sobre o delfim.

O médico ergueu uma das sobrancelhas e encolheu os ombros. — Sei disso, *madame*. Tivemos um raro alívio sob as mãos de vosso pai. Sem dúvida as perseguições recomeçarão. Será como foi antes. Nem melhor, nem pior. E se o filho do rei Luís aprender a odiar os judeus, bem, então, batizar-me-ei e mudarei de nome. Esse inclinar de tronco diante da tormenta não faz diferença para mim. Sabeis a quem sirvo.

Ele queria perguntar-lhe, mas não se atreveu. O filho, cujos olhos o haviam assombrado, não aparecera. O *hall* encontrava-se pleno de sua ausência.

Ela sorria para ele. Sem dúvida já lhe haviam perguntado antes.

— Há razões, *monsieur* Salomão. Dir-te-ei, em primeiro lugar, as razões sensatas e práticas. Há um perigo muito grande na Lorena. O rei Luís já sabe demais. Florença é distante, e segura. Dar-te-ei também razões mais corriqueiras, igualmente artificiosas. Meu filho tem fardos suficientes. Há a questão delicada de seu novo casamento, assim como da dispensa papal. Há a tarefa não invejável de reger um ducado empobrecido, ainda marcado pela guerra. Há o problema de o rei da França não tirar os olhos dele, cobiçando nossas terras. Nenhuma dessas coisas, com efeito, é a verdadeira razão.

— Não desejo intrometer-me, *madame* — disse o médico. — Não vos questiono a vontade.

— Não sejas tolo, *monsieur* Salomão. Se não questionas minha vontade, não passas de uma marionete do tipo que o Aranha emprega. Desejo ser questionada. Pensas que busco apenas obter obediência? A verdade é que o perdi. — A voz vacilou e ela desviou o olhar. — Ele fez uma escolha. Preferiu ser um homem comum. Repudiou o mistério ao fazer tal escolha. Não conheces o mito — disse ela, com suavidade — do deus jovem? Ele deve manter-se eternamente jovem. Assim, domina o poder da mágica, do renascimento a partir do desmembramento e do crescimento dos ramos verdes. Mas jamais pode tornar-se homem. Porque, se alcançar a maturidade, o mundo volta-se contra ele e ele perde Aquela que lhe deu vida, que é sua amante, de quem seu poder flui. E a terra secará, e os grãos murcharão e o ciclo das estações terá seu curso alterado, como pérolas perdidas de um colar partido. Assim, Ela sempre deverá destruílo ou encontrar outro. Meu filho é um bom homem, *monsieur* Salomão. Será leal à sua nova noiva. Regerá a Lorena com graça e cavalheirismo e viverá muito; gerará filhos robustos. Ele não pode ser grão-mestre. Perdeu os olhos.

O médico mantinha-se sentado, silente, brincando com a seda. Pensou em sua esposa e na filha pequena, bem como nas cigarras estridulando entre as pedras quentes à tranqüila luz do sol. Era infinitamente preferível ser mortal, e não mito. Os vasos dos deuses eram reis crucificados; e solitários.

— Não abrireis o embrulho — disse Abraão Salomão, com voz fraca — e vereis a dádiva de vosso pai?

A seda foi desenrolada como uma mortalha de odor suave. Ela não reconheceu a urna de pedra. Era pequena, mas pesada, talhada no alabastro. Uma caixa de jóias, de especiarias ou relíquias. A tampa era trabalhada de modo bastante refinado, obra florentina, que exibia uma borda cheia de vinhas e flores entrelaçadas. No centro, havia um desenho que ela conhecia: um tronco cortado, cujas raízes estavam aferradas à fonte num emaranhado cinzelado de fios, com o único ramo explodindo em folha. *Le temps revient,* anunciava o pergaminho esculpido. A luz emanava da pedra translúcida, que parecia viva como pele.

Ela levantou a tampa. Um odor de rosas enfunou-se, indo ao seu encontro. No interior, havia um pergaminho aninhado, assim como um fino frasco.

— Ele disse — murmurou o médico — que saberíeis o que fazer com estas coisas.

Iolanda virou-se na direção do arrás. O anjo sorria com bondade, oferecendo o presente. Em sua mão esquerda, a foice assomava; mas os olhos do demônio só viam as vistosas uvas. Ela estendeu o livro diante de si mesma. Era forrado de veludo, com guarnições de latão. As páginas estavam amareladas e manchadas.

— Este livro — sussurrou Iolanda. — Meu pai pensava ser uma mera lenda, quando o *signor* Ficino o levou a ele, há muitos anos. É um grande tesouro. Mas não compreendo o que se espera de mim. — Seus olhos haviam se perdido ao seguir uma linhagem descendente que percorria todo o labiríntico ondular do desenho. — Foi por causa deste livro — disse ela — que o vi pela primeira vez.

Abraão Salomão deu uma olhada no interior da urna, tentando ser discreto em sua curiosidade. Iolanda removeu o frasco de cristal. O líquido era denso como mel, mas claro. Ela o passou a ele. Abraão o destampou e levou-o ao nariz. E contemplou-a, pálido e silente.

— Ah — disse Iolanda. — E que tipo de veneno é, *monsieur* Salomão?

O médico se contorceu e agitou-se. Quisera esvaziar o frasco. Preferiria não ter sido escolhido para transportar tal legado. Seu rosto ficou franzido.

— Mandrágora — disse, com calma. — O suco é espesso, mas seca invisivelmente. É regido por Mercúrio, Senhor da Mente, porque sua raiz se assemelha a um homúnculo, um homem desnudo. É colhido sob as forças, nas quais um homem moribundo derramou sua semente. Insípido e quase inodoro age sobre o coração e o cérebro. É lento e suave. Provoca loucura e morte. Não há antídoto.

Os olhos dela se haviam ampliado, formando janelas negras. Ele estava perturbado com o estrangeiro que saracoteava às suas costas.

— Muito bem — disse ela de modo brusco. — Como dizes: chegou a hora. Não temas, *monsieur* Salomão. Nada viste. Nada sabes. Fica entre mim e meu pai; e outra pessoa.

— Temo por vós, *madame* — disse o médico. — Deus me conhece o coração. Eu não lamentaria se essa terna seiva alcançasse seu alvo pretendido. Mas vos peço que a atireis fora. —

Ele começara a sussurrar. Apenas fantasmas poderiam ouvi-lo; assim como o anão, e o sereno anjo de olhos de safira. — Não há como chegar até ele. Ele é inexpugnável. Nada lhe passa pelos lábios se já não tiver passado antes pelos lábios de dezenas de outras pessoas. Ninguém cuja vida ele não conheça na intimidade lhe serve. Muitos o tentaram, e com maiores recursos do que vós. E se fores descoberta. . . — disse ele, passando a língua pelos lábios. — *Madame.* Vosso pai me encarregou de vos guardar, cuidar de vós. Estais enferma. Atirai longe. Não duvido de que as celas de Loches já se encontrem preparadas e à espera de vós e do vosso filho. Não podeis matar o rei da França.

— Muitos o tentaram — disse Iolanda. — Mas nenhum deles tinha minhas vantagens. E ninguém tinha meu destino. — Ela sorriu, com a ingenuidade de uma criança. O médico viu outra vez, no interior da concha pálida, o espírito sedutor e negro, flutuando e acenando. — Não posso desapontar meu pai, *monsieur* Salomão. Mas não sei o que fazer.

O movimento do anão levou-os à estupefação. Ele estivera satisfeito em ficar agachado, de modo humilde e taciturno, aos pés dela. Agora, levantou-se e pegou o pergaminho da mesa, passando a fazer cabriolas. Ajoelhou-se diante do arrás, diante do campo bordado de flores esmaecidas. Seus ombros se encurvaram. Os olhos tornaram-se ensombrecidos e as mãos se agitaram e flutuaram; as mandíbulas cerraram-se de modo que a respiração forçava passagem pelos lábios frouxos como um vento maciço capaz de derrubar um *bourgeois*.

Não estivesse o anjo sorrindo com tal serenidade, o desempenho poderia tê-la feito chorar, recordando-lhe o sonho desfalecedor no qual ela o vira pela primeira vez. Luís-Onze acomodou-se com o livro sobre os joelhos e o examinou. Cacarejava e abanava a cabeça. Começou a virar as folhas quebradiças.

— Heresia — exclamou, com voz rouca, soprando a palavra por entre lábios frouxos. — Absurdo crédulo. Disparates. — Levantou os dedos à altura dos lábios, umedeceu-os, babando um pouco e virou uma página; voltou a levar os dedos aos lábios, umedecendo-os e virou outra página.

A boca do médico estava aberta de modo desmensurado. O suor brilhava-lhe na fronte. Luís-Onze piscou para ele e começou a cacarejar.

— Oh, quão adequado — disse Iolanda, enquanto seu riso explodia no escuro *hall*. — Muito adequado.

— Mas quem — disse Abraão Salomão — irá levar esse presente mortal?

A rainha de Nápoles, da Sicília e de Jerusalém ainda ria. O som áspero e abrasivo martelava-lhe os ouvidos. Ele olhou-a. Os círios lançavam brandas sombras em seu rosto, obliterando as cavidades acumuladas sob os olhos, e as marcas de sofrimento gravadas ao longo do nariz e da boca. Seus olhos brilhavam como pedras negras. Abraão Salomão teve um súbito medo dela. Essa filha demasiado protegida, essa noiva insignificante. Seus cabelos, pálidos e perolados, reluziam como uma rede de prata. A face estava circundada pelo fogo.

— Conheço um homem que o levará — disse ela.

Parte seis

Luís

Theatrum Orbis
1481 - 1483

"E que maior punição para a alma humana além da impiedade? Que fogo tem chama tão grande quanto essa impiedade? Que besta selvagem maltrata tanto o corpo quanto essa impiedade com a própria alma? Ou não vês quantos males sofre a alma ímpia? Exclamando e gritando: estou ardendo, estou sendo consumida! Que posso dizer, que farei? Não o sei. Estou sendo comida pelos males que me cercam! Não vejo nem ouço! Essas são as palavras da alma que está sendo punida."

Corpus Hermeticum

XVI

Filipe de Commines caminhou por entre os flocos de neve, em busca de um lugar agradável onde o séquito real pudesse descansar e tomar sua refeição do meio-dia. Mais cedo haviam caçado, embora a floresta ainda se estivesse vergando sob o peso de uma teimosa manta de neve. Outro inverno ruim. Talvez, por fim, uma primavera promissora. Houvera três anos de colheitas reduzidas, de um feroz frio fora da estação, bem como de chuvas diluvianas; e de fome. Correram rumores desagradáveis entre o povo. Nas cozinhas, o secretário detectara um constante murmurar a respeito da insuportável carga de impostos; e da ira de Deus. Esta primavera nascente: poderia, com a graça do Céu, trazer alívio. Filipe de Commines observou seu mestre desmontar com esforço do garanhão ofegante. O rei tinha cinqüenta e oito anos. Regia há vinte. Ao longo deles, suportara com força sobrenatural guerras, rebeliões e invasões estrangeiras. Mesmo nos últimos invernos rigorosos, quando fazia campanha em Artois e na Picardia para reivindicar as terras borgonhesas, uma energia quase demoníaca o movera. Agora acabara. Nesse benigno auge de paz, ele ficara, de repente, velho.

Os servos estenderam um tapete bordado sobre as flores pisoteadas e abriram as cadeiras esculpidas. Luís sentou-se desconfortavelmente. Seus cabelos haviam ficado grisalhos e ralos até surgir uma calva. Ninguém o consideraria vaidoso. E, todavia, ele jamais se mostrara sem o capuz cinza e o barrete. No mês anterior, uma misteriosa afecção de pele florescera, formando uma erupção rósea em suas mãos. Filipe de Commines era atingido pelas crescentes explosões de ódio sombrio e a terrificante hipocondria. E por pesadelos. Havia algo de errado com o rei.

Trouxeram mesas de ébano pequenas, e pratos dourados, bem como jarras de vinho. Travessas com pão, queijo e frutas secas. O sol começou a transformar o orvalho frio numa névoa fina. Grama tenra, e um odor de seiva e húmus. O médico real, que ultimamente dera para seguir o rei com ar observador, acendeu uma pequena fogueira. Luís aqueceu as mãos maltratadas, e observou a fumaça ondular entre os ramos nascentes.

— Minha terra — disse ele, mastigando pão. — É tão grande agora a minha terra.

Filipe de Commines entendeu a deixa. O rei precisava de constante estímulo nestes dias.

— A França nada era, Vossa Graça — disse o secretário, oferecendo o vinho aos provadores, num gesto há muito praticado —, antes de vós a terdes criado.

— Sim, — disse Luís. Depôs a taça no tronco que se elevava à sua frente, um velho carvalho maciço com um revestimento peludo. Um ramo remanescente sugeria a possibilidade de uma vida renovada. Em algum lugar, um rumor de água corrente fez-se presente. — Anjou. Provença. Normandia. Picardia. Sabóia. Borgonha. Criei um grande reino.

— Acumulastes um precioso legado para vosso filho — disse Filipe de Commines pela milésima vez. O filho: o herdeiro que o rei jamais vira. Filipe de Commines sabia que a razão para tal comportamento era a feiúra do garoto. Ele era disforme, corcunda, quase anão, com uma baixa fronte de macaco e lábios espessos e úmidos. Luís sempre desprezara deformidades.

Tais pensamentos, sombrios de louca melancolia trouxeram à mente do secretário a imagem de outra pessoa, agora morta. E os crescentes gastos com precauções celestiais! Missas; donativos a igrejas, monastérios, conventos, relíquias sagradas tão absurdas que mesmo os padres casquinavam com as mãos no rosto. Tanto dinheiro, numa cansativa busca de Deus. Filipe de Comines estava estupefato por descobrir que o rei alimentava tamanha necessidade de perdão.

E os sonhos? Sempre houvera maus sonhos. Mas e os sonhos recentes, dos últimos meses, desde o verão passado, quando o rei da Sicília morrera? Gritos de terror desde a noite até o despertar, por inúmeros períodos, às vezes horas, uma criança chorosa, de olhos selvagens. O médico o alertara para o excesso de beladona. Mas, sem beladona, ele era corroído pelas trevas.

— Se ele pelo menos fosse mais velho — disse Luís. Chilreio de pássaros e o borbulhar de uma corrente oculta. — Apenas onze anos. Imagino se viverei para vê-lo adulto.

— Vossa Graça viverá para sempre — disse o secretário, cioso de suas obrigações. Ele conhecia o medo verdadeiro, contido, de que a própria criança não vivesse até a idade adulta. Envenenadores por todos os lados: o rei acreditava viver numa nação de envenenadores. Que alguém mataria o herdeiro, e iniciaria uma nova guerra civil. O delfim encontrava-se segregado em Amboise, um virtual prisioneiro, com uma guarda que mais parecia um pequeno exército. E, todavia, todos os inimigos estavam mortos.

— Sois forte, Vossa Graça — disse Filipe de Commines. — O inverno tem sido. . . — E parou. O rei se imobilizara e enrijecera, exceção feita às mãos. — Vossa Graça?

Luís contemplava, com o rosto pálido, um grupo de flores. O secretário olhou, mas não conseguiu ver nada de estranho; apenas os usuais arautos da primavera, que brotavam sem pejo da terra fria. Os primeiros narcisos entre os flocos de neve e uma roseira silvestre que mal acabara de criar folhas, tendo as tênues pontas verdes enroladas como homúnculos entre a grama. Talvez houvesse um inseto, ou algum animal.

O rei pôs-se de pé, de modo canhestro.

— Vossa Graça está desgostoso com o local? — disse Filipe de Commines, tomado pela perplexidade. Ele havia considerado especialmente belo esse bosque ensolarado. Encontravam-se nos domínios de um dos castelos reais. A própria terra do rei, a própria floresta do rei.

— Retornaremos ao castelo — disse Luís, com determinação. Ainda observava as flores. O odor delicado, misturado ao musgo e ao solo úmido, aninhou-se em suas narinas. Ele teve um leve estremecimento. Inexplicáveis desfalecimentos, assim como a erupção, só nos últimos tempos o vinham afligindo. Os outros males lhe eram familiares, quase amigáveis: companheiros comuns da idade. As dores no estômago, a constipação e as hemorróidas. Mesmo a incômoda erupção, embora estranha, era suportável. E, no entanto, esse torpor langoroso e doce o enervava. Todos os servos e criados haviam sido interrogados. Nada que não tivesse passado antes por dezenas de lábios chegava aos dele. E, todavia, o torpor prosseguia.

Talvez fosse por causa do sol. A luz era ondulante e aquosa, e cobria a grama como se fosse a superfície móvel de um curso de água. Não percebeu de imediato que estava caindo. Encarou o orbe ofensor, tentando fixá-lo no céu; ele não tinha direito de projetar-se verticalmente e abrasar. Conseguiu imobilizá-lo, mas ele resfolegou e tornou-se irado. E o tambor, que afinal não passava do batimento acelerado de seu próprio sangue? O tambor e o descortês rumorejar da água. Enquanto o sol, ingurgitado, pulsava e latejava. Alguém lhe dissera, certa feita, que todas as coisas se revelavam à luz do sol. Uma bolha de saliva assomou-lhe ao canto da boca. Estendeu o braço, tentando alcançar o velho carvalho. Mas o toco ondulava, elevando-se do solo para encontrá-lo; e seu braço flutuou no vazio.

Filipe de Commines conseguiu ampará-lo, no momento em que a cadeira talhada caiu e os servos, aterrorizados, surgiram de toda parte. Uma série de sons passou a ser emitida pela boca frouxa. Algumas palavras eram perceptíveis. O secretário ouviu um pedido relativamente sensato de ajuda, entre outros ruídos incompreensíveis.

— Ah, ah — gorgolejava o rei. — Este lugar, eu o conheço, por que conheço este lugar?

Por que conheço este lugar? As pedras encaixam-se umas nas outras como amantes, tão próximas que não é possível ver ou sentir as camadas que as unem. Um pedreiro de maravilhosa habilidade. Jamais vi igual. Ora, são feitos de alabastro, *monsieur*. Jamais observei pedras tão delicadas e translúcidas. Toco a parede, mas não consigo encontrar uma rachadura ou junta. Uma cortina de pedra resistente, e um som. Mal posso ouvir esse som. Eu juraria que é um canto. Mas como podem pedras cantar?

Pois o Mundo apresenta todo tipo de formas e as formas não têm existência sem ele, transformando ele próprio essas formas em si mesmo. Tendo o Mundo sido gerado a partir de todas as formas, e tendo Ele feito o Mundo, que deve Ele ser?

Não te posso ouvir, *monsieur*. Não te posso ver. Preciso de mais luz. Ah, aí. Eu te agradeço. Posso ver com mais clareza a parede. Mas ela é muito alta. Não a posso escalar. Eu a reconheço e, no entanto, não a conheço. Estou certo de que não é Loches. Loches não é branca, nem lisa como esta pedra semelhante à pele de uma mulher. Sabias que, por baixo dos cabelos selvagemente cortados, sob o rosto macerado pelo sol, o pescoço de Joana era branco e delicado, *monsieur*? Delgado, como um vaso de alabastro. Nada tinha do pescoço de uma camponesa. Ah, aqui, onde toco agora. Que mecanismo engenhoso! Quem poderia pensar que uma porta poderia ser escondida de maneira tão esquiva numa parede sem fendas? Sim, agora vejo, o corredor de pedras brancas. E o som está mais audível. É verdade: eles estão cantando. Mas jamais cantaram em Loches. Ah, não é Loches. Estou confuso. E, no entanto, conheço este lugar.

Porque, sem forma, Ele de fato não pode ser; e, se for também de todas as formas, Ele será semelhante ao Mundo. Mas tendo ape-

nas uma forma, Ele será inferior ao Mundo. Que podemos dizer então que Ele é?

Sei que desejas que eu entre, *monsieur*. Tentarei agradar-te. Anseio tanto por te agradar! Meu único amigo, e único inimigo. Todos eles estão mortos. Quando ela ardeu, meu pai nada fez, ele nada fez. Mas eu próprio a teria feito arder, *monsieur*. Não podemos suportar que uma bruxa viva. Ah, fica mais escuro este corredor. Um longo túnel que escurece mais e mais, como o da memória. Sei que te encontras diante de mim, ou às minhas costas, se eu escorregar e cair. Mas não estou certo de querer entrar aqui. Nunca antes vi um corredor como este, um corredor de pedra maciça. E temo esse odor. Perdoa-me, mas sabes que temo e detesto este odor. Sabes que ele me provoca náusea e vômito.

Do Destino são de fato todas as obras, ó Filho. Determina também o Destino que aquele que fizer o mal deve sofrer. E por isso ele o faz: para que possa sofrer o que de fato sofre por tê-lo feito.

Não, *monsieur*. Perdoa-me. Não creio desejar prosseguir agora. Temo que devo voltar. Virei noutro momento, para te agradar. Prometo que tentarei agradar-te. Mas devo voltar. Esqueci algo.

Luís, Luís.

Mas perdi algo importante. Algo me foi tirado. Não consigo lembrar-me. Ah, é isso, meu próprio eu ficou para trás: minhas trevas. Deixados para trás, fora desse sombrio corredor. Não trago as trevas comigo, *monsieur*. Tu me privaste delas, da minha pele, das minhas trevas. Estou desnudo. Meu corpo sempre foi feio. Posso vê-lo refletido em teus olhos: o inaceitável corpo branco. Tenho medo do toque da pedra. Por que, *monsieur*, tu me separas de mim mesmo? Não posso proteger-me a mim mesmo sem minhas trevas. Não posso matar, não posso odiar. Eu poderia até sentir remorsos. Essa pedra tão inocente! Por que o fazes?

— Por quê? — balbuciou o rei. — Por quê? — Sua pele estava cinzenta. Ele se lamentou. O médico balançou a cabeça para o secretário com expressão de alívio. Haviam feito uma sangria em seus pés; cobriram-no de cobertores e queimaram-lhe penas sob o nariz. Ele abriu os olhos e notou, ao lado do rosto, o ramalhete de flores primaveris, que se achegava maliciosamente da sacrossanta fronteira do tapete bordado. Vomitou.

Sentindo-se mais leve, descobriu que podia ficar de pé. O sol piscava e adejava, dançando como um *jongleur* por trás das nuvens. Conseguiu levar Filipe de Commines a entender, por entre lábios quase imóveis, que desejava marchar para o castelo em seu cavalo, como homem, e não numa liteira, como uma velha. As árvores das florestas zuniam à sua passagem, golpeando-o com ramos semelhantes a asas. Ele recordava-se de subir por intermináveis escadas, bem como de um ruído de murmúrios e sussurros. Quando voltou a despertar, disseram-lhe que havia dormido por vinte horas, num estupor drogado. O canto esquerdo da boca pendia-lhe frouxamente. Os dedos tremiam com violência, tomados por pústulas cruas de carne angustiada.

— Deveis descansar — disse Filipe de Commines. O médico balançou a cabeça, num gesto de conforto, num coro solene. — Tivestes uma espécie de congestão. Ficareis bom agora. Mas deveis descansar. Trouxe-vos vinho e os vossos músicos. Bem como vossos livros. Ficarei à vossa cabeceira, Vossa Graça, até recuperardes as forças.

Ocorreu a Luís que esse homem grisalho o amava. Ocorreu-lhe também que a desprezível criatura era a única alma viva a fazê-lo. Flutuou por algum tempo numa zona ensopada de autopiedade e depois voltou a ficar irado.

— Sai — disse ele.

Os músicos tentaram tornar-se invisíveis, dedilhando com timidez os alaúdes. Ele olhou com carinho para os livros. Ultimamente, vinha lendo muito: uma gloriosa indulgência esquecida, negligenciada por muito tempo sob as crises crônicas do seu reino. Encontravam-se empilhados com cuidado ao lado da cama. Aristóteles e santo Agostinho, Cícero e Sêneca, Tácito e Tomás de Aquino. Olhou o outro livro, aninhado no leito de mármore branco. Ele o odiava por causa da decoração floral e por não poder compreendê-lo. Mas o livro o atraía, cada vez mais. A caixa de alabastro, lisa como a pele de uma mulher. Ele a levantou abruptamente e folheou com brutalidade as páginas amarelecidas, como se fossem de carne.

Mas a alma humana — não de todos os homens, mas dos piedosos — é uma espécie de coisa demoníaca e divina; e essa alma, depois de deixar o corpo, tendo carregado o peso dessa piedade, torna-se, de modo integral, Mente. Mas a alma ímpia permanece em sua essência própria, punida por si mesma, buscando um corpo terreno no qual — sendo ela humana — possa entrar.

Luís umedeceu os dedos nos lábios. Embora fosse uma manhã clara, haviam acendido a lareira e coberto o inválido com peles e colchas de lã. O frade, e o frade! Havia algo que ele esquecera, algo importante. Há apenas um mês, o homem se havia materializado, a partir da neblina da neve, diante dos portões do castelo, com aquele casulo seguro em seu pacote de arbustos despedaçados pelo inverno. Uma embaixada da Lorena: um franciscano solitário, que trazia o recipiente de alabastro. Era evidente que a velha estava assustada. Tratava-se de um manuscrito raro e, portanto, caro. Algum estudioso príncipe italiano poderia pagar muitos milhares de coroas de ouro por ele. Sem dúvida haviam chegado à corte de Nancy rumores de que o rei da França reunia tropas em Champagne. Mas o frade. . .

A aparição espectral, que batia nos portões numa noite raivosa e gelada, fora conjurada do vento uivante. Suas vestes estavam ensopadas; os dedos, azulados pelo frio, translúcidos como mármore. A urna parecia banhada em luz ao clarão da lareira. E aqueles olhos, de início encobertos pelo capuz. . .

Ela ficava como um alimento semidigerido, a coisa não reconhecida, chocando-se de maneira dolorosa contra seu ventre. Era tão difícil lembrar! A beleza da preciosa urna, que valia, só ela, cerca de mil coroas. O rosto imóvel, marmóreo, ao alcance da mão, e, todavia, sempre nas sombras. Os olhos, mal percebidos, de cor pálida, talvez azuis, ou cinzentos. Cor de água, cor de céu, imóveis. Era impossível, depois de algum tempo, olhar para outra coisa.

A condessa de Vaudémont deve temer-me vivamente, dissera Luís, com a exata inflexão de desdém e ameaça descuidada para me aplacar com tais trivialidades.

Um rei verdadeiro não despreza sequer a dádiva mais humilde de qualquer homem, dissera o frade. Um rei verdadeiro é um vaso. Um rei verdadeiro não se deixa afligir pelo despeito, pela ingratidão.

Tu te atreves a instruir o rei em matérias reais, dissera Luís, atônito. Tu, um mero frade, cuja vida depende de minha disposição.

Os lábios lupinos, que sorriam, embora o sorriso não afetasse os olhos ensombrecidos, eram a neve em remoinho e o vento uivando por espaços vazios. Os olhos zombeteiros e arrogantes. O frade replicou: Não se pode temer aquilo que não existe.

Por que era tão difícil lembrar? Era como se algum encantamento o tivesse atingido. Os olhos, prateados e adornados por um anel de fuligem.

Luís chamou, aos gritos, o secretário. Agitava os dedos em fúria. Filipe — disse, com voz rascante. Começou a agitar-se como uma besta cativa sob a montanha de cobertas. Os músicos, alarmados, deixaram o quarto. — Filipe! Recordei-me. Eu me lembro! O frade! O frade que trouxe o manuscrito!

— Vossa Graça, não vos deveis excitar. Deveis repousar.

— O frade! — gritou Luís. — Dize-me o que sabes acerca do frade.

— Ora, Vossa Graça, nada sei. É apenas um frade andarilho. Eles estão em toda parte. Nós investigamos a seu respeito. É inofensivo. — O secretário também se lembrava dele. A estrutura esguia cuja postura estranhamente digna carecia de humildade. As roupas ásperas e úmidas. Ele interrogara o homem com cuidado: perguntara se servia na corte em Nancy. O frade replicara: não, passava por Nancy, viajando, seguindo seu caminho. Filipe não conseguiu identificar o sotaque, que não era o da Lorena nem de outro lugar que conhecesse. Talvez, dissera o frade, com um sarcasmo frio, talvez a condessa de Vaudémont tivesse considerado seguro, bem como econômico, dar-lhe a dádiva. Nenhum malfeitor atacaria um pobre frade nos caminhos. O secretário não conseguira discernir direito os olhos do homem, ocultos na penumbra do capuz. Desaparecera tão silenciosamente quanto surgira, esvanecendo-se na neve silenciosa. Quando o rei, atormentado por sua insolência, enviara guardas atrás dele, não havia sequer pegadas a serem encontradas.

— Não — concluiu Filipe de Commines, pensativo —, jamais o vi antes.

— Nem eu — disse Luís, num tom arrastado. — Nem eu. Mas creio que minha esposa pode tê-lo visto antes. Minha esposa, creio eu. — Engoliu o ar como um corredor, livre da lassidão que o circundava. — Enviarás uma tropa a Amboise, para convocar a rainha. Também enviarás homens a Nancy e Vaudémont. Quero saber mais sobre isso, sobre esse frade. Tu instruirás os homens a inquirir os servos, os lacaios e o povo da Lorena, mas em segredo. Se necessário, enviarás secretamente para Loches as testemunhas relevantes. Quem quer que o tenha visto ou o conheça. — Libertou-se por fim da prisão de peles e lã. Filipe de Commines observou, horrorizado, que a erupção se havia estendido aos pés. O peito dos pés estava marcado por manchas avermelhadas. — Deves apressar-te, Filipe. Encontra esse homem. Faz um mês que ele passou por aqui. Encontra-o.

— Mas quem é ele, Vossa Graça? — disse o secretário. — Que fez ele? Não é verdade que a insolência de um homem não compensa tal esforço? É alguém importante?

— Não o sei — disse Luís. Sob a raiva, seus olhos estavam dilatados por algum terror obscuro. — Ah, não o sei.

Felipe de Commines não percebeu como estavam os olhos de seu mestre. Ainda estava pensando. Seu olhar alongou-se por entre as lembranças, tendo encontrado uma intrigante trivialidade.

— Uma postura tão peculiar — disse, por fim, o secretário — para um frade! Aqueles movimentos decididos e formais. Jamais os tinha visto iguais. Como alguém que atua num teatro. Sim. Como um ator num drama.

É uma corrida agora, *monsieur*. Como um dia, em Roma e em Bizâncio, quando os esforçados garanhões se superavam em força e valor, ofegando e avançando mais e mais pela trilha terrosa, enquanto os condutores de bigas gritavam e vibravam os chicotes de pontas de aço, e por vezes morriam em choques de bigas douradas. Como vê, não sou privado de poesia, embora seja um homem prático. Mas, para nós, não há platéia. Nenhuma multidão ávida, à espera de mortes passíveis de serem testemunhadas, gritando, num prolongado orgasmo de carne de cavalo quente, em honra de deuses estrangeiros. Nenhuma platéia. Mas haverá um vencedor. E não será uma corrida de coragem, mas de esperteza. Da mesma maneira como Filipe, o Belo, um dia acossou o Templo, suave e docemente, com implementos de tortura e fogo.

Reconheço que preparaste bem teus servos. Foi-me trazido um cavalariço, que desaparecera dos estábulos de Nancy numa nublada noite de primavera e de quem jamais se ouvira falar desde então. Seus companheiros sem dúvida pensaram que ele fugira. Fiz com que ele se acostumasse a Loches, *monsieur*. Eu o recebi com a requintada hospitalidade dos carcereiros que lá estão. Pois ele te havia visto, escoando como um sonho sombrio diante daquele hediondo arrás do grande *hall*. E, no entanto, ele não falou. Eu te aplaudo por isso. Embora seja possível, com efeito, que ele, afinal de contas, nada soubesse.

O segundo homem era mais articulado. Embora não passasse de um cozinheiro, era poeta, pois o fogo fez brotar dele magníficas metáforas, a tal ponto que mesmo meu tio poderia ter compreendido. Não posso dizer se as compreendo, *monsieur*. Não conheço nenhuma linhagem antiga, exceto a minha própria. De Carlos Magno, a coroa passou, pela Casa de Capeto, a esta Casa de Valois. E aqui, entre os Valois, permanecerá. Descendente da antiga linhagem: é disso que te chamas a ti mesmo? És então algum lúgubre filho ilegítimo de meu pai ou de meu avô louco — se é que foi de fato meu avô? Ou algum rebento indesejado da velha prostituta, a rainha Isabel? Que coisa tão cotidiana, *monsieur*. Quão tristemente banal. Apegando-se às raízes de tudo isso, apenas um bastardo Valois, sem terra e sem título. Ou és até menos do que isso, apenas um louco como Carlos de Borgonha, que pinta fantasmas de realeza em sua demência, conjurando coroas a partir da avareza e do orgulho?

Tu um dia possuíste minha esposa. Agora o sei. Com efeito, não sou um marido traído vulgar, que arde de ciúmes, com a dignidade ferida. Eu não me importaria que ela deitasse com os cavalariços, caso não houvesse a delicada questão do herdeiro da França. A paternidade, afinal de contas, é algo muito frágil. Jamais desejei minha esposa, *monsieur*. Nem ela a mim, como ficou evidente em nossa atabalhoada noite de núpcias. Eu desposei, tão-somente, a Sabóia. Eu te asseguro: não estou irado simplesmente porque obtiveste as graças de minha prostituta. Mas tu não disseste teu nome a ela. Que tipo de amante é esse, *monsieur*, que se insinua no quarto de uma mulher, sem nome nem rosto, deixando para trás uma semente desconhecida que deve passar para a história como o filho de um rei? O duque de Orleãs fez o mesmo na cama de minha avó, a rainha Isabel; mas, pelo menos, todos sabíamos seu nome. Sangue nobre ainda é sangue nobre, mesmo que seja herdado do irmão de um rei. Mas, tu, qual o teu sangue? Que desprezível e esgotada corrente se insinuou de modo tão sorrateiro nesta casa real?

Concedo que me encurralaste, *monsieur*. Ela agora está com vinte e dois anos, minha Ana, tendo desposado o conde de Beaujeu, em troca de um enorme dote que o próprio cavalheiro em questão aquiesceu em pagar-me. O filho de um rei tem alto preço. E ela será regente, em nome de meu jovem filho, caso eu venha a morrer antes de sua maturidade. Não posso simplesmente anunciar à corte e ao reino que houve um pequeno equívoco. Ora, o conde de Beaujeu pediria de volta o dote. Mas ela jamais saberá sua paternidade, *monsieur*. Somente eu, e mais ninguém, saberei a verdade. Eu e minha esposa, que jaz em seu casto túmulo de rainha. Uma mulher frágil, nesses últimos anos, e muito amiga do vinho. Isso sem dúvida foi a causa do ataque apoplético, que de súbito a levou tão jovem. É uma pena, para ti, o fato de a morte ter-lhe fechado a boca, embora o casamento não lhe tivesse selado as partes íntimas. Como posso dizer à filha dela, se a mãe nem sequer podia chamar seu amado pelo nome? De que te devo chamar, *monsieur*? De descendente da antiga linhagem, com certeza. Herdeiro do círculo e do lírio. Este último título é mais poético; meu tio teria gostado dele. Mas não menos patético e absurdo. Ou te devo chamar Vossa Graça, como se fosses rei?

Ficarás contente por saber que minhas mãos sangram. Elas choram e ardem, e gritam por causa de sua própria ruína. Como se, tal como um casal há muito casado e cheio de ódio, procurassem destruir-se. E essa doença que se abateu sobre mim? Jamais posso lembrar-me daquilo que sonho quando ela me ataca. Sei que sonho, ou sonho que sonho, pois acordo ouvindo vozes, e com um odor familiar nas narinas, assim como com uma candura nos olhos. Mas não demorará para que meu médico lhe descubra a fonte. Ele é um homem inteligente, um florentino, e curar-me-á; e ficarei nutrido, com novas forças, por meio do ódio. Não suponhas, *monsieur*, que venceste porque sofro das moléstias comuns dos velhos. Ainda estou ávido por disputar a corrida.

Alguém espalhou o boato de que morri. Algum maldoso servo angevino, que conta histórias sobre a abdicação do rei. Isso é injusto, *monsieur*, e desprezível. Apenas porque me enclausuro aqui, longe de olhos observadores, de espiões. Apenas porque sou bastante sábio para esconder-me por trás destes confortáveis muros e dos invencíveis armamentos de minha leal Guarda Escocesa. Que farias em meu lugar, com os inimigos eternamente à espera, além dos bastiões — envenenadores e conspiradores, ingratos, diante de tudo aquilo que proporcionei ao meu reino? Não podes imaginar a vastidão dos batalhões do inimigo, *monsieur*. Ou talvez o possas, pois começo a suspeitar de que tu os criastes. Tu, o mais vil conspirador de quantos existem.

Eu derrotei os boatos. Mostrei-me ao meu povo, em Tours e em Chinon. Ele sabe que o rei ainda vive. Mas alguém alimentou a história maléfica de que estou enlouquecendo. Tu pensarias, *monsieur*, que depois de tantos anos de batalha com um verdadeiro louco, meu povo saberia a diferença. Mas alguém zombou de minhas Missas e de minhas relíquias. E o povo sussurra que seu soberano está se desintegrando nas trevas e na demência.

Deixa-me explicar as relíquias. Com efeito, não posso esperar que entendas de fato. Teus servos sempre adoraram disparates arcanos. Mas tu és um homem inteligente, *monsieur*. Tu e eu sabemos que a Santa Igreja é poderosa, embora dificilmente divina. Sou um homem pragmático. Todavia, a Igreja foi agraciada por milagres. Milagres inexplicáveis, realizados a partir de relíquias como as minhas. Quem sou eu para recusar qualquer ajuda que esteja à mão, mesmo de restos mortais de santos? Olha minhas relíquias como uma espécie de talismãs. Afinal de contas, meu tio dirigiu sua vida com base nos talismãs. Por que eu não o poderia? Tu sem dúvida argumentarás que relíquias, ossos de santos, fragmentos da Cruz, dentes de mártires não são talismãs, mas meros objetos de idolatria. Ossos mortos. Mas tu não entendes, *monsieur*. Tu não conheces o horror desses sonhos miasmáticos, no momento em que sussurram e suspiram e se ocultam entre as cortinas. Ora, eles fingem ser sombras, ou pequenas pilhas de pó em cantos negligenciados. Surpreendi as cadeiras olhando-me malevolamente, bem como os tapetes me observando com ódio, cismando. Estou cercado. Ameaçado. Apego-me a esses ossos porque as próprias forças do Inferno me esperam, noite após noite, sibilando, gorgolejando, uivando, perseguindo-me como caça, e meus anéis sagrados e mortalhas bentas, assim como meus crânios despedaçados, ajudam-me; eu os invoco na cegueira da noite, e eles ouvem, formam um círculo ao meu redor; e as sombras retrocedem, o pó permanece como simples pó e até a lua, que me deseja mal e lançaria com prazer maldições sobre minha cabeça, recua para trás das nuvens, fugindo dos ossos. . .

Esqueço-me de mim mesmo. É a doença e a dolorosa laceração de minhas mãos. Como sabes, não é que eu seja crédulo. Jamais fui um homem crédulo. Camponeses boquiabertos e de olhos arregalados podem estremecer diante de profecias e de portentos e maldições do destino. O mundo jamais foi regido pela magia. Se o fosse, esses teus servos tolos não teriam morrido. Meu tio teria sido um grande rei, e meus venenos tornar-se-iam inofensivos, sendo meus exércitos esmagados pelo poder da Borgonha. Não acho que devas zombar de minhas relíquias. Estou apenas me protegendo contra todas as contingências, como o fiz por toda a vida.

Eu te direi, *monsieur*, que a corrida já aconteceu. A verdade se revela na realidade, e não no sonho; e a realidade é: a Casa de Anjou está extinta, és um homem caçado e eu sou o rei da França, cujo filho herdará sua grande nação. A verdade é que venci. Onde está tua mágica agora? Talvez devesses ter recorrido a relíquias e ossos sagrados, e não a tolos seres vivos. Teus balbuciantes espiões podem censurar-me. A verdade é que não me podem tocar. Tu maculaste meu leito conjugal e semeaste um bastardo em minha esposa. A verdade é que isso não faz diferença alguma; pois meu herdeiro, meu filho, é meu, e minha filha jamais conhecerá outro pai além de mim. Teus servos da Lorena agarram-se com mãos desesperadas à sua patética terrinha, pensando me fazer de bobo e me confundir com quinquilharias e truques. A verdade é que são impotentes sem herdeiro para seu ducado; e minhas tropas encontram-se nas fronteiras, aguardando minhas ordens.

Olha finalmente para a verdade, tu que viveste sob meus olhos por toda a vida, brincando com fantasias e sonhos loucos. A verdade é que não és ninguém, *monsieur*. Não tens nome. Nem sangue. Herdeiro da antiga linhagem: bem, todos os homens podem julgar-se assim. Não surgimos todos das partes íntimas de Adão? A verdade é que tu, assim como meu tio, és um pobre tolo iludido. A verdade é a realidade que eu crio. Pondera sobre isso enquanto corremos. Pondera, enquanto teus condutores de biga derramam seu sangue inútil na terra maltratada. Sempre me subestimaste, *monsieur*. Mesmo à beira da morte, eu te derrotarei. Filipe, o Belo poderia ter-lhe dito. Contempla, *monsieur*, o triunfo da vontade.

O delfim Carlos havia desmembrado uma centaurinha azul, duas cigarras e uma vespa; esta, embriagada pelo sol e transfixada na altura do tórax por um alfinete adornado com jóias, não pôde retaliar contra os dedos esmagadores. De maior interesse contudo, era a aranha: uma habitante cômica e de pernas compridas das dobras bolorentas de tapetes abandonados e de fardos de lã e de seda negligenciados. O futuro rei da França tinha doze anos. Precoce, um tênue buço negro ensombrecia-lhe o lábio superior. Quando o pai entrou com o grupo de conselheiros, ele se achava confortavelmente estendido sob uma fímbria de luz do sol. Sete patas amputadas jaziam ao seu lado, alinhadas numa pilha perfeita. Ninguém podia dizer que ele não era consciencioso. O sol flamejava em fragmentos de asas arrancadas, que mais pareciam cacos de vidro.

Se pôde perceber o desgosto do pai, não revelou nenhum indício. Colocou-se de pé e fez uma reverência desastrada. Poderia ser espancado mais tarde; mas nada no mundo o obrigaria a beijar aquelas mãos rosáceas e leprosas. Ninguém lhe dissera que ele era feio. Não se pronunciam esses julgamentos estéticos diante de um futuro rei. O mestre da casa em Amboise sempre o lisonjeara. Seus tutores proferiam extravagantes elogios e falavam, com lasciva derrisão, das várias noivas prometidas: Isabel de York, Maria de Borgonha. Um dia seria rei. Pouco importa que, por razões aparentemente embaraçosas para a Coroa, esses contratos de casamento fossem dissolvidos de modo repentino. Um dia ele possuiria todas as mulheres que desejasse no mundo. Eles haviam colocado um enchimento em seu gibão para ocultar as costas encurvadas e os ombros estreitos e inclinados. A aranha, que ainda não morrera, debatia-se com uma só pata, girando e girando, loucamente, sem parar.

Todos pareciam solenes demais. Pedro de Beaujeu, marido de sua irmã, deveria até estar mortificado, com o rosto sanguíneo, carnudo e fraco a formar vincos ansiosos. E sua irmã! Até que ele alcançasse a idade adulta, ela seria sua regente. Indiferente e glacial, vestia seda negra ponteada de prata: estava de luto. Ninguém mais se dera ao trabalho de lembrar-se da falecida rainha Carlota. Talvez sua irmã estivesse, até mesmo, magnificente. Os olhos dela falavam de picos montanhosos e campos imaculados de neve. Ele não se incomodava com ela. Passado algum tempo, lembrou-se de que era uma cerimônia oficial. Voltou a fazer reverência, subitamente temeroso, e encarou o pai.

Todos fizeram reverências. O dia estava abafado, embora ainda fosse setembro. Manchas de suor escureciam os damascos e as sedas. Um odor de latrina cheia pairava no ar. O velho decrépito de manto cinza puído pôs os olhos sobre ele. O delfim lembrava-se de uma visita, feita três anos antes, quando a guerra ainda fervia na Picardia e em Artois, entre as tropas do rei e os desesperados exércitos dos domínios borguinhões remanescentes. Na época, fora-lhe prometida, como presa, a filha do falecido duque de Borgonha. Isabel de York fora esquecida. Ele se lembrava de que as mãos do pai estavam brancas naquele dia, embora se movessem sem cessar. A jovem duquesa de Borgonha evidentemente não obedecera às ordens do rei da França. Correra para os braços do filho do imperador e o desposara antes que Luís pudesse fazer qualquer coisa para impedi-la. O delfim a considerava estúpida, por ter preferido um Habsburgo à sua poderosa presença. No momento, ela estava morta: caíra de um cavalo. O fato de ela ter tido um filho, um bebê que levava o título de duque de Borgonha, não tinha relevância para o delfim. Seus tutores lhe haviam assegurado. De qualquer maneira, ela não fora uma mulher agradável. Possuía seios chatos como pratos e pesadas sobrancelhas negras que se juntavam acima do nariz.

Ele havia sido alertado de que o rei falaria da arte de governar. Como esse era um tópico árido e estúpido em comparação com os atributos de possíveis noivas e o milagre da fauna atormentada, o delfim concentrou-se nas mãos do pai. Isso dava a impressão de que ele estava bastante atento. As mãos o assustavam e fascinavam a um só tempo. Elas se contorciam e giravam como a aranha agonizante. Estavam cobertas de pústulas e ulcerações. Ele desejava perguntar aos tutores se seu pai, o rei, tinha lepra. Era evidente, mesmo para ele, que o velho se encontrava muito doente. Todos tentavam fingir que estava altivo, robusto e forte.

O filho e o pai observavam-se com dificuldade. Luís procurava seus próprios traços no rosto sem graça. Ali estavam: o longo nariz dos Valois, pendente e oscilante, e as bochechas estreitas, bem como os lábios pesados e frouxos. Mas estavam lambuzados, como um monte de argila não-trabalhada. O garoto era, sem dúvida, seu filho. Ele havia ficado à cabeceira da mulher arruinada, enquanto os olhos dela o acusavam, e exigira dela, outra vez, que lhe contasse a triste e sórdida história. Os padres disseram que ele fora insensível. Eles não podiam entender sua necessidade. Sim, o garoto era dele. Mas era bestializado, grosseiro. Semelhante a um anão. Luís lutou com a náusea e começou a falar acerca dos perigos que o reino corria sob um governo regencial.

Filipe de Commines anotava furiosamente. O discurso seria distribuído, mais tarde, como proclamação real, a todas as instituições judiciárias e a todos os funcionários graduados do reino. Pelo menos alguém — se esse garoto embrutecido não o pudesse — poderia lembrar-se dele. Se pelo menos o vento soprasse! O Loire corria sob as janelas, formando um fio preguiçoso, repleto do óleo das carcaças de peixes mortos. O rei falava, em tom sombrio, sobre as conspirações e traições perpetradas pela *noblesse* durante seu reinado. Outra vespa penetrou pelo vão da janela, voejando sobre a tênue pilha de cadáveres.

O rei fez uma pausa e fechou as mãos com força, estremecendo. Alguém tossiu. Os conselheiros suspiraram e movimentaram-se. O delfim olhou com expressão maligna para a fímbria de luz do sol no assoalho. Era importante que ninguém atrapalhasse o trabalho em andamento. Luís fechou os olhos, o único gesto de desespero que poderia permitir a si mesmo. Ao abri-los, descobriu, fixados neles, o oblíquo e glacial olhar da filha.

Filha. Uma inteligência óbvia moldava-lhe os ossos delicados e viris. Ela seria uma boa regente, talvez brilhante. Ele lhe propiciara a mais ampla educação possível. Apesar do seu sexo, até ele reconhecera a necessidade disso. Ele a casara com um homem fraco, a quem ela dominaria, e que, inferior a ela, eralhe grato. O conde de Beaujeu, além disso, tinha chances de herdar o ducado de Bourbon, pois seu irmão não possuía filhos e estava à morte. Um bom casamento; um aliado forte. O problema era que Luís não a podia encarar. Mas ele viu outra vez a ansiosa entrada de uma criança feia e negligenciada num *hall* repleto de correntes de ar; bem como de um pobre *jongleur*, vestido em calções multicoloridos. Viu também um tremor de choque e raiva furiosa nos olhos de uma mulher sombria; e sua esposa, de rosto pálido e, chorosa, prestes a fugir. E o riso indomável de seu tio.

Eles o sabiam. Todos o sabiam, menos ele. Ninguém diria nada àquela menina que se tornara uma imponente e gélida mulher, a quem fora confiado o reino até que o verdadeiro herdeiro, o grosseiro, rústico e bestial herdeiro, pudesse tornar-se rei. Ninguém, salvo o pai. O futuro casquinava diante dele, por trás das mãos em concha. Seu filho era aleijado e tolo. Sua filha não era sua filha. Ele começou a falar com entusiasmo aos conselheiros e capitães reais. Louvou o conde de Beaujeu e aconselhou o filho a se orientar pelas recomendações desse homem. O conde de Beaujeu fez uma reverência, com a face rosada molhada de suor. No final, ele fez o garoto jurar, sobre um livro de orações e uma relíquia sagrada, que obedeceria a todas as injunções do pai. O delfim baixou a cabeça e jurou; mas não beijou as mãos agitadas. Voltou com alívio à tarefa mais importante de puxar, com libidinoso deleite, a pata que restava.

— Ana — disse o rei. Ele percebeu, pela forma como ela se voltou e fez um sinal discreto para o marido, pedindo-lhe que se retirasse, que ela antecipara alguma confidência. Os olhos dela estavam obscuros, imperscrutáveis. — Ana. Vê quanto recai sobre ti.

— Sim, *mon père*, vejo. — A voz era cuidadosa, monótona. Talvez ela não gostasse dele, por todos os anos de descaso.

— Ana, eu. . . — começou. Era ridículo. Ele sentiu-se entorpecido; não conseguia levantar-se da cadeira. O garoto brincava em silêncio, com malícia, perto da janela. Os conselheiros se haviam retirado discretamente. Em algum lugar, uma vespa zumbiu com raiva. — Há coisas que eu deveria ter-lhe dito. Há muito tempo.

— Podeis dizê-las agora, *mon père* — disse a jovem. — Dir-vos-ei se farão diferença.

Luís recuou. Um muro de severidade, sua filha. — Deves fazer tudo para protegê-lo. Dos nobres. Dos conspiradores. Há tantos inimigos que tentarão destruí-lo! Derrubar um rei menino. Derrubar uma regente.

— Que inimigos — disse com frieza Ana de Beaujeu — ainda existem?

Ele desejava gritar: eles estão em toda parte. Vestem-se com a luz do sol. Ocultam-se na noite e surgem em seus sonhos, arreganhando e rangendo os dentes. Disfarçam-se sob a forma de árvores e flores. Sussurram e ciciam, cospem nas relíquias e amaldiçoam-te. O sol da tarde dourava seus cabelos negros com uma auréola cor de cobre. Ele desviou o olhar.

— Não me desprezes, Ana — disse o rei. — Não fui um pai indulgente. Mas deixar-te-ei um reino em paz. Legar-te-ei uma grande França indivisa. Não é pouca coisa.

— Não — disse Ana de Beaujeu. A criança feiosa, que amara os *jongleurs.* — Uma França *arrondie.* — Ela sorriu delicadamente. — Esperastes um longo tempo, *mon père*, para dizer essas coisas. Como deve ser difícil, agora que precisas de mim. Não vos desprezo. A história vos considerará um grande rei. Lembrar-me-ei de tudo que me ensinastes.

— Ah, Ana. Estou velho e doente. És tão fria, tão fria.

Ela levantou as pálpebras. Tinham uma forma delicada, estendidas de maneira elegante sobre os pálidos e devassantes olhos. Ela o observou batendo as mãos, como se se protegesse de alguma coisa. Ele ficara pálido. Talvez tivesse outro espasmo. Ele lutou. Os lábios reagiram.

— Há um homem. . . — Luís começou. Não, não era isso que devia dizer. Soava absurdo. Mordeu os dedos. — Tua mãe. . . — começou de novo.

Os olhos dela tornaram-se subitamente sombreados e gélidos. Ali, pensou ele, repousava o coração de seu ódio. Ela observara, ano após ano, e vira demais.

— Tive razões — disse ele, em desespero. — Não o sabes, Ana. Haverá falatórios quando eu me for. Ouvirás rumores. São disparates. Mentiras. Há um homem. . . — disse outra vez.

Sou um homem, Luís?

— Não, não, afasta-te — disse ele, com voz sumida. O céu ficara descorado por trás da cabeça dela, estendendo-se, branco, como se fosse pele. — Quero dizer. . . — disse ele. — Tenho a esperança de que te mantenhas acima dos boatos. Maledicência. Há aqueles que usarão de maledicência contra ti. Sobre mim. Sobre tua mãe. As casas nobres — disse ele.

— Falatórios — disse ela, sucintamente — não são instrumento das casas nobres. São instrumento do trono. Vós me ensinastes bem. Que podem elas dizer que vós mesmo não o tenhais imaginado?

Ah, como ela o odiava! Ele tremia. Era muito para suportar. Ela mantinha-se de pé, fria e dura como uma virgem caçadora entre pinheiros murmurantes, insensível, coberta de prata, vestida de negro. Ele sabia que logo cairia. O zumbido da vespa ficou mais alto, estertoroso, com o som de sua respiração.

— Chamarei os médicos — ele a ouviu, com rigidez, de uma ampla distância. Era uma pena que ela fosse mulher. Que rei ela teria sido! Ele lembrou-se tenuemente de que Deus fora generoso. Se ela fosse um filho e herdeiro, que sangue se sentaria no trono da França? Os olhos semelhantes à lua jamais saíram de seu rosto. A cadeira rodopiou abaixo dele. Ele ouviu a irrupção no corredor. Eles voltariam a fazer uma sangria e queimariam ervas de cheiro desagradável sob seu nariz. O garoto mantinha-se sentado, observando, esquecido dos insetos. Cair diante do filho! A humilhação era mais exasperante que o desfalecimento.

— Ana, Ana — sussurrou. — Promete-me. Irás me obedecer em tudo. Promete-me. Não deixarás que destruam o que criei. Promete-me.

A condessa de Beaujeu baixou a cabeça e fez a reverência cerimoniosa como uma atriz diante de uma platéia aos aplausos. Tinha grandes lábios inquietos, semelhantes aos de um animal, curiosamente não femininos. Os olhos tremeluziram.

Pois a alma que entra no corpo de um homem, e permanece malévola, não provará a imortalidade nem partilhará do bem; mas, retrógrada, voltará outra vez ao estado de réptil. E é esta a condenação de uma alma malévola.

— Promete-me — ele gritou para livrar-se daquilo. — Não lhe dês ouvido. Promete-me.

O delfim aproximara-se, olhando com fascínio. Luís penetrou nos olhos glaciais e viu, por fim, que ela sabia, que há muito o sabia, que a criatura havia chegado até ela; ela entendia tudo. E a resposta, enquanto o sorriso deslizara lentamente pelos longos lábios lupinos:

— Por certo — disse ela. — Com efeito, eu o prometo. Em tudo, obedecerei ao meu pai.

XVII

Haviam encontrado o velho eremita numa caverna da Calábria, cuja entrada se achava fechada por rochas. Como se recusasse a dormir no castelo de Plessis, Luís fizera um eremitério para ele perto da capela. Comia raízes e bolotas e um pouco de frutas. Diziam ser ele o mais santo homem da cristandade; o próprio papa solicitara por três vezes sua presença em Roma, em longas audiências. Quando os mensageiros chegaram com a convocação do rei da França, ele apenas sorrira. Até agora, não havia feito nenhuma revelação divina de importância. Na verdade, não tivesse submergido num tal mar de incontrolável terror, o rei poderia ter suspeitado de que o velho fazia uma representação. Mas, à beira do abismo, a dignidade era supérflua; e todos lhe haviam dado garantias da santidade do homem. Ademais, era a única opção que lhe restava.

O sangue das tartarugas marinhas revelara-se inútil. O chifre de unicórnio reluzia, branco e impotente, em seu pedestal drapeado de veludo. A toalha sagrada de altar, sobre a qual o próprio São Pedro oficiara a missa, enviada de Roma, também fracassara na realização de um milagre. O anel pastoral de São Zenóbio, pedido à corte dos Medici em Florença, era muito refinado, mas inútil. O óleo sagrado de Reims apenas irritara a grotesca inflamação nas mãos do rei, que se espalhara como uma vinha braços acima e florescera escamosa em sua fronte. A única esperança de salvá-lo não era senão um velho andrajoso agachado com serenidade num tapete bizantino, enquanto o sol de verão dourava as atemorizadoras fileiras de objetos sagrados e o verde além das janelas da varanda. Um velho que sussurra para outro num francês de sotaque sibilante, com uma voz seca entrecortando os chilreios e cicios de pássaros e cigarras e o som das flautas dos pastores de ovelhas; um velho que sussurra a Luís que ele pense em sua alma. Ah, sua alma.

Ele observou o eremita. O velho parecia orar; ou, pelo menos, seu gesto sugeria humildade. Luís refletiu sobre toda uma vida ali, nas sombras da caverna, com uma pilha de raízes e bolotas, e enquanto ouvia o murmúrio de uma pequena fonte em algum ponto de uma charneca calabresa seca. Desejava perguntar ao homem sobre a morte. Mas a palavra, aprisionada em seus lábios como um inseto emaranhado, terminou por alojar-se sob a língua e o fez calar-se. Estou morrendo, pensou Luís. Venho morrendo há semanas, há meses. Desde a primavera que se seguiu à visita daquele frade, venho morrendo. Mas não me atrevo a morrer. Não terminei. Há algo que não fiz.

— *Signor* — murmurou Luís. — Padre. — Como nos dirigimos a um santo homem que dorme na terra e jamais comeu carne? Padre? Irmão? Senhor?

O velho abriu os olhos. Chamava-se Francisco de Paula. O rosto oval era suave, mas pardo, salpicado e manchado como madeira velha. Os olhos eram sobremodo negros. Caminhava com o passo arrastado. Era extremamente velho. Mas ninguém sabia sua idade. O povo da Calábria o visitava em romarias e oferecia-lhe ouro, que ele desdenhava. Sorriu com bondade para Luís e fez um gesto pequeno com a mão.

— Dize-me — disse Luís. Eles o haviam enterrado outra vez entre peles, como se desejassem fazer a doença sair do corpo emaciado com o suor. Sempre lhe aplicavam sangrias e lhe forçavam purgativos de canela e ruibarbo entre os lábios, esfregando bálsamos malcheirosos em suas mãos. A cada semana, ele ficava mais magro. Os cabelos haviam desaparecido. A cabeça brilhava como um crânio de bebê. — Dize-me o que sabes de Deus — disse ele. — Dize-me se Deus perdoa verdadeiramente. Se Deus tem misericórdia. Jamais estive próximo de Deus. Dize-me se Deus escutará.

— Deus — murmurou o velho, suspirando como se pronunciasse o nome de uma mulher. — Nada sei sobre Deus. Deus não declarou com clareza suas intenções. Estais morrendo, Vossa Graça. Falar-vos-ei do Demônio. É mais sábio. Já vos tornastes familiarizado.

— Não desejo falar de morte — disparou Luís — nem do Demônio. Que sabes do Demônio? És um homem santo. Santo sim; mas jamais dera as respostas tão urgentemente necessárias. Nenhuma migalha, nenhuma côdea de conforto. Sempre falava de outra coisa, como se respondesse a alguma outra pergunta inaudível.

— Pensais que o sofrimento do pecador é o fogo do Demônio — disse o ancião. Os raios solares brilhavam sobre as grosseiras vestes brancas, mas não penetravam em seus olhos. — Não é o Demônio. É apenas a culpa. Dir-vos-ei o que é o Demônio. O Demônio é frio. Ele é todo deus que começa a exigir obediência. Talvez possais reconhecê-lo agora, Vossa Graça.

Um silvo de música de alaúde elevou-se sobre os jardins. Os músicos, banidos do quarto do enfermo, divertiam-se na grama com as servas. Em algum lugar, um bode baliu. O velho sorriu outra vez. Parecia que nunca parava de sorrir. Até Filipe de Commines fora excluído dali, para que Luís pudesse chegar mais perto de Deus.

— Estive lendo um livro — disse Luís.

O velho voltou a fechar os olhos. O sorriso ainda se aninhava, acanhado, na ovalada face parda.

— Esse livro. . . — Luís precipitou-se a dizer — descobri que ele me aflige. Gostaria que me aconselhasses.

— Mas não sei ler — disse o eremita, por trás dos olhos fechados.

— Então, te contarei. É uma compilação de muitos livros. É muito antigo. Dizem alguns que vem do Egito. Um florentino traduziu-o do grego. Dizem ter sido escrito por um grande sábio, Hermes Trismegisto. Fala de um único Deus e de muitos deuses. Do milagre que é o homem, e do retorno da alma. Estou assustado. Tenho sonhos — disse ele, e parou. O ancião ria.

— Pobre rei — disse. Ele ainda possuía todos os dentes; as raízes e bolotas tinham sido boas. — Pobre rei amaldiçoado. Não sou teólogo. Deus habita a alma. Há muitas almas. Talvez haja o mesmo número de deuses. Sou apenas um homem simples. Não posso ler vosso livro. Como posso falar-vos dele? Deveis pensar em vossa própria alma.

Luís. Tua alma, tua alma.

— Não — disse o rei. — Não, não. Peço que me deixes só. Deixa-me. Sozinho.

O velho fitou o rei. Luís ficara pálido. Pressionou as mãos contra a testa.

— A quem combateis? — sussurrou o eremita.

O rei arquejava. Agitou-se sob as cobertas, e feriu os coágulos dos dedos.

— Ajuda-me — disse ele. — Deves ajudar-me. Dize-lhe que não posso acompanhá-lo. És um homem santo. Dize-lhe. Não posso ir. O odor. Não posso suportar o odor.

O espasmo passou. Com o rosto pálido, o rei recuperou a compostura. Coçou a testa, onde a crosta surgira.

— A quem devo falar? — disse o eremita.

— Não sei de que falas — disparou Luís. — Eu nada disse. Foi um mero ataque de vertigem. Já passou. Não é nada.

O pastor de ovelhas voltou a tocar a flauta montanha acima. Uma borboleta branca penetrou pela janela, voejando entre as relíquias. Luís olhou para o velho. Os olhos de oliva voltaram serenamente a perscrutar.

— Falas de uma alma — disse Luís. — Não creio em almas. Que tipo de alma miserável o homem possui? Sou um rei. Olha-me. Enfermo, indefeso. Temeroso. Como um leproso. Que tipo de Deus criaria tal monstruosidade, algo tão frágil quanto o homem?

O riso do velhote ressoou como o sininho de um bode.

— *Magnum miraculum est homo* — sussurrou ele. — Deus e Demônio: merecedor de reverência e de honra. Culpais Deus por terdes seguido apenas o Demônio?

Luís olhou-o. Seus lábios trabalharam. — Conheces esse livro. Pensei que não sabias ler.

— Não leio — disse o ancião — nem escrevo.

— Ajuda-me — disse Luís, com voz rascante.

— Não vos posso ajudar agora — replicou o velho.

Estou ardendo, estou sendo consumida! Que posso dizer, que farei? Não o sei. Estou sendo comida pelos males que me cercam! Não vejo nem ouço! Essas são as palavras da alma que está sendo punida.

— Eu te imploro — gritou Luís. — Eu te imploro, ajuda-me, ele vai me fazer entrar, não posso entrar, estou esfolado.

O grito explodiu pela porta. O secretário e o médico atiraram-se no quarto aos tropeços, às suas costas. O rei desfalecera. Ficara com parte do corpo fora da cama. Um braço esfolado e uma perna pendiam, canhestos e grosseiros como membros não-atados de uma marionete, acima das cobertas de pele. O velho estava agachado placidamente no canto, com os olhos fechados; talvez em oração.

Não toques em meus olhos, exclamou Luís, pois o médico lhe havia levantado as pálpebras, ao apalpar-lhe as pestanas. Não toques em meus olhos. Não posso suportar o odor. O médico tateou e apalpou, aparvalhado. Eles estavam sussurrando. Ele não podia compreender o que diziam. O pastor ainda tocava, ou cantava. A porta estava aberta: o corredor estendia-se ao longe, liso e branco. Estavam fazendo alguma coisa em seu pé, sangrando-o outra vez. Ele atravessou o vão branco da porta. Algo brilhou: olhos de morcegos ou de ratos ou então gemas encrustadas nas paredes. A água pingava e borbulhava. Alguém disse: ele teve outro ataque. Não, não, ele gritou, tolos, idiotas, é este corredor, não quero entrar neste corredor; tem um mau cheiro de rosas. Estúpidos, imbecis, não podem ordenar que ele me deixe só? A luz da entrada desaparecera. Ele caminhou e caminhou, ouvindo os sons de flautas e de canto. Outra porta surgiu à sua frente, de carvalho, polida e antiga. Ele a tocou. Ela abriu-se silenciosamente. Não há luz, ele disse. Não posso ver.

Talvez alguém tivesse acendido uma tocha. Uma florescência lânguida flutuou no sentido ascendente, dirigindo-se ao arco do proscênio, que se encurvava bem acima dele, formando uma abóbada escura e sem emendas. Ele viu. Viu os bancos, fileira após fileira; mas não havia assentos, como deveria haver. Não existia platéia. Apenas formas estranhas deslizando numa viscosa sombra. Uma voz monótona disse: ah, chegaste na hora. Quase chegas tarde. Seria uma pena que chegasses tarde. Mas eu sabia que virias a tempo.

O sangue jorrava de seu pé. Tolos, gritou, vocês vão me fazer sangrar até morrer. Caminhou pesadamente. O chão do palco estalou sob ele. Um murmúrio elevou-se das galerias. Por que não há assentos? disse ele. Eles apalpavam-lhe outra vez as pálpebras. Os músculos delicados contraíram-se, a pele produziu um som agudo. Ele afastou a cabeça, tremendo, e fitou os olhos aterrorizados de Filipe de Commines.

— Tirem essas flores do quarto — disse Luís.

— Ah! — disse o médico, esfregando as mãos, que estavam cheias de sangue. — Ah! Como vês, a sangria mostrou-se eficaz. Digo-te que é o acúmulo excessivo de sangue no cérebro. Vê.

— Ficai quieto — disparou o secretário. — Oh, Vossa Graça. Deus seja louvado. Recuperar-vos-eis. Estivestes inconsciente por mais de uma hora.

A saliva escorria dos lábios do rei, formando um filete. Pareciam, pensou ele, com raiva, galinhas num quintal, ciscando e ciscando, de maneira maníaca, em torno da cama. Tentou sorrir e silenciou. Eles fizeram alguma coisa com suas pernas. Não havia movimento. Nem mesmo uma gota minúscula de sangue. Amputada, desaparecida, jazia numa pilha precisa ao lado de asas fragmentadas. A urna de mármore branco ao lado da cama ria malevolamente dele. *Le temps revient*, cacarejava o pergaminho gravado. O odor mortal apegou-se aos seus dedos, subiu pelas narinas, e por fim explodiu, com um assombroso clarão, por trás dos olhos — estes tentavam voltar-se para cima, mexer-se, escapar da prisão da revelação. Eles o haviam envenenado. Seus lábios tomaram a forma de um uivo de ultraje, mas o som foi engolido pela flauta do pastor. Alguém gritava novamente. Puxando, beliscando, empurrando as pétalas em sua boca. O médico dissera: não, ele perdeu os sentidos outra vez, está morrendo. Os padres, chamem os padres. A voz de Filipe de Commines explodiu: um mensageiro para Amboise. Não, gritou Luís, não entendes, é minha pele. Eles me envenenaram. É o livro, suas páginas me tiraram a pele. Que espécie de palco é esse, onde um homem mal pode ficar de pé?

A platéia atuará para ti, disse a voz atrás dele. Um baile de máscaras. Uma peça de mistério, se quiseres. A platéia são os atores. Teus pés estão sangrando. Estás sujando o palco. Há uma mancha em tua testa.

Um som de moedas se sacudindo elevou-se ocamente quando ele balançou as podagras do pé. A voz disse: deves pagar o ingresso.

Sou o rei, disse Luís em voz alta. Não pago ingresso para os bobos passatempos dos camponeses, como um homem comum.

Esse teatro, disse a voz, não se encontra em tua jurisdição. Não faz parte da França *arrondie*. Vamos: paga o ingresso. Se não tens o dinheiro, aceitaremos, em vez dele, as moedas de teus olhos.

Arrancaram-me os olhos, exclamou Luís. Seus dedos tocaram as órbitas, mas estas estavam lisas e secas sob o ouro cunhado. Não havia sangue jorrando aos borbotões; apenas a pele enrugada e imaculada. Um homem pequeno arrastava-se diante dele, balançando moedas numa tigela de madeira. O homenzinho soltava risotas. Usava um enorme suporte escrotal. Sua pele e o gibão brilhavam palidamente nas sombras.

Mas esta criatura está morta, sibilou Luís. Eu os vi levar o cadáver. Eu a vi, estendida em sua rigidez diante da lareira, com o rosto desfigurado pelo riso.

O homenzinho ria de si para si. Luís voltou-se, e viu feridas escuras movendo-se como névoa soprada. Também havia moedas nos olhos que o espreitavam. Não, estavam dentro dos olhos, as moedas de prata. Ah, ah, disse Luís. Tu. Tenho-te procurado, *monsieur*. Não sabes quanto tenho desejado encontrar-te outra vez.

Do abismo sob a abóbada, uma explosão de riso grosseiro e mordaz irrompeu e expirou.

Temo, Luís, que tu não os podes ver sem olhos. Toma. Dar-te-ei olhos. Começaremos o ensaio. Não te retraias assim. É apenas uma máscara. Não reconheces as máscaras grandiosas usadas em toda tragédia representada em louvor aos deuses? Vamos. Põe. Isso, assim. Ela ajudar-te-á a ver.

Sei, Luís, que no início é incômodo. A membrana parece de borracha, e até viscosa. É porque é feita de pele. Não, não de pele humana. Não agites as mãos de modo tão desesperado. É uma pele mais antiga que a humana, Luís. São máscaras muito antigas. O caimento talvez seja imperfeito, mas servirá. Os olhos são feitos de cristal. Vê: uma luz melancólica começou a aparecer entre os bancos, como um sol velado que se debruça sobre um mar escuro.

Ouve. Este som é de macacos palrando, imitando a voz humana. Observa a perfeição das pinturas do fundo do cenário. À sua frente, agrupam-se as cabanas de barro, exauridas diante de um sol desértico. Ali, as mulheres tiram água do poço prestes a secar, em meio às moscas que zumbem. As mulheres são esquálidas e feias. Foi uma colheita ruim, e ninguém entende o solo arenoso. Os homens estão caçando, desesperados, entre as árvores queimadas. Talvez encontrem um chacal ou um leão que possa ser morto com pedras. Olha-os e vê o que poderiam tornar-se se recebessem ensinamentos. Conhecimento: a fala e as habilidades de plantar e colher, bem como os ciclos das estações e das estrelas, e a arte das armas e armadilhas. És aquele que civiliza, traduzindo a matéria bruta da terra em padrões rítmicos de forma eficiente. És Prometeu, que trouxe o fogo do céu para dá-lo aos homens ignorantes. És Palas Atena, que ensinou aos dedos das mulheres a formação da textura e a urdidura dos tecidos. És Asclépio, que disse os nomes das ervas e flores, das poções milagrosas, que curam e fazem dormir. És Tot, que criou o alfabeto, e Hermes, o senhor do comércio e dos negócios. Estudaste nos templos do saber, nas universidades. Fizeste avançar o rastro dos exércitos, fabricando artefatos de guerra. És o astuto Dédalo, que construiu o labirinto e não conseguiu escapar da trama que ele mesmo criara. És Hod, cujo deleite de todas as sefirot reside na habilidade manual e no intelecto, usada como uma agulha na pedra de amolar da necessidade. És artista, escriba, diplomata, mensageiro. Roubaste o gado de Apolo e o vendeste a ele próprio. És manhoso como a serpente e eloqüente como uma cascata de mel que corre na língua de uma criança. Por isso, Luís, serás lembrado como um grande rei.

Mas há algo que não compreendes. Se um ramo é tirado da Árvore e procura repudiar o tronco de sua alma, a angústia dos membros abandonados invoca a vingança dos deuses; pois a Árvore se encontra perfeitamente serena e equilibrada, e aquele que lhe destrói a simetria pede punição para a alma ímpia, para que a Árvore volte a ser inteira. Vê: o servo hábil que protege a coroa de seu mestre. Vê o homem que vendeu o rei em troca de prata; vê o administrador do palácio que pondera, com os olhos raivosos, e manuseia o punhal fatal enquanto seu senhor ungido dorme inocente. Vê o homem cinzento que tece teias no quarto empoeirado, cheio de ossos semimastigados.

Olha, Luís, aquilo que poderia ter sido e aquilo em que te tornaste. Todas as almas surgem dos deuses, mesmo a tua. Mas apenas o tolo se aparta da fonte. És um cérebro sem corpo, uma cabeça sem genitais, um ramo sem raízes e tomado pela decadência. Vê a verdadeira e única natureza de teu pecado.

Aqui. Toma outra máscara. Não é preciso gaguejar e tartamudear com essa fúria. Não conjurei visões. Tu puseste a máscara e espreitaste através de seus olhos. Não maculei os cristais através dos quais olhas. É teu sonho, Luís. Agora pega a máscara.

Ouve. O som que ouves é o soar de alaúdes e as vozes elevadas em tapetes de canto. Por toda parte, à sua volta, a terra estende e faz crescer suculentas raízes. És Gaia, que, por prazer, atapetou pela primeira vez as colinas desnudas e adornou os céus com estrelas. És Afrodite, que se elevou da espuma do esperma; és aquela que viaja no carro do deus do êxtase, com os lábios sujos de suco púrpura, o corpo brilhando, em sua brancura sobre o pêlo de leopardo. És Pã, provocando, com sua flauta, o sonolento langor da primavera, enquanto a seiva verde se acumula em suas coxas. És Nezach, que, entre as sefirot é a bem-amada de Deus. És a cortesã que serve aos reis por causa do forte desejo por seda e do roçar do veludo contra suas mamas. Não tens passado nem futuro, mas, tão-somente, essa dança louca no topo da montanha, ao lado da costa. O ouro pinga entre teus dedos, os diamantes são apenas a espuma de uma corrente que se choca contra as rochas. Teus dentes brilham, brancos, e os lábios são como as pétalas arrancadas de rosas negras. A morte não te pode destruir, enquanto teu riso te escapa aos lábios e paira nos ventos para perfumar a manhã.

Luís: pensaste em opor-te a esse deus? Em espalhar tua própria mácula amarga por essa carne? Quem és tu sem a alegria, senão um cadáver, fedorento e apodrecido, cheio de vermes? Vê como ela, com tranças de cobre, se levanta outra vez do leito de morte ao qual pensavas tê-la condenado. Vê como as flores brotam ao lado do teu pé sangrento. Observa as vinhas a crescer, embriagadas, abraçando-te os tornozelos. Ouve os pássaros emplumados chamando, e as rosas gritando em teus ouvidos. Não te ajudarei a vomitar. Não há nada mais a ser jogado fora.

Pensaste que a poderias destruir? Ah, Luís, vejo que tomaste consciência da dor em teu ventre. É *arsenicum album*, que não tem poder sobre os deuses. Teus cabelos caem aos punhados, e as unhas estão espalhadas pelo palco. Vê tu mesmo: a criatura rastejante, com furiosa luxúria brandida diante do rosto dele, desejando, temendo, se apegando, retirando-se furtivamente entre cobertas manchadas para espalhar em suas mãos aquilo que ele não pode despejar no útero receptivo de uma mulher. Essa zombaria te angustia? Pobre Luís! Dizes que nada podias fazer quanto à tua impotência. Nem quanto ao corpo feito, depilado e pálido. Mas que corpo é realmente feio, a não ser quando a vida existente em seu interior fica estagnada? A beleza não está na forma. Não podes livrar-te do odor. Ele vem da coroa de flores que se acha sobre tua fronte, nascida das feridas. Não o podes tirar. Não tentes. As pétalas estão róseas de sangue, teu sangue.

Outra máscara, Luís. Não, não soluces. Não sou eu quem não tem piedade. Posso ter pena de ti e daquilo que te fez. Mas não grites: estou ardendo! Estou sendo consumido! Não é uma punição. É apenas uma visão.

Ouve. O som que ouves é do clangor da maça contra o escudo, o choque da espada contra o peitoral, o relincho de cavalos de batalha, dos passos de soldados em marcha. Sente a empunhadura na palma da mão, repleta de pérolas, rubis e carbúnculos. A espada é de ferro, temperada pela severidade. O louco e rígido êxtase da fúria brilha em teus olhos e marca tua fronte com um diadema forjado no fogo. És um construtor de impérios. Buscas com luxúria o assassinato, o banho de sangue. És Ares, que nasceu sem a semente de um pai. És Geburah, que, entre as sefirot é maculada pela violência, mas purificada pela honra. Cortas tua própria palma com a lâmina e, todavia, não provocas dor. És Gilgamesh, que enfrentou até mesmo os terrores da terra dos mortos. És Teseu, que buscou nas trevas o âmago do Labirinto, a fim de matar a besta que era ele próprio. És Héracles, que combateu a multicéfala Hidra. És Constantino, Artur, Carlos Magno; dando forma a reinos como a côdeas de pão. Teus exércitos podem arrancar árvores; teus dedos fortes, derrubar palácios. És uma mulher vestida numa armadura, ardendo com o rigor da redenção, crestando-se ao fogo.

Observa a criatura que se apega aos teus pés. Vê a nuvem do temor velando seus olhos. Vê-a encolher-se, lutando como uma mulher com histórias contadas na cozinha. Vê seu perjúrio e o veneno, enquanto sua humanidade se vai desgastando e desaparecendo. Pensaste em obter a piedade desse deus? Tinhas habilidade no campo de batalha, Luís. Mas que é a habilidade desprovida de honra senão uma criatura matreira que se arrasta para fora do lodo pegajoso? Sim, ouço teus gemidos. Não sou insensível a isso. Mas o punhal que ora perfura teus ombros, tuas costas e costelas, é tua própria criação. Ouve o som do exército derrotado, lamurioso embora mudo. Sente o frio ao chocar-se contra teus ossos. Observa teu sangue fluir para fora de ti, jorrando na água gelada, abraçando-te como uma flor fria: tua única mortalha. Pobre Luís, estás tremendo. Estás frio, com o rosto petrificado no gelo, enquanto te fazem em tiras as ricas vestes do corpo, enquanto os lobos te devoram os olhos, não?

Pensaste ter deixado um reino pacífico. Uma França *arrondie,* e todos os inimigos mortos. Pensaste que o podias destruir? Vê o que invocaste. Tua linhagem, geração após geração, século após século, pilhando e destruindo. Vê o futuro que deste como legado, porque consideraste louco um visionário e colocaste tua vontade em ação para esmagá-lo. Tua face está desnuda, toma: outra máscara.

Temo que esse desesperado implorar não te ajudará. Cada coisa que vês, tu mesmo construíste. Não se torna homem aquele que se denomina rei e ajoelha, choramingando, como uma criança de olhos arregalados, entre os destroços da batalha. Temo, Luís, que não estejas apreciando teu espetáculo. Mas, para falar a verdade, tento ajudá-lo. Sei que agora não tens rosto, recoberto de gelo como estás. Tu te acostumarás. Ei-la. Toma-a na minha mão. Não sou eu quem te compele a sentir remorsos.

Ouve. O som que ouves é de súplica, implora aos deuses. Não é uma oração flagelante de redenção orgiástica do pecado; mas o chamado do homem misericordioso que conhece as trevas e que, no entanto, percebe a luz aprisionada, buscando conjurar entre os mutilados e cegos a harmonia que ele mesmo vislumbrou. És Orfeu, que conhecia até mesmo os sofrimentos das pedras e que, com a música, se levava a verter lágrimas. És Ísis, que recolheu as partes dispersas do seu amado-filho, e voltou a uni-las. Não matarás, pois nenhum ser sensível é verdadeiramente odioso. Alcanças a luz e lhe dás as costas, por causa da estrada em que os outros ainda labutam. És Quíron, que não pode curar a ferida em sua própria coxa. És Chesed, que, entre as sefirot, é misericordioso e caminha sorrindo nas trevas, ciente de que, em última análise, todos os deuses são bondosos. És um rei de reinos perdidos, um poeta-príncipe que pranteia a queda de uma única rosa. Libertas o criminoso diante do cadafalso e perdoas o pecador antes do cepo. És o Tolo sagrado que vê o precipício sob os pés e não obstante caminha, sabedor de que a inocência é maior do que a morte.

Mas vê a criatura que se arrasta e mordisca teus tornozelos, chamando-o de tolo e fracassado, de imbecil e louco. Vê sob seu desdém a amarga inveja, o medo de que o céu não o perdoe. Vê a fúria do homem a quem ofereceram clemência, porque, nessa situação, ele tem de julgar-se a si mesmo. Vê a fúria daquele que é perdoado, porque ele mesmo não pode perdoar sua alma ímpia.

Pensaste em te opor a essa inocência? Pensaste que poderias destruir tudo aquilo que ele construiu? O que é uma mente sem misericórdia, salvo a cega brutalidade que tira as asas dos insetos e aperfeiçoa instrumentos de tortura em nome da salvação da alma? Não, Luís. Não podes estancar a torrente de lágrimas. Elas jorrarão para sempre. A dor que te afeta não é veneno, mas o açoite do triste mundo, cego e cheio de deuses perdidos.

Outra máscara, Luís. Não, não tentes fugir. Ainda não compreendeste que não há portas no Aqueronte além do nascimento?

Vê o local em que os bancos são marcados pelo índigo, em que o arco da água encontra a terra. Ouve. Os gritos das aves marinhas, voando para o norte. Tu te encontras na margem, no ponto em que o sal tremeluz na areia, onde o amargo mar destila sua mágoa. És a água da qual vem toda a vida, na qual a semente de Eloim caiu para dar forma aos ossos dos planetas e estrelas. És Nut, que continha dentro de si o Rá embriônico, fervendo numa majestade afogada, à espera da alvorada. És Tiamat, cujo filho, ao pôr os olhos sobre ela, viu um monstro e a matou para poder tornar-se Homem. És Binah, preocupada e sábia, que, dentre todas as sefirot, é aquela que contém o segredo do espírito crucificado na substância, mergulhado nas algas das veias e artérias, a areia da carne, o sal do sangue e das lágrimas, a espuma branca do sêmen, o coral dos ossos e dentes, as pérolas dos olhos. És Eva e Maria Madalena, mãe de todas as vítimas, que se lamentam por inimagináveis corredores do tempo; e a sombra silente que espera ao lado do túmulo. És Hecate, conjurando fantasmas por vingança, sacrificando pássaros negros, pedindo sangue em troca de sangue. És uma rainha que rege a poeira vermelha, com a sabedoria da amargura e o sal da vidência sob tua língua; cujos homens fracassaram ou morreram. Esperas entre pedras que rolam, uma foice empunhada por anjos, extraindo olho por olho.

Observa a criatura semelhante a um caranguejo que rasteja pela areia. Ela não vê o sol, nem ouve o marulho das ondas. Acredita que ainda rege, suprema, os grãos de areia. Mas não passa de uma carapaça abandonada numa praia deserta, onde os esqueletos de pássaros marinhos jazem, limpos pelas ondas. Que é uma mente sem sabedoria senão um vapor de ar sujo vindo de um forte vento capaz de abalar um *bourgeois*? Pensaste em opor-te ao mar? Pensaste que a podias destruir? Rasteja até a orla da água e vê, sob a espuma, os membros esbranquiçados daqueles que tu pensaste ter matado, preparando-se para nascer. Ela apenas tomara uma vida por uma vida.

Vejo que ficastes em choque e emudeceste. Ó Luís, o mais sábio e mais astuto dos reis, pensaste que fui eu? Que sabes do verdadeiro sofrer, do verdadeiro rancor, da verdadeira vingança? O livro da totalidade te destruiu. E não será isso adequado, ó mais cego dos reis? É uma pausa bem-vinda para gritar, essa atordoante mudez. Mas temo que não terminamos. Vem. Há mais três máscaras.

Ouve. O som que ouves é o silêncio de pedras brancas enraizadas entre os vigilantes carvalhos. Tudo ao seu redor se encontra paralisado. Trata-se do silêncio entre a última contração e o surgimento da cabeça. No alto, o sol observa o filho, o dia renascido. És aquele que fica no local do encontro entre o que está em cima e o que está embaixo; o homem, o *magnum miraculum*, cujos pés emergem de demoníacas entranhas, e cuja cabeça está coroada de estrelas. És Osíris, Dioniso, Tamuz, a órbita esfacelada a cada noite e que surge, renovada, a cada manhã. Estás suspenso, com a cabeça voltada para a terra: a taça, o vaso da divindade. És um jovem de pele dourada, coroada de hera, que doma as bestas. Mas observa a criatura que se movimenta em tua direção, aninhada nas tênues cordas do sonho. Ela sobe para umedecer os lábios lascivos no mistério. Vê seus olhos, irados por não poder ver os teus, encobertos pelo couro negro da besta. Eleva teus braços ao sol e olha sua face e observa, quando a compreensão finalmente se anunciar, os lábios se apertarem e balbuciarem, as mãos brancas se agitarem, os olhos serem tomados pelo assombro.

Todas as coisas são reveladas à luz do sol, Luís. Tu, que declaraste ser o homem desprovido de alma, uma monstruosidade, contempla meu único filho que dará origem a uma linhagem de reis bem depois de a tua linhagem desabar das sacadas reais. Tiferet: aquilo que é o mesmo que estar junto a Deus. Podes culpar Deus pelo fato de só te teres feito acompanhar do Demônio? Pensaste que o podias destruir? Eis o cálice que traz o sangue sagrado, enquanto teu próprio sangue jorra dos teus pés, te aleijando.

Vejo que finalmente começaste a compreender o desígnio. Essa coisa tão tênue é a compreensão. Essa humilde posse é a visão. Aqui estás, no centro, observando os deuses representarem para ti. Eis a verdadeira teia, tecida por mãos de mestre. Pensaste que poderias fazer uma teia melhor do que esta?

Outra. Esta chamuscará a pele. Ouve. O som que ouves é o barulho de pedras despedaçadas, quando a tormenta atinge a torre e a estilhaça. És a vontade dos deuses tornada conhecida por meio da música da tempestade, do caos da inspiração e da loucura, dos címbalos estridentes da feitiçaria. És Urano, que dormiu com a terra e foi castrado pelos filhos. És Odin, que ficou pendurado na árvore chamada Igdrasil e aprendeu as artes da necromancia com as carícias do relâmpago. És Chokmah, que, entre as sefirot, comanda o poder da revelação, concebendo um universo num só instante branco. Manejas a magia: o cálice, o bastão, a espada de ferro e o escudo de ferro batido. Sabes que todas as coisas são feitas do som e do número. Pendes da cruz, imaginando por que o relâmpago, tendo-te mostrado a verdade, te abandonou. Comes raízes e bolotas, e ouves, em êxtase, a música das esferas no espaço. És um rei caçado, sem trono. Os cabelos que te restam surgem de tua fronte, e a névoa prateada gira, prisioneira, em teus olhos.

Que é a mente sem inspiração, Luís, ou sem a visão do Plano, salvo um livro de impostos em que a realidade é lida em colunas e paga aos dízimos? Vê a criatura na contadoria, fazendo mapas de sua grande nação. Vê o teto de madeira que a protege da chuva. Vê o relâmpago fazer uma cicatriz no céu, aproximando-se; e o trovão resfolegar como um animal enlouquecido. Pensaste em opor-te a essa tormenta? Pensaste que me poderias destruir? Sabias que nada és além de meu próprio sonho, que desaparecerá quando eu despertar? Olha, através dos meus olhos, nos meus olhos. Há mais uma máscara.

Quase terminamos o ensaio. A peça logo começará. Fica parado, Luís. Verás, desta feita, com olhos diferentes. Ah, sim. Tu já viste isso antes. Mas, mascarado, tiraste a máscara dos atores. Todos esses olhos por meio dos quais espreitaste: a visão é responsável pelo desgaste da pele. Agora, põe a máscara.

Observa. No início, há apenas brancura. Nada mais do que luz, porque todas as coisas emanam dali. É Ain Soph, o Nada, sobre o qual nada pode ser dito. Respira, Luís. Exala. É tua efusão. Começaremos a tormenta e o relâmpago, que cai, fértil, no mar receptivo. Estão preparando, entre os bancos, a cortina. Olha acima de ti. A fumaça deixa marcas negras num céu claro, liso como a pele. À distância, outra cidade está em chamas. A borrasca formou uma espuma branca sobre as torres da Porte de la Craffe. Observa numa mistura indistinta de salpicos de lama e esterco de cavalo, a camponesa louca chegar, acompanhada da pequena cavalhada de soldados armados, ao átrio pantanoso do castelo. O sol frio doura os cabelos do jovem cavalheiro de armadura e de sobreveste azul de seda, bordado com lírios brancos, cobertos de lama. Seus olhos brilham como safiras. O odor de seu perfume atenua até mesmo o odor de detritos pisoteados pelas patas ferradas dos cavalos. Vem, Luís. Os atores estão prontos: A peça está prestes a começar.

Leia também

O FARAÓ ALADO

Joan Grant

Quando chegou minha vez de voltar à Terra, um Mensageiro dos Grandes Chefes Supremos me alertou dizendo-me que eu deveria renascer em Kam, e que as duas pessoas encarregadas de moldar o meu corpo me dariam as boas-vindas, pois havíamos sido companheiros, e os laços que nos uniam eram de amor e não de ódio, os dois elos mais poderosos da Terra para unir os homens. Como irmão, eu teria alguém junto de quem eu já caminhara a grande jornada.

Quando me transmitiram essa mensagem, a tristeza que todos sentem quando precisam deixar o verdadeiro lar e voltar ao lugar nevoento para outra jornada iluminou-se: eu teria companheiros em meu exílio.

* * *

Assim começa a história de Sekhet-a-ra e de Neyah, principais personagens deste romance ocultista que constitui um dos maiores êxitos da carreira literária de Joan Grant, escritora inglesa que alia ao apuro do estilo a extraordinária capacidade de se recordar de suas vidas anteriores. Traduzidos em várias línguas, a princípio seus livros foram considerados obra de ficção baseada em meticulosa pesquisa, e não histórias vividas em outras vidas e lembradas pelo que a autora chama de "memória atávica".

Em *O Faraó Alado,* Joan Grant constrói uma trama notável; não uma simples história de ficção, mas uma movimentada recriação da vida do antigo Egito durante a I Dinastia, escrita com tal clareza, riqueza de detalhes e verossimilhança que dificilmente se acreditaria tratar-se de um mero fruto da imaginação.

Nada mais natural para uma autora que, entre as regras de conduta que recebeu dos pais quando criança, estava a de "nunca fazer menção em público de suas vidas passadas" — fazendo uso de uma faculdade que, ela acreditava, era comum a todos os mortais.

A SACERDOTISA DA LUA

Dion Fortune

O talento notável de Dion Fortune, não apenas de ficcionista, mas também de profunda conhecedora das coisas esotéricas e mágicas — talento de que já privamos, através de seus romances anteriores *Paixão Diabólica* e *Sacerdotisa do Mar* — confirma-se neste *A Sacerdotisa da Lua*. Tão forte e real se tornou a personagem Vivien Le Fay Morgan, ou Lilith Le Fay, como a si mesma se chamava, criada em *A Sacerdotisa do Mar*, que se impôs à autora, coagindo-a literalmente a projetá-la de novo no mundo das aparências. Diz-nos Dion:

"Neste segundo livro de que faz parte, Lilith está longe de ser um títere em minhas mãos, pois assumiu o controle da situação... Eu mesma não fazia a menor idéia do enredo, e precisei escrever o romance para descobri-lo... Não me responsabilizo nem pela trama nem pelas personagens — elas se criaram a si próprias... Pode-se dizer que até mesmo o escrever este livro foi um ato mágico."

Embora cativante, não se deve buscar o mero entretenimento em *A Sacerdotisa da Lua*. Ele é todo uma busca, a busca da identidade da rebelde Lilith Le Fay — será apenas o subconsciente freudiano da autora ou uma somatização genuína das forças da Natureza? — que se pode transformar, como para Rupert Malcolm, companheiro de Lilith, no encontro da "morte menor", que é a própria chave da Vida.

EDITORA PENSAMENTO

A SACERDOTISA DO MAR

Dion Fortune

Dion Fortune, conhecida autora de obras sobre esoterismo, constrói este delicioso romance ocultista — rico de inspiração poética — todo envolto numa aura de magia. Julgando que muitas pessoas sofrem da mesma frustração que aflige o herói de *A Sacerdotisa do Mar,* escreveu-o como um romance de interpretação, embora sem evitar a realização dos desejos, buscando propiciar ao leitor uma compensação emocional.

Wilfred Maxwell reforma o celeiro de sua velha mansão e lá se refugia, entregue a devaneios intermináveis, sintonizado com a natureza, em contato com a lua e mentalizando fantasias.

Um dia, Wilfred conhece Vivien Le Fay Morgan, iniciada em práticas herméticas, e tão parecida com a sacerdotisa que ele vislumbrara num de seus devaneios. Apaixona-se por ela e Vivien, aliás Morgan, a sacerdotisa do mar de Atlantis, irmã de criação do Mago Merlin, converte-o em sacerdote, associando-o nas investigações dos mistérios ocultistas.

A experiência de ambos — dramatização realística de obras de magia — transcorre num recanto isolado à beira-mar, conduzindo-os afinal ao seio de um culto antigo, que lhes revela o significado esotérico dos fluxos e refluxos magnéticos das marés lunares.

Você encontrará a mesma riqueza de entretenimento e de experiências incomuns de *A Sacerdotisa do Mar* nos outros romances de Dion Fortune editados pela PENSAMENTO: *Paixão Diabólica* e *A Sacerdotisa da Lua.*

EDITORA PENSAMENTO

Editora Pensamento
Rua Dr. Mário Vicente, 374
04270 São Paulo, SP
Fone 272-1399

Livraria Pensamento
Rua Dr. Rodrigo Silva, 87
01501 São Paulo, SP
Fone 36-3722

Gráfica Pensamento
Rua Domingos Paiva, 60
03043 São Paulo, SP